Rencontre dans l'Upper East Side

SARAH MORGAN

Rencontre dans l'Upper East Side

roman

Traduit de l'anglais (Royaume Uni) par
JEANNE DESCHAMP

H&

Titre original : NEW YORK, ACTUALLY

Ce livre est publié avec l'aimable autorisation de HARLEQUIN BOOKS S.A.

HARPERCOLLINS FRANCE

83-85, boulevard Vincent-Auriol, 75646 PARIS CEDEX 13.
Service Lectrices — Tél. : 01 45 82 47 47

www.harlequin.fr

ISBN 978-2-2804-2000-6

Cher lecteur,

C'est avec enthousiasme que je poursuis ma série new-yorkaise, *Coup de foudre à Manhattan.*

Petite fille, j'étais une lectrice insatiable et parmi mes livres préférés figuraient *Les 101 Dalmatiens* de Dodie Smith. J'appréciais non seulement l'originalité et le charme de l'histoire, mais aussi le fait que chaque chien avait une personnalité distincte.

J'ai souvent introduit des chiens dans mes romans (le premier ayant été la petite chienne Maple dans *La Danse hésitante des flocons de neige*), mais jusqu'ici ils étaient toujours restés cantonnés dans des rôles de second plan. Et puis l'hiver dernier, je suis tombée sur la photo d'un dalmatien avec la truffe en forme de cœur. J'ai su aussitôt qu'il fallait que je lui offre une place centrale dans un livre, tout comme j'ai su d'emblée qu'il s'appellerait Valentin.

Pour certains, il est plus facile d'aimer les chiens que d'aimer les êtres humains et c'est le cas pour Molly, l'héroïne de ce récit. Lorsqu'il s'agit d'aider les autres à mieux vivre leur relation amoureuse, elle est très compétente, mais son expertise ne s'étend pas à son cas personnel. Il lui est impossible d'imaginer pouvoir aimer un homme plus qu'elle n'aime son chien, Valentin. Mais cette conviction vacille quand elle fait la connaissance de Daniel, bel avocat sexy. Il s'y connaît plus en tribunaux qu'en canidés, mais il est prêt à faire le nécessaire pour attirer l'attention de Molly — quitte à emprunter un chien s'il le faut.

Au début, Molly et Daniel semblent avancer sur un terrain commun, mais au fur et à mesure que la vérité émerge, ils sont forcés l'un et l'autre de remettre en question tout ce qu'ils croient savoir d'eux-mêmes.

Ce récit tourne autour de la question du passé, et de comment apprendre à le laisser derrière soi, mais l'histoire parle aussi d'amitié et d'amour — à la fois humains et canins ! —, sans oublier la famille et toutes les autres personnes qui nous sont proches. Et le tout se déroule sur la splendide toile de fond glamour qu'est la ville de New York. Entre les allées boisées de Central Park et les gratte-ciel étincelants, chacun y trouve son compte et, comme Molly va s'en apercevoir, la ville qui ne dort jamais peut être le lieu idéal pour rencontrer l'âme sœur.

J'espère que cette lecture vous plaira. Merci d'avoir choisi ce livre.

Bisous,

Sarah

Au fabuleux groupe d'écrivains
les Washington Romance Writers.
Merci de m'avoir invitée à partager
votre joyeuse retraite d'écriture.

« Quelques-uns de mes meilleurs partenaires masculins ont été des chiens et des chevaux. »

ELIZABETH TAYLOR

Chapitre 1

Chère Aggie,

J'ai offert à la femme de ma vie une super machine à espressos pour son anniversaire. Elle a commencé par fondre en larmes, puis elle l'a revendue sur eBay. J'avoue ne rien comprendre aux femmes.

Bien à vous,

Décaféiné

Cher Décaféiné,

Dans un couple, les principales questions à se poser sont « Que veut ma compagne/mon compagnon ? » et « Comment puis-je lui faire plaisir ? ». Comme j'ignore les détails, il m'est impossible de savoir précisément pourquoi votre compagne a pleuré puis revendu la machine à café, mais la première question qui me vient à l'esprit est : boit-elle oui ou non du café ?

Les doigts de Molly s'immobilisèrent sur le clavier et elle jeta un coup d'œil en direction du lit.

— Tu es réveillé ? Il faut absolument que tu entendes ça. C'est clair que, dans le couple, l'amateur de café c'est lui, et que la machine à espressos est un cadeau destiné à son plaisir perso. Pourquoi les hommes se tirent-ils des balles dans le pied comme ça ? J'ai vraiment de la chance de t'avoir. Bon, d'accord, si tu t'avisais de vendre ma machine à café sur eBay, je crois bien que je te tuerais. Mais ce n'est pas le genre de conseil que je peux mettre en ligne.

Le bel endormi sur le lit ne souleva même pas une paupière, ce qui n'avait rien de surprenant, compte tenu de l'intense activité physique à laquelle ils s'étaient adonnés ensemble la veille. Les quelques heures qu'ils avaient passées à s'ébattre avaient laissé Molly en nage et épuisée. Elle avait mal partout, signe que même si sa condition physique s'était bien améliorée depuis leur rencontre, son endurance à lui continuait de surpasser la sienne. Son inépuisable énergie faisait d'ailleurs partie des nombreuses qualités qu'elle aimait chez son compagnon. Chaque fois qu'elle était tentée de faire l'impasse sur leur séance quotidienne, un seul regard de sa part suffisait pour qu'elle enfile ses chaussures de running. Il était la raison pour laquelle elle avait perdu du poids depuis son arrivée à New York trois ans plus tôt. Au point qu'en croisant son reflet dans le miroir il lui arrivait par moments de se croire face à quelqu'un d'autre.

Sa silhouette était plus déliée, plus tonique.

Et, mieux encore, elle respirait la joie de vivre.

Si une personne de son ancienne vie était entrée dans à cet instant, elle aurait eu de la peine à la reconnaître.

Une éventualité qui, il fallait bien l'admettre, n'avait quasiment aucune chance de se concrétiser.

Trois années s'étaient écoulées. Trois années qui lui avaient permis de se reconstruire et de redorer sa réputation en lambeaux. Sur le plan professionnel, elle avait repris pied. Quant à sa vie privée... Une fois de plus, son regard se posa sur le lit et une onde de douceur lui parcourut la poitrine. Jamais elle n'aurait imaginé pouvoir créer à nouveau un lien aussi fort, aussi intime, alors qu'elle s'était crue incapable de rouvrir sa porte, sa vie et son cœur.

Et pourtant, elle en était là : amoureuse.

Elle prit le temps de laisser glisser un regard ému sur le corps athlétique de son compagnon avant de reporter son attention sur son mail en cours. Sa chance dans la vie, c'était que tant d'hommes se cassent la tête pour essayer de comprendre comment fonctionnaient les femmes. Si cela n'avait pas été le cas, elle aurait perdu son gagne-pain.

Son blog « Parle avec elle » attirait un fort volume de trafic. Et ce trafic, à son tour, avait attiré l'attention d'un éditeur. Son premier livre, *Ensemble pour le long terme.Outils pour réussir votre couple*, était devenu un best-seller aux États-Unis comme au Royaume-Uni. Cela lui avait permis de décrocher un contrat pour un second livre, encore à paraître. Le tout sous son pseudonyme d'Aggie, ce qui protégeait son identité tout en lui assurant une sécurité financière. Pour résumer, elle avait réussi à faire fortune de son infortune. Enfin, pas une *fortune* à proprement parler, mais elle gagnait désormais suffisamment d'argent pour vivre à New York dans des conditions confortables, ce qui lui épargnait la mortification d'avoir à regagner Londres la tête basse. Elle avait quitté une vie pour se glisser dans une autre, comme un serpent se débarrasse de sa mue.

Au final, le passé était exactement là où il devait être : derrière elle. Et elle prenait grand soin de ne jamais regarder dans le rétroviseur.

Heureuse, elle s'installa dans son fauteuil préféré et prit son ordinateur portable sur ses genoux.

— OK. Cher Décaféiné, je vais essayer de réfléchir avec toi pour voir à quel moment tu as fait fausse route.

Elle poursuivit son message :

Ce qu'une femme attend de son homme, c'est qu'il la comprenne. Et un cadeau qu'il lui fait devrait toujours témoigner de la connaissance qu'il a d'elle. Ce n'est pas une question de valeur, mais de sentiment. Choisissez quelque chose qui montrera que vous avez été à son écoute. Choisissez quelque chose…

— C'est là que tout va se jouer, Décaféiné, alors concentre-toi, mon vieux, marmonna-t-elle tout bas.

… que personne d'autre que vous ne songerait à lui offrir, parce que personne d'autre ne sait aussi bien que vous qui elle est. Tenez compte de ce critère et je vous garantis que votre amie se souviendra avec émotion de cette journée d'anniversaire — et de vous, qui lui avez fait vivre un tel moment.

Bon. S'il tenait compte de son avis, Décaféiné aurait toutes les chances de faire bonne figure auprès de sa compagne. Molly se versa un verre d'eau filtrée et regarda l'heure au bas de son écran. Il était temps de faire une pause et d'aller courir au parc. Et pas question d'y aller seule. Même si elle passait de longues journées à travailler, c'était un moment qu'elle partageait systématiquement avec son compagnon.

Elle ferma son ordinateur et se leva pour s'étirer, appréciant la caresse légère de la soie sur la nudité de sa peau. Elle avait passé une heure devant son écran sans bouger et un début de raideur s'était installé dans sa nuque. Il lui restait une pile de consultations individuelles sur lesquelles se pencher, mais elle s'en occuperait plus tard.

Le regard tourné vers la fenêtre, elle vit les premiers rayons de soleil dissiper lentement les restes de la nuit. Pendant quelques instants, sa vue se résuma à un embrasement d'or renvoyé par une profusion de surfaces de verre. New York était une ville qui affichait ostensiblement ses lignes audacieuses et ses possibilités démesurées, tandis que ses zones d'ombre restaient masquées par le chatoiement de ses lumières.

C'était l'heure où toute autre ville aurait émergé lentement de sa torpeur matinale. Mais pas New York. La métropole qui ne dort jamais ne connaissait ni phases d'assoupissement ni phases de réveil.

Elle s'habilla en deux temps trois mouvements, troquant son pyjama en soie contre un T-shirt souple, un legging en Lycra et ses chaussures de course violettes — ses préférées. Au dernier moment, elle se munit d'un sweat, car on n'était qu'au début du printemps et, tôt le matin à New York, le froid pouvait être mordant lorsqu'on n'avait qu'une seule couche de vêtements sur le dos.

Rassemblant ses cheveux en une queue-de-cheval bricolée à la hâte, elle attrapa une gourde d'eau qu'elle glissa dans sa ceinture.

Et malgré tout ce remue-ménage, toujours aucun mouvement côté lit. Les yeux clos, couché entre les draps en désordre, il continuait de dormir du sommeil du juste.

— Hé, ho, beau gosse !

Amusée, elle lui donna un petit coup délicat sur l'épaule.

— Aurais-je enfin réussi à t'achever hier ? Ce serait une première.

Il était dans la fleur de l'âge. Au sommet de sa forme et scandaleusement beau. Lorsqu'ils couraient côte à côte dans le parc, des regards envieux se tournaient sur leur passage. Face aux réactions admiratives des passantes, son cœur se gonflait de fierté. Les autres pouvaient regarder autant qu'elles voulaient, mais c'était *elle* qui rentrait à la maison avec lui.

Dans ce monde où il était si difficile de rencontrer le compagnon idéal, elle en avait trouvé un qui, protecteur, loyal et affectueux, n'avait d'yeux que pour elle. Elle avait la conviction absolue et profonde qu'elle pourrait toujours compter sur lui. Même s'ils n'avaient pas prononcé de vœux ni signé le moindre contrat, elle savait qu'il l'aimerait quoi qu'il arrive, dans la santé comme dans la maladie, dans la richesse ou la pauvreté, pour le meilleur et pour le pire.

Il fallait reconnaître qu'elle avait eu une chance incroyable.

Leur relation n'était polluée ni par les tensions ni par les rivalités sourdes qui rendaient souvent la vie à deux si compliquée. En deux mots : ils filaient le parfait amour.

Le regard rayonnant d'affection, elle l'observa bâiller et s'étirer longuement.

Ses yeux sombres s'arrimèrent aux siens et il la contempla d'un air de pure adoration.

— Dis, tu sais que ça devrait être interdit d'être aussi beau ? lui chuchota-t-elle à l'oreille. Je t'ai déjà dit que tu représentais tout ce que l'on peut espérer trouver chez un mâle ?

Il bondit hors du lit, agita la queue, prêt à passer à l'action. Molly s'accroupit pour l'embrasser.

— Bonjour, Valentin. Comment le plus beau chien du monde se sent-il ce matin ?

Le dalmatien poussa un jappement bref et lui lécha affectueusement le visage. Molly sourit.

C'était le tout début d'une nouvelle journée de printemps à New York et elle était prête à la vivre à fond.

— Attends ! Si j'ai bien compris, tu veux emprunter un chien et t'en servir pour draguer une fille qui a l'air de s'intéresser aux animaux ? Tu n'as donc aucun scrupule ?

Sans faire le moindre cas de la désapprobation de sa sœur, Daniel préleva un poil canin égaré sur son costume.

— Les scrupules ? Connais pas. D'ailleurs je ne vois pas le rapport avec le service que je te demande.

Il revit en pensée la fille du parc, avec ses jambes interminables et sa longue queue-de-cheval qui se balançait dans son dos lorsqu'elle courait. Depuis le premier jour où il l'avait repérée, martelant d'une foulée élastique les allées du parc avec son chien bondissant autour d'elle, il était accro. Ce n'était pas seulement ses cheveux qui l'avaient attiré, ni la beauté de ses jambes. Ce qui le fascinait par-dessus tout, c'était l'impression de confiance qui émanait d'elle. Il était attiré par les femmes sûres d'elles, et celle-ci avait l'air de tenir la vie par la gorge et de serrer avec une poigne de fer.

Il avait toujours pris plaisir à courir tôt le matin. Mais depuis quelque temps, son rituel matinal avait pris une nouvelle dimension. Petit à petit, il s'était arrangé pour faire coïncider son horaire de running avec le sien, et tant pis si cela le faisait arriver quelques minutes en retard à son cabinet. Mais en dépit du sacrifice auquel il consentait ainsi tous les matins, la belle n'avait toujours pas pris acte de son existence.

Une indifférence qui commençait à le titiller. Il fallait reconnaître que, question séduction, il n'avait normalement pas beaucoup d'efforts à fournir. Les femmes avaient tendance à lui tomber assez spontanément dans les bras. Or la fille du parc ne semblait se préoccuper que de ses performances et de son chien. Face à cette situation adverse qui perdurait, il avait décidé de passer à la vitesse supérieure et de faire appel à son côté créatif.

Mais pour mener son projet à bien, il devait convaincre l'une de ses sœurs de coopérer. Et pour le moment ça ne marchait pas fort. Il avait espéré tomber sur Harriet, mais s'était retrouvé face à Fliss, qui était beaucoup moins facile à manœuvrer que sa jumelle.

Plissant les yeux d'un air mauvais, elle se planta devant lui, bras croisés.

— Sérieux ? Tu vas faire semblant d'être le propriétaire d'un chien pour attirer l'attention d'une femme ? Tu ne trouves pas ça malhonnête et insultant pour elle ?

— Ce n'est pas malhonnête : je ne prétends pas être le propriétaire de l'animal. Je baladerai un chien, c'est tout.

— Un comportement qui laisserait entendre que tu aimes les animaux.

— Je n'ai rien contre les animaux. Dois-je te rappeler que c'est moi qui ai sauvé ce chien de Harlem, le mois dernier ? Il conviendrait très bien celui-là, d'ailleurs. C'est même lui que je vais emprunter.

La porte s'ouvrit et Daniel fit la grimace lorsqu'un labrador un peu trop enthousiaste bondit dans la pièce. Les animaux ne le dérangeaient pas, dans l'ensemble — sauf lorsqu'ils se permettaient des familiarités avec son costume préféré.

— Ho, hé, stop ! Il ne va pas me sauter dessus, j'espère ?

— Ah, tiens, je croyais que tu étais le meilleur ami des bêtes ?

Fliss maintint fermement le chien par son collier.

— Je te présente Poppy. Harriet l'a recueillie en

attendant que quelqu'un l'adopte. Note que c'est une « elle ». Tu as affaire à une chienne, Daniel.

— Je comprends mieux pourquoi elle me trouve aussi irrésistible.

Dissimulant un rire, il joua avec les oreilles du labrador.

— Hé, salut, beauté. Que dirais-tu d'une balade romantique au parc, rien que toi et moi ? On pourrait assister à un lever de soleil, tous les deux.

— Ce n'est pas son truc de se balader au parc. Et tu n'es pas son type de toute façon. Elle a fait quelques mauvaises expériences et elle est craintive avec les êtres humains. Surtout avec les hommes.

— Les femmes craintives, c'est ma grande spécialité. Mais si je ne suis pas son genre, dis-lui d'arrêter de mettre des poils sur mon costume. Je ne voudrais pas arriver au tribunal tout à l'heure avec une veste en fourrure.

Daniel sentit vibrer son téléphone et le tira de sa poche pour lire le message.

— Le devoir m'appelle. Il faut que j'y aille.

— Déjà ! Je pensais que tu resterais au moins prendre le petit déjeuner avec nous. Ça fait une éternité qu'on ne t'a pas vu par ici.

— Parce que je suis submergé de boulot. La moitié de la population de Manhattan a décidé de divorcer, apparemment. Je compte sur toi, alors ? Tu auras un chien prêt pour moi demain matin à 6 heures ?

— Ce n'est pas parce qu'une femme court seule qu'elle est forcément célibataire. Elle a peut-être déjà quelqu'un.

— Quelque chose me dit qu'elle n'a personne. Et crois-moi, j'ai du nez.

Fliss se renfrogna.

— Même si elle n'a pas d'homme dans sa vie, ça ne signifie pas automatiquement qu'elle a envie de rencontrer quelqu'un. Il n'y a rien qui m'énerve plus qu'un mec qui considère qu'une fille célib' est nécessairement une fille qui cherche un mec. Redescendez sur terre, messieurs.

Daniel scruta le visage de sa sœur.

— Tu t'es levée de quel pied, ce matin ?

— Mon lit, je l'occupe seule. Je me lève du pied que je veux.

— Prête-moi un chien, Fliss. C'est tout ce que je te demande. Pas un petit, par contre. Il faut qu'il soit de taille raisonnable.

— Ouah. Et moi qui te croyais tellement à l'aise dans ta masculinité. Un grand mec macho comme toi aurait peur du ridicule en s'affichant avec un petit chien ? C'est ça qui t'arrête ?

— Non.

Occupé à tapoter une réponse, il ne leva même pas les yeux.

— La fille qui m'intéresse a un chien assez grand, donc il m'en faut un qui puisse tenir le rythme. Je ne me vois pas courir avec un petit rase-mottes sous le bras. Même toi, tu reconnaîtras que ce serait un peu ridicule. Et pas confortable non plus pour le chien.

— Punaise, mais arrête de me parler en regardant ton téléphone ! Je vais te dire un truc, Dan : si tu viens ici pour me demander un service, la moindre des choses serait que tu consentes à un minimum d'efforts de sociabilité en contrepartie. Une petite marque d'affection de temps en temps, ce serait vraiment trop te demander ?

— Tu es ma sœur. Et je me charge de toutes les formalités juridiques pour les Woof Rangers. C'est ma façon de vous témoigner mon affection.

L'attention toujours rivée sur l'écran de son téléphone, il répondit à un second mail.

— Arrête de chipoter pour trois fois rien, Fliss. Tout ce que je veux, c'est un chien. Un *beau* chien, quand même. Le genre qui fait que les filles s'arrêtent net pour s'extasier d'un œil ému. Pour la suite, je me débrouillerai tout seul.

— Si encore tu avais un minimum d'affection pour ces animaux, je ne dis pas...

Daniel fronça les sourcils. Aimait-il les chiens ? C'était une question qu'il n'avait jamais pris le temps de se poser. Un animal de compagnie, c'était un frein à la liberté, et il avait toujours eu pour ligne de conduite d'éviter les complications.

— Ce n'est pas parce que je n'ai pas de chien que je ne les aime pas. Je n'ai pas assez de temps à consacrer à un animal de compagnie, c'est tout.

— Mauvaise excuse. Il y a plein de gens qui bossent et qui prennent un chien quand même. Heureusement, d'ailleurs, sinon Harriet et moi on n'aurait plus qu'à mettre la clé sous la porte. Le chiffre d'affaires des Woof Rangers...

— Je le connais, votre chiffre d'affaires. Je peux réciter votre bilan d'exploitation par cœur. C'est mon boulot de m'en occuper.

— Ton boulot, c'est d'être avocat spécialisé dans le droit des familles.

— Ce qui ne m'empêche pas de faire ma part lorsqu'il s'agit de vous aider. Et tu sais pourquoi ? Parce que c'est un moyen pour moi de vous exprimer mon affection. Et sais-tu comment j'y arrive ? En faisant des semaines de cent heures. Ce qui n'est pas une vie pour un être humain et encore moins une vie pour un chien. Puis-je te faire remarquer d'autre part que cette hausse marquante de votre chiffre d'affaires vous la devez au contrat de sous-traitance que vous avez passé avec une société de services de conciergerie en plein essor, Urban Génie — un partenariat que j'ai mis au point via mon ami Matt ? Non, je t'en prie, ne me remercie pas. C'est de bon cœur.

— Arrête de la ramener, Dan. Il y a des claques qui se perdent, des fois.

Daniel sourit mais resta concentré sur son téléphone.

— Alors ? Tu vas m'aider, oui ou non ? Si c'est non, je demanderai à Harriet. Tu sais qu'elle acceptera, de toute façon.

— C'est *moi* Harriet.

Cette fois, Daniel releva la tête et scruta le visage de sa sœur. Aurait-il commis une erreur ? Mais il sourit et secoua la tête.

— Non. Tu es Fliss.

C'était un jeu que les jumelles avaient joué mille fois avec lui depuis l'enfance. « Devine laquelle des deux je suis ? » Son score de réussite était de cent pour cent. Elles n'avaient encore jamais réussi à le feinter.

Les épaules de Fliss s'affaissèrent.

— Comment tu fais ?

— Pour vous différencier toutes les deux ? À part ta langue acerbe et le fait que tu sois carapacée comme un tatou ? N'oublie pas que je suis ton grand frère. Et que je m'entraîne depuis vingt-huit ans. Vous n'êtes encore jamais parvenues à vous faire passer l'une pour l'autre avec moi.

— Un jour, on y arrivera.

— Je ne crois pas, non. Si tu voulais vraiment ressembler à Harriet, il faudrait que tu arrondisses les angles. Essaie d'être plus douce. Même au berceau, c'était déjà toi qui braillais le plus fort.

— Plus *douce* ?

La voix de Fliss se fit dangereusement sifflante.

— Tu veux que je m'adoucisse ? Je n'ai encore jamais rien entendu d'aussi sexiste ! Tu sais pourtant aussi bien que moi que la douceur ne mène à rien dans ce monde de brutes.

— Il n'y a rien de sexiste dans ce que je te dis. Et

loin de moi l'idée de vouloir te changer. Je te conseille juste sur l'attitude à adopter si par hasard tu voulais convaincre une pauvre personne que tu es Harriet et non pas toi-même. Une personne qui n'est pas moi, entre parenthèses, donc inutile de perdre ton temps.

Il leva les yeux lorsque la porte s'ouvrit.

— Le petit déjeuner est prêt, annonça Harriet. J'ai fait tout ce que tu aimes. Des pancakes et du bacon frit craquant à souhait.

Sa seconde sœur entra dans la pièce avec un plateau. Elle avait les mêmes cheveux d'un blond de lin que Fliss, mais elle portait les siens relevés en désordre sur la tête, comme si elle s'était contentée de les attacher à la va-vite par commodité. Physiquement, les jumelles étaient identiques en tout point. Elles avaient les mêmes traits délicats, les mêmes yeux bleus, les mêmes visages en forme de cœur. Sur le plan du caractère, en revanche, tout les opposait. Harriet était calme et rêveuse. Fliss impulsive et farouche. Harriet, très zen, pratiquait le yoga et le Pilates. Fliss, elle, se livrait avec férocité au kickboxing et au karaté.

Préférant tâter le terrain, Harriet s'immobilisa et laissa son regard glisser de l'un à l'autre. Son expression s'assombrit.

— Oh, non. Vous vous êtes *déjà* disputés, tous les deux ?

Daniel en resta songeur. Comment de telles disparités pouvaient-elles exister dans une fratrie de trois ? Et comment expliquer que de vraies jumelles, si semblables en surface, soient si radicalement différentes de l'intérieur ?

— Nous disputer, nous ? Jamais de la vie.

La voix de Fliss vibrait de sarcasme.

— Tu sais bien que j'adore notre grand frère.

— Je déteste quand vous vous volez dans les plumes.

L'anxiété qu'il discerna chez Harriet procura à Daniel

une sourde bouffée de culpabilité. Il tourna les yeux vers Fliss et ils échangèrent un regard qu'ils avaient déjà échangé des millions de fois. Un regard qui signait un engagement tacite à suspendre les hostilités jusqu'au moment où Harriet serait de nouveau hors de portée de voix.

Dans la fratrie, chacun avait développé une stratégie différente par rapport aux conflits. Celle d'Harriet consistait à fuir. Enfant, elle se dissimulait sous la table pour échapper aux disputes émaillées de cris et de hurlements qui avaient fait partie intégrante de leur univers familial. Daniel se souvenait d'avoir essayé une fois de l'extirper de sa cachette pour la soustraire aux inévitables retombées des scènes parentales. Il la revoyait telle qu'elle était alors, les yeux fermés de toutes ses forces et les mains plaquées sur les oreilles, comme si ne pas voir et ne pas entendre annulait les horreurs qui se déroulaient au-dessus de sa tête.

Se souvenant qu'il avait été brusque et impatient avec elle, à l'époque, Daniel ressentit la morsure aiguë du remords. Ils avaient tous été tellement centrés sur eux-mêmes en ce temps-là — leurs parents y compris — qu'aucun d'entre eux n'avait été conscient de ce qui arrivait à Harriet. Ses traumas avaient fini par se matérialiser de la façon la plus publique possible, et maintenant encore, alors que deux décennies s'étaient écoulées, il lui était impossible de penser à cette soirée au collège sans en avoir une suée d'angoisse.

En surface, Harriet avait l'air fragile, mais Fliss et lui avaient découvert qu'il existait différentes manières d'être fort. Malgré les apparences, Harriet était résistante comme l'acier.

Il l'observa alors qu'elle posait son plateau et disposait les assiettes garnies, les couverts et les serviettes.

Des serviettes en tissu. Qui se souciait de mettre

des serviettes *en tissu* pour un petit déjeuner pris en famille et expédié vite fait ?

Harriet, bien sûr. Elle était l'artisan exclusif de tout ce que l'appartement qu'elle partageait avec Fliss comportait en confort domestique.

Il se demandait parfois si leur trio n'aurait pas explosé depuis longtemps s'il n'y avait pas eu Harriet pour arrondir les angles.

Enfant, elle avait eu une passion presque obsédante pour ses poupées et ses dînettes. Avec toute l'insensibilité d'un petit garçon de huit ans, il s'était désintéressé de ce qu'il avait taxé alors d'« activités de fille ». Maintenant seulement, avec le recul, il se rendait compte qu'elle s'était servie de ses jeux pour construire ce qu'elle n'avait pas connu et se structurer en fantasmant une « vraie » famille, pour compenser les défaillances de son propre environnement familial. Elle avait trouvé un semblant de stabilité dans son univers imaginaire, alors que Fliss et lui avaient eu recours à d'autres techniques pour contourner les failles et composer avec le paysage émotionnel changeant que leur infligeait le couple parental.

Lorsque Fliss et Harriet avaient emménagé dans leur appartement, cette dernière avait pris à cœur d'en faire un lieu de vie confortable et accueillant. Elle s'était armée de peinture et de pinceaux pour badigeonner les murs d'un jaune lumineux et chaud. Des tapis étaient venus adoucir la sévérité des parquets. Et c'était les mains habiles d'Harriet qui disposaient les fleurs dans les vases, réarrangeaient les coussins sur les canapés et prenaient soin de la profusion de plantes qui transformaient les lieux en une jungle vibrante et colorée.

Fliss, elle, n'aurait jamais choisi spontanément d'acheter la moindre plante verte. Comme lui, elle refusait d'être responsable de quoi que ce soit qui puisse exiger des soins et de l'attention. C'était la raison pour laquelle Fliss et lui refusaient jusqu'à l'idée d'une relation amoureuse durable. La seule différence entre sa sœur et lui, c'était que Fliss, elle, avait essayé. Une seule fois seulement, mais cela lui suffisait pour affirmer qu'elle avait fait le tour de l'expérience. Elle clamait haut et fort qu'elle avait déjà donné et qu'elle ne récidiverait pas.

Aucun d'entre eux n'abordait le sujet. Jamais. La fratrie Knight avait appris très tôt que la seule façon de traverser une mauvaise journée, un sale mois ou une année pourrie, c'était de continuer comme si de rien n'était.

— On ne se disputait pas, Harriet. Je prodiguais juste quelques conseils fraternels et avisés à ta jumelle.

Fliss lui jeta un regard mauvais.

— S'il arrive un jour que j'aie besoin de tes conseils, je te le ferai savoir. Mais d'ici là, il gèlera en enfer.

Daniel attrapa un bout de bacon sur une assiette mais Harriet lui tapa gentiment sur les doigts.

— Attends que je mette la table. Et avant que j'oublie, Fliss : Urban Génie nous a fait passer deux demandes supplémentaires. On va avoir une grosse journée de boulot.

Fliss faucha un bout de bacon à son tour.

— Daniel est très pris, lui aussi, semble-t-il. Et il ne reste pas avec nous pour le petit déj.

Harriet interrogea son frère du regard en lui tendant une serviette.

— Ah bon ? Je croyais que tu étais venu bénéficier d'un bon repas.

Daniel fronça les sourcils. Autrement dit, pour Harriet, il ne venait chez elles que lorsqu'il était d'humeur à se faire nourrir. Était-ce le cas ? Non. S'il venait les voir malgré — ou peut-être *à cause* — de sa relation conflictuelle avec Fliss, c'était parce qu'il appréciait la compagnie de ses sœurs. Et il aimait garder un œil sur Harriet. D'un autre côté, il devait reconnaître que ses visites coïncidaient presque toujours avec les heures de repas. Tant que les repas en question étaient concoctés par Harriet, il était ravi. Fliss, elle, aurait été capable de faire brûler même une casserole d'eau.

— Je viens d'avoir un message du cabinet, donc je fais un passage en coup de vent. Mais je suis content de te voir.

Sur une impulsion, il se leva et prit sa sœur dans ses bras. Il entendit Fliss marmonner dans son dos.

— Bonne stratégie, oui. Joue la carte de l'affection. Avec Harriet, ça marche à tous les coups.

— J'ai quand même le droit d'embrasser ma sœur !

Fliss le foudroya du regard.

— Je suis *aussi* ta sœur et tu ne m'embrasses pas pour autant.

— Tu crois que j'ai du temps à perdre pour retirer les milliers d'épines qu'un tel contact laisserait dans ma chair ?

— Arrêtez de vous chamailler, tous les deux. Et dis-moi plutôt : qu'est-ce qui « marche à tous les coups » avec moi ?

Harriet lui rendit son étreinte et, dans un élan protecteur, Daniel la serra plus fort contre lui. Il était conscient que le métier qu'elle avait choisi constituait le créneau idéal, mais il n'en restait pas moins inquiet pour elle. Si Fliss avait un problème, tout Manhattan ou presque en était informé dans la minute qui suivait. Alors qu'Harriet gardait tout pour elle.

— Comment ça va, sœurette ?

Fliss renifla avec dédain.

— Alerte charme. Tout ce qu'il veut, c'est obtenir une faveur, Harriet. Et une faveur *répugnante* qui plus est.

Elle se servit une généreuse portion de bacon et tourna la tête vers lui.

— Allez, crache le morceau, Dan. Avant que je vomisse mon petit déjeuner.

Imperméable aux sarcasmes de Fliss, il sourit à Harriet.

— J'ai besoin d'un chien.

Le visage de sa sœur s'illumina.

— Ah, oui, c'est sûr ! Tu as besoin d'un chien ! Cela fait des années que je te le dis. Ta vie est centrée sur ton boulot et reste un désert émotionnel complet. Un chien te donnera un sentiment de permanence. Il te dispensera de l'amour, t'aidera à te sentir plus relié aux autres et à toi-même.

La bouche pleine de bacon, Fliss balaya ces arguments d'un mouvement de fourchette désabusé.

— Ce n'est pas pour une de ces nobles raisons qu'il veut un chien. Il en a juste besoin une heure par jour pour draguer.

Harriet parut déconcertée.

— Pour draguer ? Mais comment ?

Fliss haussa les épaules.

— Bonne question. Il s'agit de notre grand frère Daniel, ne l'oublie pas. Ça te donne déjà une indication. Ce qu'il veut, c'est un accessoire. Un accessoire canin. Il crie « Va chercher » et le chien lui ramène la fille.

Fliss attaqua rageusement un second bout de bacon de la pointe de sa fourchette.

— Même si tu réussissais à attirer cette nana dans ton antre avec ton plan ridicule, tu serais démasqué avant d'arriver à tes fins. Tu crois qu'elle va réagir comment en découvrant que tu n'as même pas de chien chez toi ? Tu as pensé à ça ?

— Je ne fais jamais venir de femme chez moi, donc il n'y aura pas de problème. Mon appartement est une zone protégée, interdite aux cabots, aux femmes et au stress.

— Charmant. Mais même comme ça, elle finira par s'apercevoir que tu n'es pas un vrai amateur de chiens et elle te plaquera.

— Probablement, oui. Mais quand on aura atteint ce stade, on sera déjà mûrs l'un et l'autre pour passer notre chemin. Donc ce serait parfait pour moi. Nous serons mutuellement prêts à aller voir ailleurs.

— Le Tombeur de Manhattan dans toute sa gloire... Ça ne te titille jamais la conscience, ce cortège de femmes éplorées que tu sèmes dans ton sillage ?

Daniel desserra son étreinte.

— *Quelles* femmes éplorées ? Celles avec qui je sors partagent ma façon de penser.

— C'est-à-dire ? Insensible et bornée ?

Toujours soucieuse de préserver la paix des familles, Harriet vola à son secours.

— Daniel n'est pas insensible. Il est juste atteint d'un soupçon de phobie de l'engagement. Et ni toi ni moi n'avons vraiment de leçon à lui donner dans ce domaine. Daniel n'est pas le seul à avoir des problèmes de ce côté-là, non ?

Fliss protesta avec insouciance.

— Moi, je n'ai pas peur de m'engager. Je suis pleinement dévouée à une cause : moi-même, mon bonheur et mon développement personnel.

Daniel haussa les épaules.

— Moi non plus, je n'ai pas peur.

Une onde de sueur lui picota la nuque.

— Bon, OK. Je suis prudent, c'est vrai. Mais ça vient de mon boulot. Je fais partie de ces hommes qui...

— ... Qui font que les femmes décident qu'elles n'ont besoin de personne dans leur vie ? compléta Fliss d'une voix doucereuse tout en se servant un pancake.

Harriet secoua la tête.

— Moi je n'ai pas envie de finir mes jours seule. J'ai besoin d'amour, de partage. Le problème, c'est que je ne sais pas trop comment faire pour rencontrer quelqu'un.

Daniel et Fliss échangèrent un regard. Ni l'un ni l'autre n'étaient en position de lui offrir le moindre conseil valable.

— Étant donné que je passe ma vie, du matin au soir, à remettre de l'ordre dans l'existence de celles et ceux qui ont choisi de ne *pas* rester célibataires, j'estime que la gent féminine peut m'être reconnaissante de mon non-engagement amoureux. Qui ne se marie pas ne divorce pas non plus.

— Voilà ce que j'appelle une vision constructive.

Fliss versa du sirop d'érable sur l'épais pancake doré.

— Un de ces jours, tu tomberas sur une fille qui te dispensera quelques leçons intéressantes sur ce qu'être femme veut dire... Ils sont grandioses, tes pancakes, Harriet. Tu devrais ouvrir un restaurant. Je serais ton assistante.

Harriet rougit.

— Oh non, je me mélangerais dans les commandes et ce serait la panique. Quant à toi, je t'adore, mais j'aime autant éviter de te voir à l'œuvre dans une cuisine. Ce ne serait pas sympa pour les pompiers de New York.

Daniel faucha un morceau de bacon sur l'assiette de Fliss.

— Quant à moi, je n'ai plus rien à apprendre au sujet des femmes. Je sais déjà tout ce qu'il y a à savoir.

— Tu *crois* tout savoir. Ce qui te rend infiniment plus dangereux qu'un homme qui admet en toute simplicité qu'il est nul et qu'il ne comprend rien à la gent féminine.

— Je ne suis pas nul et je comprends les femmes. Grandir avec vous deux a été l'équivalent d'un d'enseignement complet niveau troisième cycle. Je sais comment les femmes pensent, réagissent et ce qu'elles ressentent. Maintenant, par exemple, je peux affirmer sans me tromper que si je ne dégage pas d'ici au plus vite, tu vas exploser. Donc je file tant qu'on est encore amis.

— Nous ne sommes pas *amis*.

— Tu m'aimes, sœurette. Et quand tu ne fais pas la gueule, je t'aime aussi.

Il sourit à Harriet.

— Fliss a raison, à propos. Tu es une cuisinière magistrale.

Cette dernière croisa les bras sur sa poitrine.

— Si tu avais la moindre affection pour moi, tu resterais petit-déjeuner avec nous. Tu te sers de moi, comme tu te sers des autres femmes.

Daniel récupéra son blouson.

— Tu sais quoi, Fliss ? En tant que mec, je vais te filer un tuyau : arrête de râler à longueur de temps, sinon tu ne décrocheras jamais un seul rencard.

Le visage de sa sœur vira à l'écarlate. Puis elle explosa.

— Je te répète que je ne *veux pas* de mec dans ma vie !

Elle s'interrompit net et soupira en lui jetant un regard noir.

— Tu dis ça pour me provoquer, c'est ça ? Pourquoi je tombe toujours dans le panneau ? Tu me rends dingue et ça m'empêche de réfléchir. C'est une de tes tactiques de base, je le sais, et je me fais avoir quand même. Tu es aussi insupportable que ça quand tu plaides devant un tribunal ?

— Je suis pire.

— Ce n'est pas étonnant que tu gagnes toujours. L'avocat de la partie adverse doit être trop pressé d'en finir pour échapper enfin à ta présence.

— C'est en partie la raison, oui. Pour mémoire, cependant, je ne me *sers* pas des femmes. Je les laisse, elles, se servir de moi — et de préférence après la nuit tombée.

Il se pencha pour l'embrasser sur la joue. Décidément, taquiner Fliss arrivait au second rang de ses divertissements préférés, tout de suite après le poker.

— Bon alors, à quelle heure je passe récupérer le chien demain ?

Chapitre 2

Chère Aggie,

Si les hommes viennent vraiment de Mars, quand est-ce qu'ils y retournent ?

Sincèrement vôtre,

Terrienne-à-bout-de-nerfs

Ce fut le chien qu'elle remarqua en premier. Un berger allemand, puissant et athlétique, comme son propriétaire. Cette semaine, elle les avait vus courir ensemble tous les jours, juste après le lever du soleil. Elle s'était surprise à leur jeter quelques coups d'œil à la dérobée, parce que... parce qu'elle était humaine, après tout. Et capable autant qu'une autre d'apprécier le plaisir esthétique procuré par une anatomie masculine impeccable, sachant que ce mec-là était vraiment un très beau spécimen.

Et puis c'était son boulot d'observer les gens.

Comme la majorité des habitués de Central Park à cette heure, il était en tenue de running. Mais quelque chose dans son allure lui disait que, lorsqu'il ne courait pas dans les allées du parc, il devait s'habiller plutôt haut de gamme et occuper une position sociale en vue.

Il était brun, avec des cheveux coupés très court. Un médecin ? Un banquier ? Un cadre de haut vol ? L'assurance qui émanait de lui suggérait qu'il était doué dans sa spécialité, quelle qu'elle soit. Que pouvait-elle deviner d'autre à son sujet, rien qu'en le regardant ? Que lorsqu'il se fixait un but, il le poursuivait jusqu'à l'obsession ? Qu'il travaillait probablement beaucoup trop et qu'il devait avoir du mal à se mettre à la place de plus faible que lui ? Ce qui ne devrait pas l'empêcher d'avoir ses propres faiblesses, comme tout le monde, bien sûr. Et il était probablement assez intelligent pour les avoir repérées lui-même. Mais il ne devait pas faire étalage de ses zones de fragilité pour autant. C'était le genre d'homme qui, en apprenant quel métier elle exerçait, commencerait par éclater de rire avant d'exprimer sa surprise que certains puissent chercher conseil dans un domaine aussi basique que la relation amoureuse. Il était à coup sûr incapable d'imaginer qu'on puisse manquer de confiance en soi au point de ne pas oser s'adresser à une femme que l'on trouvait attirante.

Le même type d'homme que Rupert, en somme.

Elle fronça les sourcils. Pourquoi cette pensée lui avait-elle traversé l'esprit ? Elle était attentive à ne jamais penser à Rupert, d'habitude. Ayant une assez bonne connaissance d'elle-même, elle savait que son expérience avec lui avait déformé sa vision du monde en général et sa vision des hommes en particulier. Il n'y avait aucune raison de penser que ce type ait quoi que ce soit à voir avec Rupert.

Le seul élément détonnant dans le portrait d'ensemble qu'elle s'était formé de son bel inconnu, c'était son chien. Rien chez lui a priori ne correspondait au profil classique de l'homme à chien tel qu'elle le concevait. Peut-être que le toutou appartenait à un ami malade. Ou qu'il l'avait hérité d'un membre de sa famille récemment décédé. Cela dit, si c'était le cas, il aurait probablement fait appel à des promeneurs pour chiens, comme les Woof Rangers. Elle-même y avait parfois recours pour Valentin.

Le chien était la seule pièce non conforme au milieu d'un puzzle par ailleurs cohérent.

Craignant d'être surprise en train de l'observer, Molly accéléra l'allure, ses pieds frappant le sol au rythme rapide qu'elle adoptait maintenant d'instinct. Courir était pour elle une façon de se lancer un défi en se poussant hors de sa zone de confort. Le fait de se dépasser chaque matin lui donnait une conscience nouvelle d'elle-même et de son corps. Courir l'aidait à se souvenir que chaque fois qu'elle pensait ne plus rien avoir à donner, il lui restait encore des réserves supplémentaires où puiser.

Même à cette heure matinale où le parc n'était pas encore ouvert à la circulation, il y avait du monde dans les allées. Les joggeurs se mêlaient aux cyclistes qui s'entraînaient en *interval training* en s'attaquant aux côtes. Dans quelques heures, ils céderaient la place à des parents avec des poussettes et des touristes curieux de découvrir le parc légendaire de 341 hectares s'étendant de la 59e à la 110e Rue à l'est et de la Cinquième Avenue à Central Park à l'ouest. Molly n'avait pas encore réussi à décider quelle était sa saison préférée à New York, mais en cet instant précis elle aurait voté pour le printemps. Les arbres magnifiés par leur floraison embaumaient l'air de leurs parfums. Les pommiers sauvages, les cerisiers du Japon et les magnolias baignaient le parc de leur éclat rose pâle, et des oiseaux exotiques de l'Amérique centrale et du Sud se rassemblaient, se préparant pour leurs migrations printanières.

Elle cogitait sur la splendeur quasi nuptiale des efflorescences végétales lorsque Valentin bondit soudain devant elle et manqua la faire trébucher.

Il s'élança derrière le berger allemand qui semblait

surexcité et refusait de répondre aux appels de son compagnon humain.

— Brutus !

La voix masculine, puissante, retentissait à travers le parc.

Molly ralentit sa foulée. Non, sérieux ? Il avait vraiment appelé son chien *Brutus* ?

Non seulement le berger allemand ne réagissait toujours pas aux ordres de son propriétaire, mais il ne tournait même pas la tête vers ce dernier. Rien dans son attitude n'indiquait que son accompagnateur humain signifiait quoi que ce soit pour lui.

Soit Brutus faisait partie de ces chiens qui adoraient braver l'autorité, soit il manquait d'occasions de jouer avec ses congénères et il était décidé à profiter de l'opportunité, que cela plaise ou non à son maître.

Son propriétaire avait beau afficher un air dominateur et autoritaire, il se heurtait à une indifférence totale chez son chien frondeur. Une leçon de modestie pour le grand homme ?

Elle siffla Valentin, qui s'amusait comme un fou avec son nouveau copain.

Le dalmatien leva la tête et leurs regards se rencontrèrent de part et d'autre de l'étendue d'herbe. Après un quart de seconde d'hésitation, Valentin répondit à l'appel et s'élança vers elle. Il était fin, racé, avec dans ses mouvements la grâce et l'élégance d'un danseur classique. Elle entendit le son cadencé de ses pattes martelant le sol et le rythme de sa respiration haletante. Valentin pila juste devant elle, tout l'arrière de son corps animé par le mouvement de balancier de sa queue, ce baromètre canin du bonheur.

Aux yeux de Molly, il n'existait pas de salut plus joyeux au monde. Ce langage corporel communiquait tant de choses. L'affection, le plaisir. Et, en l'occurrence, une acceptation inconditionnelle.

Valentin était suivi de près par son nouveau copain. Le berger allemand s'immobilisa lui aussi à ses pieds — mais en dérapage incontrôlé, plutôt façon lutteur de foire que danseur étoile. Il leva vers elle un regard plein d'espoir, dans l'attente d'un signe d'approbation de sa part.

Molly décida qu'il lui plaisait bien, malgré son côté impulsif et ses manières assez bad boy. Comme tous les bad boys, cependant, il avait besoin de poigne et de limites fermement posées.

Et il en allait probablement de même pour son propriétaire.

— Salut toi, le chien. Tu as l'air sympa.

Elle s'accroupit pour caresser la tête et le cou du berger allemand. L'haleine chaude du chien lui glissait sur la peau alors qu'il lui tournait autour, surexcité, en lui frappant les jambes d'une queue enthousiaste. Il voulut lui poser les pattes sur les épaules et elle faillit basculer en arrière et se retrouver les fesses par terre sur le sol boueux.

— Non. Assis.

Le chien lui jeta un regard lourd de reproche et obtempéra, visiblement déçu que le jeu s'arrête là.

— Tu es charmant, mais ça ne veut pas dire que tu peux mettre tes pattes pleines de boue sur mon T-shirt.

L'homme s'immobilisa devant elle.

— Donc avec vous, il obéit.

Son sourire était détendu, son regard chaleureux.

— Je n'ai encore jamais réussi à le faire asseoir sur commande. C'est quoi votre secret ?

— Je lui ai demandé gentiment.

Elle se leva, consciente que de fines mèches de cheveux

mouillées lui collaient à la nuque et irritée d'accorder de l'importance à un détail qui aurait dû n'en avoir aucune.

— Vous possédez la formule magique, apparemment. À moins que ce ne soit un effet de l'accent britannique ? Brutus ?

Il jeta au chien un regard sévère.

— *Brutus !*

Le berger allemand ne remua pas une oreille. Il n'avait même pas l'air de se rendre compte qu'on s'adressait à lui. Molly était de plus en plus intriguée par son attitude.

— Il vous ignore souvent, comme ça ?

— Tout le temps. Il a un trouble du comportement, ce chien.

— Les troubles du comportement en disent généralement plus long sur le maître que sur l'animal lui-même.

— Ouille. Prends ça dans les dents, mon vieux.

Son rire ample et sexy s'enroula autour d'elle. Une onde de chaleur lui traversa le corps et vint se concentrer au bas de son ventre.

Elle s'était attendue à ce qu'il se montre sur la défensive, mais c'était elle, finalement, qui se tenait sur ses gardes. Elle avait construit de solides barrières que personne ne franchissait en temps normal. Mais elle sentait que cet homme, avec ses yeux bleus redoutables et sa voix sexy, était habitué à improviser des stratégies pour contourner les obstacles. La respiration de Molly s'était accélérée et une sorte de flottement lui brouillait la tête — une sensation à laquelle elle n'était pas du tout habituée.

— Votre chien a besoin d'être éduqué, c'est tout. Apparemment, il n'a pas appris à faire ce qu'on lui dit de faire.

Elle garda son attention concentrée sur l'animal plutôt que sur l'homme, évitant le regard rieur du maître trop attirant.

— Moi non plus, je ne suis pas vraiment du genre à faire ce qu'on me dit de faire. Donc je vois plutôt ça comme une qualité.

— Cela peut être dangereux pour un chien de défier l'autorité, dit-elle.

— Les défis ne me font pas peur.

Cela ne la surprenait pas. Elle avait repéré au premier regard que cet homme savait ce qu'il voulait et qu'il ne craignait pas d'aller droit au but. Elle sentait également que sous le charme facile de surface se cachait un noyau en acier trempé. Il aurait fallu être stupide pour sous-estimer un spécimen masculin tel que celui-ci. Et elle n'était pas idiote.

— Vous ne souhaitez pas être obéi ?

— On parle toujours de chiens, là ? Parce que nous sommes au XXIe siècle et j'ai des idées relativement progressistes sur les relations homme/femme.

Molly se sentit rougir. Chaque fois qu'une personne ou une situation la déstabilisait, elle essayait de prendre du recul et d'imaginer quel conseil elle donnerait sous couvert de son alter ego, Aggie.

Se retrouver le souffle et les jambes coupés devant un homme peut être inconfortable, mais souvenez-vous que, sous ses allures de Superman, il a ses propres zones d'insécurité, dont il évite soigneusement de faire étalage.

Ce conseil d'Aggie ne lui fut d'aucune aide. Des zones d'insécurité, lui ? Il avait l'air tellement confiant qu'on se demandait s'il existait une brèche dans ce mur d'assurance masculine.

Peu importe comment vous vous sentez à l'intérieur, tant que ça ne se voit pas de l'extérieur. Souriez, restez cool et il ne saura jamais qu'il vous a déstabilisée.

Sourire et rester cool.

Voilà qui semblait déjà être une meilleure tactique.

— Vous pouvez essayer de l'emmener chez un dresseur. Pour une éducation à l'obéissance.

Il haussa un sourcil.

— C'est un truc qui se pratique, ça ?

— Couramment, oui. Et ça pourrait résoudre votre problème. C'est un beau chien. Vous l'avez acheté chez un éleveur ?

— Je l'ai récupéré, en fait. Il a fait les frais d'un divorce particulièrement conflictuel à Harlem. Le mari savait que Brutus était ce que sa femme aimait le plus au monde, alors il s'est battu pour faire valoir ses droits sur le chien. Son avocat à lui étant meilleur que son avocat à elle, il a gagné son procès et s'est retrouvé avec un chien sur les bras dont il n'avait que faire.

L'histoire horrifia suffisamment Molly pour qu'elle en oublie d'être troublée.

— Et c'était qui, son avocat ?

— C'était moi.

Avocat. Elle avait oublié cette profession dans sa liste. Et elle se demandait bien pourquoi, car ce métier lui allait comme un gant. Elle l'imaginait sans peine en train d'intimider la partie adverse. C'était un homme habitué à se battre et à gagner. Cela ne faisait aucun doute à ses yeux.

— Et pourquoi n'a-t-il pas rendu Brutus à son ex-femme ?

— Un : parce qu'elle est partie dans le Minnesota pour vivre chez sa mère. Deux : parce que la dernière chose qu'il souhaite dans la vie, c'est de lui concéder quoi que ce soit. Trois : l'amour de cette femme pour son chien est grand, mais sa haine pour son ex-mari est plus grande encore. Elle voulait lui pourrir la vie au maximum, donc elle l'a planté avec Brutus sur les bras.

— C'est sinistre, votre histoire.

Molly avait beau passer ses journées à traiter de

situations conflictuelles, elle était choquée qu'un homme et une femme qui s'étaient probablement mariés par amour aient pu en arriver là.

— Eh oui, c'est ça, le couple.

— Il s'agit d'un divorce en particulier, pas du couple en général. Et vous avez sauvé Brutus de l'abandon ?

Cette révélation mettait à mal toutes les idées préconçues qu'elle s'était formées à son sujet. Elle avait vu en lui quelqu'un de férocement autocentré, du type « moi d'abord et moi seul ». Un homme qui ne tolérait les autres que dans la mesure où ils ne lui compliquaient pas trop l'existence. Mais il avait récupéré ce beau chien vulnérable qui avait perdu la seule personne au monde qui l'avait aimé. Sous le physique conquérant et la redoutable aisance verbale se cachait de toute évidence une personnalité généreuse.

— C'est un beau geste de votre part de l'avoir adopté.

Elle frotta la tête de Brutus, triste pour cet animal affectueux qui avait fait les frais d'une flambée destructrice de haine conjugale. Lorsqu'un couple se déchirait, le séisme créait une onde de choc dont les répercussions frappaient l'entourage proche. Elle était bien placée pour le savoir.

— Pauvre toutou.

Elle sourit lorsque le chien lui huma les poches avec insistance.

— C'est une friandise que tu veux ? Il a le droit ?

— Il a le droit, oui. Si vous en avez une ou deux en trop...

— J'en emporte toujours une provision pour Valentin.

Dès qu'il l'entendit prononcer son nom, son chien s'élança pour monter la garde devant elle, possessif et protecteur.

Le propriétaire de Brutus fronça les sourcils.

— *Valentin ?* Quel prénom pour un chien ! Il vous tient lieu d'homme de substitution ?

— Pas du tout. Il me tient lieu de *chien.*

Il lui adressa un large sourire approbateur.

— J'ai eu peur que vous ayez renoncé aux hommes et opté prudemment pour l'affection garantie *ad vitam* d'un bon toutou fidèle.

C'était plus près de la vérité qu'il ne pouvait l'imaginer, mais elle n'avait pas l'intention d'en faire étalage. Et encore moins devant un homme comme lui, qui semblait avoir le monde à ses pieds. Que savait-il des ravages subis lorsque vos faiblesses personnelles se trouvaient livrées en pâture au grand public ? Rien. Il ne pouvait rien en savoir du tout.

Et elle n'avait aucune envie de l'éclairer sur le sujet.

Son passé n'appartenait qu'à elle seule. Il était plus sécurisé qu'un compte bancaire en ligne, soigneusement abrité derrière un pare-feu qui n'autorisait aucun accès extérieur. S'il y avait eu un mot de passe, elle aurait choisi « échec ». Ou peut-être même « échec majeur ».

— Pour moi, Valentin n'est pas un ersatz d'homme. Il est juste mon chien *number one.* Mon meilleur ami.

Elle planta son regard dans celui de l'avocat, et là... Une sorte de connexion se produisit — comme un phénomène de conduction impalpable. Le choc qui en résulta fut physique et violent.

Elle était ébranlée de la tête aux pieds et ne se souvenait pas de quand cela s'était produit la dernière fois. C'était à cause des yeux de cet homme. Elle était prête à parier que ce regard démoniaque avait déjà dû faire tourner pas mal de têtes. Il aurait dû porter quelque part sur lui une étiquette indiquant : « Attention danger. À manier avec précaution. »

Molly essayait de faire abstraction de son trouble, mais son cœur, lui, semblait avoir d'autres projets.

Oh non, Molly. Non, non et non. Sa boîte mail débordait de questions de femmes rêvant de maîtriser l'art de manier des hommes tels que lui. Et même si elle se savait douée pour conseiller les autres, son champ d'expertise s'arrêtait là.

Conscient que la conversation tournait autour de lui, Valentin agita la queue avec enthousiasme.

Elle l'avait trouvé alors qu'il n'était encore qu'un chiot abandonné dans la rue. Et la tête qu'il faisait alors resterait gravée dans sa mémoire. Dans l'expression du tout jeune chien, elle avait lu une petite part d'étonnement et une grande part de tristesse. Qu'on ait pu choisir de le larguer dans le caniveau plutôt que de le garder bien au chaud semblait l'avoir laissé sonné et vaguement incrédule. Comme si cet abandon inattendu avait bousculé tout ce qu'il avait cru savoir à son propre sujet.

Un sentiment qu'elle connaissait bien.

Valentin et elle s'étaient trouvés, deux âmes en errance qui avaient scellé un pacte au premier regard.

— Si je l'ai appelé Valentin, c'est à cause de sa truffe en forme de cœur.

C'était le seul détail de sa vie privée qu'elle était disposée à partager avec cet homme. Il était temps de mettre fin à la conversation. Avant qu'elle ne dise ou ne fasse quelque chose qui pourrait la mener sur une voie qu'elle n'avait pas l'intention d'emprunter.

— Bonne journée, et bon running.

— Attendez.

Il tendit la main pour l'arrêter.

— Ce n'est pas la première fois que je vous vois. Vous vivez par ici ?

Apprendre qu'il l'avait remarquée, lui aussi, bouscula de nouveau le rythme capricieux de son pouls.

— Pas très loin, oui.

— Alors on aura l'occasion de se recroiser. Je m'appelle Daniel, au fait.

Il lui tendit la main et elle la prit, son corps restant sourd aux avertissements de son cerveau. Lorsque les doigts de Daniel se refermèrent sur les siens, elle eut la confirmation qu'il avait de la poigne. Ces mains-là, elle les imagina douées pour toutes sortes d'usages. Quelques visions fiévreuses s'imposèrent, provoquant de nouveau cette sensation de flottement qui l'empêchait de penser de manière cohérente.

Elle avait du mal à se recentrer, et lui la regardait d'un air interrogateur, attendant manifestement qu'elle dise quelque chose.

— Je recommence, dit-il. Moi c'est Daniel et toi tu es...

Son nom. Il attendait qu'elle lui dise son nom. Et à en juger par la lueur amusée qui pétillait dans ses yeux, il savait pertinemment pourquoi elle restait muette comme une carpe.

— Molly.

Même après trois ans, le réflexe n'était pas encore complètement acquis. Et pourtant Molly était bel et bien son vrai prénom. Ou en tout cas, un de ses prénoms. Le fait qu'elle n'ait commencé à l'utiliser que depuis qu'elle vivait à New York n'aurait pas dû poser l'ombre d'un problème.

Elle se garda bien de fournir d'autres précisions, mais elle le vit enregistrer l'information, comme pour bien la garder en mémoire. D'après ce qu'elle percevait de lui, ce n'était pas un homme qui oubliait grand-chose. À l'évidence, il était doté d'une intelligence brillante. Mais même s'il venait à apprendre son nom de famille, il ne découvrirait rien de toute façon. Elle avait déjà vérifié plusieurs fois.

Daniel lui lâcha la main.

— Viens boire un café avec moi, Molly. Je connais un

petit bar sympa tout près d'ici où ils servent le meilleur petit noir de tout l'Upper East Side.

La proposition oscillait à mi-chemin entre l'invitation et l'injonction. Le ton était lisse, l'attitude détendue. Daniel l'avocat redoutable n'avait aucune inhibition à vaincre lorsqu'il faisait des avances à une femme. La possibilité qu'il puisse se heurter à un refus ne lui traversait clairement même pas l'esprit.

Mais il allait découvrir le sens du mot « rejet ». Parce qu'il était hors de question qu'elle se joigne à lui pour un café ou quoi que ce soit d'autre.

— Merci, mais mon travail m'attend. Courez bien, Brutus et toi.

Elle ne lui laissa pas le temps de répondre. Ne se donna pas à elle-même le temps de la réflexion. Coupant court à toute hésitation, elle s'élança. Et courut à travers les allées, dans l'ombre mouchetée de lumière et l'air embaumé par les floraisons, avec Valentin à ses côtés et la tentation qui lui mordait les talons. Elle ne tourna pas la tête pour regarder Daniel une dernière fois, même si elle en avait mal à la nuque de se retenir de le faire. Il y avait très longtemps que sa volonté n'avait pas été ainsi mise à l'épreuve. La suivait-il des yeux ? Était-il contrarié qu'elle lui ait dit non ?

Molly attendit d'avoir parcouru deux kilomètres avant de s'autoriser à ralentir sa foulée. Ils arrivaient à proximité d'une fontaine basse prévue exprès pour les chiens. Elle s'immobilisa pour reprendre son souffle et laisser un Valentin clairement assoiffé laper l'eau fraîche tout son soûl.

« Viens avec moi boire un café. »

Et ensuite quoi ?

Ensuite rien.

En matière de relations amoureuses, elle était excellente en théorie et pitoyable en pratique. Ses échecs étaient de notoriété publique. Les hommes commençaient par l'aimer. La souffrance suivait juste derrière.

Ton domaine d'expertise, ce sont les relations amoureuses, mais question mise en pratique tu es plus nulle que nulle. Tu te rends compte au moins à quel point tu te couvres de ridicule ?

Oh oui, elle s'en rendait compte. Et quelques millions d'inconnus avaient été informés de sa déconfiture. D'où sa décision, depuis qu'elle était à New York, de se cantonner à la théorie.

Quant à Daniel, l'avocat séducteur, elle était prête à parier qu'il ne lui faudrait pas cinq minutes pour oublier jusqu'à son existence.

Pas moyen de se sortir cette fille de l'esprit.

Irrité et vaguement intrigué par la nouveauté de l'expérience, Daniel sonna chez ses sœurs. Ce fut Harriet qui lui ouvrit. Des odeurs de café et de pâtisserie cuisant au four vinrent lui flatter les narines.

— Alors ? Vous avez bien couru, tous les deux ?

Sa sœur avait un minuscule chihuahua sous le bras et Daniel attrapa d'une main ferme le collier de Brutus, bloquant juste à temps l'élan enthousiaste avec lequel il s'apprêtait à franchir le seuil.

— Tu as sérieusement l'intention de faire cohabiter ces deux-là ? Brutus n'en fera qu'une bouchée, de ce machin.

Harriet parut perplexe.

— *Brutus ?* C'est qui, Brutus ?

— C'est lui.

Daniel détacha la laisse et le berger allemand bondit dans l'appartement, renversant d'un coup de queue une des plantes d'Harriet. Terreau, feuillage et éclats de pot se répandirent sur le carrelage.

Harriet posa le petit chien et, sans plainte ni soupir, se baissa pour ramasser le tout.

— Ce chien s'appelle *Froufrou.* Et il est trop grand pour vivre dans un appartement comme celui-ci.

— Tu me vois courir dans Central Park en criant « Froufrou, viens ici ! » chaque fois qu'il s'éloigne ? J'ai décidé de le renommer. C'est du café que je sens ?

— On ne peut pas changer le nom d'un chien comme ça.

— Si, on peut. Quand quelqu'un est assez stupide pour affubler d'un « Froufrou » un beau gaillard macho comme lui, il n'y a plus qu'une chose à faire : le rebaptiser d'urgence.

Daniel entra dans la cuisine lumineuse et inondée de soleil et se servit un café.

— Franchement, on ne peut pas le laisser avec un nom pareil. Je suis en train de le sauver de justesse d'une crise d'identité majeure.

— Froufrou est le nom qu'il a reçu étant petit, répliqua patiemment Harriet. Le nom qu'il connaît et auquel il a appris à réagir.

— C'est un nom qui l'embarrasse et lui donne envie de se cacher sous une touffe de gazon. Je lui rends service, à ce chien.

Daniel prit une gorgée de café et regarda sa montre. Ses journées étaient chargées et il était encore plus à court de temps qu'avant depuis qu'il prolongeait ses séances de course à pied matinales.

— Tu es resté au parc plus longtemps que d'habitude. Il est arrivé quelque chose ? Tu as enfin réussi à lui parler ?

Harriet jeta à la poubelle les morceaux du pot brisé et récupéra avec soin ce qu'il restait de la plante.

Daniel savait que, dès qu'il aurait quitté l'appartement, elle la rempoterait avec soin et la bichonnerait de manière à favoriser la guérison complète.

— Ouais, on a parlé.

Enfin, « parler », c'était beaucoup dire. Ils avaient échangé quelques mots, plutôt. Il lui avait posé des questions et elle avait répondu. Brièvement à chaque fois, et sans jamais l'encourager à approfondir. Elle lui avait clairement fait comprendre qu'elle s'intéressait plus à son chien qu'à lui, ce qui aurait pu casser le moral d'un individu moins versé que lui dans l'art de la séduction.

Même si verbalement elle ne lui avait manifesté aucun intérêt, il avait repéré quelques signaux non verbaux éloquents. Pendant l'instant fugace qui avait précédé la mise en place des barrières de Molly, il avait décelé chez elle un trouble certain.

Il se demanda qui était à l'origine des barrières émotionnelles en question. Un homme, probablement. Une histoire d'amour qui avait dû tourner à la débâcle. Il en voyait des exemples tous les jours dans sa vie professionnelle. Entre les adultères, les conflits à répétition et les sentiments qui partaient en fumée, l'amour était une boîte de chocolats fourrés chagrin et décorés désastre. À chacun de choisir son parfum.

Le visage d'Harriet s'illumina.

— Elle t'a parlé ? C'est super ! Qu'est-ce qu'elle t'a dit ?

Pas grand-chose.

— C'était juste une première prise de contact. On y va tout en douceur, elle et moi.

— En d'autres termes : tu ne lui plais pas et elle t'a envoyé paître.

Fliss déboula dans la cuisine en legging de sport, sweat-shirt et chaussures de running violet fluo. Elle attrapa ses clés sur le comptoir de la cuisine.

— Tu es tombé sur une fille qui a vu clair dans ton

jeu, apparemment. Ou alors tu perds la main. Dois-je comprendre que tu ne sortiras pas Froufrou demain matin ?

— Je ne perds pas la main. Et j'ai la ferme intention de promener *Brutus* demain. Tiens à propos, il a des troubles du comportement, ce chien. Le plus gênant étant le fait qu'il ne réagit pas quand on l'appelle.

— Ça doit être une expérience entièrement inédite pour toi. Normalement, tu siffles et tout le monde arrive ventre à terre.

— Très drôle. Tu n'as aucun tuyau à me donner ?

— C'est à moi que tu demandes ça ? Question drague, je n'ai pas vraiment de conseils à te donner, non. À part peut-être celui-ci : laisse tomber et passe ton chemin.

— Je ne te parle pas de la fille, je te parle du chien.

— Ah, d'accord. Eh bien, pour commencer, tu pourrais l'appeler en utilisant le nom auquel il est habitué. Ça ferait déjà toute la différence.

Fliss se dirigea vers la porte.

— Et si ce chien a effectivement des troubles du comportement, c'est au moins une chose que toi et lui vous avez en commun.

Chapitre 3

Chère Aggie,

S'il y a autant d'hommes sur terre que de poissons dans la mer, pourquoi est-ce que je ne ramène jamais rien dans mes filets ?

Molly entra chez elle, déposa son trousseau de clés dans la coupe posée sur la console près de la porte et se dirigea directement vers la cabine de douche.

Dix minutes plus tard, elle était de nouveau à son poste de travail, face à l'écran de son ordinateur. Valentin se cala dans son panier sous le bureau et, avec un long soupir d'aise, posa le museau sur ses pattes.

Le soleil de printemps qui entrait à flots par les fenêtres faisait luire le parquet ancien et rehaussait les couleurs du beau tapis tissé main qu'elle avait dégotté dans un atelier de création textile à l'occasion d'une virée à Union Square. Dans un coin de la pièce à vivre, elle avait placé une grande girafe en bois que son père lui avait expédiée par bateau alors qu'il voyageait en Afrique. Si un inconnu avait voulu se faire une idée de sa personnalité, l'examen de ses bibliothèques pleines à craquer de livres n'aurait livré que des indices contrastés. Ses goûts étaient éclectiques, allant des classiques à l'autofiction, en passant par des romans noirs et roses, des livres de psycho et des essais. On trouvait également les quelques exemplaires d'auteur qui lui restaient de son premier livre : *Ensemble pour le long terme. Outils pour réussir votre couple.*

En bref : faites ce que je vous dis et pas ce que je fais.

Elle avait dédié son livre à son père, mais Rupert aurait probablement été le dédicataire le plus approprié. *Pour Rupert, sans qui ce livre n'aurait jamais pu s'écrire.*

Mais si elle avait mentionné Rupert, elle se serait exposée au risque d'être reconnue. Et elle ne voulait surtout pas que les gens découvrent qui se cachait derrière le pseudonyme d'Aggie.

Non, elle avait bien fait de choisir son père. Et de sauvegarder ainsi tout ce qu'elle avait réussi à mettre sur pied depuis trois ans. De cette manière, elle pouvait ranger « l'épisode Rupert » — comme son père l'appelait — dans un tiroir mental fermé à clé, avec une jolie étiquette « Expériences-douloureuses-mais-formatrices » dessus.

En arrivant à New York, elle avait commencé par vivre en coloc dans un vieil immeuble sans ascenseur avec trois filles accros au bière-pong et aux fêtes qui duraient toute la nuit. Après six mois passés à négocier ses cent quatre-vingt-douze marches pluri-quotidiennes (elle les avait comptées une à une) et à faire l'aller-retour en métro sur Manhattan, elle avait claqué ses dernières économies et pris un deux pièces au second étage d'un joli petit immeuble situé à quelques pâtés de maisons de Central Park. Au premier regard, elle était tombée amoureuse de l'appartement, de la vieille maison en brique avec sa joyeuse porte peinte en vert, ses ferronneries et ses balustrades.

Elle n'était pas seulement tombée amoureuse du bâtiment mais de ses occupants aussi. Au rez-de-chaussée vivait un jeune couple avec un bébé. L'étage au-dessus était monopolisé par Mme Winchester, une veuve qui occupait le même appartement depuis soixante ans. Perdre ses clés était une des spécialités de la vieille dame et Molly avait accroché un double chez elle pour la dépanner. Mais ses préférés d'entre les préférés étaient Mark et Gabe, ses voisins de dessus. Gabe était créatif dans la pub et Mark illustrateur de livres pour enfants.

Elle avait fait leur connaissance le soir même de son arrivée alors qu'elle se débattait avec la serrure défectueuse de sa porte d'entrée. Gabe s'était chargé de la réparation et Mark lui avait préparé à dîner. Depuis, ils étaient devenus amis. Et les nouveaux amis, avait-elle découvert, se révélaient parfois plus fiables que les anciens.

Ceux qu'elle connaissait depuis l'enfance s'étaient défilés en masse lorsque sa vie s'était effondrée, répugnant à se laisser aspirer à leur tour dans les sables mouvants de son humiliation. Au début, il y avait eu quelques coups de fil de soutien. Mais dès l'instant où sa situation avait empiré, les marques de solidarité s'étaient raréfiées et avaient fini par s'interrompre tout à fait. Ses amis s'étaient comportés comme si la honte était contagieuse et que par le simple fait de se tenir à côté d'elle, ils risquaient une contamination définitive.

D'une certaine manière, elle pouvait les comprendre. Qui aurait voulu connaître la torture des journalistes à l'affût devant sa porte et des déchaînements de commentaires féroces sur les réseaux sociaux ?

Nombreux étaient ceux qui couraient après la fortune et la gloire, mais personne, semblait-il, n'aspirait à devenir un hashtag sur Twitter.

La défection de ses amis avait rendu sa décision de

quitter Londres encore plus facile à prendre. Elle avait coupé les ponts, changé d'horizon et réinventé sa vie en changeant tout, y compris son nom. Ici, à New York, elle s'était créé un nouveau cercle, entièrement distinct de ses anciennes fréquentations. Ses voisins d'immeuble étaient des gens extraordinaires, et ce coin de l'Upper East Side sur lequel elle avait jeté son dévolu n'avait rien de commun non plus. Elle aimait le vaste réseau de rues calmes bordées d'arbres et découvrait un quartier riche en histoire et en traditions. Elle aimait tout ici, que ce soient les élégantes constructions d'avant-guerre, les ensembles de maisons en brique mitoyennes ou les grandes demeures bourgeoises de style néogothique le long de la Cinquième Avenue. Elle se sentait chez elle dans ces rues et ces avenues où elle avait pris ses habitudes, repéré petit à petit ses cafés et ses restos de prédilection. Lorsqu'elle avait la flemme de cuisiner, elle faisait un saut chez Via Quadranno entre Madison et la Cinquième Avenue et commandait un panini ou une pâtisserie faite maison. Et lorsqu'elle était d'humeur à se faire plaisir, elle passait chez Ladurée et s'offrait un choix de macarons.

Elle avait exploré Manhattan et découvert des clubs de salsa cachés, des centres socio-culturels organisant des cours de peinture, des boîtes de jazz absolument fantastiques. Elle courait les expos, écumait les galeries, hantait le Met, la collection Frick et le musée Guggenheim. Mais quand elle éprouvait le besoin de se mettre au vert, elle allait se perdre dans les vastes étendues de Central Park, à dix minutes à pied de chez elle. Valentin et elle passaient des heures à explorer ensemble les recoins cachés de l'immense étendue de verdure.

Elle alluma son ordinateur portable et but quelques gorgées d'eau en attendant que l'écran d'accueil s'affiche. Son bureau était encombré de montagnes de documents et d'articles entassés en désordre. Il y avait des annotations et des post-it un peu partout, avec en prime deux mugs de café abandonnés et oubliés sur place. Quand elle travaillait, elle était concentrée et tout à fait capable de faire abstraction du bazar qui l'entourait.

Lorsque son téléphone sonna, elle vit le nom qui s'affichait à l'écran et décrocha sans hésiter.

— Papa ? Comment tu vas ?

Elle écouta en souriant pendant que son père se lançait dans le récit de ses nouvelles aventures. Par chance, il avait quitté Londres quelques mois avant qu'elle ne connaisse les affres de la disgrâce publique. Et son absence au moment des faits avait été une des rares consolations de Molly à l'époque. Après avoir bouclé une carrière dans l'électronique, son père avait investi dans un camping-car pour fêter son retrait de la vie active et s'était lancé dans un road trip épique à travers les États-Unis, explorant son pays d'origine État par État. Dans une ville poussiéreuse et écrasée de soleil de l'Arizona, sa route avait croisé celle de Carly et ils ne s'étaient plus quittés depuis.

Molly l'avait rencontrée une fois et Carly lui avait plu. Mais ce qui lui plaisait par-dessus tout, c'était le bonheur retrouvé de son père. Enfant, lorsque sa mère était partie en les abandonnant tous les deux, elle avait assisté à son effondrement et l'avait vu traverser en chancelant les premières années qui avaient suivi la séparation. Le rejet total dont il avait fait l'objet l'avait fracassé, brisant toute sa confiance en lui.

Elle ne savait plus très bien à quel moment elle avait commencé à l'encourager à sortir, à voir d'autres femmes. Cela avait démarré à l'adolescence, sans doute. Lorsqu'elle s'était rendu compte à l'usage qu'elle préférait être à l'écoute des histoires d'amour des autres que d'en vivre une elle-même. À force d'observation, un talent s'était dessiné chez elle pour déceler les affinités et assortir les couples entre eux. Elle avait l'œil pour voir qui pouvait aller avec qui ou non. Pour repérer les couples armés pour le long terme et ceux qui feraient naufrage aux premiers signes de tempête. La rumeur s'était répandue qu'elle avait un don. Et elle adorait en faire usage. Pourquoi pas ? Il n'était pas simple de trouver le compagnon de route idéal dans un monde pressé et complexe. Et il arrivait que les gens aient besoin d'un regard extérieur pour les aider à y voir plus clair.

Ils l'avaient surnommée « la Cupidone ». Un surnom bien plus agréable à porter que celui qu'elle avait récolté quelques années plus tard.

Au lycée, elle avait consacré ses heures de pause ainsi qu'une bonne partie de ses soirées à conseiller les cœurs en peine, les amoureux tourmentés et autres indécis affectifs de tous bords. Enfant, elle avait vu son père faire concession sur concession au point de renoncer à lui-même dans l'espoir de correspondre enfin à ce que sa femme attendait de lui. Ni ses efforts ni ses sacrifices ne l'avaient empêché de se faire plaquer avec fracas. Forte de cette leçon, elle encourageait toujours les gens à être eux-mêmes. Si l'autre ne vous aimait pas pour qui vous étiez, la relation était condamnée à échouer de toute façon. Elle le savait mieux que personne. Si l'être aimé ne vous trouvait pas assez bien pour lui, il était inutile d'espérer se hisser un jour à la hauteur de ses attentes.

Malgré tout ce qu'il avait fait pour elle, son père n'avait pas suffi à sa mère.

Pas plus que Molly ne lui avait elle-même suffi en tant que fille, d'ailleurs.

La voix forte de son père résonnant dans le téléphone la ramena au présent.

— Et comment va ma fille ?

— Bien. Très bien.

Tout en parlant, elle cliquait du bout du doigt pour effacer quelques spams.

— Ce n'est pas le boulot qui manque. Je relis les épreuves de mon second bouquin.

— Toujours à t'inquiéter des histoires d'amour des autres ! Quand est-ce que tu te préoccuperas des tiennes, plutôt ? Et ne me dis pas que Valentin te suffit !

— Ça grouille de mecs dans ma vie, papa. J'ai un emploi du temps très serré. Le mardi et le vendredi, je danse la salsa, le jeudi c'est la salle de sport, le mercredi j'ai des cours de cuisine et le lundi, théâtre. Et pour chacune de ces activités, il y a une forte participation masculine.

— Mais tu es seule quand même.

— Tout à fait. Et c'est bien grâce au fait que je suis seule que je peux faire tout ce que je fais.

— C'est important d'avoir quelqu'un dans sa vie, ma chérie. Tu as toujours été la première à me le dire.

— J'ai plein de monde dans ma vie. L'autre soir, j'ai dîné chez Mark et Gabe. Mark prend des cours de cuisine italienne. Ses tortellinis sont une tuerie. J'aurais voulu que tu puisses les goûter.

— Mark et Gabe sont homosexuels.

— Et alors ? Ce sont mes meilleurs amis.

L'occasion de mettre cette amitié à l'épreuve ne s'était pas encore présentée, cela dit. Elle avait découvert à ses dépens que c'était au moment où le monde entier vous montrait du doigt que les amis, eux, montraient leur vrai visage. Mais elle n'avait aucune envie de retomber dans la tourmente pour tester la solidité de ses nouveaux liens.

— Il n'y a pas que l'amour, dans la vie. Les liens d'amitié comptent au moins autant. Gabe et Mark forment un couple très chouette. Ils sont drôles, brillants, talentueux et savent écouter comme personne. Leur compagnie me fait toujours un bien fou.

— Tu sais que tu es un peu hypocrite dans ton genre, ma fille ? Pendant des années, tu t'es démenée pour me faire rencontrer quelqu'un et me pousser à reprendre le risque d'aimer. Mais ce risque, tu refuses de le prendre toi-même.

— Toi, c'est différent. Je n'aimais pas te voir seul. Tu as de magnifiques qualités qui ne demandaient qu'à être partagées avec quelqu'un qui les mérite.

— Toi aussi tu as de magnifiques qualités, Molly.

Son père émit un petit rire.

— Ça me fait toujours aussi bizarre de t'appeler comme ça.

— C'est mon prénom, papa.

— C'en est un, en effet. Mais que nous n'avions jamais utilisé avant ton départ pour New York. Est-ce que tu te sens « Molly » ?

— Complètement, oui. Je suis heureuse dans ma peau de « Molly ». Les gens qui m'entourent ne me connaissent pas d'autre identité que celle-ci.

Un soupir résonna sur la ligne.

— Je m'inquiète pour toi. Je me demande si ce n'est pas ma faute. Je me sens responsable de ton célibat.

— Toi, non, tu n'es en rien responsable.

Cette conversation, ils l'avaient eue d'innombrables fois au fil des années. Même si elle avait toujours veillé, pendant les semaines et les mois qui avaient suivi le départ de sa mère, à ne pleurer qu'à l'abri des regards pour que son père ne soit jamais témoin de sa détresse. Avec lui, elle avait toujours fait bonne figure, parce qu'elle n'avait pas voulu lui faire porter un accablement supplémentaire. C'était monstrueusement injuste à ses yeux qu'il se sente coupable d'une situation sur laquelle il n'avait eu aucune prise.

— Carly a lu ton livre. Elle pense que tu te débats avec des angoisses d'abandon.

— Elle a raison. J'ai eu une problématique d'abandon, c'est vrai. Mais il y a des années que je l'ai surmontée.

Molly s'empara d'un stylo et se mit à griffonner mécaniquement des formes abstraites sur le carnet posé à côté de son ordi. Ce serait peut-être une bonne idée d'acheter un livre de coloriage. C'était la dernière invention à la mode en matière d'antistress non médicamenteux. Son regard tomba sur la robe tachetée de Valentin.

— Je pourrais peut-être acheter un marqueur noir et tracer des traits pour joindre toutes tes taches entre elles, murmura-t-elle d'un air pensif.

Au téléphone, son père émit un grommellement perplexe.

— Hein ? Tu veux acheter un marqueur pour faire quoi ?

— Rien. Rien du tout. Je plaisantais... Papa, il faut que tu arrêtes de te faire du souci pour moi. De nous deux, c'est moi la psychologue, OK ?

— Je sais que c'est ton boulot, oui. Et je sais aussi que les gens s'adressent à toi et qu'ils peuvent tout te dire. Mais toi, est-ce que tu as quelqu'un à qui parler, au moins ? On sait que les cordonniers sont toujours les plus mal chaussés. Sois gentille et accepte de rencontrer un homme, de sortir une fois ou deux avec lui. Si tu ne le fais pas pour toi, fais-le au moins pour moi.

— Tu penses à quelqu'un en particulier ? Ou tu veux que je me jette sur le premier venu dans la rue pour lui proposer un rancard ?

Elle songea à l'avocat rencontré dans le parc. Revit les yeux bleus pétillants et le sourire sexy. Le simple fait de penser à cet homme lui fit battre le cœur plus vite.

— Pourquoi pas, s'il n'y a que ça pour te faire sortir de chez toi ? Lance-toi d'une façon ou d'une autre. Et retrouve ta confiance en toi. Avec toutes ces activités auxquelles tu participes, tu n'as pas rencontré un seul garçon qui t'attire un tant soit peu ?

— Pas un seul, non. Pas un qui fasse vibrer quoi que ce soit chez moi.

Elle jeta un coup d'œil à Valentin qui s'étirait en bâillant et se félicita qu'il ne puisse pas parler. Car si ça avait été le cas, il l'aurait traitée de menteuse.

— Alors, c'est quoi votre prochaine destination, à Carly et à toi ?

— Pour le moment, on se dirige vers le nord, destination l'Oregon. Et on va prendre une piste de grande randonnée pour faire à pied une partie du chemin des crêtes du Pacifique.

— Top ! Profitez-en bien et envoyez-moi des photos.

— Carly a démarré un blog : « Il n'y a pas d'âge pour oser ».

— J'irai voir ça. Mais il faut que je te laisse, maintenant. J'ai une tonne de boulot en retard. Bonne rando et osez, osez, osez, tous les deux ! Mais pas trop en public, quand même. Embrasse Carly pour moi.

Elle mit fin à la communication en souriant et se tourna vers son ordinateur.

Que son père veuille l'entendre ou non, son célibat faisait son bonheur. Et si cet aveu paraissait surprenant de la part d'une spécialiste de la relation amoureuse, eh bien tant pis. Depuis trois ans, elle cloisonnait sa vie professionnelle et sa vie personnelle.

Ses pensées se tournèrent de nouveau vers l'homme rencontré à Central Park. Pendant quelques secondes, elle laissa son imagination vagabonder du côté des fantasmes interdits. Puis elle revint au présent en sursaut.

Elle savait ce que cela donnerait si elle cédait à ce genre de tentation : tracas et traumatisme en tous genres.

Il n'y avait pas lieu de se remettre en cause quant

au fait qu'elle n'ait pas pris le risque d'aller boire un café avec lui.

Ce n'était pas de la lâcheté, juste du solide bon sens.

Son refus signifiait qu'elle avait su tirer les leçons de son passé. Elle savait comme tout un chacun qu'une invitation à boire un café ne s'arrêtait jamais là. Le café était un début, pas un but en soi. Or elle n'était pas d'humeur à démarrer quoi que ce soit. Et encore moins avec quelqu'un comme ce Daniel. Daniel qui, d'ailleurs ? Elle ne connaissait même pas son nom de famille.

Elle ouvrit un mail et lut la question.

Chère Aggie,

Ma mère a offert des sous-vêtements sexy à ma copine, qui refuse de les porter. Pourquoi ?

Avec un grognement de découragement, Molly se renversa contre son dossier et attrapa son verre d'eau.

Il posait la question *sérieusement* ?

Vous pensez vraiment qu'elle verra une preuve d'amour dans un cadeau comme celui-là choisi par… votre mère ?

Il y avait des mecs qui ne doutaient vraiment de rien.

Elle soupira et entreprit de mieux rédiger sa réponse.

Non seulement elle gagnait bien sa vie en faisant ce boulot, mais elle assurait un service public de surcroît.

Le lendemain, elle ne vit trace ni de Brutus ni de Daniel.

Valentin courait en cercles, tantôt reniflant le sol tantôt humant l'air avec une expression d'espoir. Lorsqu'il devint évident qu'il lui faudrait jouer seul aujourd'hui, il lui jeta un long regard de reproche.

— Hé ! Ce n’est pas ma faute.

Molly fit une pause pour reprendre son souffle.

— Ou peut-être que si, au fond. Je l’ai envoyé bouler. Mais crois-moi, c’était la meilleure chose à faire. On y va ?

Valentin se posa fermement sur son arrière-train, indiquant qu’il n’avait pas l’intention de bouger.

— Cela ne sert à rien de rester planté là. Il ne viendra pas, de toute façon. Et c’est aussi bien comme ça. Je suis très contente, moi, que son bipède de compagnie ne soit pas venu.

Un petit tiraillement inhabituel se fit sentir dans la zone de son cœur. Elle soupira.

— Tu as encore beaucoup de choses à apprendre sur le plan relationnel, Valentin. Les rapports entre les gens sont compliqués, même en amitié. Je te conseille de revoir tes attentes à la baisse. Les êtres humains se déçoivent souvent entre eux. Et je suppose qu’entre chiens, ça ne doit pas être forcément beaucoup mieux. Je comprends que tu sois triste, mais chercher Brutus partout alors qu’il n’est clairement pas au parc, ce n’est pas non plus une solution.

Indifférent à ses critiques, Valentin continua de tourner en rond, la truffe au ras du sol, snobant un beau labrador élégant puis un bouledogue trop enthousiaste, dans sa quête obstinée de son compagnon d’élection.

Hors d’haleine d’avoir couru, Molly s’étira et se laissa tomber sur un banc. Cette sensation de lourdeur, tout à coup, ce ne serait tout de même pas de la déception ? Elle lui avait juste parlé une fois. Il y avait eu quelques mots échangés — trois fois rien.

Mais des coups d’œil entre eux, il en circulait depuis une bonne semaine, en revanche. Et ces coups d’œil étaient devenus des regards, les regards s’étaient mués en sourires, d’abord simplement polis puis un peu plus personnels. Résultat : elle avait l'impression de le connaître depuis un certain temps.

Irritée par ses propres réactions, elle se leva, prête à reprendre son parcours de course à pied, lorsque Valentin poussa un aboiement extatique et bondit, manquant de peu de lui arracher sa laisse des mains. Elle tourna la tête et... Daniel était là, avançant vers elle avec la laisse de Brutus dans la main droite et dans la gauche, un plateau avec quatre gobelets.

Même à cette distance, sa prestance physique avait de quoi impressionner. Une joggeuse qui arrivait du côté opposé ralentit l'allure et tourna la tête pour vérifier que le côté pile était à la hauteur du côté face. Daniel ne lui accorda même pas un regard. L'impact qu'il avait sur les femmes était-il devenu si habituel pour lui qu'il avait cessé de s'en rendre compte ?

Ou alors, s'il n'avait pas remarqué la fille, se dit Molly, c'était peut-être simplement parce qu'il avait les yeux rivés sur *elle* ?

Alors qu'elle le regardait avancer, son cœur cognait de plus en plus fort dans sa poitrine. Sa sexualité endormie sortait de son long sommeil, sa peau s'éveillait, pore après pore, et une chaleur humide vint se nicher au creux de ses cuisses. La découverte qu'elle avait envie de lui s'accompagna d'un frisson de surprise choqué.

Des souvenirs de sa première rencontre avec Rupert lui revinrent en mémoire. À l'époque, c'était comme si elle avait touché une clôture électrique. Cinq mille volts d'énergie sexuelle pure l'avaient traversée de part en part, lui grillant les neurones et faisant sauter tous les fusibles de ses systèmes d'alarme internes. Privée de leur protection, elle était tombée dans cette relation les yeux bandés, oubliant ses limites personnelles dans le domaine. Plus tard, en analysant le phénomène avec le recul, elle avait compris une chose : le désir l'avait aveuglée.

Depuis, elle avait fait en sorte de ne plus se laisser éblouir. Fini les cœurs brisés.

Chère Aggie,

Je suis tombée sur quelqu'un qui me plaît vraiment beaucoup, mais je sens que ce serait une erreur d'entamer une relation avec lui. D'un autre côté, ce que je ressens en présence de cet homme, je ne l'ai jamais ressenti avec aucun autre. Que dois-je faire ?

Fuir.

Écoute la voix qui te dit que c'est une mauvaise idée et cours à toutes jambes, répondit mentalement Molly à son interlocutrice imaginaire. *Et pas au petit pas, non. Sprinte ! Aussi vite que possible, et dans la direction opposée.*

Elle avait passé trois ans à reconstruire sa carrière et sa confiance en elle. Et elle ne ferait rien qui puisse mettre ces acquis en péril.

Ils se trouvaient dans une des zones du parc où les chiens étaient autorisés à se promener sans laisse sur certains créneaux horaires. Elle détacha Valentin, qui bondit vers Brutus, le saluant avec un enthousiasme canin communicatif.

Molly dévissa le bouchon de sa gourde et but une gorgée pour se donner une contenance. Daniel l'avait-il vue assise ? En avait-il conclu qu'elle s'était attardée là dans l'espoir de tomber sur lui ?

Elle regrettait à présent de ne pas avoir continué de courir.

Son père avait raison. Elle était bel et bien « une hypocrite dans son genre ». Si une femme l'avait consultée pour lui demander son avis, elle lui aurait conseillé d'éviter la compagnie d'un homme tel que lui. Ou lui aurait au moins recommandé la plus extrême prudence.

Mais dans les faits, elle était là, presque aussi frétillante de joie de le voir que Valentin de retrouver son pote Brutus.

— Désolé d'être en retard.

Avec un sourire comme le sien, il aurait pu illuminer les ténèbres d'une nuit sans étoiles. Molly sentit une drôle de chaleur dans sa poitrine. Une chance qu'elle ait un talent imparable pour résister aux hommes, sinon elle aurait été en mauvaise posture.

— Ah ? Et pourquoi es-tu en retard ?

Elle avait réussi à s'exprimer d'une voix normale. À paraître cool et détendue. Mais ses efforts tombaient à plat, car le sourire de Daniel disait qu'il *savait* qu'elle l'avait attendu. Qu'elle avait espéré.

Elle était certaine qu'un homme comme lui était habitué à ce que les femmes se comportent ainsi en sa présence.

Combien de cœurs brisés dans le sillage de cet homme ? Combien de rêves piétinés ?

— Je serais arrivé ici dix minutes plus tôt mais la queue était plus longue que d'habitude.

— La queue ?

— Au bar. Comme tu as refusé d'aller au café, le café est venu à toi.

Depuis déjà un certain temps, elle était parvenue à la conclusion qu'il y avait deux types d'individus dans la vie. Ceux qui s'inclinaient face au premier obstacle venu et les autres, comme lui, qui ignoraient les embûches et trouvaient simplement un moyen différent pour atteindre leur but.

— Je ne bois pas de cappuccino.

— C'est pourquoi j'ai apporté du thé. Tu es britannique donc tu en bois forcément, non ?

Il s'assit en gardant Brutus près de lui.

— Plutôt Darjeeling ou plutôt Earl Grey, par contre ? Ça, je n'ai pas réussi à deviner.

— Tu as pris lequel, du coup ?

— Les deux. Je suis du genre à assurer mes arrières.

— Tu es toujours aussi persévérant ?

Il sourit et entreprit de désentortiller la laisse de Brutus de sa main libre.

— La chance ne sourit jamais à ceux qui renoncent à la première difficulté.

— C'est un vieux proverbe chinois ?

— Cent pour cent américain. Et de ma propre fabrication. Assis. J'ai dit *assis*.

Molly haussa les sourcils.

— Ça s'adresse au chien ou à moi ?

Les yeux bleus de Daniel pétillèrent.

— Les deux. Mais je suis sûr que vous n'écouterez ni l'un ni l'autre. Voilà de quoi mes journées sont faites : tout me résiste.

Elle ne s'assit pas mais s'autorisa à sourire.

— Et si je te dis que je ne bois que de la camomille ?

— Là, je suis grillé.

Il fit glisser la laisse sous une des pattes de Brutus pour tenter de la démêler.

— Mais je suis sûr que tu n'es pas du genre à carburer à la tisane. Tu ne bois peut-être pas de café, mais tu as besoin de ta dose de stimulant.

— En fait, je bois aussi du café. Mais pas de cappuccino, en revanche. Et il se trouve que j'adore l'Earl Grey.

— Je vais essayer de rester modeste, fit-il avec un large sourire en lui tendant l'un des gobelets. Et voilà : du Earl Grey. Avec une tranche de citron.

— Tu as réussi à trouver un authentique Earl Grey du Yunnan par ici ? Au paradis des buveurs de café ? Sérieux ?

— Je suis toujours sérieux question boissons, surtout après une semaine comme celle que je viens de vivre. La caféine est ma drogue de prédilection. Dans la journée, du moins.

Elle regarda Brutus et Valentin jouer ensemble.

— Tu peux le détacher, si tu veux. On a le droit de les laisser en liberté ici.

— Brutus n'est pas franchement du genre à revenir quand je l'appelle.

— Il reviendra s'il est avec Valentin.

Il hésita un instant puis détacha la laisse.

— J'espère que tu sais de quoi tu parles, sinon je risque de le retrouver dans trois mois au fin fond du New Jersey.

— Il obéira, tu vas voir... Valentin !

Le dalmatien s'immobilisa net et tourna la tête pour la regarder. Puis il bondit vers elle comme une flèche et Brutus s'élança derrière lui sans une hésitation.

— Bravo, Brutus. Tu es un bon chien, toi.

Elle le caressa avec affection puis le laissa repartir.

— Tu as cet effet sur tous les hommes ?

— Assez systématiquement, oui.

Molly retira le couvercle du gobelet pour faire refroidir son thé.

— J'ai du mal à croire que je suis assise sur un banc à Central Park avec un Earl Grey de première qualité entre les mains.

Elle prit place à côté de lui, en laissant un espace suffisant entre eux pour que sa jambe ne puisse effleurer la sienne par mégarde. Si le simple fait de lui parler lui faisait déjà un tel effet, elle préférait ne pas imaginer ce qui se passerait s'ils se touchaient.

— Tu ne t'inclines jamais devant un refus, Daniel ? Genre, accepter qu'un « non » puisse être un non ?

— Je veux bien qu'on me dise non — quand non est la réponse que j'espère. Mais là, ce n'était pas le cas.

Molly allait répondre lorsque des rires enamourés flottèrent jusqu'à eux. Elle leva la tête et vit une fille en longue robe de mariée blanche dans les bras d'un gars en costume, le tout sous l'œil professionnel d'un photographe qui les mitraillait à l'envi. Le couple mettait en scène quelques enlacements particulièrement intimes. Ils auraient quand même pu choisir un autre endroit pour leur séance de pose... La passion qu'ils affichaient n'était pas du genre à être déballée sous les regards publics. Et cela mettait Molly d'autant plus mal à l'aise qu'elle y assistait en compagnie d'un inconnu.

Daniel allongea les jambes, aussi détendu qu'elle était crispée, et observa le couple en secouant la tête.

— Je n'ai jamais compris l'intérêt de ce genre de pratique. Des photos mises en scène, je veux dire. Comme s'il fallait afficher à tout prix sur les réseaux sociaux une caricature de bonheur surjoué.

— Ils sont peut-être sincèrement heureux ensemble.

— Peut-être, oui.

Il tourna la tête pour la regarder.

— Tu crois à l'amour qui dure, toi ?

Il y avait une intensité dans son regard bleu qui rendait difficile de se concentrer sur ce qu'elle pourrait bien répondre à pareille question. Elle toussota pour s'éclaircir les idées.

— J'y crois fermement, oui.

Et elle était sincère. Pour *autrui*, elle y croyait dur comme fer. Mais pas pour elle-même, c'est tout. Son but pour les autres était de les aider à construire un couple durable. Son but perso était de trouver le bonheur avec elle-même. Et elle se débrouillait plutôt bien jusqu'ici.

— En tout cas, la saison se prête à la photo souvenir mémorable. Les floraisons sont à leur apogée.

— Espérons pour eux que dans cinq ans ils ne jetteront pas un regard rétrospectif sur leur album de mariage en se disant : « Mais comment a-t-on pu être assez cons pour croire que ça allait durer ? »

C'était exactement le genre de remarque qu'elle aurait pu formuler elle-même. À part que dans son cas elle se serait interrogée sur la façon dont ils s'étaient rencontrés et sur ce qu'ils avaient en commun. *Leur histoire pouvait-elle tenir ?*

— Je suppose que tu n'es pas marié ?

Elle prit une gorgée de thé en songeant qu'un homme comme lui, qui devait avoir un vaste vivier de jolies femmes à disposition, n'était probablement pas très tenté de limiter son champ d'action à une seule.

— Je ne suis pas marié, non. Et toi ? Tu es partie ce matin en laissant un mec repu et comblé dans ton lit ?

— Ils étaient dix. Rien ne dit qu'ils s'en remettront. Si je les trouve encore affalés sur place en rentrant, j'appellerai une ambulance.

Il se mit à rire.

— J'ai senti ça chez toi au premier regard. Si à l'occasion tu cherches un exemplaire unique pour remplacer tes dix, tu sais où me trouver.

— Tu penses avoir de l'énergie sexuelle pour dix ?

— Tu veux faire le test ?

— Jamais avant le petit déjeuner, non.

Pour soutenir ce genre de conversation, elle se sentait très à l'aise. C'était juste un petit jeu qui ne menait nulle part — ne descendait jamais en dessous des émotions de surface. Et Daniel faisait ça très bien. Il excellait dans le flirt à bâtons rompus. Un exercice qui rappelait à Molly le vol du papillon : toujours en mouvement, à virevolter ici et là, sans jamais se fixer ni s'appesantir.

— Et toi ? Dix femmes t'attendent à la maison ?

— Un état de siège, tu veux dire ? J'espère bien que

non. Mais ça devrait aller, je suis à peu près certain d'avoir fermé à clé en partant.

Il en rajoutait tellement qu'elle ne put s'empêcher de rire.

— Tu ne crois pas au mariage ?

Elle regretta d'avoir posé la question avant même d'avoir fini de parler. Il y aurait eu mille sujets impersonnels à saisir, comme la météo imprévisible ou la soudaine recrudescence de touristes dans les rues de New York. Tout plutôt qu'une demande aussi directe et intime. Il en conclurait forcément qu'elle s'intéressait de très près à sa réponse. Et se demanderait s'il y avait d'autres enjeux pour elle dans leur rencontre que le plaisir de boire un bon thé sur un banc par un matin de printemps ensoleillé.

— Je n'ai pas peur du risque, pourtant. Je me suis lancé d'un avion en parachute et j'ai pratiqué le saut à l'élastique, mais le mariage, non. Jamais.

Son ton disait clairement qu'il n'était pas près d'essayer.

— Tu vois le mariage comme un risque ?

— Évidemment que c'est un risque. Je veux bien croire que la vie de couple, ça puisse être génial, si on trouve la bonne personne. Mais le gros problème, c'est de la rencontrer. Et tu as mille fois plus de chances de te tromper que de tomber sur le numéro gagnant... Et toi ?

Les deux chiens se poursuivirent mutuellement jusqu'au banc et Daniel se pencha pour caresser Brutus. Elle vit son T-shirt se tendre sur la ligne puissante de ses épaules, faisant apparaître le relief de ses muscles.

— Je n'ai jamais été mariée non plus.

Il prit un des trois gobelets restants et but une gorgée.

— Et la quatrième boisson, au fait ? Elle est pour qui ?

— Pour moi.

— Tu en as pris deux parce que tu n'arrivais pas à faire un choix ? Tu as un problème avec le renoncement ?

— J'ai surtout un problème pour rester éveillé lorsque je travaille jusqu'à 2 heures du matin. Je t'ai dit que la caféine était ma drogue de prédilection. J'ai besoin de deux cafés le matin et les voici... Alors, qu'est-ce que tu fais dans la vie, Molly ? Non, ne réponds pas. Laisse-moi deviner. Ton chien est bien élevé et tu es à l'évidence très disciplinée, donc tu pourrais être prof. Mais en même temps j'ai l'impression que ce métier ne te correspond pas. Tu es intelligente, à l'évidence, et tu aimes ton indépendance. Je te verrais bien exercer une profession libérale ou artistique — travailler à partir de ton domicile, peut-être ? Quelque part pas très loin d'ici. Écrivain ? Journaliste ? Je me trompe ?

— Tu n'es pas très loin.

Elle restait évasive par automatisme, par un réflexe de prudence qu'elle avait été forcée d'acquérir. Puis elle se rappela à elle-même qu'elle travaillait sous un pseudo. C'était un peu comme lorsqu'on enfilait un déguisement.

— Il m'arrive d'écrire dans le cadre de mon travail. Mais je ne suis pas journaliste.

— Qu'est-ce que tu écris ? Ou veux-tu que j'essaie de deviner, plutôt ? C'est érotique ? Si c'est le cas, je tiens absolument à te lire.

Elle connaissait suffisamment la nature humaine pour savoir qu'elle ne ferait qu'exciter sa curiosité si elle omettait de répondre.

— Je suis psychologue.

— Donc tu es en train d'analyser mon comportement.

Il reposa sa tasse de café.

— Je dois reconnaître que c'est un peu déstabilisant, dit-il. Du coup, je me repasse toute notre conversation pour essayer de me souvenir de ce que j'ai pu te raconter.

D'un autre côté, tu es toujours assise sur ce banc, donc ça n'a pas dû être si dissuasif que cela.

Exact. Elle était bel et bien encore assise sur ce banc. Ce dont elle était la première surprise.

— Peut-être que si je suis encore sur ce banc, c'est parce que je vois en toi un cas désespéré en besoin urgent d'aide psychologique ?

Il hocha la tête.

— C'est mon cas, en effet.

Il observa un instant Brutus et Valentin qui roulaient dans l'herbe comme des fous, absorbés dans des jeux endiablés.

— Tu vas me prendre, alors ?

— Pardon ?

— Tu as dit que j'avais besoin d'une aide. Ta conscience professionnelle t'interdit de m'abandonner à ma détresse. Si tu veux que je vienne m'allonger sur ton divan, ça marche pour moi.

— Tu ne rentrerais pas sur mon divan. Tu mesures combien ? Un mètre quatre-vingt-cinq ?

— Quatre-vingt-huit.

— C'est bien ce que je disais : tu es trop grand.

En vérité, il était trop tout. Trop beau. Trop charmeur. Trop menaçant pour son équilibre interne.

Comme pour la conforter dans cette idée, il lui sourit. Et l'effet fut l'équivalent d'un fer à souder appliqué sur de la glace. Elle fondit dangereusement.

— Me sourire ne changera rien à l'affaire. Tu ne rentreras pas plus sur mon divan.

Il se pencha vers elle et baissa la voix.

— Tu n'as aucune inquiétude à avoir. Je te promets de procéder avec la plus grande douceur.

— Non, je rêve... Tu as vraiment dit ça ?

Comme sa main tremblait, elle se renversa du thé brûlant sur les genoux.

— Aïe !

Elle se leva d'un bond et le sourire de Daniel s'évanouit, laissant la place à une expression soucieuse.

— Retire ton legging.

— Très drôle.

— Je ne plaisante pas. En cas de brûlure, la première chose à faire est de refroidir la zone atteinte. Or ce tissu imbibé d'un liquide chaud continue de te brûler la jambe.

— Je ne vais pas me déshabiller en plein Central Park !

Mais elle écarta le Lycra de sa peau et la sensation de brûlure disparut bel et bien.

— Je suis désolé.

Il avait l'air sincèrement contrit.

— Désolé de quoi ?

Elle attrapa quelques serviettes en papier et les appliqua sur sa cuisse.

— Ce n'est pas toi qui as renversé ce thé sur moi.

— Mais c'est ma faute si je t'ai mise mal à l'aise.

Il avait baissé la voix et dans son regard, elle lisait une complicité implicite, comme s'ils venaient de partager quelque chose de profondément intime.

— Tu ne m'as pas mise mal à l'aise, mentit-elle. Je ne suis juste pas habituée à entendre des sous-entendus sexuels à une heure aussi matinale. Et je ne suis pas habituée non plus aux hommes comme toi. Tu es...

— Mignon ? Irrésistible ? Intéressant ?

— Je pensais plutôt en termes de : irritant, prévisible et déplacé.

Le sourire de Daniel promettait du plaisir, de l'interdit et des milliers d'autres choses encore auxquelles elle préférait ne pas penser avec un thé brûlant à la main.

— Je t'ai rendue nerveuse. Et je t'ai troublée. Et si c'était à moi de t'analyser et non le contraire, je dirais que tu es quelqu'un qui déteste cette forme de déstabilisation.

Troublée ? Oh oui, elle était troublée. En sa présence, elle se sentait tout excitée et avait l'impression de flotter. Elle avait une conscience aiguë, presque douloureuse, de chaque détail de sa personne, de l'ombre de barbe virile qui lui marquait la mâchoire à l'éclat amusé dans son regard. Mais sous l'humour se cachaient des talents d'observation redoutables et cela l'inquiétait plus encore que tout le reste.

Quelque chose lui disait que sous son abord facile, cet homme avait une rare finesse de perception.

Cela lui rappelait ces jeux d'enfants où tu te cachais dans une armoire, sachant que l'autre était là tout près, à attendre que tu révèles ta cachette.

Il y avait longtemps qu'elle n'avait pas eu le sentiment d'être approchée d'aussi près.

— Bon... Eh bien, merci pour le thé.

Elle jeta le gobelet et attrapa la laisse de Valentin.

— Attends.

Il la retint par la main.

— Ne pars pas.

— Mon travail m'attend.

C'était la vérité, mais ce n'était pas la raison pour laquelle elle s'en allait. Elle le savait. Lui aussi. Une conversation, un flirt léger — pas de problème. Mais la limite était claire. Et elle ne s'aventurerait pas au-delà.

— Au revoir, Daniel. Passe une excellente journée.

Elle siffla Valentin, clippa sa laisse et repartit au pas de course. Sans tourner la tête.

Demain, elle prendrait un autre itinéraire.

Pas question de s'exposer au risque de tomber de nouveau sur lui.

Mieux valait ne pas jouer avec le feu.

Chapitre 4

Il n'avait pas passé une *excellente* journée. Plutôt une journée longue, compliquée, frustrante, au cours de laquelle Molly n'avait cessé de surgir à tout propos dans ses pensées. Il se demandait où elle était allée après avoir couru au parc. Il se demandait qui étaient ses amis et quel genre d'existence elle menait. Des milliers de questions le taraudaient à son sujet et il n'avait que très peu d'éléments de réponse.

Mais ce qui l'intriguait par-dessus tout, c'était la raison pour laquelle elle avait soudain pris la fuite.

Il avait apprécié leurs échanges — la façon dont les répliques avaient fusé entre eux. C'était comme l'équivalent verbal d'un tour en ski nautique : il s'agissait d'aller vite et de se maintenir à la surface, sans jamais descendre dans les eaux troubles et profondes sous-jacentes. Cette façon d'être en contact avec quelqu'un lui allait bien. Il n'avait pas envie de plonger tête la première dans les profondeurs d'une relation.

Et d'après ce qu'il avait perçu de Molly, elle était probablement sur la même longueur d'onde.

Il savait qu'elle avait de grosses cicatrices émotionnelles. Mille fois déjà il avait vu des expressions semblables aux siennes en face de lui, dans son cabinet. Sous les sourires et sous les mots, il avait appris à identifier les marques que laisse la souffrance. Mais cela ne le dérangeait pas que Molly ait un lourd passé affectif derrière elle. À sa connaissance, rares étaient ceux qui passaient le cap de la vingtaine sans récolter quelques vigoureux bleus à l'âme durant la traversée. C'était le prix à payer pour être libre. Quand on acceptait de se jeter dans la vie à corps perdu, cela laissait forcément des séquelles.

Mais qui était responsable des cicatrices de Molly ?

Le besoin presque compulsif de connaître la réponse à toutes ces questions l'attira de nouveau dans le parc le lendemain matin, cavalant derrière Brutus qui tirait avec impatience sur sa laisse. Il ne lui vint pas à l'esprit qu'elle pourrait ne pas être au rendez-vous. Déjà dans un premier temps parce qu'elle devait sortir Valentin. Et puis quelque chose lui disait qu'elle était trop fière pour modifier ses habitudes dans le seul but de l'éviter. Il emprunta donc son itinéraire quotidien avec Brutus arrimé à ses côtés.

Sans Valentin pour discipliner le berger allemand, il lui paraissait plus sûr de garder ce dernier attaché. Par acquit de conscience, il avait essayé une fois de crier « Froufrou » pour voir si cela faisait une différence. Mais cet essai n'avait servi qu'à confirmer ce qu'il pressentait déjà : si Brutus n'obéissait pas, ce n'était pas une question de nom. Il avait juste un gros problème avec l'autorité.

Ayant lui-même beaucoup pratiqué l'opposition et la contestation quand il était plus jeune, Daniel ne pouvait lui jeter la pierre.

Il était occupé à tirer le museau du chien hors d'une flaque de boue lorsque Valentin les rejoignit en agitant la queue.

Mais de Molly, aucun signe.

— Salut, toi. Qu'est-ce que tu as fait de ta bipède de compagnie ?

Daniel s'accroupit pour tapoter les flancs du dalmatien. Il n'était pas spécialiste en esthétique canine, mais même lui était capable de voir qu'il s'agissait d'un très beau chien. Et sa truffe en forme de cœur avait un charme quasi irrésistible.

— C'est peut-être ça qui me manque, au fond. Un nez en forme de cœur pour lui plaire.

Il s'interrogeait sur l'attitude à adopter — retenir le chien ou le laisser filer — lorsque Molly surgit au détour d'une allée, hors d'haleine et irritée.

— Valentin !

Elle s'immobilisa devant eux et gratifia le chien d'un froncement de sourcils sévère.

— De quel droit as-tu fait ça, on peut le savoir ?

Valentin agita énergiquement la queue.

Daniel en conclut que le chien avait fait ce qu'il estimait devoir faire — et qu'il était plutôt content de lui.

Molly, semblait-il, n'avait pas eu l'intention de suivre son parcours habituel aujourd'hui. Mais tant pis. Elle était là. C'était tout ce qui l'intéressait.

Elle portait un legging de course moulant dont le motif en torsades violettes et noires soulignait la beauté de ses cuisses longilignes. Dans son dos, sa longue queue-de-cheval lisse et brune formait comme un point d'interrogation.

Daniel détacha la laisse de Brutus, qui s'élança à la suite de Valentin sans demander son reste.

— Chaque fois que je le laisse partir, je me dis que ça va être la croix et la bannière pour le récupérer. Il n'y a qu'avec Valentin que je le lâche.

— Valentin ne se sauve jamais, d'habitude.

Elle suivit son chien des yeux avec un nouveau froncement de sourcils.

— Je me demande ce qui lui a pris.

— Tu es plus experte en psychologie canine que moi, mais j'ai l'impression qu'il avait simplement très envie de jouer avec son pote. Regarde comme ils s'éclatent, tous les deux.

Il tablait sur le fait qu'en voyant Valentin heureux elle renoncerait à partir. Et à en juger par son sourire, il avait visé juste. Elle semblait déjà avoir pardonné à son chien d'avoir contrevenu à ses ordres.

— Alors, dis-moi, comment on fait pour persuader un chien de revenir quand on l'appelle ?

— On l'éduque à l'obéissance.

— Et si ça ne marche pas ?

— Si ça ne marche pas, t'es dans la merde.

Il aimait voir l'humour pétiller dans les yeux de Molly. Il aimait la petite fossette au coin de ses lèvres. Il aimait regarder ses cheveux se balancer dans son dos quand elle courait. Il aimait la façon dont elle se mouvait, libre et superbe, comme si le parc lui appartenait. Il aimait la relation qu'elle avait établie avec son chien et...

Bon. Il était bel et bien *dans la merde*, en effet.

— Tu es d'humeur à boire un petit Earl Grey au soleil ? Tu n'as qu'un mot à dire.

Il avait peine à croire qu'il lui proposait du thé alors qu'il aurait plutôt voulu du champagne, un clair de lune et du nu intégral de part et d'autre.

— C'est quoi, alors, ce mot ? « S'il te plaît » ?

— Va chercher !

Elle éclata de rire.

— Tu es déjà « allé chercher » la dernière fois. C'est mon tour.

Il aimait bien la façon dont elle présentait les choses, comme si une alternance se dessinait — un rituel matinal susceptible de s'installer.

— Si tu y vas, il m'incombera de surveiller les chiens. Et de nous deux, c'est toi l'adulte raisonnable.

— Tu n'es pas raisonnable, toi ?

Il posa les yeux sur ses lèvres.

— Il peut m'arriver d'avoir quelques passages de folle déraison.

Assise sur le banc, Molly regardait les chiens jouer. Déraisonnable, lui ? C'était plutôt elle qui l'était, à attendre gentiment que Daniel revienne avec des boissons, au lieu de filer tout droit chez elle avec son chien rebelle sous le bras.

Elle avait commencé la journée de manière responsable en modifiant son itinéraire de course à pied. Mais Valentin était entré en résistance. Lorsqu'il avait bondi dans la direction opposée à celle qu'elle comptait prendre, il avait carrément ignoré ses ordres ainsi que ses coups de sifflet. Une première. Du coup, c'était retour à la case Daniel, et elle se retrouvait sur leur banc à l'attendre.

Bon. La relation restait superficielle, cela dit. C'était juste léger, sans complications ni implication d'aucune sorte. Et tant qu'un cœur ne s'engageait pas, il ne pouvait pas se briser.

— Parle-moi de lui, dit-elle à Brutus.

Mais le berger allemand était bien trop occupé à mordiller l'oreille de Valentin pour lui prêter la moindre attention.

Daniel revint au moment où Brutus et Valentin se roulaient ensemble dans un allègre enchevêtrement.

— J'imagine que ton champ de compétence ne s'étend pas à la psychopathologie canine ? Mon chien a besoin d'aide.

Elle prit le thé qu'il lui tendait en veillant à ce que leurs doigts ne s'effleurent pas.

— Ma spécialité, c'est plutôt le comportement humain.

— La psychologie comportementale ? C'est celle-là que tu exerces ?

— Oui.

Elle ne voyait aucune raison de le lui cacher.

— Et quel genre de comportement recommandes-tu à tes patients ? Plutôt sage ? Plutôt coquin ?

Sa voix enveloppante comme une volute de fumée glissa sur la peau de Molly. Elle le sentait capable d'y aller franco sur le « coquin » quand les circonstances l'y autorisaient. Probablement une raison supplémentaire qui faisait qu'il agissait comme un aimant sur les femmes.

— En tant que psy, je suis là pour observer et analyser, pas pour juger. Je prends les comportements comme ils se présentent et j'essaie de les comprendre.

— *Tout le monde* porte un jugement.

Il prit une gorgée de café et soupira d'aise.

— Alors c'est quoi, le boulot d'une psychologue comportementale ? Il t'arrive de faire du conseil relationnel ? Conjugal ?

— Entre autres.

Il hocha la tête.

— J'imagine qu'étant psychologue et spécialisée dans les couples à conseiller tu as forcément une vie sentimentale parfaitement huilée.

Elle faillit pouffer. Mais comme elle savait que son rire rendrait un son hystérique, elle se contint.

Un nombre impressionnant de gens pensaient qu'elle avait toutes les clés en main pour vivre des histoires d'amour irréprochables. Ce qui équivalait plus ou moins à imaginer qu'un médecin ne tombait jamais malade.

— Tu as raison. Je ne vis que des amours idéales.

— Tu mens. Il n'y a pas d'amour parfait.

Le regard de Daniel se posa sur Valentin.

— Et tu es tous les matins au parc avec ton chien.

J'en conclus que c'est avec lui que tu entretiens tes liens les plus significatifs.

La conversation avait soudain glissé dans une zone plus personnelle et elle se replia d'instinct.

— Je suis d'accord. Il n'y a pas de relations idéales. Le mieux que l'on puisse faire, c'est d'accommoder ses histoires à sa propre sauce et de faire au mieux pour soi et pour l'autre.

Il allongea les jambes devant lui, à l'aise et détendu.

— L'idéal pour moi, c'est une relation brève. Je n'aime pas m'engager au-delà d'un certain point. Compte tenu de la façon dont tu réagis, j'imagine que tu es un peu comme moi.

Tout juste. Et elle ne pouvait s'empêcher d'être curieuse.

— C'est l'intimité qui te fait peur ?

Pourquoi s'était-elle engouffrée dans cette conversation ? *Tu es masochiste ou quoi, Molly ?* Alors qu'elle aurait pu se contenter de boire son thé et de parler des fleurs et des petits oiseaux...

— L'intimité ne me fait pas peur. C'est juste que je n'ai pas le temps de composer avec les exigences d'une relation à long terme. Le métier que j'exerce est terriblement chronophage et comme je ne dispose que de peu de temps pour moi-même, j'ai envie qu'avec les femmes ça reste simple, sympa et léger.

— C'est l'argument type de tous ceux qui ont des problématiques d'évitement.

— Aïe. Tu penses que c'est mon cas ?

— Pour ce qui est d'éviter l'amour, oui.

Du coin de l'œil, elle vit Valentin pousser une cochonnerie du museau et elle se leva pour l'en écarter.

— Les gens qui fuient l'engagement le font souvent parce qu'ils ont peur de souffrir. C'est un mécanisme de protection. Un comportement typique, chez les personnes présentant une problématique d'évitement, est de ne jamais présenter leur compagnon ou compagne à leur famille et à leur entourage parce qu'ils pensent que la relation ne durera pas, de toute façon. Ils ont à leur disposition tout un arsenal de techniques pour tenir l'autre à distance. En vérité, leur problème ne se situe pas au niveau de la relation actuelle mais de ce qui s'est passé dans leur enfance — et souvent même leur petite enfance. Il s'agit la plupart du temps de personnes qui n'ont pas bénéficié d'une dynamique parents-enfant positive et qui n'ont pas pu établir de liens d'attachement sécurisants.

— Enfant, chez moi, ça n'était pas la joyeuse ambiance, mais il y a longtemps que j'ai laissé le passé derrière moi. Si tu cherches d'où vient mon attitude par rapport à la question amoureuse, je peux t'assurer qu'elle n'a rien à voir avec mes parents. Je ne fais pas partie des gens qui croient que nos relations actuelles sont conditionnées par nos relations passées.

— Je ne suis pas d'accord. Tout le monde trimballe au moins une partie de son passé avec soi.

— Et toi, qu'est-ce que tu traînes de ton passé, alors ?

Elle était tombée droit dans le piège.

— On parlait de toi, là.

— En effet. Et maintenant, c'est ton tour. J'ai comme l'impression que tu t'arranges toujours pour dévier la conversation dès qu'on s'intéresse à toi d'un peu trop près. Ce n'est pas de l'évitement, ça aussi ?

— Je n'évite rien du tout !

Elle soupira.

— Bon. OK. J'ai peut-être tendance à esquiver lorsqu'il est question de moi. Tu m'as demandé si j'avais une relation privilégiée avec Valentin ? La réponse est oui. Pour le moment, nous vivons en tête à tête, mon chien et moi, et cela me convient à la perfection. J'apprécie la simplicité de ma vie et je la savoure pleinement.

— C'est l'intimité qui te fait peur ?

Il lui retournait habilement sa question. Elle émit un petit rire réticent.

— Je me tiens à distance de l'intime, oui. Et je n'ai jamais été aussi heureuse qu'en ce moment.

— Et si on continue à se voir, tu vas analyser chacun de mes mots et chacun de mes gestes ?

— Nous n'allons pas continuer à nous « voir », Daniel. On échange quelques mots en se croisant dans le parc. Ça ne va pas plus loin.

— Tu en sais déjà plus sur moi que les trois dernières femmes avec qui je suis sorti. Et tu me dis que ça ne va pas plus loin ?

Il souriait et ce fut ce sourire qui signa sa perte. Le sourire de Daniel *et* le fait qu'elle avait travaillé sur son blog jusque tard dans la nuit. La fatigue avait tendance à affaiblir ses mécanismes de défense.

Le manque de sommeil pouvait être à l'origine de bien des erreurs regrettables.

Elle sirota son thé et faillit renverser le fond de son gobelet lorsque Brutus vint lui pousser la jambe du museau.

— Assis !

Daniel jeta un regard sévère à son chien.

— J'ai l'impression qu'il ne m'écoutera jamais.

— Il a besoin de savoir qui est le chef.

— Je suis sûr qu'il est persuadé que le boss, c'est lui. C'est un problème sur lequel il va falloir qu'on travaille, lui et moi.

— Brutus !

Molly prononça son nom avec fermeté mais le chien ne tourna même pas la tête.

— Ce n'est peut-être pas un problème comportemental. Il n'aurait pas un souci du côté de l'audition ?

— Pas que je sache, non. Pourquoi ?

— Parce qu'il n'a pas l'air de savoir comment il s'appelle. C'est inhabituel pour un chien, de ne pas réagir au son de son nom, même s'il ne tient pas compte de l'ordre qu'on lui donne. Hé... Brutus ?

Elle sortit une friandise pour chien de sa poche et le berger allemand réagit au quart de tour.

— Comme par hasard, tu reconnais ton nom quand il y a une gourmandise en jeu. Tu l'as depuis combien de temps ?

— Pas longtemps. Et toi ? Depuis quand cohabites-tu avec Valentin ?

— Trois ans.

— Tu l'as eu quand tu es venue vivre à New York ?

Molly se répéta que des milliers de personnes migraient chaque jour à New York. Il y avait peu de chances que Daniel la prenne subrepticement en photo et se livre à une recherche d'images.

— Je l'ai adopté en arrivant aux USA, oui.

— Qu'est-ce qui t'a poussée à venir vivre ici ?

Un désastre sentimental.

Une humiliation à la fois professionnelle et personnelle.

Elle aurait pu lui fournir une longue liste.

— Une envie de faire bouger les choses, côté carrière. Et puis j'ai de la famille ici. Mon père est américain. Il est né dans le Connecticut.

— Ta carrière ? Je me suis demandé un instant si ce n'était pas un chagrin d'amour.

Il scruta son visage.

— Tu comptes retourner dans ton pays un jour ou l'autre ?

Elle maintint son sourire fermement en place et son ton resta léger.

— J'aime New York. J'aime mon travail, mon appartement et mon chien. Cela ne m'intéresse pas de retourner à Londres.

Daniel caressa Valentin d'une main distraite.

— Et un resto ? Ça t'intéresserait, un petit resto en soirée ?

Molly regardait, subjuguée, la façon dont les doigts longs et puissants de Daniel allaient et venaient sur la robe lisse de son chien. Son pouls s'accéléra. Un frisson lui parcourut le ventre. Et impossible de détacher les yeux de ces mains savantes qui séduisaient son chien avec une calme et sensuelle maîtrise.

Il venait de lui demander quelque chose. Qu'est-ce que c'était, déjà ? Pourquoi avait-elle toujours tant de mal à se concentrer en sa présence ?

Un resto ! Voilà. Il lui avait parlé d'un resto.

— Tu m'invites à dîner ?

— Pourquoi pas ? J'apprécie ta compagnie. Ça me ferait plaisir de t'offrir autre chose qu'un gobelet de thé.

Il y avait eu un temps où elle aurait été tentée. Un temps où elle aurait au minimum été flattée. Quelle femme ne le serait pas ? Mais ces temps-là étaient révolus.

— Je suis très prise en ce moment.

Elle se leva avec une telle brusquerie, dans sa hâte de fuir, qu'elle écrasa une patte de Valentin. Il poussa un aboiement aigu de protestation et s'éloigna d'un bond.

— Oh non ! Je suis désolée.

Ravagée par la culpabilité, elle se baissa pour l'embrasser sur la tête.

— Je suis vraiment désolée, mon bébé. Je t'ai fait mal ?

Valentin agita la queue, témoignant une fois de plus de ses capacités de pardon infinies.

— OK, le chien. On rentre à la maison ?

Elle avait conscience du regard de Daniel rivé sur elle. Les beaux yeux bleus de ce dernier trahissaient sa perplexité — et une pointe d'amusement.

— Je suppose que tu n'as pas d'allergie mortelle à la nourriture, donc je le prends comme une offense personnelle.

— Par principe, je ne sors pas avec un homme rencontré au hasard d'un parc.

— En quoi est-ce différent de sortir avec un gars pris au hasard dans un bar ?

— Je ne sors pas non plus avec cette catégorie de gars-là.

Daniel termina son café et se leva. Debout, il faisait une tête de plus qu'elle et la dominait de sa haute silhouette, de ses épaules puissantes. Ses beaux cheveux drus brillaient au soleil du petit matin.

— De quoi as-tu peur, Molly ?

— Je refuse ton invitation et tu en déduis que j'ai peur ? Ce n'est pas un peu arrogant, comme attitude ? Tu ne penses pas que je pourrais, tout simplement, ne pas avoir envie de passer une soirée avec toi ?

— C'est une possibilité, en effet. Mais il y a une autre interprétation possible à ton refus : tu as envie de dîner avec moi mais, pour une raison ou pour une autre, cela t'angoisse sérieusement.

Brutus frotta son museau contre le mollet de Daniel, espérant l'entraîner dans de nouveaux jeux, mais ce dernier garda son attention fixée sur elle.

Sous le feu de son regard, la peau de Molly s'électrisait. Et les sensations de surface gagnèrent la profondeur de son être.

— Je ne suis absolument pas angoissée.

— Parfait. Tu connais le petit bistrot français qui est à deux pâtés de maisons d'ici ? Je te retrouve là-bas à 20 heures. C'est un endroit public et si tu me rejoins là-bas, tu n'auras pas à me donner ton adresse. Cela devrait calmer tes inquiétudes au sujet de ma nature potentielle de violeur fou ou de tueur en série.

— Même si je le voulais, je ne pourrais pas. C'est mardi aujourd'hui. Je danse la salsa.

— Tu danses la salsa ?

— Dans un club. J'y vais le mardi et le vendredi dès que je suis libre.

— Et tu danses avec qui ?

— Tout le monde. N'importe qui. C'est assez cool, là-bas.

Cool et malgré tout assez *hot*. Drôle, aussi. Rien de bien méchant. Rien de profond. Rien qui éveillât en elle ce qu'elle ressentait avec Daniel.

— Autrement dit ça ne te pose aucun problème de danser avec des inconnus, mais par contre tu refuses de dîner avec moi. Demain alors ?

— Demain, c'est mercredi.

— Et mercredi c'est quoi ? Tango ?

— Mercredi, c'est mon cours de cuisine italienne.

— Tu pratiques aussi la cuisine italienne ?

— Je commence juste, en fait. Je veux faire d'aussi bons tortellinis que mon voisin. Si tu avais goûté les tortellinis de Mark, tu comprendrais.

— Jeudi ?

— C'est ma séance de biking.

— Je n'ai jamais compris l'intérêt de pédaler aussi dur pour ne jamais arriver nulle part. Et samedi ? Non, ne dis rien. Laisse-moi deviner. Samedi, c'est ton cours de tricot ?

Autour d'eux, dans les allées, c'était un défilé constant de joggeurs, de marcheurs, de parents avec des poussettes. Mais Daniel et elle étaient bien trop absorbés par leur conversation pour prêter la moindre attention au monde extérieur.

— Samedi, c'est possible. Je le réserve à mes amis.

— Super. Samedi à 20 heures alors. Si tu préfères ne pas me retrouver dans un restaurant, tu peux cuisiner chez toi. J'apporterai le champagne.

Il était à l'aise et détendu alors qu'elle avait l'impression de se débattre en suffoquant, comme un nageur novice qu'on aurait lâché d'emblée dans le grand bassin.

— Si tu tiens à ce point à dîner en ma compagnie, tu as toujours la possibilité de t'inscrire à mon cours de cuisine italienne.

Il secoua la tête d'un air de regret.

— La cuisine italienne, c'est le mercredi. Et le mercredi, j'ai ma soirée poker.

— Ah, tu joues au poker ? Oui, évidemment, quelle question.

— Pourquoi « évidemment » ?

— Un instinct impitoyable de tueur combiné à une faculté à rester impassible. Je parie que tu es très bon.

— Bien deviné.

Une petite flamme diabolique dansa dans son regard.

— Tu veux que je te montre à quel point je suis *bon* ?

La bouche soudain toute sèche, Molly préféra ignorer l'allusion ouvertement sexuelle.

— Je crains d'être un très mauvais juge. Je ne pratique pas le poker.

Le sourire de Daniel s'élargit mais il n'insista pas.

— Notre soirée poker, c'est plus une excuse pour se retrouver entre amis et pour consommer des substances alcoolisées. Je n'ai pas un esprit de compétition très poussé.

— Tu ne me feras pas croire ça.

Il se mit à rire.

— Je devrais t'emmener. Tu pourrais lire dans les pensées des autres et me communiquer le résultat de tes observations.

— Je suis psychologue. Pas voyante.

— Bon, tant pis. Raconte-moi plutôt comment tu fais pour caser une vie sexuelle digne de ce nom dans un emploi du temps aussi chargé ?

— Je ne case pas. Je m'en passe.

Merde. Elle n'aurait jamais dû lui répondre ça. Non seulement ça faisait loseuse, mais un mec comme lui y verrait sûrement un défi à relever.

— Je veux dire qu'en ce moment je me concentre plutôt sur mon boulot. J'aime ma vie telle qu'elle est.

— Je comprends maintenant pourquoi tu fais tant de sport.

— Parce que j'entretiens ma condition physique.

— Non, parce que tu es en manque de sexe. Du coup, tu cherches un autre moyen pour décharger ta tension, remédier à la frustration et libérer des endorphines.

Molly poussa une exclamation sourde.

— Ce n'est absolument pas une question de frustration ! Tout le monde ne passe pas ses journées à penser sexe, sexe et encore sexe.

Elle n'avait pas été torturée par ce genre d'obsession depuis trois ans. Jusqu'au moment où elle l'avait rencontré lui. Depuis, elle avait sombré dans un état de manque qui évoquait les symptômes de l'addiction.

— Sans dire qu'on pense à « ça » toute la journée, on y pense forcément à un moment ou à un autre. Et tu dois être la première à le savoir, en tant que psy. Nous affichons tous les signes extérieurs de la civilisation, parce que c'est ce que la société attend de nous, mais sous nos apparences policées nous sommes tous habités par les mêmes instincts de base. Tu veux savoir lesquels ?

Il se pencha plus près et elle vit de nouveau la même lueur sardonique danser dans ses yeux bleus.

— Procréer et être plus fort que le mec d'à côté.

— Raison de plus pour qu'on ne dîne *jamais* ensemble, toi et moi, Neandertalman.

— Nous ne dînons pas ensemble parce que tu es surbookée. Et tu es surbookée parce que tu as remplacé le sexe par la salsa, les nouilles italiennes et le vélo qui n'avance pas. Tu trouves ça naturel, toi ?

— Je préfère le vélo fixé sur place à une partie de sexe avec toi.

— Avant d'établir ce genre de préférence, il serait logique que tu commences par faire l'amour avec moi, tu ne penses pas ?

Son sourire s'élargit et son regard se posa sur les lèvres de Molly.

— Tu es peut-être en train de décliner la plus belle nuit d'amour de ta vie, Molly-sans-nom-de-famille.

— *J'ai* un nom de famille. J'ai juste choisi de ne pas te le confier.

— Rien qu'un seul petit dîner. Et si tu t'ennuies avec moi, je ne t'embêterai plus jamais.

S'ennuyer. Quelle farce. Aucune femme, jamais, ne s'ennuierait en compagnie d'un homme tel que lui. Mais d'autres problèmes que l'ennui se poseraient à coup sûr. Une femme face à quelqu'un comme Daniel se retrouvait forcément en situation de vulnérabilité. Un charme comme le sien était une vraie arme de guerre — et question charme, il était amplement pourvu.

— Non, merci.

Il lui jeta un long regard scrutateur.

— Qui t'a rendue si méfiante, Molly ? Qui a fait que tu préfères la salsa et les tortellinis au sexe ?

Elle était tellement habituée à se cacher que le fait qu'il ait vu clair en elle aussi facilement fut un vrai choc pour elle.

— Il est temps que je parte. Merci pour le thé.

Elle jeta le gobelet dans une poubelle, attrapa Valentin

et s'élança, accélérant l'allure jusqu'à en perdre le souffle. Elle finit même par prendre un raccourci pour regagner son appartement plus vite.

Il avait raison, naturellement.

C'était bien par peur qu'elle refusait de dîner avec lui.

Lorsqu'on se cassait la figure une fois, on prenait garde la fois suivante à ne pas remettre le pied dans la même ornière. Surtout quand la chute aurait bien pu être fatale.

Chapitre 5

— Daniel ! Ouf ! Te voilà. Il faut qu'on discute au sujet de notre fête de l'été annuelle. Et j'ai tout ça à te faire signer.

Marsha, son assistante, l'accueillit sur le pas de la porte avec une liasse de documents dans une main et une liste de tâches dans l'autre.

— Et Elisa Sutton t'attend dans ton bureau.

— Elisa ? Joyeux anniversaire, au fait.

— Pour que cet anniversaire soit joyeux, il me faudrait une journée entière passée à me prélasser sur la plage. Au lieu de quoi, je me démène ici.

Elle lui fourra les documents en main.

— J'espère que tu apprécies mon dévouement inconditionnel.

— Si ce n'était pas le cas, tu ne serais pas sur le point de recevoir le bouquet aux dimensions extravagantes qui devrait arriver ici d'un instant à l'autre. Et maintenant, parle-moi d'Elisa.

— Elle a débarqué ici il y a une demi-heure en disant qu'il fallait absolument qu'elle te parle.

Marsha baissa la voix.

— J'ai envoyé chercher une provision de mouchoirs,

au cas où. La dernière fois, elle a utilisé plus d'une boîte à elle toute seule.

— Tu verserais probablement autant de larmes qu'elle si tu avais un mari comme le sien.

— On peut dire qu'il est du genre à coûter des fortunes en Kleenex. Et toi, tu es le seul homme que je connaisse qui est capable de rester calme avec une femme en pleurs. D'où te vient cette patience méritoire ?

De l'expérience, tout simplement.

Une vision de sa mère en larmes lui traversa l'esprit. Il la chassa avant qu'elle n'ait le temps de s'installer et de coloniser le terrain.

Se vautrer dans le passé n'avait jamais été sa façon de fonctionner. Pour lui, la meilleure manière de régler ses comptes avec une enfance compliquée, c'était de la laisser de côté pour aller de l'avant. Alors pourquoi cette image était-elle venue se glisser dans ses pensées ?

Molly. La voilà, la réponse.

Molly avec ses questions insistantes sur son enfance.

Elle avait trituré la plaie et réveillé des douleurs oubliées.

Voilà ce qui arrivait lorsqu'on allait gratter sous la surface, songea-t-il, la mine sombre. Il y avait beaucoup d'avantages, au fond, à ne pas trop connaître les gens.

Agacé contre lui-même d'avoir laissé la situation avec Molly interférer avec ses préoccupations professionnelles, il se concentra sur le problème en cours.

— Un divorce, ça brasse toujours pas mal de choses à un moment ou à un autre. Gérer les émotions de mes clients, c'est mon job.

— C'est aussi le job de Max Carter, mais il vient d'abandonner dans son bureau une cliente en train de verser des torrents de larmes. Il dit qu'il se retire « pour lui laisser le temps de se ressaisir ». Si je ne savais pas que c'est un brillant avocat par ailleurs, j'aurais du mal à le croire. Tu m'en veux d'avoir laissé entrer Mme Sutton dans ton bureau alors qu'elle n'a pas rendez-vous ? Tu peux me virer si tu veux.

— Le jour où *tu* te tireras d'ici sera le jour où *je* me tirerai d'ici. On quittera ce cabinet ensemble, serrant dans nos mains crispées nos plantes vertes à moitié mourantes.

— Hé, je les arrose, moi, ces plantes vertes.

— Alors, c'est que tu les arroses trop. Car elles ne sont pas loin d'être en phase terminale, si tu veux mon avis.

— C'est peut-être parce que nos clients pleurent en secret dessus. À moins qu'elles n'absorbent tout simplement la mélancolie ambiante. Si je devais entendre des histoires aussi affreuses que celles qui se racontent dans ton bureau, je serais dépressive au dernier degré moi aussi.

Marsha avait commencé à travailler pour lui le jour où la plus jeune de ses filles avait quitté la maison pour aller faire ses études. C'était ce jour-là également que son divorce avait été prononcé. Un divorce qu'il avait négocié pour elle.

Sa maturité paisible, son humour et son calme à toute épreuve faisaient d'elle un roc irremplaçable.

— Elisa t'a dit pourquoi elle est venue ce matin ?

— Non.

Marsha jeta un coup d'œil du côté de la porte close et poursuivit à mi-voix :

— La semaine dernière encore, elle pleurait toutes les larmes de son corps à cause de son horrible fainéant de mari adultère, mais aujourd'hui elle a le sourire. Tu crois qu'elle l'a tué et qu'elle a planqué le corps ? Tu veux que je transfère son dossier à un de tes confrères pénalistes ?

L'ombre d'un sourire passa sur les lèvres de Daniel.

— Je te dirai ça après l'entrevue.

— À moins qu'elle ne soit venue t'annoncer qu'elle s'est trouvé un amant. Ce serait probablement la plus belle revanche qu'elle puisse prendre sur son salaud de mari.

— Sans doute, oui. Mais ça compliquerait la bataille juridique pour l'obtention de la garde des enfants, donc j'espère que tu te trompes sur ce point.

Daniel n'avait aucune idée de ce qui avait pu motiver la visite d'Elisa, mais il pressentait que la raison n'allait pas lui plaire.

— Et qu'est-ce que tu voulais me dire au sujet de la fête de l'été ?

— Je suis chargée de l'organiser et l'année dernière, ça a été un fiasco. On avait fait appel à Star Events et j'ai eu affaire à une nana épouvantable avec un méga complexe de supériorité. Je ne me souviens plus de son nom mais, crois-moi, je n'ai pas oublié l'envie que j'ai eue de la frapper. *Cynthia !* Ah oui, c'est ça. Je peux faire appel à une autre boîte d'événementiel, cette fois-ci ?

— Tu fais ce que tu veux, Marsha. Du moment que l'alcool coule à flots...

— On m'a parlé d'une nouvelle agence sympa, Urban Génie.

— Créée par un trio de filles brillantes qui ont bossé pour Star Events, justement. Paige, Frankie et Eva. Bonne idée. Adresse-toi à elles.

Marsha ouvrit de grands yeux.

— Tu connais vraiment tout le monde à New York, toi.

— Matt Walker a conçu et réalisé ma terrasse de toit. C'est le frère aîné de Paige. Et Urban Génie bosse en partenariat avec mes sœurs pour leur service de dog-sitting et leur file un maximum de clients. En plus de ça, ces trois filles ont du talent. Et elles ont été virées par la « nana épouvantable » en question, donc c'est carrément karmique, cette histoire.

— Tu ne crois pas au karma.

— Mais toi si. Appelle-les.

— OK.

Elle barra un élément de sa liste.

— Encore deux choses avant que tu ailles parler à Elisa. Tu es invité par Phoenix Publishings pour une soirée cocktail au Met dans quinze jours. Je décline ?

— Oui, oui, tu déclines.

Marsha barra encore.

— L'article paru suite à l'interview que tu as donnée est sorti aujourd'hui. Tu veux le lire ?

— Ça dépend. Qu'est-ce qu'ils racontent ? Des trucs intéressants ?

— Intéressants, non. Ils te décrivent comme « une implacable machine à séduire » et comme « un cœur qui reste à prendre ». Ils auraient mieux fait de venir me poser leurs questions. Je leur aurais dit qu'aucune fille avec un minimum de jugeote ne devrait s'attaquer à un individu comme toi.

— Merci.

— Je t'en prie. Tu veux lire l'article, alors ?

— Non. Question suivante ?

— Le point suivant, c'est Elisa. Ah, et félicitations, au fait.

— À quel sujet ?

— L'affaire Tanner. Tu as gagné.

— Dans un divorce contentieux, il n'y a pas de gagnant. Toutes les parties sont forcément perdantes.

Marsha fronça les sourcils en l'examinant.

— Tout va bien, Daniel ? Maintenant que j'y pense, tu arrives rarement au cabinet aussi tard. Et tu as une drôle de tête.

— Merci de t'inquiéter de ma santé mais je suis en grande forme, merci.

Armé pour faire face aux tragédies de la conjugalité, il poussa la porte de son bureau. Il y avait des jours où il se demandait pourquoi il faisait ce boulot. Aujourd'hui, par exemple.

Mais il ne trouva pas Elisa Sutton en larmes. Elle arborait une expression plutôt animée, au contraire.

Lui qui avait pourtant une longue expérience des hauts et des bas marquant une procédure de divorce fut pris de court par ce revirement inattendu.

Puis à la surprise succéda le soupçon. Marsha avait-elle vu juste ? Aurait-elle rencontré quelqu'un ?

— Elisa ?

Anticipant une confession de nature sexuelle, il referma la porte derrière lui. Si sa cliente avait l'intention de se livrer à des confidences, autant contenir l'information entre quatre murs.

— Il est arrivé quelque chose ?

— Oui. On est de nouveau ensemble.

— Pardon ?

Daniel posa son ordinateur portable sur son bureau et tenta de se resituer.

— Ensemble avec qui ? J'ignorais que vous aviez quelqu'un, Elisa. Nous avons parlé des risques que présenterait une nouvelle relation amoureuse à ce stade de...

— Il n'y a personne d'autre. C'est Henry. Nous avons réussi à nous retrouver. Qui l'aurait cru ?

Pas Daniel, en tout cas.

Elisa avait tellement pleuré au cours des quelques derniers mois qu'il avait envisagé de mettre tout le quartier en alerte inondation.

— Elisa...

— Ça y est. Vous prenez votre ton docte d'avocat. Si vous avez l'intention de me décourager, ce n'est pas du tout ce que je demande. Alors économisez votre salive. Ma décision est prise. Au début, quand il m'a annoncé qu'il allait changer, je ne l'ai pas cru, mais à force de discussions j'ai compris qu'il était sincère. Nous sommes prêts à nous donner une seconde chance. Il est encore mon mari, après tout.

Des larmes lui montèrent aux yeux et elle se plaqua la main sur la bouche.

— Jamais, jamais je n'aurais imaginé que cette histoire pourrait se terminer sur une réconciliation. Je ne l'ai pas vu arriver. J'étais convaincue que c'était irréparable.

Daniel ne l'avait pas vu arriver non plus. D'après ce qu'il avait pu constater jusqu'ici, le couple formé par Elisa et Henry était si catastrophique que s'ils avaient pu mettre en bouteille le venin échangé, ils auraient obtenu une dose de poison suffisante pour éradiquer tout le New Jersey. Et même s'il savait qu'il fallait être deux pour rater un couple, dans ce cas précis Henry était clairement la partie qui avait la majorité des torts. C'était l'homme le plus froid et le plus égocentrique qu'il ait jamais rencontré.

Henry avait pris un avocat connu pour être féroce comme un doberman et l'avait lâché sur son épouse, la femme qu'il était censé avoir un jour aimée et avec qui il avait eu deux enfants désormais traumatisés.

Par chance, il pouvait lui-même se mettre dans la peau d'un rottweiler lorsque le besoin se faisait sentir.

Il fronça les sourcils. Depuis quand avait-il recours à des analogies canines pour parler de lui-même ?

Le fait de promener Brutus tous les matins produisait des effets secondaires, apparemment.

— La semaine dernière, vous pleuriez dans ce même bureau, observa-t-il prudemment. Vous m'avez dit que vous étiez prête à tout pour surtout ne plus *jamais* le revoir.

Il parlait d'une voix calme, égale et dépourvue de pathos. Ses clients apportaient invariablement de fortes doses d'émotions dans son cabinet et il avait appris à ne pas en rajouter.

— Ça, c'était la semaine dernière quand je pensais qu'il n'y avait plus aucun espoir pour nous deux. Il m'a fait tant de mal, si vous saviez.

— Et vous voulez quand même le reprendre ? Après tout ce qu'il vous a fait endurer ?

— Je crois qu'il est sincère dans sa volonté de changer.

Daniel sentit un début d'exaspération le gagner.

— Elisa, les gens ne se transforment pas si facilement, passé un certain âge. Et les rares fois où ça arrive, le changement ne se produit pas du jour au lendemain.

Fallait-il vraiment qu'il serine ces évidences ? *Tout le monde* savait ça, non ?

— Vous savez ce qui arrive au naturel quand on le chasse, n'est-ce pas ?

Il attendit qu'elle complète la citation mais Elisa ne voulait rien savoir.

— J'ai déjà constaté un changement. Samedi, il est arrivé à la maison avec des cadeaux. Et pas n'importe quels cadeaux. Des cadeaux choisis avec soin.

Les yeux d'Elisa brillaient de plaisir.

— Savez-vous que pendant toutes ces années Henry ne m'avait encore jamais fait un cadeau digne de ce nom ? C'est quelqu'un qui voit tout sous un angle pratique. Il m'achetait des équipements pour la cuisine, ou un aspirateur. Mais jamais rien de personnel et encore moins de poétique.

— Et là ? Il vous a offert quoi ?

— Une paire de chaussons de ballerine et des billets pour le Bolchoï. Ils sont en tournée par ici.

Des chaussons ? Qu'était-elle censée faire avec des chaussons ? C'était plutôt Henry qui aurait dû s'acheter une paire de gros sabots.

Il veilla à garder une expression neutre.

— Et ces cadeaux vous ont fait plaisir ?

Elisa rougit.

— Il les a choisis car j'étais passionnée par la danse classique quand j'étais petite. Lorsque nous nous sommes rencontrés, je rêvais encore de faire carrière comme ballerine, mais je suis devenue trop grande. Ça m'a vraiment retournée que Henry s'en soit souvenu. Il a été si attentionné... Il s'est présenté avec un bouquet de roses. Une pour chaque année de notre mariage. Puis il a retiré celle qui correspond à l'année où nous avons été séparés.

Daniel attendit qu'elle fasse un commentaire cinglant là-dessus, mais elle n'avait pas l'air d'y trouver à redire.

— Et ça a suffi pour vous convaincre d'oublier les disputes, les vexations, les souffrances ? Une paire de chaussons dont vous ne pourrez jamais vous servir et une brassée de roses ? Dans une semaine, ces fleurs seront fanées, Elisa.

Et leur couple dans moins de temps que cela encore.

— Il m'a aussi acheté une bague.

— Une bague ? Elisa, il y a deux mois, j'ai eu les plus grandes peines du monde à vous dissuader de jeter dans l'Hudson celle qu'il vous a offerte le jour où il vous a demandée en mariage.

— Je sais, et vous m'avez très bien conseillée. J'ai fait expertiser le bijou en question et — bon, peu importe. C'est de l'histoire ancienne, maintenant. Henry m'a dit qu'il avait beaucoup réfléchi à nous deux et il est persuadé que l'élan qui nous a réunis au début ne peut pas avoir disparu. Il veut que nous nous battions ensemble, côte à côte cette fois, pour le retrouver et il m'a donné cette bague pour symboliser son engagement.

— Son engagement ? Et cela de la part d'un homme qui n'a cessé de saper votre confiance en vous pour finir par vous quitter en vous laissant seule et sans ressources ?

— Il avait juste besoin de prendre un peu de recul. Nos enfants ont atteint un âge où ils demandent beaucoup de temps et d'attention.

— Il vous a dit ça ? Parce que, d'après le récit que vous m'aviez fait, il vous en laissait toute la charge et ne levait pas le petit doigt.

— Et comme j'étais très absorbée par les enfants, je n'étais pas assez disponible pour lui. Pas autant qu'il aurait mérité que je le sois.

Daniel s'assit à son bureau et prit une profonde inspiration pour essayer d'endiguer sa colère. Il se sentait débordé par une redoutable montée d'indignation. Et il n'aimait pas se sentir envahi par des affects incontrôlables.

— Vos enfants sont aussi *ses* enfants, Elisa. Et c'est Henry l'adulte, dans l'histoire. Il lui revient d'assumer son rôle de père et de partager avec vous leur éducation. Je sais que vous avez peur et que ça peut être une solution de facilité de rester avec lui — en tout cas, à court terme. Défaire un mariage, surtout lorsqu'il y a des enfants, c'est terrifiant. Mais...

— Ce n'est pas une solution de facilité pour nous de nous remettre ensemble. Nous le faisons pour les enfants.

— C'est dans l'idée de protéger vos enfants que vous vous étiez décidée à demander le divorce, Elisa.

— Mais les enfants sont toujours plus heureux lorsqu'ils ont leurs deux parents, non ?

Daniel eut une image d'Harriet recroquevillée sous la table familiale, avec les mains sur les oreilles, fermant les yeux de toutes ses forces.

Il réussit à rester impassible.

— Je ne crois pas, non. Mon opinion personnelle, c'est que les enfants s'en sortent beaucoup mieux lorsqu'ils sont élevés dans un environnement calme et positif avec un seul parent que lorsqu'ils grandissent avec les deux dans un climat de guerre permanent.

Merde. Jamais encore il n'avait exprimé ses sentiments personnels devant un client.

Par chance, Elisa ne parut rien remarquer d'anormal dans son attitude.

— C'est le penchant naturel d'un avocat spécialisé dans le divorce de pousser les gens à se séparer, non ? Personne ne peut attendre de vous que vous vous montriez un ardent défenseur de la réconciliation conjugale. Il faut bien que vous justifiiez les heures que vous me facturez. Et plus ça traîne en longueur, plus vous y gagnez.

Daniel contint une bouffée d'irritation.

— Je ne suis pas un saint, Elisa, mais je peux vous assurer que si je prends le temps d'avoir cette discussion avec vous maintenant, c'est dans le souci de servir au mieux vos intérêts ainsi que ceux de vos enfants, et pas pour vous compter des heures supplémentaires. Et dans ce cas particulier, je ne peux que vous recommander la prudence. Vous êtes venue me voir en premier lieu parce que votre fille faisait de l'énurésie et que son comportement avait changé à l'école, tandis que l'asthme de votre fils s'aggravait de façon alarmante. Vous étiez convaincue que l'atmosphère qui régnait dans votre famille était à l'origine de ces symptômes.

— Tout à fait. Et j'en étais au moins en partie responsable. J'ai réagi très violemment en découvrant que Henry avait des aventures extraconjugales et je n'ai pas réussi à leur cacher mes réactions.

— Ces liaisons, c'est votre mari qui les avait. Pas vous.

Daniel se rappela à lui-même que ce n'était pas son job de faire du conseil conjugal. En temps normal, il n'avait aucun problème à rester à sa place, mais aujourd'hui...

Elisa fronça les sourcils en le regardant.

— Qu'est-ce qui vous arrive ? Vous n'êtes pas malade, au moins ? Vous n'êtes pas comme d'habitude.

— Je ne suis pas malade, non.

Il fit un effort pour modérer ses réactions.

— Bon. Ne prenez pas de décision précipitée, en tout cas. Pour le moment, continuez de vivre chacun de votre côté et donnez-vous un peu de temps pour voir comment les choses évoluent.

— Henry aimerait que nous renouvelions nos vœux et je préférerais que ça se passe le plus vite possible au cas où il changerait d'avis. Cette fois, nous avons très envie l'un et l'autre que ça fonctionne. Le plus drôle, c'est que nous avons dépensé des fortunes en thérapie de couple, et finalement le seul conseil qui nous a été vraiment utile nous a été fourni gratuitement.

Des signaux d'alerte s'allumèrent dans son esprit.

— Vous avez consulté quelqu'un d'autre ?

— Oui. Je n'aurais jamais cru que je remercierais un jour une autre femme de m'avoir rendu mon mari, mais si j'ai la chance de rencontrer un jour Aggie, je l'embrasserai.

— Aggie ? Vous voulez dire que votre mari a encore rencontré quelqu'un d'autre depuis que vous êtes séparés ?

— Mais pas du tout ! Je parle de la fameuse Aggie ! Celle dont tout le monde parle. Elle a un blog formidable, « Parle avec elle ». Henry était tellement perturbé par ce qui nous arrivait qu'en désespoir de cause il lui a écrit. Et elle lui a répondu que, dans la mesure où nous avions des enfants, cela valait la peine de tout mettre en œuvre pour essayer de redonner une seconde chance à notre couple. Ne me dites pas que vous n'avez jamais entendu parler d'elle. En amour, c'est la grande spécialiste. Elle sait comment réparer les couples, comment choisir le bon cadeau pour l'autre, etc., etc. Elle a des millions de followers sur les réseaux sociaux.

— Vous dites que Henry suit les conseils d'une blogueuse ? Une espèce de chroniqueuse du conseil conjugal improvisée ?

Daniel tenta — en vain — de dissimuler son incrédulité.

— C'est donc là le fin mot de l'histoire ? Les pseudo-conseils de... Comment s'appelle-t-elle, déjà ?

— Aggie.

— Aggie *quoi* ? Aggie *qui* ? Aggie-je-me-mêle-de-tout-sans-savoir-de-quoi-je-parle ?

Pour la première fois depuis le début de la discussion, il vit la certitude vaciller dans le regard d'Elisa et il eut un sursaut de culpabilité à la voir de nouveau effrayée et malheureuse.

— Je suis désolé, Elisa. Mais je ne voudrais pas vous voir commettre une erreur que vous regretteriez par la suite. Si vous décidez de redonner une chance à votre couple, je veux être sûr que ce soit bien *votre* décision. Et une inconnue qui ne vous a jamais rencontrée n'est pas en mesure de vous aider à la prendre, quel que soit le nombre de ses followers sur Twitter ou ailleurs.

— Je ne suis pas d'accord. S'adresser à quelqu'un de totalement extérieur à la situation permet parfois de poser un regard neuf et constructif sur les choses.

— Nous avons ici un certain nombre de personnes qualifiées qui peuvent...

— Non. Et Aggie *sait* de quoi elle parle. Je ne crois pas qu'elle ait un nom de famille. Mais elle est docteur en quelque chose.

— Tout le monde a un patronyme. Les gens qui ne révèlent pas le leur ont souvent de bonnes raisons de ne pas le divulguer.

Et il doutait que la dénommée Aggie soit docteur en quoi que ce soit, sauf peut-être en supercherie aggravée.

— Ce que j'essaie de vous dire, Elisa, c'est qu'il vaudrait peut-être mieux réfléchir à deux fois avant de suivre le conseil de quelqu'un qui n'a pas les qualifications requises pour régler des problèmes comme ceux auxquels vous êtes confrontée.

— Aggie est de très bon conseil. Tout le monde le dit. Vous êtes tellement suspicieux.

— C'est mon boulot d'être suspicieux. Je suis *payé* pour l'être. Et je ne fais que soulever les questions que vous auriez dû vous poser vous-même.

Daniel griffonna le nom du blog sur son carnet. L'expérience lui avait appris que les gens qui se dissimulaient derrière un prénom ou un pseudo avaient généralement quelque chose à cacher. Cette chère « Aggie » avait d'ailleurs tout intérêt à bien se planquer, car il allait se faire fort de la débusquer de son anonymat pour lui dire sa façon de penser sur ses « conseils thérapeutiques ». Et ce ne serait pas une conversation polie.

Penser à Elisa et Henry de nouveau ensemble sous le même toit lui faisait froid dans le dos. Il ne donnait pas quinze jours à sa cliente avant qu'elle ne recommence à se ratatiner, se flétrir et s'excuser d'exister. Quant aux enfants...

Il gardait sans cesse Harriet à l'esprit. Revivait cette soirée de fête d'école où leur père avait débarqué sans prévenir pour prendre place dans le public. Aujourd'hui encore, la scène le faisait frissonner.

Elisa se leva.

— Daniel, vous êtes le meilleur avocat en affaires familiales de Manhattan et vous avez été merveilleux, mais je n'ai plus besoin de vous maintenant pour la bonne raison que je renonce à divorcer. Les paroles d'Aggie ont touché une corde sensible, à la fois chez Henry et chez moi. Elle nous a conseillé de méditer sur tout ce que nous avons créé ensemble en tant que couple : une maison, un cercle d'amis, des enfants.

— Des enfants que Henry a qualifiés de « fardeau encombrant », si mes souvenirs sont bons.

Elle rougit.

— Il avait bu un verre de trop. Nous sommes désormais conscients l'un et l'autre que les enfants passent avant tout.

Sur cet argument définitif, elle prit congé, le laissant pensif derrière son bureau, les yeux rivés sur les parois vitrées qui formaient deux pans de la pièce. Dans son champ de vision se profilait la silhouette Art déco de l'Empire State Building et, à distance, l'éclat de verre et d'acier du One World Trade Center.

En temps normal, la vue l'apaisait, mais pas aujourd'hui.

Qui était cette Aggie qui se permettait de conseiller à une famille dysfonctionnelle de recoller coûte que coûte les morceaux ? Comment pouvait-elle juger de la situation en se basant sur une simple lettre ? Et une lettre écrite par Henry, en plus, dans laquelle, même à supposer qu'il ait été sincère, il n'avait sûrement pas mentionné les traumas dont ses enfants souffraient à force de subir des crises parentales à répétition.

Il était sidéré qu'Elisa se montre disposée à fermer les yeux sur la longue série de mortifications dont elle avait été victime.

Et encore plus sidéré de prendre à ce point la situation à cœur, comme s'il vivait une défaite personnelle.

Jurant tout haut, il repoussa son fauteuil et se leva.

Son bureau était lisse, épuré. Ni dans sa vie privée ni sur son lieu de travail il n'acceptait de s'encombrer.

Sur l'océan de la vie, il préférait naviguer en solo, sans port d'attache et sans passagers. S'il devait fracasser son embarcation sur un écueil, il n'entraînerait personne d'autre dans le naufrage.

Quel genre d'homme serait-il devenu s'il avait eu une enfance autre que la sienne ? Aurait-il quand même choisi la profession d'avocat ? Ou aurait-il opté pour un chemin moins rocailleux, moins compliqué ?

La porte de son bureau s'ouvrit et Marsha entra avec des documents et une tasse de café.

— J'ai pensé que tu pourrais être en besoin aigu de caféine. À voir ta tête, je ne me suis pas trompée.

— J'ai l'impression de passer ma journée à me battre. Pourquoi je ne suis pas devenu boxeur ou combattant en arts martiaux mixtes ? Je suis sûr que ça aurait été plus propre que ce que je fais.

— Tu adores te battre. Ça te galvanise. Chaque fois qu'un combat se prépare, tes mâchoires se serrent et ton regard lance des flammes. Je suppose que les nouvelles d'Elisa n'étaient pas de nature à te mettre de joyeuse humeur.

— J'ai le regard qui lance des flammes ? Tu ne m'avais encore jamais dit ça.

— Quand tu es dans cet état, je me tiens à carreau et j'évite de l'ouvrir. Et quand ton regard ne lance plus de flammes, j'oublie de t'en parler. Les fleurs sont arrivées et elles sont très belles, merci. Et maintenant, dis-moi ce qui te stresse.

— Je ne suis jamais stressé. Juste calme et parfois un peu moins calme.

Renonçant à faire semblant, il se frotta la nuque pour soulager la tension.

— La capacité de l'être humain à gâcher sa propre vie ne cessera jamais de me surprendre.

— J'aimerais autant ne pas avoir à te dire ça, mais je te rappelle quand même que c'est grâce à la capacité en question que ce cabinet d'avocats prospère. Tu n'aurais plus de boulot si tout le monde vivait sa vie de façon posée et rationnelle.

Elle posa les dossiers sur son bureau.

— Voilà pour toi. Et au cas où tu l'aurais oublié,

c'est aussi l'anniversaire d'Audrey. Ils sont tous réunis à la cuisine en train de découper le gâteau. Si tu as une minute, je pense qu'ils apprécieraient que tu te joignes à nous. Je ne sais pas ce qu'on ferait ici sans Audrey, tous autant que nous sommes. Et Max la rend folle. Quelques mots sympas de ta part pourraient faire contrepoids.

Audrey était l'une des assistantes juridiques du cabinet. Elle travaillait pour eux depuis deux ans et avait su se rendre indispensable dans les cinq minutes qui avaient suivi sa prise de fonction.

— Merci de me l'avoir rappelé. Et je parlerai à Max.

Refusant de s'appesantir sur les conséquences pour leurs enfants d'une réconciliation entre Elisa et son mari, Daniel parcourut rapidement les documents des yeux avant de les signer.

— Tu as déjà entendu parler d'une certaine Aggie ?

— L'experte en relations amoureuses ?

— Comment expliques-tu que je sois le seul être au monde à ne pas avoir eu vent de l'existence de cette personne ?

— Tu as l'habitude de solliciter des conseils dans la conduite de ta vie amoureuse ?

— Pourquoi voudrais-tu que je demande conseil ? Avec le boulot que je fais, je vois tous les cas de figure possibles et imaginables. Je suis un grand spécialiste de la relation de couple et de ses aléas.

— Et pourtant, tu es célibataire.

— C'est bien *pour cette raison* que je suis célibataire ! Alors dis-moi ce que tu sais de cette Aggie.

Marsha sourit.

— Elle est merveilleuse. J'ai acheté son bouquin.

— Parce qu'elle écrit aussi des *livres* ?

— *Ensemble pour le long terme.* Tu ne l'as jamais vu en librairie ? Il s'est vendu à des millions d'exemplaires.

— Je fais tous mes achats en ligne. À l'heure d'ouverture des magasins, je suis coincé ici ou au tribunal.

— Tu peux le commander sur Internet sans problème. Je te le recommande, d'ailleurs. Elle a une approche très fine et très humaine. J'aime beaucoup la façon dont elle analyse les situations.

— Sérieux ? Parce qu'elle a conseillé à Elisa et son mari de repartir pour un tour. « Pour le bien de leurs enfants », en plus.

Marsha serra les lèvres d'un air pensif.

— Peut-être qu'une famille de nouveau unie serait effectivement favorable à l'équilibre psychologique de leurs enfants ?

— Unie ? Tu rigoles ? Elisa et Henry sont à cent pour cent incompatibles. Leurs enfants en retireront des cicatrices à vie. Cela me dépasse qu'il y ait encore de nos jours des gens assez naïfs pour soutenir que c'est mieux pour les enfants que les parents restent ensemble.

Surprenant une expression de curiosité sur le visage de Marsha, Daniel prit une grande inspiration et désigna son ordinateur d'un geste impatient de la main.

— Trouve-moi le site de cette Aggie. Je suis curieux de voir ce qu'elle raconte.

Marsha contourna son bureau.

— Ça ne devrait pas être compliqué de tomber dessus. Tu pourrais commencer par lire la lettre que Max lui a écrite.

— *Max* lui a écrit ?

Daniel tombait des nues.

— J'imagine qu'il l'a fait pour s'amuser ?

— Qu'est-ce qui te fait penser ça ? Tout le monde ici sait que Max est un désastre relationnel absolu. Tu te souviens de la machine à espressos qu'il a offerte à son amie ?

— Traite-moi de cœur de pierre si tu veux, mais

l'intérêt que je porte à la vie privée de mon équipe se borne aux événements majeurs. Je ne me tiens pas informé de leurs choix de cadeaux et autres.

Marsha cliqua sur un lien.

— Ce cadeau-là fait partie des événements majeurs de son existence à lui, crois-moi. Max lui a offert une machine à espressos et elle l'a revendue sur eBay. Depuis, ils ont rompu.

Daniel fronça les sourcils.

— Pourquoi l'a-t-elle revendue ? Erreur de marque ? Pas la bonne couleur ?

— La fille ne boit pas de café.

Daniel se mit à rire.

— Et il a besoin de rapporter le cas à une blogueuse pour comprendre où se situe son erreur ?

— N'oublie pas que nous parlons de Max. Donc, oui, en effet, il est allé demander conseil. Il a expliqué qu'une machine à espressos le rendait heureux et qu'il lui semblait qu'elle pouvait au moins se réjouir de son bonheur à lui. La fille, elle, ne voyait pas les choses sous cet angle. Je me suis toujours demandé comment il avait fait pour réussir l'examen du barreau.

— Tu l'as dit toi-même. C'est un excellent juriste, doté d'une intelligence acérée.

— Avec une intelligence émotionnelle au niveau zéro, en revanche. Tiens...

Elle fit dérouler le texte.

— Lis ça. Je sais que tu es un homme qui se passe de tout conseil, mais jette un œil quand même.

Parle avec elle

Les mots se détachaient avec insolence sur fond bleu.

Daniel fronça les sourcils.

— Parler avec elle de quoi ? Qu'est-ce que les gens peuvent bien attendre d'elle ?

— Tout. N'importe quoi. Elle a toujours un avis mesuré, honnête, qu'elle exprime sans détour. Son blog bénéficie d'une très large audience.

— Dis plutôt qu'elle a trouvé une manne juteuse et qu'elle l'exploite à fond.

— C'est une femme qui a un talent, des connaissances et qui sait les mettre en œuvre pour que ses compétences lui rapportent de quoi vivre. Cela ne te ressemble pas de critiquer quelqu'un qui a l'esprit d'entreprise.

— Je ne la critique pas pour son esprit d'entreprise. Je critique le fait qu'elle s'enrichit sur le dos de gens vulnérables en donnant des conseils dangereux.

— C'est ton opinion, Daniel. Même si les gens sont prêts à payer des sommes faramineuses de l'heure pour entendre ton avis, cela ne veut pas dire que tu es seul détenteur de la vérité avec un grand V.

— Je sais que j'ai raison dans ce cas précis.

— Sa chronique est toujours intéressante. Bien écrite. Je la lis chaque semaine. On le fait tous.

— Et c'est qui, « tous » ?

— Tout le personnel féminin ici. Et quelques hommes aussi. Le blog ne représente qu'une partie de son activité. Elle répond à des questions. Et je crois qu'elle donne des entretiens individuels par téléphone.

Daniel parcourut le site.

— Il n'y a aucune photo. À quoi ressemble-t-elle ?

— On ne la voit jamais en photo. Il y a juste le logo avec un cœur.

— Donc votre Aggie n'a ni visage ni nom de famille. On ne dissimule pas son identité comme ça sans raison. Il ne s'agit peut-être même pas d'une personne réelle. Je parie que c'est une fiction, votre Aggie — juste une création *online* d'une bande de techniciens informatiques qui doivent être pliés en deux de rire devant leur succès inespéré.

— Oh non, aucun risque. C'est bien une femme qui écrit. Ça se sent. Ces conseils-là ne pourraient pas venir d'un mec.

— C'est sexiste, ce que tu dis.

— C'est juste la vérité, Daniel. Lis toi-même.

Il lut.

Chère Aggie,

À mon boulot, il y a une femme, c'est juste une déesse. Moi par contre, je suis un homme comme tous les autres, sans qualités particulières. Comment quelqu'un d'insignifiant comme moi pourrait-il attirer l'attention d'une fille comme elle ? Est-ce que je perds mon temps ?

Bien à vous,

Sans Charisme

Daniel leva un regard consterné vers Marsha.

— C'est un canular, non ?

— Pas du tout.

— Qu'est-ce qu'elle peut bien répondre à ça ? Moi, je lui dirais : « Oui, tu perds ton temps. Arrête de faire l'enfant et regarde la réalité en face. »

— Une chance que ce ne soit pas toi qui tiennes ce blog. Ce n'est pas le genre de chose que tu peux comprendre, mais tous les hommes ne sont pas à l'aise lorsqu'il s'agit d'aborder une femme. Tout le monde n'a pas ton taux de succès avec la gent féminine.

Daniel songea à Molly, son inconnue du parc. Son « taux de succès » était sérieusement menacé d'effondrement, en ce moment.

— Et elle lui apporte une solution, alors ?

— Regarde toi-même. Sa réponse est en dessous. Et

les autres personnes sont également autorisées à poster leur avis. C'est un forum.

— Un forum d'ignorants qui donnent leur avis sans savoir de quoi ils parlent. Ils veulent ma mort ou quoi ? « Cher Sans Charisme... »

Il tourna un regard écœuré vers Marsha.

— Rien que le fait déjà de s'affubler d'un pseudo pareil...

— Je trouve que c'est émouvant et sincère.

— Il se saborde allègrement. On est ce qu'on croit être.

Sourcils froncés, il poursuivit sa lecture.

— « Cher Sans Charisme, nous avons tous des qualités qui n'appartiennent qu'à nous... » Non, sérieux ? Tu peux me passer un seau ? Je vais vomir.

— Ce n'est pas parce que tu es du genre abrupt et peu sentimental que tu dois dénigrer ce qu'elle dit. C'est une forme de courage de ne pas avoir peur de ses émotions.

— Je n'ai pas peur de mes émotions, je les *maîtrise*, ce qui n'est pas du tout la même chose. En revanche, je constate tous les jours les ravages que les émotions mal contrôlées peuvent provoquer. Dans le couple, c'est l'émotionnel mal géré qui conduit au désastre.

Sa voix trembla et Marsha le regarda comme s'il venait de lui pousser une paire de cornes et des ailes.

— Tu es sûr que ça va ? demanda-t-elle d'une voix prudente. Y a-t-il un enjeu personnel là-dedans dont il serait bon que je sois informée ?

— Non.

— Daniel... Nous travaillons ensemble depuis cinq ans et j'ai l'âge d'être ta mère. Même si tu affirmes toujours haut et fort que tu es un être insensible, nous savons l'un et l'autre que c'est faux. Tu m'as aidée quand j'étais au plus bas et tu es conscient, j'espère, que tu peux me parler en confiance et que cela restera entre nous.

— Merci pour la proposition mais je ne suis pas à la recherche d'une oreille attentive. Et tu n'as rien à voir avec ma mère.

Réalisant qu'il en avait trop dit, Daniel se passa la main sur la nuque et remit ses émotions au pli. Il ne voulait pas penser à sa mère. Il y avait longtemps qu'il s'était réconcilié avec ce qui s'était passé. Comment le gamin qu'il était encore à l'époque aurait-il pu prendre la situation en main ? Il avait fait ce qu'il avait pu. Et il avait aidé quantité de femmes depuis lors. Plus qu'il ne pouvait en compter.

— C'est de l'émotionnel mal géré qui fait que les gens affluent dans mon cabinet, reprit-il. S'ils étaient plus nombreux à utiliser leur cerveau plutôt que d'obéir à leurs hormones, les pourcentages de divorce ne seraient pas aussi élevés.

— Et tu cesserais de gagner des millions.

— Je sais que tu ne me crois pas, mais l'argent n'a jamais été ma motivation première.

Pour se changer les idées, il lut quelques questions supplémentaires sur le site, fasciné et horrifié à la fois.

— Tu soutiens que ce sont des gens *réels*, dans la *vraie* vie, qui posent ce genre de questions ? Ils ne peuvent pas trouver la réponse tout seuls ?

Il essaya de se représenter quel genre d'individus pouvaient se sentir à l'aise en étalant ainsi leur vie privée sur des forums ouverts au tout-venant.

Marsha paraissait amusée.

— Ça ne t'est jamais arrivé de demander conseil à des amis quand tu étais amoureux ?

— Des conseils pour quoi faire ? Les femmes, je les connais bien et depuis longtemps. Et je sais aussi que cette femme en particulier, cette Aggie, abuse de la crédulité des gens au moment où ils sont les plus vulnérables.

Daniel éteignit l'écran et capta l'expression de Marsha du coin de l'œil.

— Quoi ?

— S'il te plaît, dis-moi que tu es conscient de l'ironie de ce que tu dis. Tu es l'avocat dont chacun espère que son conjoint ne fera pas appel à lui.

— Et alors ?

— D'aucuns pourraient penser aussi que c'est *toi* qui fais payer les gens au moment où ils sont les plus vulnérables. Tu ne peux pas reprocher à Aggie d'essayer de réparer un couple plutôt que de pousser ces gens à la rupture.

— Je n'ai jamais brisé quoi que ce soit qui puisse encore être réparé. Mais vouloir réunir de nouveau Henry et Elisa équivaut à recoller un vase en mille morceaux avec juste un peu d'espoir et de salive.

Les muscles de ses épaules étaient noués par la tension. Il aurait voulu être de retour à Central Park, à regarder le soleil filtrer entre les frondaisons et jouer sur les bras nus de Molly.

— Peut-être que le conseil d'Aggie a du bon, murmura Marsha. Pourquoi ne pas se réjouir de cette tentative de réconciliation ? Ils ont deux enfants en bas âge, Daniel.

— Donc grandir dans une atmosphère de crise avec deux parents malheureux serait forcément préférable à une enfance sereine avec un seul parent heureux ? Je ne comprends pas qu'on puisse tenir ce genre de raisonnement.

— C'est normal que tu ne comprennes pas. Tu n'as pas d'enfant, Daniel.

Mais il avait deux sœurs plus jeunes. Et une connaissance plus intime du sujet que Marsha ne l'imaginait.

— S'ils se remettent ensemble, je ne leur donne pas un an avant qu'ils ne redemandent le divorce.

— J'espère que tu te trompes. Mais même si tu as

raison, ils auront au moins pris la décision ensemble et ne rejetteront pas la faute sur leurs avocats.

— Exact. C'est la reine du courrier du cœur qui ramassera, cette fois.

Daniel décida que le sujet était clos et se dirigea vers la porte.

— Tu as un chien, au fait, Marsha ?

— J'en ai même deux. Pourquoi ?

— Ils viennent quand tu les appelles ?

— La plupart du temps oui. Sauf s'ils repèrent quelque chose de plus intéressant au loin.

Elle lui jeta un regard intrigué.

— Comment ça se fait que tu t'intéresses à mes chiens, tout à coup ?

Daniel s'apprêtait à lui soumettre le cas Brutus, mais changea d'avis in extremis. Il ne continuerait pas à promener le berger allemand très longtemps. Ce n'était pas vraiment utile qu'il améliore ses compétences en psychologie canine.

— Je ne me rendais pas compte qu'il y avait autant de propriétaires de chiens à New York. Qu'est-ce que tu en fais pendant la journée lorsque tu es au boulot ici ?

— J'ai recours à des dog-sitters. Tu n'es quand même pas en train de m'annoncer que tu vas prendre un chien ?

— Pourquoi cet air horrifié ?

— Je... Pour rien. Je crois que tu es la dernière personne au monde que je verrais en toutou lover de choc.

— Et ça ressemble à quoi, un « toutou lover », comme tu dis ?

Il songea à Molly et ses longues jambes sculptées, revit la façon dont elle souriait à Valentin. Si c'était à cela que ressemblaient les « personnes à chien », il était peut-être prêt à entrer dans le club.

— Généralement, ils ne portent pas de costumes faits

sur mesure et ils ne travaillent pas dix-huit heures par jour. Et les personnes à chien ont souvent le cœur tendre.

— Mais *j'ai* le cœur tendre ! Et c'est pourquoi je vais m'éloigner de la montagne de boulot qui m'attend sur mon bureau pour aller souhaiter un joyeux anniversaire à Audrey. Allons cultiver l'esprit d'équipe.

Il s'immobilisa juste avant de pousser la porte.

— Ah oui, une dernière chose, Marsha. Je veux savoir qui se cache derrière le pseudo « Aggie ». Mets Max sur le coup. Il va nous trouver ça.

— Tu as besoin de conseils personnalisés dans ta vie amoureuse ?

— Non. J'ai besoin de la voir en face et de lui dire, les yeux dans les yeux, que je veux qu'elle foute la paix à mes clients.

Chapitre 6

Chère Aggie,

Pourquoi les femmes disent-elles toujours que « tout va bien » même quand elles font une tête de trois pieds de long ? Que signifie au juste leur « tout va bien », dans ce cas ? J'ai l'impression que c'est une expression codée et j'aimerais bien que vous me donniez la traduction.

Bien à vous,

Déconcerté

— Comment les êtres humains peuvent-ils se comporter aussi mal avec les animaux ?

Harriet changea de position pour améliorer le confort du chiot installé sur ses genoux.

— Il n'a que six semaines, merde ! Qui peut être assez cruel pour faire souffrir un joli bout de chou comme ça ?

— Je ne sais pas. Mais son calvaire est terminé parce qu'il est entre tes mains maintenant, et que tu es un havre de paix et de sécurité pour tout ce qui est perdu, souffrant, abandonné ou en quête d'amour.

Fliss enfila ses chaussures de course à pied et se fit une queue-de-cheval avec un élastique.

— Il faut que je file. J'ai une grosse journée.

— Déjà ? Mais tu n'as pas pris ton petit déjeuner.

Les narines d'Harriet frémirent.

— C'est quoi cette odeur atroce, au fait ? L'appartement a pris feu ?

— L'appartement, non. Juste mes toasts. Mais ne t'inquiète pas. Je ne sais peut-être pas cuisiner mais j'ai un vrai talent pour éteindre les flammes.

— Tu ne peux pas passer la matinée le ventre vide !

— J'ai ma barre énergétique.

Fliss plongea la main dans sa poche et montra qu'elle avait le nécessaire sur elle.

Harriet frissonna.

— Ce n'est pas un petit déjeuner. C'est une insulte nutritionnelle.

— Je n'ai pas le temps d'avaler autre chose. J'ai un nouveau client à rencontrer, je dois emmener le caniche d'Annie chez le vétérinaire parce qu'elle est partie je ne sais plus où, et j'ai douze promenades de chiens à assurer. L'avantage, au moins, c'est que je garde la ligne. Et ça tombe bien parce que j'ai l'intention de m'arrêter à la Magnolia Bakery au retour et de me laisser tenter par une de leurs merveilles. Tu veux que je te ramène du cheesecake ?

Harriet secoua la tête.

— Non, merci. J'ai l'intention de me mettre à la pâtisserie tout à l'heure, donc si tu veux tu peux reporter ton passage à la boulangerie à un autre jour.

— Tu comptes faire tes cookies au chocolat ? Miam. C'est pour eux que je t'aime.

Fliss attrapa ses clés en se dirigeant vers la porte.

— Ah au fait, avant que j'oublie : Molly a réservé trois promenades pour Valentin la semaine prochaine. Elle doit relire les épreuves de son bouquin et elle a rendez-vous avec son éditeur.

— Pas de problème. J'adore Valentin. C'est le plus beau chien du monde.

— Tu dis ça de tous les chiens.

— C'est vrai.

Du bout des doigts, Harriet caressa la fourrure du chiot.

— Passe une bonne journée, Fliss. Tu ne veux vraiment pas attendre un peu pour voir Daniel ? Tu étais sous la douche quand il est passé récupérer Brutus.

Harriet rougit en voyant Fliss hausser les sourcils.

— Quoi ? Je trouve que Brutus lui va bien, finalement. Froufrou, ça passe pour un caniche nain ou peut-être un schnauzer. Un griffon à la rigueur. Mais pour un berger allemand grand, beau et musclé, bof... Daniel a raison.

— Ne le lui dis surtout pas. Ça le rendrait encore un peu plus insupportable et sûr de lui.

— J'aime bien le voir avec un chien.

— Pourquoi ? Ça te rassure qu'il s'intéresse à autre chose qu'à sa pomme, pour une fois ?

— Il s'est toujours soucié de nous, s'entêta Harriet.

Fliss soupira.

— Ouais, OK, c'est vrai. Ne me regarde pas de cet air de reproche ou je vais encore culpabiliser. Mais tu sais comme moi que, dès qu'il aura la fille, il laissera tomber le chien. Et qu'après avoir plaqué le chien, il plaquera la fille. C'est le modus operandi de Daniel. Il ne fait aucune exception. Alors ne commence pas à te mettre en tête qu'il a enfin trouvé l'amour de sa vie et qu'il va adopter Brutus dans la foulée.

— Au moins, il a un semblant de vie amoureuse, même s'il change de femme tout le temps. C'est déjà mieux que nous.

— Tu aimerais être avec quelqu'un, toi ?

Harriet ne se sentit pas le courage de jouer l'indifférence.

— Oui, j'aimerais bien. J'ai envie de rencontrer quelqu'un, de me projeter dans une vie de couple, de famille. Pas toi ?

Elle rattrapa le chiot avant qu'il puisse se faufiler hors de son étreinte. Fliss secoua la tête.

— Je suis trop occupée à vivre la vie que j'aime pour avoir envie qu'un homme vienne mettre le bazar dedans. À plus tard, sœurette.

Fliss s'éloigna à grands pas, de sa démarche vigoureuse et décidée. Lorsque la porte claqua derrière elle, le chiot tressaillit sur les genoux d'Harriet.

Celle-ci le rassura de la voix.

— Chut... Ne t'inquiète pas. Elle ne connaît pas d'autre façon de fermer une porte. Tu t'habitueras, tu verras.

Elle réalisa avec un petit pincement au cœur qu'il n'aurait pas le temps de s'habituer, car il se trouvait destiné à n'être qu'un hôte de passage. Il ne leur faudrait pas longtemps pour trouver des adoptants intéressés par un joli petit bout de chien comme lui.

— On va tâcher de te dégotter une famille qui te correspond. Pour que tu sois heureux avec ceux qui t'entourent.

Et peut-être qu'elle allait entreprendre des recherches analogues pour elle-même.

C'était idiot de dire qu'elle voulait rencontrer quelqu'un et de rester cloîtrée chez elle sans rien tenter.

Elle transféra le chiot de ses genoux au canapé.

— Et si je me proposais à l'adoption ? Ce serait peut-être une bonne idée, non ?

Étendue sur le canapé, Molly observait la gestuelle de Mark qui versait lentement le bouillon sur son risotto.

— Donc je le vois promener son chien dans le parc tous les jours depuis deux semaines et on finit par s'adresser la parole. Juste quelques mots dans un premier temps. Puis on discute un peu plus. Et là, il m'invite à dîner. Mais un dîner, ce n'est pas pareil. Ce n'est plus une rencontre due au hasard mais une décision délibérée. Alors j'ai dit non. Tu crois que je suis lâche, Mark ?

Elle songea qu'il n'y avait rien de plus relaxant au monde que de regarder Mark cuisiner. Ses gestes précis, mesurés, ne trahissaient aucune hâte — rien à voir avec la panique qu'elle semait dans une cuisine. Mark était un artiste, aux fourneaux autant qu'avec un crayon et du papier.

— Quand tu sais que tu n'es pas bon dans un domaine, qu'est-ce que tu fais ? dit-elle. Tu renonces complètement ou tu te dis qu'il faut que tu t'entraînes ? Quand tu tombes d'un cheval parce que tu es un écuyer lamentable, la solution la plus raisonnable, c'est de renoncer à l'équitation et de se mettre à la natation ou au tennis, tu ne penses pas ?

Mark ajouta une nouvelle cuillerée de bouillon brûlant.

— Peu importe ce que je pense. C'est ce que tu penses *toi* qui compte.

— Arrête, Mark. Il n'y a de place que pour un seul psy dans notre amitié à trois, et cette place, je me la suis déjà octroyée.

— Si c'est toi la psy, tu n'as pas besoin de justifier ton comportement. Mon avis vaut ce qu'il vaut, mais je ne pense pas que tu sois lâche. Il n'y a pas de mal à se protéger soi-même, Molly.

— Je sais, mais...

Elle se mordit la lèvre.

— Mon père m'a traitée d'hypocrite. Je l'ai poussé à rencontrer d'autres femmes après le départ de maman. Et il voit aujourd'hui que je refuse de me remettre en selle depuis l'histoire avec Rupert.

— D'après ce que tu m'as raconté, Rupert était un con fini.

Molly sentit le feu lui monter aux joues. Elle n'avait raconté à Mark et Gabe qu'une partie de ce qui s'était passé.

— Ça, c'est indéniable, oui. Mais l'histoire est un peu plus compliquée que ça.

Un couple, un vrai, tu ne sais même pas ce que c'est, ma pauvre fille. Elle déglutit avec peine.

— J'ai quelques soucis psychologiques, Mark.

— Tu connais beaucoup de gens qui n'en ont pas ?

— Les miens font que je suis incapable de m'investir dans une relation amoureuse saine.

— C'est un peu radical, comme verdict, non ? Et puisque tu poses si savamment ton autodiagnostic, madame la psychologue, comment se fait-il que tu ne t'appliques pas le traitement adéquat ?

— Je ne suis pas sûre de vouloir traiter le problème. La rencontre avec l'autre est un risque. Ce n'est pas pour rien que je me protège.

— Qui dit gros risque dit aussi gros bénéfice.

— Tout dépend de ce qu'on appelle « bénéfice ».

Elle prit une profonde inspiration.

— Ce n'est pas seulement ma paix intérieure que je protège. Je pense aussi à ma sécurité professionnelle. J'ai remis ma vie en chantier en repartant de zéro et je suis heureuse comme ça. Je n'ai pas envie de mettre en danger ce que j'ai construit. On dit que la bonne stratégie, dans la vie, c'est de miser sur ses points forts. Et s'il y a bien une chose qui n'est *pas* mon point fort, justement, ce sont les relations humaines.

— N'importe quoi. En amitié, tu es géniale.

Elle songea à tous les « amis » avec qui elle avait perdu le contact. Aux gens qui s'étaient éloignés d'elle au moment où sa vie s'était effondrée.

— L'amitié, ce n'est pas tout à fait la même chose...

— Oui et non. Parce qu'une relation de couple où il n'y a pas d'amitié ça ne tient pas la route très longtemps.

Il inclina légèrement sa sauteuse et continua à remuer pour empêcher le riz de coller.

— Cela dit, je pense que l'essentiel, pour toi, c'est que tu te sentes en accord avec toi-même. Peut-être que tu n'as pas besoin d'un homme dans ta vie. Ce n'est pas comme si tu étais isolée. Tu es entourée d'amis. Des *vrais*.

Il cessa un instant de tourner son risotto pour jeter un regard dans sa direction.

— Des amis qui te soutiendront pour le meilleur et pour le pire.

Cette partie-là de son histoire, elle s'en était ouverte à lui — comment, alors que sa vie s'était brisée sous les yeux de tout le monde, ses amis s'étaient tous éloignés, petit à petit.

— Tu ferais du *trending* pour moi sur Twitter ?

Il sourit.

— Pour toi, je suis prêt à tout, mon ange.

L'affection de Mark lui réchauffa le cœur.

— C'est super et j'apprécie. Mais j'ai eu ma dose de « pire » pour la vie. Et je suis d'accord avec tout ce que tu viens de dire. Alors pourquoi une part de moi regrette-t-elle de ne pas avoir accepté l'invitation de ce Daniel ?

Mark baissa le feu sous la sauteuse.

— Ce sont peut-être tes hormones qui parlent ?

— Je déteste les hormones. Et je déteste aussi la façon dont la société exerce une pression. Pourquoi vouloir uniformiser les comportements en nous prêtant à tous les mêmes désirs stéréotypés ? Si tu es célibataire, les gens te regardent d'un œil lourd de compassion et s'empressent de te réconforter en te prédisant que tu vas rencontrer quelqu'un bientôt. Puis tu te maries et les mêmes vont te demander d'un ton pressant si le premier bébé est déjà en route. Pour eux, toutes les vies devraient se dérouler selon le même schéma immuable. Tu auras beau prétendre le contraire, on te fera quand même comprendre que, si tu n'es pas en couple, tu es pathétique. Comme si le célibat était un état anormal auquel il s'agirait de remédier à la première occasion.

Mark versa le dernier reste de bouillon dans la sauteuse.

— Si tu as vraiment envie d'explorer la pression que la société exerce sur l'individu hors norme, je te propose de te transposer dans la peau d'une personne LGBT. Essaie pour voir d'être l'élément « bizarre » de ta classe pendant toutes tes années de lycée.

— Mais moi aussi j'étais un élément bizarre au lycée, jusqu'au moment où ils ont découvert mon talent pour repérer des couples potentiels. Après ça, j'ai eu un but, une fonction : aider les autres à trouver la personne qui leur correspondait. Est-ce vraiment un problème si je suis incapable d'exercer ce talent sur moi-même ? On ne demande pas à un chirurgien orthopédique de s'opérer lui-même en cas de fracture.

— C'est vrai. Mais ne trouves-tu pas épuisant d'avoir à vivre cette double vie ?

— Ce n'est pas une double vie à proprement parler.

— Tu vis sous un pseudonyme et tu gardes une partie de ta personnalité secrète.

— Ça ne m'épuise pas, ça m'amuse. J'adore cet aspect de ma nouvelle vie, en fait. C'est ma cape d'invisibilité. Mon déguisement. Ça a un côté sympa d'avancer masquée.

Mark posa sa louche dans l'évier.

— Porter un déguisement, c'est quelque chose que je connais bien. Pendant des années, j'ai dissimulé l'essentiel et je me suis baladé avec mon secret au fond de moi.

C'était comme si je vivais costumé en permanence. Ce que j'étais vraiment, personne ne le voyait.

— Et ça ne te donnait pas un sentiment de sécurité d'être comme ça, incognito ?

Mark réfléchit un instant.

— Franchement, non, pas du tout. J'avais plutôt l'impression d'être très seul, prisonnier de mon identité d'emprunt. C'est le côté négatif du secret.

Il éteignit la plaque sous le risotto.

— Bon, j'espère que Gabe va rappliquer avant que ce soit froid. C'est un plat qui ne se réchauffe pas.

C'était le coup de chance de sa vie d'être tombée sur des voisins qui étaient devenus ses amis les plus proches, au sens propre comme au figuré. L'appartement de Gabe et Mark était à l'étage au-dessus du sien et elle adorait venir s'y ressourcer. C'était un endroit lumineux, bourré de soleil, de bonnes vibrations et de bouquins. Il y avait des livres partout, en doubles rangées sur les étagères et en hautes piles sur le sol. Mark avait accroché ses propres tableaux aux murs — de vastes toiles abstraites aux couleurs claquantes, où les motifs épurés étaient figurés à grands coups de pinceau. L'été, lorsque les nuits devenaient brûlantes, ils ouvraient leurs portes et s'asseyaient sur l'escalier de secours pour siroter des Mojitos en se racontant qu'ils étaient à la plage et non pas coincés dans une grande ville privée d'air, à suffoquer dans la touffeur estivale.

Molly revint au sujet qui la préoccupait.

— Je ne me vois quand même pas aller dîner avec un inconnu.

Elle retira ses chaussures et replia les jambes sous elle pendant que Valentin se pelotonnait à ses pieds sur le tapis.

— Car on peut dire ce qu'on veut mais, Daniel, c'est

juste une rencontre de hasard dans le parc. Ce serait de la folie d'accepter, non ?

— Tout dépend de son degré de sex-appeal.

Gabe entra dans l'appartement avec un carton de champagne sous le bras.

Molly haussa les sourcils.

— Du champagne ? Classe ! Quand tu m'as dit « Passe boire un coup dès que tu peux », je ne m'attendais pas à une proposition aussi sérieuse.

Gabe lui adressa un de ses sourires flashy.

Il était beau, au sens classique du terme, avec des pommettes marquées et des yeux très bleus. Mark lui avait confié que le premier jour où Gabe avait débarqué dans l'agence de pub où il prenait ses fonctions de directeur créatif, il avait d'emblée annoncé la couleur et déclaré qu'il était gay. Une approche qui lui avait épargné bien des malentendus et embarras dans ses jobs précédents, mais qui n'avait pas suffi à empêcher les femmes avec qui il bossait de tomber amoureuses de lui.

— Mark m'a envoyé un texto pour me dire que tu voulais nous demander notre avis sur un mec que tu as rencontré. Alors, raconte.

Gabe retira sa veste et la jeta sur un fauteuil.

— Il est beau gosse ? Attirant ?

— Assez attirant, oui. Du moins, pour quelqu'un qui accorderait beaucoup d'importance à l'aspect physique.

— Mais il a aussi du charme ? Du charisme ?

Molly fit défiler une nouvelle fois leurs quelques conversations dans sa tête.

— Peut-être même un peu trop, oui. Il respire la confiance en lui. Une personne qui est à l'aise avec elle-même exerce presque toujours un grand pouvoir d'attraction.

Elle s'appliquait à prendre un ton objectif et détaché,

mais qui espérait-elle abuser ? Il était plus qu'attirant. Et c'était ce qui l'effrayait.

— Qu'est-ce que tu attends pour y aller, alors ?

— Je ne veux pas d'engagement.

— Qui te parle de t'engager ? Une rencontre, ça peut aussi rester léger.

Gabe découpa une fine tranche de parmesan et la goba.

— Tu n'as pas envie d'un peu de plaisir et d'amusement ?

— Avec moi, ça se passe rarement de façon très fun, ce genre de plaisanterie.

— Tu es pourtant la grande spécialiste de la relation. Tu en connais un rayon sur la question. J'ai remarqué que tu avais un sixième sens pour apparier les gens. Et je ne comprends pas pourquoi tu ne parviens pas à t'appliquer ta propre expertise.

Elle sourit.

— Je ne comprends pas non plus, en fait. C'est un mystère.

Pas tout à fait, cela dit...

Pensive, elle caressa la tête de Valentin. Rester secrète avec un inconnu dans un parc était une chose. Mais c'était différent avec des amis en qui elle avait confiance et qui eux lui parlaient très librement.

— Bon, OK. Je sais pourquoi je ne suis pas capable d'appliquer mon expertise à mon propre cas. Mais le fait de comprendre l'origine d'un problème ne permet pas forcément de le régler pour autant. Ce qui est assez énervant, car en tant que psychologue je devrais être capable de ranger toutes mes casseroles au placard.

— Les casseroles, ce sont les casseroles, ma chérie. Tu peux essayer de les enfouir pendant un moment, mais elles trouvent toujours le moyen de resurgir de façon tonitruante.

Gabe sortit une bouteille de champagne du carton et la mit au réfrigérateur.

Mark haussa les sourcils.

— Euh... On fête quelque chose, là ?

— Nous sommes sur un appel d'offres. Une campagne de pub pour une marque de champagne. Pendant un mois, ça va être bulles à gogo, les enfants.

— Tu as besoin de consommer régulièrement le produit pour faire tes briefs marketing ?

— Bien sûr. Je ne peux pas vanter les mérites d'un produit que je ne connais pas de fond en comble.

Molly rit tout bas.

— C'est un coup de chance que tu ne sois pas chargé de promouvoir les vertus d'un sirop contre la toux.

— Je choisis mes annonceurs avec soin.

Gabe déboutonna sa chemise.

— Vous m'accordez cinq minutes, le temps que je prenne une douche ? Je vous laisse continuer à philosopher entre vous.

Lorsqu'il les rejoignit dix minutes plus tard, Mark servait le risotto pendant que Molly dressait la table. Valentin, le museau posé sur les pattes, les observait d'un œil protecteur.

— Je crois que je l'ai déjà dit et je le redirai probablement encore, mais ce chien fera une super nounou quand tu auras des enfants.

Gabe avait enfilé une chemise et un jean propres, et déambula pieds nus à leur rencontre.

— Bon, revenons à nos moutons : comment se fait-il que tu traînes ici ce soir avec tes vieux potes au lieu de dîner les yeux dans les yeux avec le gars charmeur du parc ?

Molly porta les assiettes sur la table.

— J'aime votre compagnie.

— Parce que nous sommes rassurants et inoffensifs ?

— Parce que vous êtes mes amis.

Des amis qu'elle choisissait désormais avec prudence et discernement. La vie l'avait rendue méfiante.

Mark s'assit à table.

— Qu'est-ce qu'il fait dans la vie, alors, ton beau gosse ? Un choix de carrière, ça en dit long sur une personne — sur ses idéaux, ses exigences.

Gabe fronça les sourcils.

— Je ne suis pas d'accord.

— Ceux qui choisissent la médecine par exemple sont attentifs aux autres.

— Dans l'idéal, oui. Mais dans la vraie vie ? Certains le font pour l'argent. D'autres pour le statut. Quant au personnage de médecin dans le polar que je suis en train de lire, c'est un serial killer. Il a décidé de faire médecine car il a une fascination pour les cadavres.

Molly fit la grimace.

— Tu devrais changer de lectures.

— Je ne peux pas. Je suis accro à Lucas Blade. Dès qu'il sort un nouveau bouquin, je le lis. Et de préférence d'une traite.

— Bon, « l'homme du parc » n'est pas médecin. Ni auteur de polars. C'est un avocat.

— Donc il est brillant, éloquent et maîtrise la langue à la perfection. Je m'y attache déjà, à ce garçon. Vous vous êtes vus souvent ?

— Une fois ou deux.

Molly sentit ses joues s'empourprer.

— Peut-être même un peu plus souvent que cela.

— Autrement dit, combien de fois ?

— Depuis deux semaines, je le croise tous les matins. Et on cause.

Gabe siffla entre ses dents.

— Alors là, c'est du sérieux. Cela ressemble à un engagement de longue durée.

— On a juste échangé quelques mots sur un banc tout ce qu'il y a de plus public. Et uniquement parce que nos chiens sont potes.

— Donc tu ne discutes avec lui que pour que Valentin puisse se donner un peu de bon temps avec un congénère ?

— C'est un peu de cet ordre-là, oui. Comme deux nounous qui papotent pendant que les enfants s'ébattent dans le bac à sable.

— Mmm... Tu peux dire ce que tu veux, Molly, mais ce gars t'attire, je le sens. Alors pourquoi ne pas avoir accepté ce dîner, sérieux ?

Mal à l'aise, Molly se tortilla sur sa chaise.

— Parce qu'il est trop...

Elle se mordit la lèvre et Gabe leva un sourcil interrogateur.

— Trop ?

— Je ne sais pas. Trop tout. Trop beau, trop bien. Trop charmant.

Gabe se renversa contre son dossier.

— Aucun homme ne peut être *trop* bien. Toi, Molly Parker, tu mérites ce qui se fait de mieux dans tous les domaines. Y compris en matière de champagne. D'ailleurs à ce propos...

Il se leva, sortit la bouteille du congélateur et entreprit de l'ouvrir. Le bouchon sauta avec un *plof* tonique.

— Ton regard sur moi n'a rien d'objectif, Gabe.

Son ami versa le liquide pétillant dans trois verres.

— Pourquoi ne t'estimerais-tu pas digne de ce qu'il y a de meilleur ? Parce qu'un crétin quelconque avec un ego surdimensionné a réussi à te procurer un intense sentiment d'humiliation il y a environ un siècle ?

— Il y a trois ans. Ce n'est pas si vieux que ça.

Elle leur avait raconté une partie de son histoire. Pas tout, bien sûr. Il y avait certains détails dont elle n'avait jamais parlé à personne. Mais un soir où ils avaient partagé un plat de *linguini alle vongole* préparés par Mark et une bouteille d'excellent vin italien, elle s'était surprise à déballer l'essentiel de son récit. C'était ce même soir que Gabe lui avait confié que son père ne lui adressait plus la parole depuis qu'il avait fait son coming out, en terminale. Mark, lui, avait avoué de son côté que son dressing était bourré à craquer de chemises roses, car sa mère était persuadée qu'un homme gay s'habillait forcément de cette couleur.

Ah, les familles ! songea-t-elle. C'était là que les relations entre les gens étaient les plus complexes, les plus indémêlables.

— Tu veux que je te dise franchement ? Je crois qu'il n'est pas mon type.

— Un mec intéressant, sexy et brillant ? C'est assez dissuasif comme cocktail, c'est sûr. Je comprends tes hésitations.

— Arrête de te moquer ! Je me méfie des hommes trop sûrs d'eux.

— Parce qu'ils pourraient avoir plus de facilités que les autres à déjouer les défenses dont tu es bardée ? Tu as dit toi-même que tu trouves que les gens sûrs d'eux exercent un fort pouvoir d'attraction.

— Ils n'en restent pas moins intimidants quand même. Et puis il y a le fait qu'il soit avocat spécialisé dans le divorce. Alors que j'œuvre plutôt en faveur du couple.

— En te cramponnant à ton propre statut de célibataire.

Mark testa son risotto du bout de sa fourchette. D'une moue appréciative, il indiqua que la texture du plat était à son goût.

— Et il est au courant de ton identité secrète, ton mec *hot* du parc ?

Molly eut un sursaut de frayeur.

— Bien sûr que non ! Je suis juste Molly pour lui.

— Il ne sait pas que tu es Aggie, alors ?

— Personne ne sait que je suis Aggie à part vous deux, mon père et mon éditeur. Et ça restera comme ça.

— Tu devrais être fière de ta réussite, pourtant.

— Je le suis. Mais depuis trois ans, je sépare ma vie professionnelle de ma vie personnelle.

Molly chercha Valentin des yeux et Gabe suivit son regard.

— Il est splendide, cet animal. Dommage que les humains ne puissent pas se marier avec les chiens. Si cela avait été le cas, tu aurais pu l'épouser sans hésiter.

Elle hocha la tête.

— Même Mme Winchester l'adore, et elle n'est pas commode.

Gabe les resservit en champagne.

— En parlant de Mme Winchester : je l'ai vue tout à l'heure en rentrant. Elle a fait réparer son appareil auditif, alors surveillez votre vocabulaire. Pas de gros mots dans la cage d'escalier, surtout.

Mark prit son verre.

— Elle ne parle pas, elle *hurle* quand son appareil auditif ne fonctionne pas. J'espère qu'elle va arrêter de claironner : « Ah, c'est vous le charmant garçon homosexuel du troisième ? » chaque fois que je la croise.

— Moi j'ai droit à « J'étais mariée depuis longtemps à votre âge », commenta Molly. C'est une de mes préférées, celle-ci.

Elle savoura son champagne, appréciant le pétillement en bouche et la douce détente procurée par le vin qui se répandait lentement dans ses veines.

— C'est bon de boire du champagne entre amis. C'est un vin qui fait de chaque jour une fête.

Gabe ouvrit de grands yeux.

— Et voilà ! C'est ça !

— C'est ça quoi ?

— Le champagne fait de chaque jour une fête... Le champagne crée la fête...

Il se renversa en arrière et sa chaise oscilla en équilibre précaire alors qu'il attrapait un stylo et un bout de papier qui se trouvait être une pub pour des pizzas livrées à domicile.

— Je vais le noter avant de l'oublier. Putain, Molly, tu es géniale.

Mark fit les gros yeux.

— Attention aux gros mots. Mme Winchester est prête à tolérer les poils de chien et l'homosexualité dans sa maison. Mais si elle t'entend jurer, elle nous vire.

Molly sourit.

— Pour en revenir à ton slogan : le champagne n'est-il pas réservé aux occasions spéciales, plutôt ?

— Justement, c'est ça la ruse. Si on insiste sur le côté exceptionnel du truc, ça limite la consommation, autrement dit les ventes. Alors que si tu laisses entendre que chaque jour devient jour de fête à condition de boire un petit coup de champ', tu fais exploser le chiffre d'affaires. Et moi, j'ai droit à une super prime.

Lâchant son stylo, Gabe leva son verre.

— À l'amitié. Et à l'appareil auditif de Mme Winchester, en espérant qu'il tienne plus longtemps que le précédent.

Chapitre 7

Au lever du jour, le ciel était sombre et menaçant, mais Daniel ne modifia pas ses projets pour autant. La veille, Molly et lui avaient passé une demi-heure à débattre de leurs endroits préférés à New York pendant que Brutus et Valentin batifolaient dans l'herbe ensemble. Elle n'avait toujours pas donné de réponse positive à son invitation à dîner, cela dit, mais il avait la nette impression qu'elle ne tarderait pas à accepter. Le plus compliqué serait de trouver une soirée où ils seraient libres l'un et l'autre. Elle avait beau n'avoir personne dans sa vie, son emploi du temps était surchargé.

Harriet lui remit la laisse de Brutus.

— Attention, je compte sur toi pour ne pas me le ramener en retard, aujourd'hui. Quelqu'un doit venir le voir. Et tu évites de le laisser se rouler dans les flaques. Je veux qu'il soit aussi pimpant que possible.

— Pourquoi ? Tu as ouvert un site de rencontres pour toutous en mal de partenaire ?

— Ce n'est pas un chien que nous allons garder indéfiniment, Daniel. Je l'ai accueilli parce que le refuge pour animaux est saturé, mais le but n'est pas de l'habituer à vivre ici. Les animaux qui viennent ici sont en résidence temporaire en attendant une adoption définitive. C'est comme ça que Poppy est partie la semaine dernière.

— Qui est Poppy ?

— La chienne labrador avec qui tu as fait connaissance le mois dernier.

L'idée que Brutus était juste de passage chez ses sœurs ne lui avait même pas traversé l'esprit.

Daniel chercha le regard du chien qui avait été son compagnon de course à pied quotidien de ces deux dernières semaines. Brutus agita la queue, lui adressa un de ses sympathiques sourires canins et se frotta le museau contre la cuisse de Daniel, pressé de sortir se promener.

— Je pensais que vous alliez le garder, moi.

— Avec tous les animaux que j'ai en garde temporaire, il n'y a plus de place pour un habitant permanent.

Daniel resta songeur. Brutus était-il conscient qu'on allait l'arracher à son environnement familier pour le parachuter on ne savait pas trop où ?

— C'est un chien intelligent. Tu ne peux pas le laisser entre les mains de n'importe qui.

— Aucun risque. L'association dont je fais partie procède à des vérifications très approfondies sur les antécédents des familles adoptantes. Ils prennent leur rôle très au sérieux.

— Mais comment peuvent-ils lui trouver une famille adaptée à ses besoins alors qu'ils ne connaissent pas vraiment ce chien ? Ce n'est pas seulement l'environnement qui doit être adapté, c'est aussi une question de personne. Il faut que le futur maître de Brutus comprenne que c'est un chien, un vrai — pas une peluche, ni un jouet, ni un substitut d'enfant. Un chien qui n'appréciera pas qu'on lui trouve des surnoms du style « Froufrou » ou qu'on lui colle un ruban rose autour du cou.

Harriet interrogea Brutus du regard.

— Qu'est-ce que tu en penses, toi ? Tu aimerais qu'on te mette un ruban rose autour du cou, Froufrou ?

Le chien agita joyeusement la queue.

Daniel ne fut pas convaincu.

— Tout vient de la façon dont tu lui parles. Il croit que tu lui proposes un bel os bien garni, le pauvre.

— Il aime bien entendre son nom.

— Je peux t'assurer qu'il est beaucoup plus heureux maintenant que quand il s'appelait Froufrou. C'est un chien réconcilié avec lui-même que tu as sous les yeux.

Harriet lui jeta un regard hésitant.

— Pourquoi cette histoire de prénom te préoccupe-t-elle à ce point ? Tu ne serais pas en train de t'attacher à lui, par le plus grand des hasards ?

— Je ne suis pas attaché à lui, non.

Ou bien si ?

— Ce chien a déjà subi un abandon, reprit-il. Il ne devrait pas avoir à revivre la même chose une seconde fois.

— Si les gens décident d'adopter un chien, c'est justement dans l'idée de lui offrir sécurité, stabilité et affection. Froufrou-Brutus ne sera pas confié du jour au lendemain. Il y aura toute une procédure à rallonge, donc ne t'inquiète pas. Tu pourras encore te servir de lui pour ton « dog dating » quelque temps. J'imagine que c'est ça qui t'inquiète ?

— Oui, ça doit être la raison.

Il s'arracha non sans mal au regard confiant que Brutus levait vers lui.

— À quel genre de vérifications procèdent-ils ? Comment savent-ils que les gens ne jouent pas la comédie pour qu'on leur confie le chien ? Pour mieux faire preuve de cruauté une fois qu'ils l'ont obtenu ?

— Ils ont une bonne équipe, au refuge. Avec un peu d'expérience, on repère vite ceux qui font semblant. Très souvent d'ailleurs, les adoptants qu'ils choisissent sont familiers des animaux depuis longtemps.

Harriet se tut, scrutant ses traits avec une soudaine attention.

— Tu as une réelle affection pour lui, non ?

— Quoi ?

La pensée à elle seule lui procura un frisson de panique.

— Tu veux rire. C'est un chien !

— Justement. C'est facile d'aimer un chien.

— Je n'irai pas jusque-là, mais... je dois reconnaître qu'il m'a été bien utile. Et il a sa personnalité. Je ne voudrais pas qu'il tombe entre les mains de quelqu'un qui ne le comprendrait pas.

Il vit une lueur danser dans le regard de sa sœur. Aurait-il dit quelque chose de drôle sans le vouloir ?

— Lui te connaît bien, en tout cas. Il aboie lorsqu'il t'entend arriver. Et regarde comme il remue la queue.

— Normal, parce qu'il sait que je vais l'emmener courir au parc.

Même si on lui avait chatouillé les pieds au fer rouge, Daniel aurait refusé d'admettre qu'il était heureux de retrouver ce chien tous les matins. Brutus lui donna un petit coup de museau et il se pencha pour le caresser.

— Tu es prêt, mon vieux ? On va voir ce que le parc a à nous offrir, aujourd'hui ?

— Et la fille ? Elle vient toujours courir tous les jours ? Tu devrais lui fixer un vrai rendez-vous, Daniel. Avant que Brutus ne soit placé. Parce que, après, tu n'auras plus aucune excuse pour aller te promener par là-bas.

— Tu trouveras bien un autre chien à me prêter.

Il vit Brutus tourner la tête en sursaut et lever son museau vers lui.

— Toi, le chien, ne me regarde pas comme ça, s'il te plaît. Tu finirais presque par me culpabiliser. Tu es censé être mon partenaire de drague. Rien de plus. Rien de moins.

Harriet pouffa de rire.

— Ton chien de drague attitré, même... Car franchement, je ne te verrais pas soudain débarquer au parc avec un autre. Elle trouverait ça suspect. Ou tu lui as déjà avoué que Brutus n'est pas à toi ?

— Je n'ai encore rien dit, non.

Et c'était un tort. L'idée qu'il donnait une fausse impression à Molly commençait à lui chatouiller la conscience. Plus il passait du temps avec elle, plus il apprenait à l'apprécier. Il ne lui avait jamais dit expressément que Brutus était son chien, bien sûr. Mais il savait qu'elle le considérait comme tel. Il avait pour principe de ne surtout jamais se compliquer la vie et voilà que sa vie se compliquait quand même. Il était temps de dire la vérité à Molly.

— Je pensais que je trouverais le moyen de l'aborder dès ma première sortie avec Brutus, et qu'à notre seconde rencontre je décrocherais mon rancard. Or ça fait des semaines que ça dure et résultat : nada. Peut-être que Fliss a raison et que je ne l'intéresse pas.

— Mais si, tu l'intéresses. Ce ne sont pas les lieux qui manquent lorsqu'on veut promener un chien à New York, Daniel. Si elle avait voulu t'éviter, elle l'aurait fait.

— Alors pourquoi refuse-t-elle mon invitation au resto ?

— Parce que c'est un gros pas à franchir, de sortir dîner avec un inconnu croisé dans un parc. Tu pourrais être un dangereux pervers.

Fliss passa dans leur champ de vision avec une tasse de café dans une main et un toast brûlé dans l'autre.

— Un mec capable de se servir d'un chien d'emprunt pour mettre la main sur une fille *est* un dangereux pervers.

Harriet ne releva pas.

— Faire quelques pas avec quelqu'un en public, c'est simple. Cela ne demande pas de prendre une décision. Alors qu'un dîner... Un dîner, c'est un engagement, conclut-elle d'un air pensif.

— Pas lorsque l'invitation vient de quelqu'un comme moi. Je lui propose de partager un repas avec moi. Pas notre vie entière.

— Oui mais même... Ça reste un pas.

— Un pas ?

— Elle doit ressentir une certaine nervosité, ta nana.

L'ombre d'une nostalgie pointait dans la voix d'Harriet. Il en conclut qu'elle aurait elle-même aimé franchir le pas en question.

— Ce n'est pas *ma* nana.

— Eh bien, tu devrais te dépêcher de faire en sorte qu'elle le devienne, avant que tu te retrouves privé de ton partenaire de drague attitré.

Brutus et Daniel arrivèrent au parc pile poil en même temps que Valentin et elle. Enchanté de retrouver son compagnon de jeu, Valentin faisait de grands bonds et Molly était bien tentée de suivre son exemple. Revoir Daniel lui procura une mini-onde de choc. Elle avait une image de lui gravée dans sa tête en permanence. Et pourtant, chaque fois qu'elle le retrouvait « en live », il lui paraissait encore plus grand, encore plus sexy, encore plus menaçant pour son équilibre émotionnel. Une étrange faiblesse lui gagna les membres et elle s'assit sur ce qu'elle en était venue à appeler « leur banc ». Réitérerait-il son invitation à dîner ? Et si c'était le cas, accepterait-elle ?

Elle ne savait plus quelle politique adopter. C'était le bazar intégral dans sa tête.

— Tu savais qu'il y avait environ neuf mille bancs à Central Park ?

C'était du pur bavardage mais parler était le seul moyen à sa disposition pour faire retomber la tension.

— J'adore toutes ces plaques avec des messages. Chaque banc a une histoire différente à raconter...

Elle se retourna pour lire la leur.

— « À l'amour de ma vie, en ce jour anniversaire de notre mariage. » C'est une pensée optimiste, non ? Placer ça sur un banc, c'est parier sur l'avenir. La plaque restera là aussi longtemps que le banc lui-même. Et les gens vont continuer à la lire, donc l'inscription doit être sincère. Ça t'est déjà arrivé d'essayer d'imaginer qui sont les gens à l'origine de ces messages personnalisés ?

— Pas jusqu'à maintenant, non.

Daniel s'assit à côté d'elle et lui tendit son thé.

— Si nous avions une plaque à nous, elle dirait : « Mon chien aime ton chien. »

Elle avait bien du mal à ignorer la cuisse de Daniel qui par moments effleurait la sienne. Ils ne se touchaient pas, ou à peine, et pourtant elle était entièrement imprégnée de sa présence physique.

Ne sachant comment réagir, elle se pencha pour faire un câlin à Brutus.

— Avant, je me méfiais un peu des bergers allemands. Et le tien est un gros modèle, en plus. Il est impressionnant — un vrai macho. Mais il a une bonne nature. Je l'adore.

— As-tu jamais envisagé de prendre un second chien ?

— Pourquoi ? Tu veux me vendre Brutus ?

Elle l'avait dit pour plaisanter, mais quelque chose dans le regard de Daniel lui fit penser qu'elle s'aventurait en terrain miné.

Elle se dépêcha d'ajouter :

— Je disais ça pour rire, rassure-toi. On voit bien que vous êtes inséparables, tous les deux.

— Ah oui ?

— Absolument. Chaque fois que tu le regardes, ton visage s'éclaire. Et je suis pareille que toi avec Valentin. Même quand on passe une journée horrible, c'est impossible d'être tout à fait malheureux quand on vit avec un chien. Ils nous remontent le moral.

— C'est vrai.

Il avait l'air surpris, comme s'il en prenait conscience à l'instant.

— Et puis il y a le fait que tu joues à ces jeux bizarres dont personne n'a jamais entendu parler, comme « N'attrape pas le bâton ».

— Tu trouves ça bizarre ?

— Oui, parce que la plupart des gens *veulent* que leur chien leur ramène le bâton. C'est le B.A.BA des jeux chien/humain.

— Je lui apprends à se contrôler. Et il a l'air d'apprécier.

— Il aime les compliments. C'est mignon, je trouve. Quand je t'ai vu pour la première fois, j'ai eu de la peine à croire que tu étais un homme à chien. A priori, comme ça, tu n'as pas du tout le type.

Il hésita.

— J'aime bien les chiens.

— À l'évidence, oui. Sinon, tu n'aurais pas Brutus.

Il y avait quelque chose de presque poignant dans la façon dont cet homme séducteur et doué d'autorité, capable d'exercer un fort ascendant sur autrui, traitait son chien avec un humour généreux et patient.

— Et comment tu fais pour le sortir dans la journée, pendant que tu travailles ?

— Mes sœurs s'occupent de lui.

Il laissa passer un court temps de silence.

— Molly, écoute, il faut que je te...

Une bouffée de pure panique la prit à la gorge.

— Tu ne me parles pas beaucoup de ta profession. Tout ce que je sais, c'est que tu es avocat spécialisé dans les affaires de divorce.

Elle avait prononcé les premières paroles qui lui venaient à l'esprit, terrifiée à l'idée qu'il puisse réitérer son invitation à dîner. Pas parce qu'elle avait peur de refuser une fois de plus, mais parce qu'elle avait une trouille bleue d'accepter, au contraire. Sachant qu'une acceptation de sa part mènerait à des peines et des désillusions. Et finirait peut-être même par mettre en péril la nouvelle existence qu'elle s'était créée.

Il lui jeta un regard en coin.

— À voir ta tête, c'est une catégorie d'avocats que tu n'aimes pas. Quelle expérience pénible as-tu vécue avec un confrère de mon espèce ?

— Personnellement, aucune. Mais c'est vrai que le divorce, à mes yeux, ce n'est pas ce qu'il y a de plus fun.

Daniel prit une gorgée de café.

— Je suis d'accord avec toi, ça n'est jamais une étape facile. Et c'est justement pour ça qu'un bon avocat peut faire toute la différence. Mais pour moi, s'il y a une chose qui est bien pire encore qu'une séparation, c'est d'être pris au piège d'une relation de couple délétère. Un dysfonctionnement qui, en règle générale, existe bien avant mon entrée en scène. Mon rôle consiste à remettre de l'ordre dans le chaos et à essayer de faire en sorte que ça se passe aussi proprement que possible.

Molly hocha la tête. Même si leurs opinions pouvaient diverger sur le divorce, elle ne doutait pas de ses qualités d'avocat.

— Et tu ne trouves pas ça démoralisant ? D'être confronté en permanence à des gens qui vivent le deuil de leur couple, leur famille, leurs illusions ?

— Parfois, c'est déprimant. Mais ça peut aussi être

satisfaisant d'aider quelqu'un à s'extraire d'une situation devenue invivable. Dans un cas comme dans l'autre, j'essaie de garder la même distance émotionnelle.

Pouvait-on être mêlé aussi étroitement à la détresse de ces naufragés de la conjugalité sans absorber ne serait-ce qu'une partie de leur désarroi ?

— Le divorce, c'est un peu l'ultime recours, non ? Tu ne penses pas que ce serait mieux que les gens réparent les petits accrocs au fur et à mesure, avant d'arriver à la déchirure définitive ? C'est comme avoir un trou dans un pull et laisser filer la maille.

— Le problème, c'est lorsque le pull, dès le départ, n'a ni la bonne forme ni la bonne taille.

Daniel se pencha en avant, les coudes en appui sur les cuisses.

— Parfois, il y a moyen de faire une thérapie de couple et de se retrouver. Mais il arrive aussi que la thérapie n'aboutisse pas. Dans ces cas-là, certains parviennent à se séparer à l'amiable mais d'autres s'enlisent dans leurs conflits. Et c'est là que j'interviens. C'est ma façon professionnelle de voir les choses.

— Et ça ne t'attriste pas ?

— D'être doué dans mon métier ? Non. La vérité, c'est qu'il y a des mariages qui sont des erreurs catastrophiques et dans ces cas-là il n'y a plus qu'une chose à faire, c'est d'essayer de limiter les dégâts. Et la loi est là pour ça.

Les mots de Daniel venaient toucher une part d'elle-même qu'elle parvenait normalement à garder protégée.

C'était donc ça qu'avait fait sa mère ?

Couper net avec un mari et une fille qu'elle voyait comme une « erreur catastrophique » ?

Elle déglutit avec peine.

— Et qu'est-ce qui te permet de décider qu'un couple est définitivement irréparable ?

— Quand les gens viennent frapper à ma porte, ils sont déjà en bout de course, après avoir souvent tout essayé. Je leur montre alors ce qu'ils peuvent faire pour tourner la page et passer à autre chose, sans y laisser trop de plumes.

— Et s'il y a des enfants en jeu ?

Le visage de Daniel se ferma. Si brièvement qu'elle ne le remarqua que parce qu'elle avait les yeux rivés sur ses traits.

— Tu fais partie de ces gens qui pensent qu'à partir du moment où on a procréé il faut rester collé à l'autre, coûte que coûte, quelles que soient les difficultés relationnelles à la clé ?

Aux yeux d'un interlocuteur moins entraîné qu'elle à observer autrui et à comprendre, Daniel aurait pu paraître détendu. Mais Molly nota des signes discrets de tension. Tout dans le langage corporel de Daniel indiquait que les enjeux étaient pour lui plus profonds que de simples convictions professionnelles.

— Je fais partie de ces gens qui pensent que, si deux personnes se sont aimées suffisamment pour décider de fonder une famille, elles devraient au moins tenter de réexplorer les sentiments qui les avaient unies au départ, protesta-t-elle prudemment. J'ai parfois l'impression que les couples renoncent un peu trop vite.

— C'est une observation d'ordre professionnel ou personnel ?

— Professionnel... Et peut-être en partie personnel aussi, admit-elle après une légère hésitation.

— En partie ? Tes parents sont divorcés ?

— Ma mère a quitté la maison quand j'avais huit ans. Il y a longtemps que j'ai laissé ce vieux chagrin derrière moi, mais ça reste un point sensible chez moi.

Pourquoi lui avait-elle confié un détail aussi intime ? Ce n'était pas un sujet qu'elle abordait facilement et encore moins avec des gens qu'elle connaissait à peine. Un sentiment de gêne l'envahit, comme si elle venait de retirer ses vêtements devant lui. Mais Daniel ne parut pas refroidi par cet excès de confidences.

Il réagit de façon très simple, comme si de tels échanges avaient été la norme entre eux.

— Et comment ça se passe avec ta mère maintenant ? Ça reste compliqué entre vous ?

— Compliqué, non, pas vraiment. Je ne l'ai plus jamais revue depuis.

— Jamais ? Vous n'avez plus aucun contact ?

— Elle a pensé qu'une rupture franche serait la moins mauvaise solution pour toutes les parties concernées.

— Et ça a été le cas ?

Molly posa son thé sur ses genoux. Après tout ce qu'elle lui avait déjà dit, cela ne servirait plus à grand-chose de freiner des quatre fers maintenant.

— À l'époque, ça m'a paru être la chose la plus inhumaine qu'elle pouvait nous faire. À huit ans, va te réconcilier avec l'idée que ta propre mère t'expulse d'un coup de sa vie et disparaît sans laisser d'adresse ! Mais en grandissant, j'ai fini par penser qu'elle avait sans doute eu raison sur ce point.

— Si elle avait fait des allers et retours dans ta vie, cela aurait rouvert la plaie à chaque fois, c'est ça ?

— C'est à peu près ça, oui.

Les mains serrées autour de son gobelet, elle se concentra sur la chaleur du thé entre ses paumes.

— C'est surtout pour mon père que ça aurait été excessivement cruel, je pense.

— Il a mal vécu le divorce ?

— Très mal, oui.

Elle n'entra pas dans les détails. Ne lui dit pas qu'il y avait eu des jours où elle était partie à l'école la boule au ventre à l'idée de laisser son père seul. Des jours où elle avait eu peur de pousser la porte de la maison en rentrant, de crainte de ce qu'elle allait trouver à l'intérieur.

— On a passé une année vraiment pas drôle. Et puis un jour, je suis revenue de l'école et ça sentait le brûlé en arrivant. Là, j'ai su qu'on allait s'en sortir.

— Mettre le feu à la maison était un signe de guérison ?

Elle se surprit à rire.

— Non. Mais le fait qu'il cuisinait en était un. Après cela, la situation s'est améliorée tout doucement, même s'il a fallu des années avant que mon père ne prenne de nouveau le risque de rencontrer d'autres femmes. C'est l'aspect de leur divorce que j'ai trouvé le plus difficile, en fait. Il avait l'impression de ne plus avoir aucune valeur. Comme il n'avait pas été « assez bien » pour elle, il estimait qu'il ne serait jamais à la hauteur aux yeux de qui que ce soit.

Daniel suivit des yeux deux écureuils qui se coursaient dans l'herbe.

— C'est pour ça que tu tiens les hommes à distance ?

— En partie, oui. Mais il n'y a pas que cela. La vraie raison est simple : je ne suis pas douée pour le relationnel amoureux.

Elle songea à la façon dont toutes ses histoires s'étaient terminées. Jamais proprement, toujours de façon compliquée, stressante, douloureuse.

— Et toi ? Tu dois entendre toute la journée des récits de couples en pleine déconfiture. Ça doit être difficile après ça d'imaginer que toutes les histoires d'amour ne sont pas condamnées d'avance à se terminer en guerre de tranchées.

— Il est certain que mon métier m'a rendu très prudent.

Pensive, elle souffla sur son thé. Pourquoi était-ce si facile d'aborder ces sujets avec lui ?

— Pourquoi as-tu choisi le droit de la famille,

alors ? Tu n'as pas été tenté par le droit criminel ou des sociétés ?

Il se pencha pour attraper un bâton.

— Je me suis spécialisé dans les affaires de divorce parce que j'ai grandi avec deux parents qui n'avaient rien à faire ensemble. Pour moi, cela aurait été une délivrance si quelqu'un les avait aidés à y voir clair et à se séparer dans des conditions décentes. Comme cela ne s'est pas produit, j'ai connu l'expérience édifiante de grandir dans une atmosphère de conflit permanent, avec un père et une mère qui n'avaient ni respect ni affection l'un pour l'autre.

Il envoya le bout de bois, qui décrivit un arc gracieux dans les airs, tout en faisant patienter Brutus avant de lui donner l'ordre d'aller le chercher.

La franchise de Daniel la surprit. Ce n'était pas quelqu'un dont elle aurait pensé qu'il se confierait facilement sur son passé.

— D'où ta conviction que ce n'est pas forcément la meilleure chose à faire pour un couple de rester ensemble sous prétexte qu'ils ont des enfants.

Daniel regarda Brutus récupérer son bâton.

— Chaque situation s'analyse au cas par cas. Je ne dis pas que pour certains couples il ne serait pas préférable qu'ils restent ensemble.

— Tes parents ont fini par divorcer quand même ?

— Oui. Mais ils ont attendu que mes sœurs soient en âge de prendre leur indépendance.

Daniel tourna la tête vers elle. Prise au piège de son regard intense, elle avait du mal à réfléchir de façon professionnelle.

— Pourquoi sont-ils restés ensemble aussi longtemps ?

— Parce que ma mère n'a pas osé demander le divorce. Mon père lui soutenait que, si elle le quittait, elle ne reverrait plus ses enfants.

Il termina son café et balança son gobelet, qui décrivit une trajectoire parfaite avant de disparaître dans la poubelle.

Molly resta un instant sous le choc.

— Il la maltraitait ?

— Physiquement, jamais. Verbalement, en permanence. Et les mots peuvent être aussi destructeurs que les coups. Il la rabaissait, la ridiculisait, sapait sa confiance en elle. Elle avait fini par se persuader qu'elle était trop nulle pour s'en sortir sans lui. Tu voulais savoir pourquoi je m'étais spécialisé dans le droit de la famille ? Je vais te le dire. Un jour où ma mère avait menacé de le quitter, mon père lui a rétorqué qu'il prendrait un avocat brillant qui ferait le nécessaire pour qu'on lui retire son droit de garde. Elle nous perdrait. Elle perdrait sa maison. Que lui resterait-il après cela ? Après des années de torture mentale, elle n'avait plus la force psychique pour se battre. Alors j'ai grandi dans l'idée de devenir un avocat encore plus brillant que tous ceux auxquels mon père aurait pu avoir recours. J'avais juré à ma mère que bientôt, grâce à moi, elle pourrait nous garder nous et la maison avec.

Il se pencha pour essayer de retirer une brindille accrochée dans la fourrure de Brutus.

— Je ne sais pas pourquoi je te raconte tout ça. On se connaît à peine.

— Je me suis fait la même réflexion il y a un instant lorsque je t'ai parlé de ce qui s'était passé dans ma famille.

Figée dans une immobilité fascinée, Molly suivit le va-et-vient des doigts de Daniel dans la fourrure du chien jusqu'au moment où il parvint à extirper la brindille.

Il se redressa en continuant à jouer avec les oreilles du berger allemand.

— C'est à cause de ta mère que tu refuses de rencontrer des hommes ?

Les pensées de Molly fonctionnaient au ralenti, comme si elle était en transe, hypnotisée par le mouvement de la main de Daniel caressant le chien. Elle se demanda s'il avait cette même douceur dans l'accomplissement de tous ses gestes.

— Je... Euh... Mon choix du célibat, tu veux dire ? Non, ce n'est pas à cause de ma mère. C'est parce que je prends mon pied à vivre seule.

Daniel se pencha plus près.

— Viens dîner avec moi et je te montrerai qu'on peut aussi prendre son pied autrement qu'en solo.

Désorientée par la force suggestive de sa voix, elle mit un moment à répondre.

— Cela n'arrivera pas.

— Pourquoi pas ?

Parce qu'elle avait la tête sur les épaules. Et que cet homme induisait chez elle des comportements qui ne lui ressemblaient pas. Depuis quand racontait-elle sa vie à des inconnus croisés dans un parc ?

— Peut-être que tu ne me plais pas assez pour que je dise oui.

— Non, la question n'est pas là. Le problème se situe ailleurs.

Il lui adressa un lent sourire confiant. Et elle songea confusément qu'avec un tel sourire il devait être capable de franchir toutes les portes, même blindées.

— Tu es toujours aussi sûr de toi quand tu affirmes quelque chose sur quelqu'un ?

— Pas dans toutes les situations, non. Mais là, oui. Pourquoi ne pas admettre que ça connecte entre nous depuis le premier instant où nos chiens ont roulé dans l'herbe ensemble ? C'est la raison pour laquelle je reviens tous les matins et la raison pour laquelle tu fais de même. Notre relation entre promeneurs de chiens dure déjà depuis plus longtemps que certains mariages.

Son regard était direct et interrogateur. Elle le soutint comme elle le put, tout en cherchant à rassembler quelques pensées cohérentes.

— La seule raison pour laquelle tu t'intéresses à moi, c'est parce que je te dis non.

— Je ne crois pas, non. C'est un peu plus complexe que cela. Ton sens de l'humour m'attire et j'aime bien discuter avec toi. Et maintenant que tu connais mes secrets les plus intimes, les mieux cachés, il faut que je trouve le moyen de te neutraliser d'une façon ou d'une autre, avant que tu retournes mes confidences contre moi.

Il avait encore réussi à la faire rire !

— Avoue que tu as l'esprit de compétition. Et que tu ne supportes pas l'échec.

— Peut-être. Un peu. Mais il n'y a pas que ça. J'aime bien ton regard sur les gens, sur les choses. Je te trouve intelligente. Et sexy. Tu as des jambes magnifiques et un cul irrésistible en tenue de course à pied. Et tu as un beau chien.

— Ça entre en jeu aussi ? Tu trouves mon chien attirant ?

— Je trouve que la façon dont tu aimes ton chien est attirante. Alors on se lance ? Au lieu de rester assis là à regarder le soleil se lever tous les matins, on pourrait partager une bouteille de vin et regarder le soleil disparaître à l'horizon, histoire de varier un peu ?

Elle n'avait aucun mal à l'imaginer plaidant dans un tribunal. En tant qu'adversaire, il était forcément redoutable, ayant toujours réponse à tout. Pour arriver à ses fins, il usait à coup sûr d'un cocktail fatal fait de charme, d'humour et d'acuité verbale corrosive. Il devait repérer la faiblesse de son interlocuteur au premier regard et s'engouffrer dans la brèche avec une vigueur sans merci.

— Qu'est-ce que tu leur reproches, aux levers de soleil ?

Il regarda le soleil se glisser un instant entre deux nuages d'un gris plombé pour caresser les hautes frondaisons des arbres et éclairer les gratte-ciel qui encadraient le parc.

— Je n'ai rien contre le début du jour, mais ce serait bien de passer un peu de temps avec toi sans avoir un défilé constant de joggeurs suant et soufflant juste sous notre nez.

— Je parie que tu détestes perdre.

— Je ne sais pas. Je n'ai jamais perdu de ma vie. Mais si ça devait m'arriver, je ne manquerai pas de te tenir informée de l'effet que cela produira sur moi.

La conversation rebondissait entre eux, légère et désinvolte. Mais sous les reparties enjouées, la tension sous-jacente était délicieusement palpable.

Elle cherchait une réplique adéquate lorsque la pluie qui menaçait depuis le matin commença à tomber avec un crépitement léger. Les petites gouttes froides picotaient, faisaient frissonner les peaux chauffées au soleil. Daniel jura tout bas et se leva.

— Si on fait vite, on devrait pouvoir s'abriter sous les arbres là-bas.

— S'abriter ? Juste pour quelques gouttes ? Quelle mentalité de dégonflé.

Elle vit une lueur dangereuse s'allumer dans son regard.

— Tu me traites de dégonflé ?

— Oui, mais ne t'inquiète pas. C'est rassurant d'apprendre que tu as aussi quelques faiblesses.

La pluie redoubla d'intensité et d'énormes gouttes s'écrasèrent au sol avec un bruit de tambour, détrempant tout en un temps record. Molly se leva d'un bond.

— Bon, OK, tu as raison. Ce serait plus sage de se mettre à l'abri.

Elle appela Valentin et se mit à courir dans les flaques, soulevant des gerbes d'eau sous ses semelles alors que la pluie traversait le fin tissu de son T-shirt et lui plaquait les cheveux sur la tête.

Valentin émit un jappement aigu, excité par ce sentiment d'urgence, et Brutus suivit le mouvement. Tandis que les deux chiens bondissaient côte à côte, elle sprinta en direction du bouquet d'arbres et plongea en riant sous les branches souples d'un saule pleureur dont les longues tresses glissèrent sur son visage et sur ses bras. Daniel arrivait sur ses talons. Quelque chose en elle vibra au son de ses pas d'homme martelant le sol. Elle avait une conscience aiguë de sa présence, juste dans son dos. L'excitation de la poursuite lui montait à la tête et lui envoyait des frissons jusqu'aux orteils. Il pouvait la rattraper facilement et une fois qu'il l'aurait rejointe...

Elle s'immobilisa net sous le couvert de l'arbre, déstabilisée par la nature explicite de son attente.

Il y avait très longtemps qu'elle n'avait pas été troublée par un homme au point de s'exposer au risque de la rencontre. Les trois années qui venaient de s'écouler avaient été très occupées. Et le sexe n'avait tenu aucune place dans cette phase de reconstruction.

Faisant volte-face, elle se trouva nez à nez avec Daniel. Les yeux dans les yeux.

Elle se dit que c'était la rapidité du sprint qui était la cause de l'essoufflement qui lui agitait la poitrine. Mais elle savait qu'elle se mentait. C'était lui. C'était cet homme particulier. Ce regard sensuel et ce lent sourire redoutable. Lui qui éveillait en elle mille sensations qu'elle ne voulait pas ressentir et qui toutes la terrifiaient à parts égales.

Le savait-il ? Si oui, il avait l'âme d'un sadique, car il

ne lui laissait aucune place pour respirer, aucun espace pour se reprendre.

Il s'était immobilisé juste devant elle, au contraire, si près qu'elle dut reculer d'un pas pour ne pas le toucher.

Son dos heurta l'écorce rugueuse du saule et elle comprit qu'il n'y avait plus de marche arrière possible. À ce stade, c'était le blocage total. Ou le passage en marche avant.

— Daniel... Qu'est-ce que tu fais ? protesta-t-elle, le souffle court.

— Je te garde au sec. Te protège de la pluie.

De nouveau, ce même sourire, lent et infiniment érotique.

— Et je te montre mes points faibles.

De si près, elle ne voyait que sa force, pourtant. La force dans les bras qu'il avait placés de chaque côté de sa tête, dans la musculature marquée de ses épaules qui obstruaient son champ de vision. La force dans ses traits, dans la ligne énergique de ses mâchoires tout juste ombrées d'un infime début de barbe.

Il avait pris son regard en otage et elle ne voyait plus dans les yeux de Daniel que de longues journées d'été noyées de ciel bleu et de promesses d'infini.

— La pluie ne me dérange pas.

Sa bouche semblait flotter tout près de la sienne.

— J'avais oublié que tu étais britannique. Ton rapport à la pluie est probablement très différent du mien.

— La pluie et moi, nous sommes en relation étroite, pour ne pas dire intime.

— Si on m'avait prédit qu'un jour j'envierais les intempéries.

D'une main, il releva les cheveux mouillés qui tombaient sur le front de Molly. Se retenant de fermer les yeux, elle sentit les doigts de Daniel frôler, ralentir, s'attarder. Et sut que ce n'était pas juste un geste anodin visant à dégager son champ de vision. Les doigts qui lui effleuraient le visage questionnaient et affirmaient tour à tour, parlaient d'une rencontre peau à peau.

Il y avait si longtemps qu'elle n'avait pas été touchée ainsi. Sa sensibilité exacerbée découvrait, absorbait, déployait ses antennes.

Chère Aggie,

Je croise régulièrement au parc un homme que je trouve incroyablement sexy. Dès que je suis avec lui, je perds la tête et je ne peux plus me fier à mon propre discernement. Je sais que si lui et moi on a quelque chose à partager, ça ne durera pas. Et j'ai peur que ça se termine par des pots cassés. Qu'est-ce que vous me conseillez ?

Bien à vous,

Tête en l'air

La pluie tombait encore plus fort, à présent, mais le dôme formé par le saule pleureur leur offrait un toit sûr, les longues branches retombantes ne laissant couler qu'une gouttière occasionnelle. Ils étaient protégés et à l'abri des regards dans leur clairière privée, dissimulés par un labyrinthe enchevêtré vert et or.

Convaincue que tous les joggeurs du coin viendraient chercher refuge sous ces mêmes arbres, Molly n'avait pas imaginé un instant que Daniel et elle se retrouveraient seuls. Mais tous les autres, apparemment, avaient choisi de quitter le parc. Ils n'étaient plus que deux au monde. Ou en tout cas, le décor donnait cette impression. La météo les retenait prisonniers et la nature leur offrait son cocon. C'était comme si une main invisible avait tiré les rideaux autour d'eux pour leur offrir un îlot de verte solitude. Même le ruissellement sonore de la pluie sur les frondaisons, le froissement des branches et le frisson du vent dans les feuilles semblaient se conjuguer pour renforcer leur isolement, les couper du reste de la création. Elle avait conscience des battements sonores de son cœur, de la musique irrégulière du souffle de Daniel.

Fascinée, elle leva la main pour essuyer une goutte de pluie sur sa joue râpeuse.

Chère Tête en l'air,

Toutes les relations homme/femme ne se terminent pas forcément par un drame. De temps en temps, il s'agit de faire confiance à son intuition et s'autoriser à prendre quelques risques.

Lorsqu'il pencha la tête, elle se hissa sur la pointe des pieds et chercha ses lèvres, prenant sa part d'initiative. Tant qu'à y aller, autant essayer de garder la maîtrise de la situation.

Ce fut du moins ce dont elle voulut se persuader. La vérité, c'est qu'à la seconde où leurs lèvres se trouvèrent elle vit son contrôle vaciller dangereusement. Il cueillit son visage entre ses paumes et l'embrassa avec une lente et nonchalante détermination qui lui coupa les jambes. Il y avait un fond d'agressivité dans la façon dont il la tenait prisonnière, mais une indéniable douceur dans la pression de sa bouche sur la sienne. Le va-et-vient de ses lèvres, la caresse de sa langue attisaient un feu endormi en elle et l'incandescence de son désir la rendait presque fébrile. Le plaisir était à la fois intense et sans bornes. Un appel charnel montait de son ventre, se propageait en vibrations électriques qui réveillaient sa peau. Elle enfouit les doigts dans les cheveux de Daniel et s'émerveilla de leur douceur de soie en attirant son visage contre le sien.

Raison et logique s'évanouirent, balayées par la

marée montante de leur excitation. Elle était incapable de se ressaisir, incapable même de se poser la moindre question. Ce qui au fond était une bonne chose. Car même si elle avait réussi à s'interroger, elle n'aurait pas été en mesure de se répondre. *Sentir. Éprouver.* C'était tout ce qu'elle savait encore faire pour le moment. Elle ne croyait pas à la magie, mais elle se surprit à voir des milliers d'étoiles. Le monde s'était évanoui et il n'y avait plus que l'exaltation de leurs baisers et le doux murmure de la pluie glissant le long des tresses détrempées du saule.

Leurs langues se mêlaient de façon si érotique qu'elle eut besoin de se couler plus à l'étroit dans l'espace de leur étreinte. Les mains de Daniel glissèrent dans son dos et s'immobilisèrent tout en bas de ses reins pour la presser intimement contre lui. Ce contact lui confirma tout ce qu'elle avait déjà deviné à son sujet. Que son corps était puissant et dur, athlétique et surentraîné. La pression inflexible de ses muscles prouvait qu'il ne se contentait pas de promener son chien au parc pour entretenir son impressionnante forme physique.

Comment elle en était arrivée là, Molly n'en avait aucune idée, mais elle était prise en sandwich entre le tronc solide du saule et l'homme dont la bouche fouillait impitoyablement la sienne.

Et le baiser continuait sans répit. Daniel ne lui laissait aucune possibilité de fuite ni de dissimulation tant il exigeait, explorait, prenait, la transformant en un enchevêtrement inextricable de terminaisons nerveuses surstimulées. Rien n'indiquait qu'il avait l'intention d'arrêter là, mais le cerveau de Molly tournait au ralenti, incapable d'improviser une raison valable pour mettre un terme à ce baiser.

Il s'écarta juste ce qu'il fallait pour glisser une main sur un de ses seins en faisant lentement aller et venir son pouce sur la pointe. La friction douce et savante la fit frissonner. Avec un gémissement de plaisir, elle s'offrit à sa caresse. Déjà, de l'autre main, il soulevait son T-shirt et trouvait la chaleur de sa peau nue.

C'était comme un brasier qui s'allumait en elle, une excitation brûlante qui lui courait sur la peau, venait culminer entre ses cuisses.

Jusqu'où ils seraient allés, elle n'aurait su le dire, mais un aboiement de Valentin lui parvint, comme de loin. Daniel s'interrompit, visiblement à contrecœur.

— On devrait peut-être poursuivre ça un peu plus tranquillement entre quatre murs.

Entre quatre murs ?

La réalité de la situation se profila à travers l'épais nuage de désir qui lui embrumait le cerveau et elle se ressaisit enfin.

S'arrachant au cercle étroit de ses bras, elle fit la grimace lorsqu'elle s'érafla la peau contre le tronc.

— Hé, doucement, pas de panique.

La voix de Daniel était rauque, sensuelle.

— Heureusement que tu as choisi de venir t'abriter dans cette caverne de verdure, sinon on se serait donnés en spectacle. Outrage public à la pudeur. Ça va chercher loin.

L'entendre prononcer ces mots lui fit à peu près le même effet que s'il l'avait plongée tête la première dans un baquet d'eau glacée.

La panique la pétrifia. Où avait-elle eu la tête ? Pendant trois ans elle avait veillé sans relâche à ne jamais rien faire qui puisse mettre sa crédibilité professionnelle en danger. Et voilà qu'elle s'exhibait dans le parc, comme une adolescente en rut, s'exposant au risque de se faire surprendre !

Il suffirait d'une photo prise à son insu et postée sur les réseaux sociaux. Il en fallait si peu. Du jour au lendemain, on pouvait devenir un hashtag qui faisait rage, chaque petit détail dévoilé se voyant aussitôt repris et retweeté par des internautes goguenards en recherche permanente de nouvelles croustillantes.

Elle prit plusieurs inspirations profondes et tenta de ramener le calme dans son esprit tétanisé. Même si quelqu'un les avait vus, ce qui ne semblait pas être le cas, jamais personne n'aurait fait le lien entre « Aggie » et une femme anonyme embrassant un homme anonyme dans le parc. C'était précisément pour cette raison qu'elle avait créé ce personnage. Par souci de protection. Une ligne de défense supplémentaire qui venait consolider toutes les autres.

Et c'était peut-être encore ce qui l'effrayait le plus. Depuis son arrivée à New York, personne encore n'avait ouvert de brèche dans ses défenses. Jamais.

Jusqu'à Daniel.

— Tu viens chez moi ? Je t'invite.

Il avait placé les mains autour de son visage et chuchoté les mots contre ses lèvres.

— On va enlever tous ces vêtements mouillés et prendre une douche ensemble. Et tu sais que ce sera bon... vraiment très bon.

Oui, elle le savait. Et c'était justement la raison pour laquelle elle faisait machine arrière. On n'allumait pas des flammes comme celles qui venaient de s'élever entre eux sans se retrouver tôt ou tard avec des dégâts d'incendie.

Comment étaient-ils passés si vite d'un flirt innocent sur un banc à quelque chose d'aussi... physique ? La réponse à cette question, elle la connaissait déjà. Dès l'instant où Daniel avait commencé à l'embrasser, elle avait tout oublié. Maintenant encore, elle était tentée d'imposer silence à la voix de la prudence et d'accepter son invitation.

— Non.

Elle se dégagea si vite qu'il dut prendre appui d'une main contre le tronc pour rétablir son équilibre.

À sa place, elle n'aurait pas été plus brillante. Ses jambes, d'ailleurs, la soutenaient à peine. Si Valentin avait fait trente centimètres de plus, elle aurait grimpé sur son dos sans hésiter pour se faire transporter au retour.

Elle se pencha pour attraper son collier et se hâta de clipper la laisse.

— Molly, non. Attends.

La voix de Daniel s'était épaissie. À l'entendre, on aurait pu croire qu'il s'était adonné à une consommation immodérée de quelque substance illicite.

Des sensations qui n'étaient pas étrangères à Molly. À part que dans son cas c'était lui, la substance illicite.

Elle avait une réelle affection pour lui, ce qui rendait les choses d'autant plus dangereuses. Question cœur brisé, elle avait déjà donné.

Et c'était une direction qu'elle ne reprendrait plus jamais.

Chapitre 8

Daniel jeta un coup d'œil pour s'assurer que la porte de son bureau était fermée, puis mit son ordinateur portable en marche et ouvrit le site web « Parle avec elle ».

L'incontournable Aggie aurait-elle un conseil à lui fournir sur la façon de s'y prendre avec une femme qui prenait soudain la fuite sans raison ? Leur baiser l'avait retourné — lui avait explosé la tête aurait peut-être été un meilleur terme — et il était certain que Molly avait été aussi bouleversée que lui. C'était une femme libre et sensuelle, intelligente et sans attaches. Il lui avait confié des éléments de son histoire personnelle dont il ne parlait jamais à personne et certainement pas à des quasi-inconnues. Il ne comprenait d'ailleurs toujours pas comment il avait pu lui déballer ainsi ses horribles souvenirs d'enfance. La seule explication, c'est qu'il existait un feeling particulier entre Molly et lui qui avait accéléré l'évolution de leur relation. Il était convaincu qu'elle ressentait la même chose de son côté. Si bien qu'il avait beau se creuser la cervelle, impossible de trouver une seule raison logique à son refus de laisser les choses suivre leur cours.

Il parcourut le site, en s'arrêtant ici et là sur les

questions du forum. Il ne l'aurait admis pour rien au monde mais le blog d'Aggie avait quelque chose de bizarrement addictif.

De par son métier, il n'avait affaire qu'à des couples en phase terminale. Et il n'avait jamais eu l'occasion de se pencher sur le parcours creusé d'ornières qui précédait l'entrée du futur divorcé dans son cabinet d'avocat. Était-ce ainsi que commençait le déclin d'un couple ? Par une question posée sur un forum ? Un simple malentendu ? Juste une fissure d'allure innocente qui pouvait s'élargir et devenir un canyon si rien n'était fait pour y remédier ?

Il était sidéré que tant d'hommes soient disposés à demander l'aide d'une femme pour résoudre les complications de leur vie amoureuse. Un phénomène qui devait tout à Internet, médita-t-il. Se dévoiler devenait possible parce qu'on se savait anonyme. Ou on s'imaginait l'être, en tout cas. Et Aggie avait toujours une opinion à donner sur tout. Sur ce qu'il fallait dire. Sur ce qu'on pouvait penser. Sur ce qu'il serait possible de ressentir.

Chère Aggie,

Mon amie a une vie tellement remplie que je me demande parfois si j'y ai encore une place. Comment puis-je la persuader de me donner la priorité sur son club de lecture ou son atelier de couture ?

Bien à vous,

Insignifiant

Daniel haussa les sourcils. Si le pauvre garçon ne se sentait pas en état de rivaliser avec un bouquin ou un bout de tissu, il était mal barré dès le départ, non ?

Puis il pensa à Molly avec son club de salsa, son

sport en salle et ses cours de cuisine, et son jugement sur « Insignifiant » se radoucit.

La situation de ce pauvre garçon n'était peut-être pas si simple que cela, tout compte fait.

Curieux de ce qu'elle avait trouvé à lui répondre, il lut la prose d'Aggie.

Cher Insignifiant,

Au lieu de demander à votre amie de vous choisir au détriment de ses activités préférées, pourquoi ne pas vous joindre à elle ? Partager une occupation peut être une expérience forte et structurante. Même s'il est sain pour un couple que chacun garde son domaine réservé, il est bon aussi d'avoir des intérêts partagés. Cela pourrait donner une nouvelle dimension à votre relation et approfondir le lien entre vous.

Super. Elle envoyait ce malheureux Insignifiant au club de couture ? Le summum du conseil éclairé...

Le regard rivé sur l'écran, Daniel fit mentalement le tour des activités de Molly. Il n'était pas attiré par la cuisine et il ne voyait aucun intérêt à faire du vélo elliptique, donc il ne restait que la salsa. Mais « salsa » n'était pour lui qu'un mot mexicain qui désignait une sauce qui se servait avec des chips. Et il avait beau être attiré par Molly, il ne se voyait pas en train de s'agiter sur une piste de danse en tenue synthétique à paillettes. Il préférait encore promener un caniche nain dans le parc.

Pourquoi n'avait-elle pas jeté son dévolu sur le handball ou le poker ? Ou, encore mieux même, le jazz. Il n'aurait pas demandé mieux que de se joindre à elle pour une de ces trois occupations. Une exposition ? Une soirée au théâtre ? Avec le plus grand plaisir. Il était prêt à foncer. Mais le vélo elliptique, *jamais*. Payer pour pédaler sur des engins qui n'allaient nulle part, c'était trop pour lui.

Il devait exister un meilleur moyen.

Fallait-il qu'il soit tombé bien bas pour avoir envisagé d'écrire à la reine du courrier du cœur version 2.0 ! La dénommée Aggie en savait probablement encore moins que lui sur les ressorts et les mystères de la relation homme/femme.

Bon. Il se pointerait au parc demain, à l'heure habituelle, en croisant les doigts pour que Molly soit au rendez-vous. Et si elle maintenait son refus d'aller dîner, il pourrait toujours revoir un peu ses ambitions et lui proposer une activité quelconque à peu près supportable pour lui.

On frappa un coup léger à sa porte et il eut tout juste le temps de réduire la fenêtre sur son écran avant que Marsha n'entre dans la pièce.

— Ton rendez-vous de 14 heures est annulé, donc j'ai avancé celui d'Alan Bright.

— Parfait. Tu danses ?

— Pardon ?

Marsha le regardait avec de grands yeux, visiblement prise de court par sa question.

— Je te demande s'il t'arrive de pratiquer des danses de salon. Tu sais bien... le tango, la salsa, ce genre de trucs.

Elle sourit.

— Daniel, si je dansais le tango, je passerais le reste de la semaine chez l'ostéopathe. Pourquoi cette question ?

— Comme ça. Sans raison.

— Ça veut dire qu'il y a bel et bien une raison et que tu rechignes à me la donner. Tu éveilles ma curiosité, là.

Elle croisa les bras sur la poitrine.

— Tu as l'intention de me dire pourquoi tu t'intéresses tout à coup au tango et à la salsa ?

— Non.

Marsha leva les yeux au plafond et se dirigea vers la porte.

— J'en étais sûre. Mais si tu refuses de partager tes secrets, évite au moins de m'appâter.

Dès l'instant où Marsha eut franchi la porte, il tapa « New York Salsa Dance Club » dans son moteur de recherche.

Au bout de deux minutes de visionnage, il comprit pourquoi Marsha avait évoqué l'ostéopathie.

« Pourquoi ne pas vous joindre à une activité qu'elle apprécie ? »

La réponse était simple : la salsa ne s'improvisait pas. Il s'emmêlerait les pieds ou, pire encore, s'effondrerait sur elle. Ce qui irait à l'encontre de ses objectifs. Même si c'était une méthode novatrice pour parvenir à se retrouver couché sur elle.

Pas si simple, finalement, d'être raccord avec les femmes. Il comprenait mieux maintenant pourquoi le site d'Aggie drainait un tel public. Les recherches concernant la véritable identité de celle-ci n'avaient pas encore abouti, mais il ne serait pas surpris d'apprendre que le pseudo « Aggie » recouvrait une équipe complète. Vu le volume de questions posées sur le site, chaque conseiller devait travailler à temps plein.

Pour sa part, il n'aurait pas besoin de soumettre son cas à l'« Aggie team ».

Le conseil qu'il se donnait à lui-même était de dire au plus vite la vérité à Molly. Il avait essayé de le faire un peu plus tôt, mais elle l'avait coupé net et la conversation était partie dans d'autres directions.

Ses pensées dérivèrent sur Brutus. Il se demanda si les gens qui étaient venus le voir aujourd'hui l'avaient apprécié. Aurait-il dû préciser à Harriet que c'était un chien qui avait tendance à vouloir boire dans les flaques ?

Il se renversa contre son dossier. Comment Molly réagirait-elle lorsqu'il lui apprendrait que Brutus n'était pas à lui ? Avec un peu de chance, elle trouverait flatteur qu'il se soit donné tant de mal pour attirer son attention.

Elle avait un sens assez vif de l'humour. Il était à peu près certain qu'elle réagirait bien.

Il lui dirait la vérité, elle éclaterait de rire, puis il l'emmènerait dîner quelque part.

Avec le recul, Molly jugea sa réaction quelque peu excessive par rapport à une situation somme toute banale. Il n'y avait rien eu de plus entre eux qu'un baiser, après tout. Et un baiser, comme chacun sait, ne constituait un engagement pour personne.

La bonne attitude aurait été de sourire à Daniel, de le remercier et de repartir avec sa dignité intacte. Au lieu de quoi elle avait couru comme si elle avait été poursuivie par une armée de démons. Repenser à la façon dont elle s'était comportée lui donnait envie de rentrer sous terre. Elle passa la nuit entière le ventre noué, à ressasser ce qui s'était passé, et se leva tôt et exténuée, avec une sensation de brouillard dans la tête. Valentin eut droit à sa sortie, mais avant l'heure habituelle. Elle fit juste un rapide tour à pied en empruntant un itinéraire bis, afin de réduire autant que possible le risque de tomber sur Daniel.

Valentin trotta gentiment à ses côtés sans manifester d'émotion particulière et accepta sans protester le nouveau parcours imposé ainsi que l'absence de compagnie canine.

Elle le détacha pour quelques minutes et prit place sur un banc inconnu en essayant de se concentrer sur son rendez-vous du jour chez son éditeur. Mais ses pensées indociles la ramenaient systématiquement à Daniel.

Viendrait-il au parc à l'heure habituelle ?

S'interrogerait-il sur son absence ?

Probablement pas, non. Il avait dû la cataloguer comme cinglée intégrale et la rayer à tout jamais de ses pensées.

Molly soupira, appela Valentin et ils retournèrent à l'appartement au pas de course. La courte promenade lui avait au moins permis de chasser les brumes du sommeil qui lui encombraient le cerveau.

— Aujourd'hui, c'est Harriet qui te garde, OK ? Je dois aller voir mon éditeur.

Tout en préparant son chien au programme de la journée, elle réfléchissait à ce qu'elle allait mettre. Impossible d'appliquer le même *dress code* pour aller chez son éditeur que celui qu'elle adoptait chez elle devant l'ordinateur. Brett chercherait probablement à la convaincre de faire une séance de dédicaces, mais elle continuerait de refuser, tout comme elle refusait de faire figurer une photo d'auteur au dos de ses livres. Son anonymat était bien trop précieux à ses yeux. Elle ne voulait pas qu'Aggie ait un visage. Sur son site, elle utilisait un logo — un cœur avec un point d'interrogation à l'intérieur — qu'elle avait repris comme image de profil sur ses comptes de médias sociaux. À quoi bon utiliser un pseudonyme si c'était pour afficher sa photo partout ?

Elle se pencha vers le miroir pour finir de se maquiller.

Lorsqu'elle répondait à des questions en ligne ou quand elle écrivait son livre, elle devenait Aggie, le personnage qu'elle avait créé. Aggie l'intrépide qui prodiguait ses conseils sans crainte de se tromper. Dans la peau d'Aggie, elle savait faire preuve de calme et d'assurance, et ses atouts étaient le discernement et la sagesse.

Si seulement « Molly » avait pu écrire à « Aggie » pour lui demander comment elle devait s'y prendre ! Elle fronça les sourcils. Jamais encore elle ne s'était sentie aussi perdue. Compartimenter travail et vie privée avait toujours été plus confortable pour elle.

C'était la conversation au sujet du divorce qui l'avait secouée. Ou bien était-ce le baiser ?

Quel conseil se donnerait-elle à elle-même ?

Sois toi-même.

Mais était-ce un conseil applicable ? Personne n'était entièrement lui-même dans ses relations avec les autres. La plupart des gens avaient un visage qu'ils montraient au monde extérieur et un autre qu'ils gardaient secret.

Elle n'était pas vraiment différente des autres, au fond, à part qu'elle avait donné un nom à son « visage public ».

Molly contempla son reflet d'un œil sévère.

— Tu as du talent pour ce que tu fais. Tu as toujours bien su saisir les enjeux des interactions entre deux personnes. Des centaines de mails reconnaissants le prouvent.

Mais si elle était si experte dans le domaine relationnel, comment expliquer ses cafouillages avec Daniel ?

Un baiser était un baiser. Pas une déclaration d'amour éternel. À aucun moment il n'avait été question de sentiments entre eux.

Aucune raison d'en faire un drame, donc.

À part qu'un baiser comme celui-là s'arrêtait rarement en si bon chemin. Il était le préliminaire d'une intimité physique plus poussée. Et une fois l'intimité physique installée, les choses avaient facilement tendance à dégénérer.

D'un autre côté, Daniel n'était pas du genre à s'investir dans une relation au-delà d'un certain point. Donc ils pourraient peut-être avoir le plaisir sans les dégâts d'incendie.

Et si c'était possible ?

Le souvenir du baiser réveilla des palpitations de désir dans son ventre.

Où était-il maintenant ? À Central Park ?

Possible. Mais pas sûr.

À force de la voir prendre la fuite systématiquement, il avait peut-être fini par renoncer. Qui aurait envie de se compliquer la vie avec une fille qui se comportait comme après une attaque de zombies lorsqu'un gars l'embrassait sous un arbre ?

Valentin lui jeta un regard de reproche lorsqu'il la vit enfiler une jupe crayon avec une blouse ornée de petits boutons de nacre.

— Ne me regarde pas comme ça. Je ne peux pas aller voir mon éditeur en jogging. L'idée, ce serait que j'aie l'air sûre de moi et compétente. Et je ne peux pas t'emmener là-bas. Tu seras heureux comme un roi chez Harriet.

Elle enfila une paire de ballerines et glissa ses escarpins à talons dans son sac.

— C'est grâce aux revenus de mes livres que je paie une partie de nos factures, mon vieux. Et à New York, elles sont conséquentes. Alors sois patient. Et si tu es sage chez Harriet, je t'emmènerai au parc ce soir.

Valentin gémit et s'affala en travers de son chemin, affichant une mine désolée.

— Ah non, hein ! Ne me culpabilise pas, s'il te plaît. Tu sais que tu adores Harriet.

Elle glissa son téléphone dans son sac et jeta un regard autour d'elle pour vérifier qu'elle n'avait rien oublié.

— C'est Brutus qui te manque ?

Valentin bondit sur ses pattes et poussa un aboiement joyeux.

— Tu reconnais son nom ? Tu fais mieux que lui.

Elle caressa la tête de son chien.

— Je te jure qu'on ira au parc demain matin. Et

si on voit Daniel, je lui présenterai mes excuses pour mon comportement pathologique. Je crois même que j'accepterai son invitation à dîner.

Juste un dîner, se promit-elle. Rien de plus. Il était attirant et il aimait les chiens. Qu'il soit le maître de Brutus jouait considérablement en sa faveur, il fallait le reconnaître. Elle attrapa la laisse de Valentin, prit une poignée de friandises canines et se dirigea vers la porte.

Après dix bonnes minutes de marche, elle sonna chez Fliss et Harriet.

Ce fut Fliss qui lui ouvrit, l'air stressé.

— Hello, Molly. Tu es en avance.

— Oui, c'est vrai, désolée. Ça t'embête ? Je paierai pour l'heure supplémentaire mais je pensais m'arrêter en chemin pour acheter un cadeau pour mon éditeur.

Elle sourit lorsqu'elle vit Valentin filer à l'intérieur en agitant la queue.

— Il se sent tellement comme chez lui ici. Il adore venir chez vous.

La réponse de Fliss fut noyée sous une cacophonie d'aboiements surexcités. Molly jeta un coup d'œil à l'intérieur par-dessus l'épaule de son amie.

— Harriet a encore récupéré un chien en attente d'adoption ? Quel genre de...

Elle s'interrompit net lorsque Valentin revint vers elle en bondissant, flanqué d'un magnifique berger allemand.

Même si elle ne l'avait pas reconnu à son allure, elle aurait su que c'était lui rien qu'à l'attitude extatique de Valentin.

— *Brutus ?* Mais qu'est-ce que tu fais ici ? Quelle incroyable coïncidence !

Elle se baissa en souriant pour caresser la tête du chien.

— Je le connais, ce Brutus. Il appartient à un gars que je vois au parc tous les matins. Il est adorable. Le chien, je veux dire. Pas le mec. Même si, pour être tout à fait franche, je dois dire que le propriétaire n'est pas mal non plus.

Elle rougit en prenant conscience qu'elle parlait comme une ado.

— Il ne m'avait pas dit qu'il faisait appel à un service de promeneurs pour chiens.

Levant les yeux, elle vit l'expression pétrifiée de Fliss.

— Qu'est-ce qui se passe ? Pourquoi tu me regardes comme ça ?

Fliss parla lentement entre ses dents.

— Euh... Tu peux répéter ton histoire au sujet de ce gars que tu croises au parc ? Tu veux dire que tu l'aperçois juste du coin de l'œil, puis c'est ciao ciao, et chacun poursuit dans sa propre direction ?

— Au début, oui. Mais on a fini par entamer la conversation. Maintenant on se retrouve presque quotidiennement. Rien de sérieux. On papote. Mais c'est bel et bien son chien, j'en suis sûre. Je le reconnaîtrais n'importe où. Pas vrai, mon ami Brutus ?

Brutus remua la queue comme un fou et Fliss déglutit avec peine.

— Et merde.

Elle ouvrit la porte en grand, le visage décomposé.

— Il vaudrait mieux que tu entres cinq minutes, Molly.

— Pourquoi ? J'ai une tonne de choses à faire et...

— Entre quand même... Harriet !

Fliss beugla le nom de sa sœur plus qu'elle ne l'appela.

— Ramène-toi, Harriet ! J'ai besoin de toi. Nous avons une complication et je ne suis pas douée pour gérer ça.

— *Quelle* complication ?

Déconcertée, Molly suivit Fliss dans l'appartement pendant que Brutus et Valentin se livraient à de vigoureuses démonstrations d'amitié en se roulant sur le tapis du salon.

— Ce ne sera pas un souci de garder ces deux chiens ensemble. Ils s'entendent comme larrons en foire. Vous pourrez les promener ensemble sans problème.

Harriet apparut, une brosse à dents à la main.

— Qu'est-ce qui se passe ? Ah, salut, Molly ! J'ai pris un peu de retard parce que j'ai dû aller récupérer une portée de chatons abandonnés cette nuit. On est ravies de garder Valentin aujourd'hui. C'est le meilleur chien du monde.

— Calme ta joie, Harriet, marmonna Fliss. Ce n'est pas sûr qu'elle va vouloir nous le laisser.

Harriet eut l'air perplexe.

— Mais pourquoi ? Qu'est-il arrivé ?

— Quelqu'un pourrait m'expliquer ?

Mal à l'aise, Molly porta tour à tour son regard sur chacune des jumelles silencieuses.

— C'est quoi le problème, alors ?

Mâchoires crispées, Fliss tourna les yeux vers sa sœur.

— Molly et Valentin vont courir au parc tous les matins et ils ont rencontré Brutus. Valentin et lui sont copains.

Le visage d'Harriet s'illumina.

— C'est génial. Ça facilite bien les choses qu'ils soient déjà amis parce qu'ils pourront...

Écarquillant soudain les yeux, elle se tut au beau milieu de sa phrase. Le ravissement céda la place à la consternation.

— Oh non...

— Comme tu dis.

D'un geste exaspéré, Fliss se passa la main dans les cheveux.

— Molly, je ne crois pas qu'il y ait de bonne façon de dire ce qu'il y a à dire, alors je te livre les faits bruts et tu pourras me casser la figure ensuite. Surtout ne te gêne pas, hein ? Le gars du parc... Brutus n'est pas son chien, en fait.

Molly sourit.

— Mais si, je t'assure. Je les vois ensemble tous les jours. Et ils s'adorent, tous les deux.

Tendue comme un ressort, Fliss se mit à arpenter le séjour.

— Je le *savais* qu'on n'aurait jamais dû accepter. Il est venu nous voir le mois dernier et nous a dit qu'il voulait emprunter un chien pour faire connaissance avec une fille sexy. Comment aurais-tu voulu qu'on devine que c'était toi ?

— Pardon ?

— Daniel. Il est venu nous voir.

— Attends. Comment connais-tu son prénom ?

— Je le connais depuis toujours. Daniel est notre frère.

Il fallut un moment à Molly pour mesurer les implications.

— Votre... *frère* ?

— Notre frère, oui.

Fliss poussa un soupir.

— Il a fallu que ce soit toi, la super nana du parc. Tu vas me tuer, c'est sûr. Et après, tu le tueras probablement lui. Ce dont personne ne pourra t'en vouloir. Je ne compte plus les occasions où on a été tentées de l'étrangler aussi, Harriet et moi.

Molly avait les yeux rivés sur Brutus. Le chien de Daniel. À part qu'il n'avait jamais eu de chien.

Il l'avait emprunté pour orchestrer une rencontre avec elle. Et elle était tombée dans le panneau.

Fliss était visiblement à la torture.

— S'il te plaît, dis quelque chose. Tu es flattée ou tu as envie de casser quelque chose ? Je parie que tu as plutôt envie de casser quelque chose. Vas-y. Crie.

Hurle. Balance un truc par terre. N'importe quoi sauf une balle, sinon les chiens vont se jeter dessus.

Harriet avait l'air dévastée.

— Je suis désolée, Molly. Et Fliss aussi. On n'aurait jamais dû le laisser emprunter Brutus, mais on a tellement de boulot en ce moment et ce grand chien, en appartement, c'est un peu limite à gérer. Alors j'avoue que c'était un soulagement que Daniel nous le sorte chaque matin.

— Et ton côté sentimental a joué aussi, observa Fliss en lançant un regard accusateur à sa sœur.

Harriet rougit.

— Oui, je sais. C'est en grande partie ma faute. Fliss était fermement opposée à cette idée dès le départ. Mais il faut que tu comprennes une chose, Molly. Jamais jusqu'ici nous n'avons vu Daniel s'attacher à quelqu'un ou à quelque chose. Et je pensais sincèrement que le fait d'avoir la responsabilité d'un chien tous les jours agirait sur lui de façon positive. Si j'avais su qu'il se comporterait mal, je...

Molly revit Daniel retirant avec une infinie patience une brindille emmêlée dans la toison de Brutus.

— Il ne s'est pas mal comporté. Au contraire. Pas avec Brutus, en tout cas.

Elle n'en revenait pas, en fait.

Il avait juste fait semblant d'avoir un chien. Brutus ne lui appartenait pas.

La colère commençait à monter.

— Il n'a pas menti à proprement parler, observa prudemment Harriet.

— Mais il a menti par omission. Il savait que je considérais Brutus comme son chien.

Les jambes de Molly cessèrent de la porter et elle s'effondra sur le canapé au milieu des coussins. Elle sentit quelque chose de dur sous sa cuisse et réalisa qu'elle s'était assise sur un livre sans même s'en apercevoir. Elle le tira de sous ses jambes et vit le titre. *Ensemble pour le long terme.*

— Oups ! Il est à moi, celui-ci.

Harriet le lui arracha des mains et le plaça sous une pile de romans.

— J'espérais trouver des tuyaux faciles à appliquer. Mais c'est d'un niveau trop avancé pour moi. J'aurais dû prendre un ouvrage pour débutants, genre : *Un partenaire pour dix minutes.* Ce serait déjà un début encourageant. Mais Aggie n'a pas encore pondu cette version-là. C'est dommage. Tu as lu son bouquin ? Il est très bien.

Molly émit un vague grognement. La situation devenait carrément surréaliste. Harriet lisait son livre sans savoir qu'elle en était l'auteur. Et de son côté, elle avait côtoyé leur frère pendant deux semaines sans imaginer un instant qu'il avait le moindre rapport avec ses dog-sitters préférées.

— J'ai pensé qu'à force de fréquenter Brutus Daniel finirait par nouer de vrais liens d'affection avec ce chien, admit Harriet. J'avoue que je ne me suis pas trop inquiétée pour la fille sur laquelle il avait des visées. Je te présente mes excuses.

— Non, non, tu n'y es pour rien. L'unique responsable, c'est lui.

C'était normal d'être en colère, se dit Molly, mais la vérité, c'est qu'elle éprouvait quelque chose d'encore plus fort que ça : elle avait envie de vomir.

Ses premières intuitions au sujet de Daniel avaient été justes. La seule chose qui était venue les contredire, c'était son statut d'« homme à chien », justement. Mais elle apprenait à présent que Brutus n'était qu'un chien d'emprunt ! Il n'y avait rien eu de spontané dans ce qui s'était passé entre eux. Et dire qu'elle s'était réjouie à l'idée de le revoir le lendemain et d'accepter son invitation à dîner !

— Je n'aurais pas dû me mêler de sa vie, marmonna Harriet. Ni Fliss ni moi n'avons de leçon à donner à Daniel sur la manière de construire des liens. On est aussi solitaires que lui.

— Nous, on forme des attachements stables, protesta Fliss. Je suis attachée à toi, à nos clients et aux chiens que je promène. Ce n'est pas parce que je n'ai pas d'homme en ce moment que c'est la misère noire pour autant.

Harriet regarda sa sœur d'un air de défi.

— Pas d'homme *en ce moment*, ou pas d'homme, *jamais* ?

Fliss haussa les épaules.

— S'attacher à un mec, ça peut aller de pair avec de puissantes émotions. Et quand les choses tournent mal, il faut pouvoir les gérer, ces sentiments passionnés. De préférence sans se retrouver passible d'une peine de prison. Et puis j'adore être célibataire.

— Ce que Daniel a fait n'est pas top, mais ce n'était ni méchant ni mal intentionné.

Molly trouva touchante la façon dont Harriet défendait son frère.

— Molly, qu'est-ce que tu vas faire, maintenant ?

Le regard inquiet de Fliss était rivé sur elle.

Bonne question, oui. Qu'allait-elle faire ? Elle n'en savait rien. Son attention se porta sur Brutus, blotti contre Valentin.

— Et Brutus ? Que va-t-il advenir de lui ?

— Quelqu'un est venu le voir l'autre jour en vue d'une éventuelle adoption. Ils reviennent demain pour se faire une seconde impression. Puis il y aura tout un tas de vérifications et de contrôles, bien sûr. Mais si tout se passe de façon satisfaisante, Brutus aura bientôt une vraie famille.

Molly revit Daniel au parc la veille, se souvint de l'attention qu'il avait portée au chien. Une idée se forma dans sa tête et tout à coup, elle sut comment elle allait réagir.

— Je peux vous emprunter Brutus quelques heures ?

— Pour quoi faire ?

Le ton d'Harriet s'était durci de façon presque imperceptible. Molly comprit que, malgré sa douceur de caractère, celle-ci n'hésiterait pas à se battre pour une cause qui lui tenait à cœur. Et celle des animaux vulnérables était son combat de prédilection.

— Je te promets que je prendrai le plus grand soin de Brutus. Mais j'ai un petit projet avec lui.

Harriet se détendit.

— Je ne doute pas que Brutus soit entre de bonnes mains avec toi. Mais comment comptes-tu réagir ? Je dois reconnaître que je m'attendais à ce que tu sois plus remontée que cela.

— Oh mais je le suis.

Molly se leva, vérifiant qu'elle avait recouvré le plein usage de ses jambes. Sa colère n'avait pas disparu, mais à présent elle n'avait plus peur de se laisser submerger au point de casser quelque chose.

— Il existe différentes façons d'exprimer son irritation, conclut-elle d'un ton léger.

— Tu n'avais pas rendez-vous avec ton éditeur ?

— Si, mais pas avant midi. Je pensais profiter de la garde de Brutus pour faire quelques courses. Mais tout cela peut attendre. Si je me dépêche, je devrais arriver à l'heure. Mais pour le moment, j'embarque Brutus avec moi.

— D'accord. Mais puisque vous allez passer un moment en tête à tête, toi et lui, je pense qu'une seconde révélation s'impose.

Harriet jeta un coup d'œil à Fliss, qui roula les yeux dans ses orbites.

Molly se prépara mentalement à un nouveau choc.

— Quoi ?

— Son vrai nom n'est pas Brutus. En vérité, il s'appelle Froufrou.

Chapitre 9

— Daniel, nous avons quelqu'un à la réception qui demande à te voir. Elle dit que c'est urgent.

Submergé par les complexités du cas sur lequel il s'arrachait les cheveux depuis plus d'une heure, Daniel ne tourna même pas la tête.

— Dis à cette personne de prendre rendez-vous.

— C'est un peu plus compliqué que ça.

— Raison de plus, alors. Si c'est compliqué, je refuse de la prendre entre deux portes.

— Ce n'est pas professionnel, en fait. Ses raisons sont... euh... personnelles.

Cette fois, Daniel releva la tête. Jamais, mais alors *jamais*, il ne laissait sa vie privée interférer dans son job. C'était la raison pour laquelle il évitait avec soin toute relation affective avec quelqu'un du cabinet.

— C'est quoi, son nom ?

— Elle ne l'a pas précisé mais elle s'est présentée avec un chien. Et c'est là que ça se corse : elle dit qu'il t'appartient.

Le radar interne de Daniel émit une rapide succession de signaux d'alarme.

— Un chien, tu dis ? Quel genre ?

— Genre berger allemand turbulent. Il est en train de mettre un joyeux bazar à la réception.

Marsha sourit.

— Quand tu m'as demandé si j'avais un chien, l'autre jour, je n'avais rien compris du tout. Tu as peur que ça te rende trop humain, trop approchable, tout à coup ? Parce que franchement je trouve ça très positif, au contraire. Tu aurais dû me le dire.

— Te dire quoi ?

— Que tu avais adopté un berger allemand.

La tension qui lui crispait les épaules descendit en flèche le long de sa colonne vertébrale.

— Dois-je comprendre qu'une de mes sœurs m'attend à la réception ?

— Une de tes sœurs ? Ah non, pas du tout. Je te l'aurais dit tout de suite si ça avait été Fliss ou Harriet. Il s'agit d'une grande fille brune. Très jolie, d'ailleurs.

Une expression de curiosité se peignit sur les traits de Marsha.

— J'avais cru comprendre que tu la connaissais.

Pour la connaître, il la connaissait. D'après la description, il s'agissait selon toute probabilité de Molly. Et si elle l'attendait de pied ferme à la réception avec un berger allemand, il allait probablement en prendre pour son grade.

Elle avait dû découvrir d'une façon ou d'une autre que le chien n'était pas à lui.

Il repoussa son fauteuil et se leva juste au moment où son téléphone portable sonna. Le nom d'Harriet apparut à l'écran.

Avec un haussement d'épaules, Daniel renonça à prendre l'appel. Si c'était un avertissement, il arrivait trop tard. Sa priorité du moment, c'était de gérer Molly, pas de découvrir de quelle façon elle avait appris la vérité au sujet de Brutus.

Ce qui le chiffonnait le plus, c'est qu'il avait eu la ferme intention de tout lui dire le matin même. Mais madame ne s'était pas montrée au rendez-vous. Il s'était dit que ce qui l'avait fait partir en courant la veille la tourmentait toujours. Et il était retourné chez ses sœurs déposer Brutus en se promettant d'y refaire un tour au moins une fois encore le lendemain.

La voix de Marsha l'arrêta alors qu'il allait passer la porte.

— Ah oui ! J'ai un message à te transmettre de la part de ta visiteuse. Quelque chose comme : « Seras-tu sensible au doux froufrou de la vérité qui sort soudain du placard ? » Mystérieux, non ? Ça veut dire quelque chose pour toi ?

Oui. Cela voulait dire pour lui que non seulement elle savait que le chien n'était pas à lui, mais qu'en plus elle connaissait son vrai nom.

Froufrou.

— Sur une échelle de un à dix, elle te paraît furieuse comment ?

— Furieuse ? Pourquoi serait-elle furieuse ?

— Oh ! comme ça.

Daniel sortit de son bureau et descendit à la réception pour se porter au-devant de son destin.

Il n'eut pas à chercher longtemps pour tomber dessus. Une petite foule féminine était amalgamée au milieu du hall et il vit une queue touffue brun et noir dépasser de sous cet enchevêtrement de jambes. L'appendice caudal remuait avec enthousiasme.

Ah, le traître. Daniel se promit de faire sérieusement la leçon à Brutus la prochaine fois qu'ils se verraient entre quatre yeux. Si ce chien avait eu ne serait-ce qu'une once de loyauté, il aurait pris le parti de son partenaire de jeu en titre et refusé mordicus de franchir le seuil de ce bâtiment. Après toutes ces promenades, tous ces bâtons lancés ! Toutes ces bonnes grosses frictions sur le ventre. Tous ces poils de chien qu'il retirait chaque matin de ses vêtements. Il avait rarement assisté à une démonstration aussi éclatante d'ingratitude canine.

Des bribes de conversation lui parvinrent aux oreilles.

— Il est *magnifique.*

— Et sympa, en plus. Vous dites qu'il appartient à Daniel Knight ? Ça alors, qui l'aurait cru ! Je ne l'aurais jamais imaginé se balader avec un toutou en laisse.

— Oh ! mais il adoooore les chiens !

Daniel identifia la voix de Molly à la première syllabe. Mais pourquoi était-elle si enjouée ?

Où se cachait la colère à laquelle il s'était préparé ?

Lorsqu'elle reprit la parole, son ton flirtait avec le suave.

— Vous ne saviez pas ? Il promène son chien tous les jours à Central Park. C'est comme ça que nous nous sommes rencontrés. Ça a été hyper romantique.

Ah, d'accord. C'était donc ça, le plan. Malin.

Elle n'était pas venue le voir sous le coup de la rage. Mais dans un but de froide vengeance.

Au fil de leurs conversations, il lui avait confié qu'il laissait toujours sa vie privée à la porte de son cabinet et qu'il ne tolérait aucune interférence. Ce n'était pas tombé dans l'oreille d'une sourde, visiblement. Elle avait l'intention de le mettre aussi mal à l'aise que possible.

Conscient qu'il avait intérêt à agir vite pour limiter les dégâts, il s'avança en direction du petit groupe, foulant le sol en marbre d'un pas rapide.

— Molly ! Quelle surprise.

Elle se leva et, pendant une fraction de seconde, leurs regards s'affrontèrent. Puis elle sourit.

— Daniel ! Mon chéri !

Elle se dressa sur la pointe des pieds pour l'embrasser au coin de la bouche. La dernière pensée cohérente de

Daniel avant que ses sens ne soient submergés sous l'assaut fut qu'il aurait aimé que l'élan d'affection soit sincère. Au contact de ses lèvres si près des siennes, il se trouva transporté en arrière, sous le saule pleureur, le corps de Molly enroulé au sien, leurs langues mêlées, leurs pouls enfiévrés battant de conserve.

Son premier réflexe aurait été de l'amener de force jusqu'au bureau de la réception et de la coucher sur la surface en verre. Mais par chance pour sa réputation, Brutus s'interposa. Le berger allemand émit un aboiement joyeux et lui fit la fête, visiblement enchanté de le retrouver. Daniel constata non sans une pointe d'étonnement que le plaisir était réciproque. Et pas seulement parce que le chien l'avait empêché de risquer une arrestation pour outrage public à la pudeur.

— Hé là, Brutus.

Il se pencha pour le caresser, ridiculement heureux que ses sœurs n'aient pas encore trouvé un nouveau foyer pour lui. Le berger allemand lui lécha la main et tortilla si fort de l'arrière-train qu'il faillit perdre l'équilibre sur le sol lisse.

— Si je m'attendais à te voir là, toi.

Molly lui adressa un délicieux sourire.

— C'est une heureuse surprise, j'espère ? Écoute le subtil *froufrou* de sa fourrure quand on le caresse. Il est beau, n'est-ce pas ?

Daniel se redressa en essayant de jauger jusqu'où elle était prête à aller pour casser son image.

— C'est un plaisir très inattendu de vous voir ici, tous les deux.

Il vit à son sourire qu'elle savait à quoi s'en tenir sur le « plaisir » en question.

— Je sais, mon chéri, nous avons interdiction de venir te déranger à ton travail, mais Brutus était tellement, *tellement* malheureux sans son petit papa.

Daniel réprima une grimace au « petit papa ». Elle était déterminée à mettre le paquet, de toute évidence. Il l'avait cernée suffisamment pour savoir que ce n'était pas dans ses habitudes de gazouiller et de bêtifier dans ses relations avec les chiens.

Molly s'accroupit devant Brutus et lui prit le museau entre les mains pour lui parler d'une voix haut perchée.

— Dis à ton papa comment il t'a manqué, mon beau toutou. Tu voulais qu'il vienne te faire un gros, gros câlin et te chatouiller le bidou, comme il fait quand il est à la maison, hein ?

Les trois filles de la réception qui avaient quitté leur poste pour venir admirer le chien le regardaient bouche bée. A priori, elles ne l'avaient encore jamais imaginé en « petit papa » prodiguant ses « gros câlins » à son toutou chéri. Sa réputation était en train de se désintégrer sous ses yeux. Ce qui, tout compte fait, ne le perturbait pas plus que ça. Ce qui l'inquiétait beaucoup plus, en revanche, c'était l'arrivée d'un gros client qu'il voyait du coin de l'œil descendre de sa voiture devant l'immeuble. Il estima qu'il avait environ deux minutes pour régler la situation — sous peine de se retrouver avec des problèmes plus graves sur le dos que quelques poils de chien sur son costume.

— Brutus n'est pas à l'aise sur ce sol lisse. Si on poursuivait cette conversation dehors ?

— Oh ! on ne va pas s'attarder, tu sais. Mais Brutus t'a apporté un cadeau.

Elle parlait toujours avec cette même voix aiguë et infantilisante qu'il ne lui connaissait pas.

Une voix qui disait clairement qu'il était en train de se faire avoir en beauté.

— Molly...

— Tu as acheté un cadeau à ton papa, alors ? Tu

veux qu'on lui donne maintenant ou on attend tout à l'heure ?

Sa voix chantante se répercutait dans le hall d'entrée d'allure strictement professionnelle du cabinet d'avocats. Brutus, surexcité, gémissait et agitait la queue si fort qu'il faillit renverser une des réceptionnistes.

Daniel attrapa sa laisse pour l'emmener dehors, où ils pourraient poursuivre la conversation dans des conditions un peu moins publiques, mais le berger allemand était tellement enchanté de le voir qu'il se dressa d'un bond et lui posa les deux pattes avant au beau milieu du torse.

Conscient du ridicule de sa situation, Daniel prit le parti d'en rire. S'il avait été du genre à adopter un chien, il en aurait pris un exactement comme Brutus, qui se fichait de ce que pensaient les gens et bravait allègrement les règles et les conventions.

— Oh ! comme il est heureux de voir son papa !

Molly exultait. Sur une impulsion, il décida d'aller à fond dans son jeu.

Il était suffisamment bon nageur pour savoir qu'il était parfois plus indiqué de nager dans le sens du courant que de s'épuiser à lutter à rebours.

— Pas aussi content que moi de vous avoir ici, tous les deux. Désolé d'être parti sans rien dire, ce matin, mais je n'ai pas voulu te réveiller, mon cœur.

Elle écarquilla légèrement les yeux sous l'effet de la surprise et une discrète rougeur apparut sur ses joues. Par-dessus son épaule, Daniel vit son client refermer la portière de sa voiture.

Il lui restait environ une minute avant que ce dernier entre dans le bâtiment. Une minute pour mettre Molly en fuite ? Il ne connaissait qu'un seul moyen vraiment infaillible...

Lui saisissant la taille, il l'attira dans ses bras d'un geste si vif qu'elle perdit l'équilibre et atterrit contre lui, une main plaquée contre son torse. Elle ouvrit la bouche pour protester mais, avant même qu'elle en ait l'occasion, il l'embrassa. L'idée de départ avait été de faire bref, mais dès l'instant où les lèvres de Molly cédèrent sous les siennes il perdit la notion du temps. Laissant glisser une main dans ses cheveux, il lui maintint la nuque pour explorer, mordiller, savourer — à la fois conquérant et vaincu.

Il fallut un toussotement discret dans l'assistance pour qu'il se souvienne où il était. Il interrompit le baiser à contrecœur.

Abasourdis, Molly et lui se firent face un instant. Il aurait été difficile de déterminer lequel des deux était le plus déconcerté par ce qui venait de se passer.

— À ce soir, alors, ma chérie.

Il fut le premier surpris d'avoir encore de la voix.

— Je devrais être à la maison vers 20 heures Ne te mets pas en cuisine, surtout. Je sais que tu es très prise en ce moment...

Trop occupée à réfléchir aux dix meilleures méthodes pour l'assassiner, selon toute probabilité.

— Ne t'occupe plus de rien. Je me charge absolument de tout, OK ?

Une brève expression de panique traversa le visage de Molly lorsqu'elle comprit que le contrôle de la situation lui échappait.

— Tu n'es pas obligé de...

— Si, si, j'insiste. Ce sera ma façon de te remercier d'avoir gardé Brutus aujourd'hui.

Du coin de l'œil, il vit son client franchir le pas de la porte. Cette fois, il était vraiment temps de couper court. Il se tourna vers une des filles de la réception.

— Rebecca ? Vous pouvez demander à Marsha d'appeler Rob pour qu'il vienne avec la voiture ? Il pourra reconduire Molly et Brutus à la maison.

— Je m'en occupe tout de suite, monsieur Knight.

Elle retourna en hâte à son poste et les autres membres de son équipe s'éparpillèrent à leur tour, pressés de répandre au plus vite la nouvelle que Daniel Knight, célibataire acharné et serial tombeur, avait enfin quelqu'un de fixe dans sa vie. Et que, cerise sur le gâteau, il promenait bravement son chien au parc tous les matins.

Il avait comme le pressentiment que sa vie au cabinet était sur le point de se compliquer.

Faisant signe à son client qu'il arrivait, Daniel prit la laisse de Brutus et le sortit de l'immeuble. Dans le regard de Molly brûlait une lueur redoutable.

— Tu as emprunté un chien.

— Oui.

— Pourquoi ?

— Je te dirai pourquoi lorsque tu m'auras expliqué pour quelle raison tu as pris la fuite après le baiser dans le parc.

Prise de court, elle eut un petit mouvement de recul.

— Cela n'a aucun rapport avec le sujet qui nous occupe. Tu t'es servi d'un chien pour me draguer.

— Oui.

— Tu avais l'intention de me le dire à un moment ou à un autre ?

— Aujourd'hui. Mais tu n'es pas venue.

— Je n'étais pas libre ce matin. J'ai un rendez-vous avec mon éditeur tout à l'heure et…

— Et ce baiser d'hier t'a fait peur. Avoue-le.

La respiration de Molly s'accéléra.

— C'était…

— Oui, tout à fait. C'était intense et tu as eu peur.

Il fixa son attention sur les lèvres de Molly et hésita à compliquer encore un peu plus les choses en l'embrassant de nouveau. Mais son client l'attendait, donc l'idée paraissait peu judicieuse. Pour le prochain baiser qu'il partagerait avec elle, il ne voulait aucune contrainte de temps.

— Tu n'as pas seulement emprunté un chien. Son nom aussi était d'emprunt.

— C'est vrai.

— Tu ne nies rien ? Tu ne présentes pas non plus tes excuses ?

— Pourquoi nierais-je puisque c'est vrai ? Je me reconnais coupable de tous les chefs d'accusation. Tu veux maintenant connaître le mobile du crime ? Je désirais entrer en contact avec toi. Quelque chose chez toi a fait que j'ai vraiment eu envie de te connaître, Molly. Tu éveillais mon intérêt, ma curiosité. Et cela n'a pas changé. Maintenant, j'ai répondu à toutes tes questions, mais la mienne est restée en suspens.

Elle poursuivit ses accusations sans tenir compte de ce qu'il venait de dire :

— Je ne parvenais pas à m'expliquer son indifférence à son prénom. J'ai d'abord cru qu'il était indocile, puis je me suis interrogée sur d'éventuels problèmes d'audition. Alors que tu l'appelles d'un nom qui n'est pas le sien ! Et ça, franchement, c'est choquant.

— Brutus ?

Le chien réagit au quart de tour. Avec un large sourire, Daniel s'accroupit pour le caresser.

— Tu vois qu'il obéit à son nom, maintenant.

Elle lui jeta un regard noir.

— Évidemment ! À force de le marteler !

— Quel nom lui ressemble le plus à ton avis ? Froufrou ou Brutus ?

Le regard de Molly se porta sur le chien puis sur lui.

— Le problème n'est pas là.

— Au contraire.

Daniel se releva.

— C'est un chien costaud. Viril. Il mérite le nom d'un héros de la République romaine.

— C'est sexiste. Et un prénom n'a pas d'incidence sur une personnalité. Que ce soit pour les chiens ou les humains.

— Tu le vois sincèrement comme un « Froufrou », toi ?

Il fit un pas de côté pour laisser passer un flot de piétons.

Molly ouvrit et referma la bouche.

— Tu es *obligé* d'avoir toujours le dernier mot ?

— Je suis avocat. Trouver des arguments frappants est l'essence même de mon boulot. Tout comme c'est ton job à toi d'analyser les comportements et d'en saisir le sens. Mais je vais te mâcher le travail, Molly. Tu veux savoir ce qui me motive ? Je vais te le dire. Quand je veux vraiment quelque chose, je m'arrange pour l'obtenir. Et j'ai envie de toi. C'est aussi simple que cela.

Les yeux rivés sur elle, il vit sa respiration s'accélérer.

— Et tu ne trouves pas immoral d'instrumentaliser un chien pour parvenir à tes fins ?

— Je ne l'ai jamais traîné à Central Park de force et il est toujours revenu heureux de nos balades. Plus heureux, je suppose, que lorsque tu l'embarques sans prévenir à travers les rues de New York, non pas pour le faire courir, mais pour l'utiliser comme un simple pion dans ta machination visant à me ridiculiser devant mes collaborateurs.

Il vit les marques de la culpabilité altérer brièvement les traits de Molly.

— Il n'a pas eu l'air mécontent de cette escapade.

— Tu sais ce que je pense, Molly ?

Il se pencha plus près.

— Je crois que tu es soulagée de ce qui s'est passé, car cela te donne une excuse valable pour me repousser.

— Pourquoi aurais-je besoin d'une excuse ? Si j'ai envie de te dire de dégager, je te dis de dégager.

— Une excuse pour toi-même, je veux dire. Tu te donnes le droit de m'en vouloir parce que j'ai emprunté Brutus. Mais le chien n'est pas la vraie raison et au fond de toi, tu le sais.

Son téléphone vibra et il jura tout bas.

— Et merde. Mon client s'impatiente. Mais je vais essayer de ne pas me libérer trop tard. Je devrais pouvoir être chez toi à 20 heures.

— Quoi ? Sûrement pas, non !

D'un geste nerveux, elle rejeta ses cheveux dans son dos.

— Il est hors de question que tu débarques chez moi, Daniel.

— Tu as visiblement des choses à me dire et ce n'est pas bon de les garder pour toi. Ce soir, tu pourras exprimer toute l'indignation qui bouillonne en toi et tu feras l'économie d'une explosion majeure. Donne-moi ton adresse.

— Tu n'as pas besoin de mon adresse. Tout ce que j'avais à te dire, je l'ai dit.

— Tu me permettras d'en douter.

— Tu m'as laissée croire que tu étais un homme à chien !

Daniel détacha les yeux du visage de Molly pour jeter un coup d'œil à Brutus, qui agitait la queue d'un air quelque peu ahuri.

— Tout compte fait, il se pourrait que j'en sois un, d'homme à chien. Ce n'était pas prévu au programme, et c'est déconcertant pour lui comme pour moi.

Il s'accroupit et s'adressa fermement à Brutus — d'homme à homme.

— Prends soin d'elle sur le chemin du retour, tu m'entends ? Tu es responsable d'elle. Alors on ne court pas sur la chaussée et on ne boit pas dans les flaques dégueulasses.

Brutus lui donna un coup de museau dans la jambe et gémit de délice. Daniel songea que, si une partie au moins de ses clients pouvaient être aussi relax et faciles à contenter que Brutus, ses journées de travail seraient nettement moins stressantes.

Molly lui jeta un regard noir.

— Je parie que tu te crois déjà pardonné ?

— Non, dit-il en se redressant. Mais on pourra en discuter ce soir. Et on parlera aussi de ce baiser.

Il désigna sa voiture du menton.

— Rob va te raccompagner chez toi ou jusqu'à l'appartement de mes sœurs. Ou ailleurs, si tu préfères.

— Les sièges vont être couverts de poils de chien.

— Rob est l'homme par excellence qui a toujours une solution à tout. Je ne pense pas que quelques poils de chien lui fassent peur. Ton adresse ?

Elle hésita encore puis finit par la lui donner en soupirant.

— Je te préviens : si tu débarques ce soir, je risque de te tuer.

Daniel sourit.

— À ce soir 20 heures, Molly. Cela devrait te laisser amplement le temps de méditer sur le mode opératoire criminel que tu voudras adopter. En attendant, réfléchis à tout ce que tu as à me dire.

Chapitre 10

Elle n'avait pas besoin de réfléchir à ce qu'elle ressentait. Elle savait pertinemment ce qu'elle éprouvait : de la rage ! Il lui avait quand même menti effrontément, merde ! Avait-il encore le culot d'espérer obtenir quelque chose d'elle après la façon dont il l'avait manipulée ? Oser suggérer qu'elle se servait de ce mensonge comme d'un *prétexte* pour le repousser, c'était vraiment gonflé.

Ce n'était pas une mauvaise excuse. Juste la vérité.

Quelle femme normalement constituée se lancerait dans une histoire avec un mec qui empruntait un chien pour la draguer ?

Elle bouillonnait de colère pendant que le véhicule de luxe glissait sans bruit dans les rues encombrées du centre de Manhattan. Lorsqu'elle sonna chez les jumelles, Harriet lui ouvrit, l'air coupable.

— Je ne sais pas quoi te dire. Je me sens vraiment très mal à l'aise, par rapport à ce qui s'est passé. Si tu décides de ne plus jamais avoir recours à nos services, je comprendrai. Je peux te donner l'adresse d'autres promeneurs pour chiens, si tu veux.

— Fliss et toi, vous êtes les meilleures à Manhattan. Je ne veux surtout pas changer. Comment va mon chien préféré ?

Molly se prépara à voir Valentin bondir à sa rencontre, mais il resta sur place sans bouger, le museau posé sur les pattes, dans une attitude léthargique qui ne lui ressemblait pas.

— Qu'est-ce qui lui arrive ?

— J'allais te poser la même question. Il est un peu mou, ce matin.

Harriet ferma la porte et détacha la laisse de Brutus.

— Il allait bien, hier ?

— Il était tout à fait normal, oui. Et ce matin aussi quand je l'ai sorti au parc.

Brutus s'approcha de Valentin et lui donna un petit coup de museau pour l'inviter à jouer. Comme son ami ne réagissait pas, Brutus s'affala à côté de lui.

— Ils sont trop mignons, tous les deux, s'émerveilla Harriet. Tu crois que Valentin a pu avaler une cochonnerie pendant sa promenade ? J'ai remarqué qu'il avait tendance à vouloir manger tout et n'importe quoi. C'est une des raisons pour lesquelles je préfère ne pas le promener avec un autre chien. Il faut toujours que je le surveille de près.

— Non, non, il n'a rien avalé. On est juste sortis pour une courte balade.

Molly revisita en pensée les lieux par où ils étaient passés. Mais elle avait marché sans prêter attention à rien, l'esprit obnubilé par Daniel. Avait-elle été aussi attentive à Valentin qu'à l'accoutumée ? Probablement pas, non. La culpabilité lui fit l'effet d'un coup de poing dans l'estomac. Et tout de suite après vint l'inquiétude. Cela ne ressemblait pas à Valentin de manquer de tonus à ce point.

— Ce n'est pas exclu qu'il ait pu bouffer un truc toxique, admit-elle.

— Je parie que ce ne sera rien du tout. Je garderai un œil sur lui et si son état s'aggrave, j'appellerai le véto.

— Je vais annuler mon rendez-vous.

Elle farfouilla dans son sac à la recherche de son téléphone, mais Harriet secoua la tête.

— Non, n'annule pas, ce serait idiot. Ton éditeur n'est pas très loin d'ici et je t'appellerai si ça s'aggrave. Dis-moi plutôt comment ça s'est passé avec Daniel. J'espère qu'il s'est excusé platement.

Molly tomba à genoux à côté de Valentin, le cœur serré par l'inquiétude.

— Je suppose qu'il me présentera ses excuses ce soir.

— Ce soir ?

— Il doit passer pour qu'on discute de tout ça.

Le visage d'Harriet s'éclaira.

— Ah bon ? C'est plutôt bon signe que...

— C'est signe de rien du tout !

— Dommage. Tu es la première femme qu'il rencontre qui serait susceptible de gérer notre frère. Daniel est habitué à ce que les filles lui tombent toutes cuites dans les bras. Ça a commencé dès l'adolescence, pour lui. Les candidates essayaient de passer par Fliss et moi dans l'espoir qu'on leur filerait des tuyaux pour attirer l'attention de notre frère. Il a toujours eu l'embarras du choix. Je doute qu'il ait déjà entendu le mot « non » tomber d'une bouche féminine.

— Le « non », il se l'est pris en pleine figure, cette fois-ci. Mais il n'a pas l'air de vouloir l'entendre.

— Tu es furieuse contre lui. Ça se comprend.

— Ce qui me choque, ce n'est pas seulement qu'il a fait mine d'être le propriétaire de Brutus. Il m'a aussi raconté une histoire tirée par les cheveux pour expliquer comment ce chien aurait débarqué dans sa vie. Tu le croiras si tu veux, mais il m'a inventé tout un scénario où Brutus aurait fait les frais d'un divorce sordide. L'homme aurait demandé la garde du chien uniquement pour faire souffrir sa femme qui adorait cet animal. Et lorsque, ayant obtenu gain de cause, l'ex-mari a décidé que tout compte fait il n'en voulait pas, la femme a refusé de le reprendre parce qu'elle était heureuse que le chien empoisonne la vie de son ex. J'ai cru à tout ça, moi, comme une idiote. J'étais triste pour Brutus.

— Oh ! l'histoire du chien, elle, est cent pour cent véridique. Là-dessus, Daniel n'a pas menti. Il a bel et bien sauvé le chien de l'abandon. Mais son premier réflexe a été de le conduire chez nous...

Ainsi il n'avait menti qu'à moitié. Mais Molly n'était pas disposée à se radoucir pour autant.

— Et comment se fait-il qu'il ait été au courant des tribulations de ce chien et de ses maîtres ?

Comme s'il avait compris que la conversation tournait autour de lui, Brutus se leva et déambula jusqu'au canapé pour s'intéresser au chiot roulé en boule qui y dormait paisiblement.

Harriet surveilla les deux chiens du coin de l'œil.

— Daniel représentait le mari dans cette affaire de divorce, mais sur la fin ils ont eu un différend. Je ne sais pas au juste ce qui s'est passé. Daniel peut être difficile dans le choix de ses clients. Il s'est spécialisé dans les divorces compliqués et s'investit tout particulièrement lorsqu'il y a des gardes d'enfants en jeu.

Molly repensa à ce qu'il lui avait dit dans le parc au sujet de sa mère. Aux raisons qui l'avaient amené à choisir sa profession et à l'exercer comme il l'exerçait.

Non, non et non. Elle ne se laisserait pas amadouer.

— Il le fait pour l'argent, non ? Ce sont les affaires qui rapportent le plus. Il touche des honoraires plus élevés et c'est flatteur pour sa réputation.

— Non, il ne le fait ni pour la notoriété ni pour l'argent. Son credo, c'est qu'il est néfaste pour un enfant de grandir dans un environnement familial hostile.

Daniel adore se battre pour ceux qui a priori n'ont aucune chance.

Harriet sauva le chiot endormi avant que Brutus ne le pousse hors du canapé.

— Daniel n'est pas un saint, Molly. Mais il n'est pas non plus aussi mauvais et cynique que tu sembles le penser. Comment vas-tu faire avec lui ce soir ?

— Je ne vais rien faire du tout. Je ne peux pas l'empêcher de se présenter à ma porte, mais rien ne m'oblige à le laisser entrer.

Et elle refusait de penser à lui comme à un défenseur héroïque de la veuve et de l'orphelin.

Merde.

— Donc il ne te plaît vraiment pas ?

Molly réfléchit à leurs rencontres chaque matin. À leurs balades, leurs discussions, leurs rires partagés. *À leurs baisers.*

Puis il lui revint à l'esprit qu'il s'était fait passer pour un homme à chien.

— Non, répondit-elle fermement. Il ne me plaît pas.

Inquiète au sujet de Valentin et déterminée à ne plus penser à Daniel, elle partit pour son rendez-vous.

Molly regagna son appartement une heure avant l'arrivée prévue de Daniel.

Valentin était resté apathique toute la journée et elle l'installa dans son panier de manière à pouvoir le surveiller pendant qu'elle se préparait.

Elle prit une douche rapide et choisit une robe dans son dressing. Puis changea aussitôt d'avis et enfila un jean. Il s'agissait d'indiquer clairement à Daniel qu'elle ne faisait aucun effort pour le recevoir. Si elle se maquilla malgré tout avec soin, ce fut uniquement pour se donner un coup de boost, côté confiance en soi. Pas parce qu'elle avait envie de se faire belle pour lui.

Valentin l'observait d'un œil morne.

— Pourquoi ce regard inquiet ? lui lança-t-elle en appliquant du mascara. Tu restes mon homme préféré et ça ne changera pas. Si je me maquille, c'est juste pour mieux lui tenir tête. Dès qu'il sera parti, je commanderai une pizza. Et maintenant, je vais faire un truc que je ne devrais probablement pas faire : une recherche Internet sur Daniel Knight.

Elle se versa un verre de vin, le porta jusqu'à son bureau et entra son nom dans le moteur de recherche, en se demandant si elle regretterait son geste.

Qu'allait-elle découvrir ?

Allons, allons, courage. Rien de ce qui était susceptible de sortir à son sujet ne serait pire que de se présenter comme un ami des chiens lorsqu'on n'appartenait pas à cette espèce bénie.

Vingt minutes plus tard, Molly se leva et prit une gorgée du vin qu'elle avait oublié de boire.

— Il a une belle réputation, apparemment. Grande intelligence. Esprit brillant, même. Solide. Redoutable plaideur, de l'avis de tous — amis comme ennemis. Le genre d'avocat que tu préfères avoir avec toi que contre toi quand tu divorces. Ce qui n'est pas et ne sera jamais mon cas, donc.

Elle jeta un coup d'œil à Valentin. Il tenta de se lever mais chancela et retomba lourdement dans son panier. Il se mit à trembler et à pousser des grognements sourds. Le cœur de Molly se serra d'angoisse.

— Valentin ! Qu'est-ce qui se passe ?

Elle s'accroupit à côté de lui pour lui caresser la tête. Valentin gémit faiblement et se mit à vomir. Lorsqu'elle vit ses yeux se révulser, elle fut prise de panique.

— Valentin ! Non, non, ne me fais pas ça !

Les mains tremblantes, elle attrapa son téléphone, mais elle avait été tellement occupée à penser à Daniel qu'elle avait oublié de le charger.

Les jambes sciées par l'angoisse, elle se força à réfléchir. Première chose à faire : trouver un téléphone ailleurs. Chez Mark et Gabe, donc. Gabe et son portable formaient une paire indissociable, donc son téléphone serait forcément chargé. Elle se précipita vers la porte, l'ouvrit — et percuta Daniel de plein fouet. Elle serait tombée s'il ne l'avait pas rattrapée par les épaules.

— Oups... Où est l'incendie ?

— J'ai absolument besoin d'un téléphone — il faut que je voie mes voisins. Je...

— J'ai un téléphone.

La lueur amusée disparut dans le regard de Daniel.

— Qu'est-ce qui se passe, Molly ?

— C'est Valentin. Il...

Sa voix s'étrangla.

— ... Il est malade. Gravement. Je dois appeler le véto mais mon téléphone est déchargé et...

— Le mien fonctionne.

Il la repoussa à l'intérieur de l'appartement et sortit son portable de sa poche pendant qu'elle refermait la porte d'une main tremblante.

— Tu as le numéro ?

Elle était retombée à genoux à côté de Valentin.

— Il est dans mes contacts mais je n'ai plus du tout de charge.

— Dis-moi son nom.

Son nom ? Elle tenta de toutes ses forces de se concentrer mais rien ne vint. Son esprit était vide. Sa mémoire en panne.

— C'est le même que celui de Fliss. C'est elle qui me l'a recommandé.

Il passa un appel.

— Fliss ? Il me faudrait le numéro de ton véto, s'il te plaît. C'est urgent.

Il parlait à toute vitesse, d'une voix presque hachée. Il n'y avait plus trace de son enjouement habituel dans son attitude.

— OK, c'est noté... Non, non, c'est pour Valentin... Oui, c'est ça. Pour le moment, non, mais si on a besoin de toi, je te rappelle.

Il mit fin à la communication et composa un second numéro. En attendant que son correspondant décroche, il fit signe à Molly de se préparer.

— Prends juste un manteau et tes clés.

Mais elle resta figée, la main sur la tête de Valentin, incapable d'agir.

— C'est horrible. Je ne l'ai encore jamais vu dans un état pareil.

— Molly...

La voix ferme de Daniel l'obligea à se ressaisir.

— Attrape un truc pour te couvrir. Prends tes clés de maison.

Elle se leva, se conformant aux ordres en mode automatique, la tête pleine de scénarios cauchemardesques. Dans un état second, elle entendit Daniel parler au téléphone avec le vétérinaire.

Lorsqu'il mit fin à la communication, elle était au bord de la crise de tétanie.

— Et s'il devait...

Elle ne put pas prononcer le mot.

— Je ne veux pas le perdre.

— Tu ne vas pas le perdre. On va le soigner.

Daniel s'accroupit à côté de Valentin et posa la main sur sa tête. Le chien réagit à peine.

— Ils envoient l'ambulance pour animaux de compagnie. Ils sont en route.

— Mais comment on va faire pour le descendre jusque sur le trottoir ?

Impossible de se souvenir où elle avait laissé ses clés. Dans son sac ? Sur la table ? Pas moyen de réfléchir. La seule urgence pour le moment, c'était d'emmener Valentin chez le vétérinaire. Mais s'il était déjà trop tard pour le sauver ?

— Tes clés, répéta Daniel doucement. Elles sont sur le comptoir de la cuisine.

Elle les repéra à l'endroit indiqué et les fit glisser dans sa poche, les doigts tremblants.

— J'aurais assez de force pour le soulever mais pas pour le porter dans l'escalier.

— Je peux m'en charger, Molly. Mais je ne veux pas lui faire mal, donc trouve-moi un grand drap de bain. Ou un plaid, une vieille couverture, pour que je puisse l'envelopper dedans.

Il avait pris l'organisation en main et elle le bénissait, car elle aurait été incapable de faire les choses dans l'ordre. L'idée d'un avenir sans Valentin la paralysait. Il était son ami, son complice. Son compagnon de chaque instant.

Pour la première fois depuis qu'ils s'étaient percutés devant sa porte, elle prit le temps de regarder Daniel. Et comprit qu'il avait dû venir directement de son cabinet sans repasser chez lui pour se changer.

— Tu ne peux pas porter mon chien. Tu vas fusiller ton costume.

— Molly... Va me chercher un drap de bain. Et guette l'ambulance, réitéra patiemment Daniel.

Elle trouva un grand plaid et, à eux deux, ils réussirent à le glisser sous le corps inerte de son chien. Puis Daniel souleva Valentin dans ses bras en lui parlant d'un ton rassurant, lui promettant qu'il serait rétabli bientôt et qu'il retournerait courir au parc avec Brutus.

Si seulement il pouvait dire vrai.

Molly le suivit hors de l'appartement et descendit l'escalier derrière lui en couvant anxieusement Valentin du regard.

— Rappelle mes sœurs et demande-leur s'il n'a pas ingurgité quelque chose pendant qu'elles le gardaient. Le véto pense à une éventuelle intoxication. Mon téléphone est dans ma poche.

— Ce n'est pas avec tes sœurs que ça s'est produit, mais avec moi, tôt ce matin.

Son estomac se souleva et elle crut qu'elle allait vomir à son tour.

— Avant de le déposer, je l'ai sorti pour une courte balade sur un itinéraire différent.

— Un itinéraire différent ?

— Je ne suis pas passé à notre endroit habituel.

« Notre endroit habituel ». En parler ainsi évoquait une longue intimité, comme s'ils se rencontraient au parc depuis des mois.

Elle attendit qu'il lui demande pourquoi elle avait modifié son parcours, mais il ne posa pas la question. Probablement parce qu'il connaissait déjà la réponse : elle avait tout fait pour ne pas le rencontrer.

— Et tu penses qu'il a pu manger quelque chose à ce moment-là ?

Songeant à son état de distraction du matin, elle hocha la tête d'un air piteux.

— C'est bien possible, oui. C'est une partie du parc que je connais mal. Il se peut qu'il ait fourragé ici ou là dans l'herbe sans que je fasse attention.

— Ne te culpabilise pas, Molly. J'ai rarement vu quelqu'un s'occuper d'un chien aussi bien que toi.

Daniel confia Valentin à l'ambulancier pour animaux qui les attendait devant la maison. Puis il lui prit la main et ils grimpèrent à bord du véhicule à leur tour.

Elle avait trop besoin de soutien pour penser à se dégager et se contenta de poser sa main libre sur Valentin qui ne broncha pas, même à son contact. Au fond d'elle, la culpabilité était comme une souffrance physique qui lui tenaillait la poitrine.

— Je suis désolée, mon chien. Tellement désolée. J'aurais dû faire plus attention.

Valentin n'ouvrit même pas les yeux et elle se tut, la gorge nouée par les larmes.

Daniel raffermit la pression de sa main sur la sienne et se pencha vers l'ambulancier.

— Vous pourriez rouler un peu plus vite ?

Il jeta un coup d'œil par la vitre.

— Non, ne tournez pas à droite ici. La rue est en travaux.

Lorsqu'ils s'immobilisèrent enfin devant le centre hospitalier vétérinaire, Valentin n'avait toujours pas donné signe de vie. Et Molly luttait contre une panique croissante.

— Normalement, il a une santé de fer. Je ne l'avais encore jamais vu malade.

— Il va se rétablir.

Daniel avait l'air tellement sûr de ce qu'il disait qu'elle ne chercha pas à le contredire. Faute d'alternative, elle se raccrocha à son optimisme et s'y cramponna comme à une bouée de sauvetage.

Le véto apparut dès qu'ils franchirent la porte.

— Bonsoir. Je suis Steven Philips.

La voyant muette, Daniel se chargea des explications.

— Je vous ai eu au téléphone tout à l'heure. Nous avons un chien très affaibli.

Le médecin animalier ne perdit pas de temps. Il donna quelques instructions brèves à son assistante et pendant que cette dernière prodiguait les premiers soins à Valentin, il se tourna vers eux.

— Vous pouvez me fournir son historique médical, s'il vous plaît ?

Molly hocha la tête et mentionna les quelques éléments dont elle disposait. Son compte rendu fut bref car Valentin n'avait encore jamais été malade.

Le vétérinaire jeta un coup d'œil au dalmatien inerte.

— Essayez de ne pas vous faire trop de souci. Je vous promets que nous allons le soigner au mieux.

Il se lava les mains, enfila une paire de gants et commença à ausculter Valentin.

— Donc d'après vous il aurait peut-être ingurgité quelque chose. Vous avez une idée de ce dont il pourrait s'agir ?

— Aucune, non. Il était apathique quand je l'ai récupéré chez la personne qui le gardait aujourd'hui. Ce soir il n'a pas voulu manger et puis tout à coup, il a été très malade. Il m'a grogné après, ce qu'il ne fait jamais. Et maintenant, il ne bouge plus. Je ne l'ai jamais vu comme ça. Jamais.

Le vétérinaire procédait à son examen avec des gestes méticuleux et attentifs.

— A priori, votre hypothèse est la bonne. Il a probablement dû ingérer quelque chose de toxique. Les chiens gourmands ne sont pas toujours très sélectifs sur ce qu'ils avalent.

— Je sais. Et c'est pour ça que je fais très attention d'habitude. Cela ne s'était encore jamais produit.

Se sentant horriblement coupable, Molly déglutit avec peine.

— Je l'ai emmené dans une partie du parc que je ne connais pas bien, ce matin. Et je ne l'ai pas surveillé d'aussi près qu'à l'ordinaire.

— Quelle partie du parc, précisément ?

Le vétérinaire continuait de palper Valentin pendant qu'elle décrivait les lieux.

— Avez-vous par hasard remarqué s'il y avait des jonquilles ? Des narcisses ?

— Eh bien, je...

Elle n'avait rien remarqué du tout. Ses pensées étaient restées centrées sur Daniel.

— Peut-être, oui. Je ne suis pas sûre, mais c'est possible. Ça pourrait être ça ?

— Je n'en suis pas certain mais, s'il allait tout à fait bien hier et que les symptômes ne sont apparus qu'après cette promenade, tout porte à penser qu'il s'agit d'une intoxication. Je vais faire quelques examens.

— Quel type d'examens ?

— Un prélèvement sanguin, une radio et une échographie. Compte tenu de l'heure et de son état, nous garderons Valentin ici cette nuit.

Le ventre de Molly se noua.

— Il faudrait que je vous le laisse ?

— Je vais le perfuser pour le réhydrater et traiter les troubles hydroélectrolytiques. Et s'il faut lui administrer un traitement, j'aurai une voie veineuse déjà en place.

L'idée que Valentin passe la nuit sous intraveineuse décupla son angoisse.

— Vous pensez que son état va s'aggraver, c'est ça ?

Le vétérinaire hésita.

— Certains agents ont une toxicité rénale directe. Les lésions peuvent être prévenues grâce à un lavage abondant des reins via un soluté. Il s'agit d'éviter une atteinte rénale chronique.

— Une atteinte rénale chronique ?

Molly se mit à trembler. Les extrémités de ses doigts étaient glacées.

— Je passe la nuit ici avec lui, dit-elle.

Le véto lui jeta un regard d'excuse.

— Malheureusement, nous ne disposons pas des aménagements nécessaires pour permettre aux propriétaires de rester avec leurs animaux la nuit. Mais si vous laissez votre numéro à la réception, nous vous contacterons si le moindre changement survient dans son état.

— S'il est gravement intoxiqué, je refuse de partir en laissant Valentin ici. Ce n'est pas comme si j'habitais au coin de la rue. S'il arrive quelque chose...

— Moi j'habite au coin de la rue. Molly attendra chez moi, intervint Daniel. Mon appartement est tout près d'ici et nous pouvons être de retour ici dans les cinq minutes en cas d'urgence. Vous avez déjà mon numéro.

Torturée par l'indécision, Molly écoutait le vétérinaire donner de nouvelles consignes de soins à son assistante. L'idée de tourner les talons en laissant Valentin dans cet état l'horrifiait. Même s'il paraissait inconscient, ne s'apercevrait-il pas de son absence ? Il vivrait forcément son départ comme un abandon. Et s'il mourait brutalement pendant la nuit sans qu'elle soit à ses côtés ?

Les jambes coupées, elle se laissa tomber sur une des chaises en plastique.

— J'aime autant ne pas laisser Valentin seul. Ça ne me dérange pas de passer la nuit dans la salle d'attente. Vas-y toi, Daniel. Et encore merci pour tout.

Mais le vétérinaire insista.

— Vous ne pouvez rien faire pour Valentin en ce moment. Et vous aurez besoin de vous reposer, ce qui ne sera pas possible ici. Je vous conseille d'accepter la proposition de votre ami.

Se reposer ? Il se moquait de qui ? Pensait-il réellement qu'elle trouverait le repos alors que son chien s'était empoisonné par sa faute ?

— Molly...

Daniel s'accroupit devant elle.

— Écoute ce que je te propose : j'habite à cinq minutes d'ici. Tu seras à peine plus loin de Valentin que si tu restes dans la salle d'attente, mais ce sera beaucoup plus confortable. Et tu sais que si le moindre changement survient le Dr Philips nous appellera immédiatement.

Il était stable, posé, solide comme un roc. Gagnée au moins en partie par son calme, elle se tourna vers le vétérinaire.

— Vous êtes là jusqu'à quelle heure ?

— Je ne pars pas avant demain matin. C'est ma nuit de garde et j'ai un nouveau confrère avec moi. Donc je ne bouge pas d'ici.

Cette certitude la rassura un peu.

Elle se leva à contrecœur et prit le temps d'une dernière caresse sur la tête de Valentin. Il n'ouvrit pas les yeux. Ne remua pas la queue. Le cœur serré, elle s'écarta d'un pas et essaya de revenir aux réalités pratiques.

— J'ai une assurance pour Valentin mais je suis partie sans mon sac à main. Ma carte...

— Tout est réglé, Molly. On en reparlera tout à l'heure.

Daniel lui passa un bras autour des épaules et il s'apprêtait à la diriger vers la porte lorsqu'un homme en blouse de soignant entra d'un pas pressé.

— Steven, j'ai mis...

L'arrivant s'interrompit net en voyant Daniel. Ses traits marquèrent la surprise, mais pas seulement. Molly y discernait autre chose encore.

Comme une sorte de défiance ?

Elle sentit le bras de Daniel glisser de son épaule. Tournant la tête vers lui, elle nota la crispation des mâchoires. La tension entre les deux hommes était palpable, même s'ils n'étaient pas censés se connaître.

— Je vous présente Seth Carlyle, dit le vétérinaire. Spécialisé en soins vétérinaires intensifs. Il vient d'intégrer notre équipe.

Molly attendit que Daniel réagisse mais il resta silencieux, son regard rivé sur le dénommé Seth.

Un silence étourdissant s'étira. Les deux hommes restaient face à face à se mesurer du regard, comme deux cerfs à l'heure du brame prêts à se battre à mort.

Elle comprit qu'ils n'étaient en rien des inconnus l'un pour l'autre.

Elle en aurait mis sa main à couper.

L'atmosphère était si tendue que l'air en grésillait presque. Seth Carlyle était tout aussi grand et charpenté que Daniel. Les deux hommes avaient également en commun leurs cheveux presque noirs, mais alors que les yeux de Daniel étaient bleus comme l'océan l'été, ceux de Seth étaient mystérieux et sombres.

Molly était intriguée.

Daniel aurait-il défendu l'ex-femme de Seth à l'occasion d'un divorce houleux ? C'était la seule explication qui lui venait à l'esprit.

Avec un bref salut de la tête à l'intention du vétérinaire, Daniel se détourna et la poussa vers la porte. Il marchait si vite qu'elle devait presque courir pour se maintenir à sa hauteur.

— Euh... Tu as envie d'en parler ?

— De parler de quoi ?

— De ce qui vient de se passer. Vous avez un gros passif, tous les deux. Avec le nouveau véto, je veux dire. J'ai cru que vous alliez vous étriper, tous les deux.

— Nous avons eu quelques « interactions » ici et là, oui.

— Pas des plus positives, les interactions, à l'évidence.

Dehors, la pluie tombait dru sur les rues de New York. En moins d'une minute, Molly fut trempée jusqu'aux os. Elle frissonna.

— C'est professionnel ? Tu t'es occupé de son divorce ou un truc comme ça ?

— Non, non. Laisse tomber. C'est sans intérêt... Tu

as l'air morte de froid. On va vite aller s'abriter à la maison.

Émergeant de l'humeur sombre qui l'avait enveloppé comme un nuage d'orage, Daniel ôta sa veste et la drapa autour des épaules de Molly.

Une confortable chaleur l'imprégna, s'insinua sous sa peau en même temps que la discrète odeur familière de Daniel — l'une et l'autre lui taquinant les sens.

Il y avait quelque chose d'intime à porter ainsi sur elle un vêtement qu'il venait d'avoir sur le dos. La raison aurait sans doute voulu qu'elle le lui rende, mais sa réaction instinctive fut de serrer les pans de sa veste autour d'elle.

Ils marchaient en direction du parc et chaque pas l'éloignait un peu plus de Valentin. Elle était sur le point de s'arrêter en protestant que c'était trop loin, lorsqu'ils atteignirent la plus célèbre avenue de la ville.

— Ça y est. Nous y sommes.

Elle cligna des yeux.

— Mais on est sur la Cinquième Avenue.

— C'est exact.

Cette fois, elle s'immobilisa pour de bon.

— Ton appartement donne sur l'avenue ? Avec vue sur le parc ?

— Avec vue sur le parc. Mais je te propose de venir t'en rendre compte par toi-même et de nous mettre à l'abri avant que tu meures d'hypothermie.

Sans lui laisser le temps de répondre, il s'engouffra dans l'immeuble, échangea quelques mots avec le portier, puis lui fit signe de le précéder dans l'ascenseur. Pendant que la cabine ultramoderne s'élevait sans bruit, ils se tinrent face à face, en silence. La chemise trempée de Daniel lui collait à la peau. Elle avait les yeux rivés sur ses épaules dont les muscles marqués se dessinaient en transparence, épousés par le fin tissu mouillé. Lorsqu'elle réussit enfin à s'extraire de sa contemplation fascinée pour chercher son regard, une sorte de courant circula entre eux, si puissant qu'elle crut que le sol se dérobait sous ses pieds.

— Toi aussi, tu es mouillé.

Même si sa voix était rauque et sa remarque inutile, elle eut le soulagement de constater que ses cordes vocales fonctionnaient encore et n'avaient pas été grillées en même temps que ses connexions neuronales.

— Je suis désolée, ajouta-t-elle.

Daniel se débarrassa de sa cravate. Des gouttes de pluie étincelaient dans ses cheveux et sur ses épaules.

— Je sais que c'est plus facile à dire qu'à faire, mais essaie de te détendre. Mes sœurs ne jurent que par ce vétérinaire. Toute l'équipe est ultra-compétente.

Pour essayer de détacher ses pensées de Valentin, elle revint à l'étrange rencontre avec le dénommé Seth. Curieuse de comprendre pourquoi Daniel l'avait regardé avec une animosité aussi viscérale, elle voulut relancer le sujet. Mais les portes s'ouvrirent et il l'entraîna hors de la cabine.

Son appartement était aussi sensationnel que l'adresse était prestigieuse. Daniel occupait un duplex avec un escalier en colimaçon menant à un étage flanqué d'une grande terrasse sur deux côtés. Le deux pièces où elle vivait aurait tenu sans difficulté dans le séjour.

Elle se remémora ce qu'elle avait lu au sujet de Daniel. Considéré comme le meilleur avocat de tout Manhattan dans sa spécialité, il était l'homme que l'on rêvait de voir combattre à ses côtés lorsque la vie allait de travers. Ce soir, Daniel s'était battu pour elle à sa façon, alors que le matin même elle avait envahi son cabinet avec Brutus, dans le seul but de le mettre en mauvaise posture devant ses collaborateurs.

Elle se tourna vers lui, dans un élan presque pathétique de gratitude.

— Merci.

— De quoi ?

— De m'avoir secourue ce soir. Après le coup vache que je t'ai fait ce matin, j'aurais compris si tu m'avais laissée me dépatouiller toute seule.

— Pourquoi aurais-tu voulu que je te laisse tomber ? Il me semble que tu avais clairement besoin d'aide.

Elle était dans une telle anxiété au sujet de Valentin qu'elle eut à peine la force de sourire.

— Daniel Knight[1]... Tu es donc bel et bien un chevalier comme ton nom l'indique ? De quel genre ? Plutôt Lancelot ? Plutôt Don Quichotte ?

— Je suppose que ça dépend du point de vue où on se place.

— Je crois que je suis trop perdue pour savoir encore où je me situe.

Sévèrement froncés, les sourcils de Daniel se touchaient presque.

— Tu as besoin de t'asseoir, mais pour commencer il faut qu'on se décrasse. Va prendre une douche, puis je nous préparerai quelque chose à manger. Si tu as des questions à poser, elles peuvent attendre l'heure du repas.

Il la précéda jusqu'au premier étage.

— J'ai une chambre d'amis avec salle de bains que tu pourras utiliser pour cette nuit. Pour le linge de toilette, tu n'auras qu'à te servir. Je vais te trouver quelque chose à mettre que je laisserai sur le lit.

Elle n'avait pas pensé un instant à s'inquiéter de l'état de ses vêtements, mais elle découvrit en s'examinant d'un coup d'œil rapide qu'elle n'était pas beaucoup plus présentable que lui.

1. *Knight* signifie « chevalier » en anglais.

— Je t'avais dit que porter Valentin signerait la fin de ton costume. Et la pluie a achevé de le ravager. Je te paierai le pressing. Et s'il est fichu et qu'il n'y a plus rien à faire, je...

— Molly, l'interrompit-il gentiment. Disparais sous la douche.

— Une douche. Oui. Bonne idée.

Consciente que les larmes menaçaient de monter, elle cligna des yeux. Si en plus elle lui sanglotait dans les bras, ce serait vraiment la fin dernière de son costume. Elle voulut se détourner mais Daniel lui attrapa le bras.

— Il va s'en sortir, Molly.

— Tu n'en sais rien.

— J'ai un pressentiment positif. Et mes intuitions sont généralement bonnes.

Il laissa retomber son bras, comme s'il prenait conscience que ce n'était pas forcément une bonne idée de maintenir un contact physique prolongé entre eux.

— Tu es tétanisée. La chambre d'amis est à ta disposition. Ne t'enferme pas dans la salle de bains, par contre. Si tu tombes dans les pommes, j'aimerais autant pouvoir te tirer de là avant que tu te noies.

— Je ne tomberai pas dans les pommes.

— Peut-être pas mais, dans le doute, évite de tourner la clé quand même. À tout de suite.

Daniel quitta la pièce et elle s'accorda une courte pause pour regarder autour d'elle.

En d'autres circonstances, elle aurait sorti son mobile et pris quelques photos en douce. Quand aurait-elle jamais l'occasion de remettre les pieds dans un endroit pareil ? C'était la première fois qu'elle découvrait de l'intérieur un appartement sur la Cinquième Avenue. Et la vue sur Central Park était à tomber par terre. De chez elle, si elle se perchait sur le siège des toilettes et se penchait par le fenestron, elle parvenait à discerner le sommet de quelques arbres, mais c'était tout ce à quoi elle pouvait prétendre en matière d'horizons verts.

Elle se débarrassa de ses vêtements sales et mouillés et les abandonna dans la chambre. Dans la salle de bains, elle ouvrit les robinets en grand et laissa l'eau chaude emporter une partie de l'angoisse qui la terrassait depuis maintenant deux heures. Elle essaya d'oublier que Daniel, un homme qu'elle connaissait à peine, se douchait de son côté, à quelques pas de là.

Rien ne les liait. Ils n'avaient même jamais passé une soirée ensemble. Et pourtant, sans lui, aurait-elle réussi à prendre les mesures nécessaires pour faire soigner son chien dans des conditions correctes ?

Inquiète à l'idée qu'elle pourrait manquer un appel concernant Valentin, elle s'extirpa de sous le jet brûlant et s'enveloppa dans un drap de bain. En passant dans la chambre, elle trouva un jean et un pull sur le lit — plus rose que rose, le pull, en l'occurrence. Nul besoin d'être psychologue diplômé pour comprendre que la propriétaire du vêtement en question n'avait pas peur de mettre son côté girly en avant.

Elle se demanda combien de femmes avaient laissé ainsi des traces de leur passage dans l'appartement de Daniel...

Ses propres affaires avaient disparu, donc il ne lui restait plus d'autre choix que d'enfiler la tenue qu'il avait posée là à son intention.

Le jean lui allait plutôt serré mais la taille du pull était parfaite. Et elle appréciait de se sentir propre, même si elle avait l'impression de ressembler à une crème glacée avec ce truc ultra-*pink* sur le dos.

— Je peux entrer ? Tu es décente ?

La voix basse et enveloppante de Daniel lui parvint à travers le battant de la porte et le cœur de Molly se mit soudain à battre plus vite. Ce qui était ridicule vu qu'elle ne se trouvait ici que pour Valentin. Sa présence chez lui n'avait aucun caractère romantique. Il s'agissait juste d'un arrangement pratique temporaire en attendant qu'elle soit fixée sur le sort de son chien.

— Tout ce qu'il y a de plus décente, oui, lui assura-t-elle d'une voix beaucoup trop rauque.

Il entra dans la chambre, et l'afflux de sensations la suffoqua presque. La situation avait beau être purement pratique, ses réactions, elles, étaient de nature nettement plus érotique... Elle ne parvenait plus à penser qu'à la façon dont leurs bouches s'étaient mêlées lorsqu'ils s'étaient embrassés sous le saule — à la vague d'excitation, au sentiment d'urgence, à l'incroyable alchimie entre eux.

— Les vêtements sont à ta taille ? Je pensais te passer un de mes peignoirs mais tu aurais flotté dedans.

S'imaginer déambulant chez lui nue sous une couche de tissu-éponge eut pour effet immédiat de décupler son trouble.

— Le jean est parfait, merci. Même si la copine ou ex-copine qui l'a laissé chez toi est un plus petit format que moi.

Elle tira sur le pantalon et le regard de Daniel descendit le long de son corps pour s'attarder sur ses hanches.

— Ces vêtements appartiennent à ma sœur.

La voix de Daniel lui parut encore plus grave et plus profonde. Plus rugueuse aussi. Une nuance d'intimité s'y était glissée, comme s'il réagissait, lui aussi, à la proximité forcée entre eux.

— Il est plus que rare que je garde des gens à dormir ici.

Cette affirmation la surprit. Elle aurait été prête à parier que son appartement était aussi fréquenté qu'un hall de gare à l'heure de pointe, les femmes apparaissant et disparaissant selon un horaire réglé au millimètre.

— Ce sont les vêtements de Fliss ?

— Non. D'Harriet.

Une ébauche de sourire joua au coin des lèvres de Daniel.

— Fliss préférerait mourir que de porter du rose. Elle y verrait une forme grave de compromission. Si tu la connais un peu, tu le sais probablement déjà.

— Je la connais mal, en fait. On échange juste quelques mots de temps en temps quand je dépose Valentin.

Mais maintenant, elle aurait des milliers de questions à lui poser. Et les neuf dixièmes de ces questions concerneraient Daniel. Elle le voyait comme un tombeur et voilà qu'il déclarait ne presque jamais recevoir quelqu'un chez lui.

— Tu n'as pas l'habitude d'avoir des femmes dans ton appartement ?

— Les heures de boulot que je fais sont incompatibles avec une relation suivie. Lorsque j'ai quelqu'un dans ma vie — ce qui arrive moins souvent que ce que les médias affirment — je suis presque à tous les coups en retard à mes rendez-vous ou obligé de les annuler au dernier moment. Donc la plupart du temps, quand j'ai une soirée libre, je la passe plutôt avec des potes. J'ai envoyé tes vêtements au service blanchisserie avec mon costume, au fait. Ils seront livrés ici demain matin. Tu dois avoir faim. On va descendre et je vais voir ce que je peux te concocter comme repas.

Molly avait les jambes molles et l'estomac noué par la tension. Sa gorge était si sèche qu'elle se demandait si elle pourrait avaler quoi que ce soit.

Un manque d'appétit qu'elle choisit d'attribuer à son inquiétude au sujet de Valentin. Même si au fond d'elle-même elle savait que c'était plus compliqué que cela.

Elle emboîta le pas à Daniel et passa devant un cabinet de travail avec des étagères bourrées de livres, puis une suite parentale décorée dans des tons assourdis de vert et de brun. Une discrète impression de luxe émanait de l'ensemble, mais avec une finesse qui ne se situait jamais du côté de l'ostentatoire. Comme si chaque élément de design avait été pensé en termes de confort et d'esthétique — jamais dans le *show off*.

L'escalier formait une élégante courbe en verre d'un style très contemporain. L'on retrouvait ce même verre dans les immenses fenêtres qui encadraient le tableau lumineux qu'offrait la Cinquième Avenue, rehaussé par la masse plus sombre du parc à l'arrière-plan.

Quant aux toiles accrochées au mur, elles n'avaient rien à envier au reste.

— Tu t'intéresses à la peinture, Molly ?

Il déboucha une bouteille de vin et choisit deux grands verres à dégustation.

— Oui, mais je n'y connais pas grand-chose.

Elle regrettait maintenant de ne pas être plus experte. Parler peinture leur aurait permis de se mouvoir sur un terrain neutre et sans danger. Ce qui était exactement ce dont elle aurait eu besoin.

— Tu es collectionneur ?

— Un peu, oui. Ça fait partie de mes dadas.

— C'est pour ça que tu as choisi de vivre par ici ?

— C'est une des raisons, oui. S'ajoute à cela que j'apprécie la vue et que je suis à deux pas de mon cabinet. Je ne suis pas fana des trajets à rallonge pour aller travailler.

L'entendre mentionner son cabinet lui rappela qu'elle lui devait des excuses.

— À propos de ce matin...

Elle se percha sur un des grands tabourets placés devant le comptoir en granit.

— Je suis désolée.

— Désolée pour quoi ?

— D'avoir débarqué sur ton lieu de travail avec Brutus et de t'avoir...

— ... plongé dans les affres de l'embarras public ?

Elle entrevit son discret sourire avant qu'il se détourne pour se saisir de son verre.

— Tu n'avais pas l'air si mal à l'aise que ça, au fond.

— Fais-moi confiance, cela va prendre un moment avant que ce coup de théâtre au cabinet ne tombe dans l'oubli. C'est la première fois qu'une femme avec qui je suis se montre sur mon lieu de travail. Et tu n'as pas à t'excuser. Tu étais en colère et tu avais de bonnes raisons de l'être. Même encore maintenant, d'ailleurs.

Elle était sur le point de lui répondre qu'elle n'était pas « avec lui », puis se rendit compte à quel point sa protestation aurait pu paraître ridicule. Elle était assise dans *son* appartement, les cheveux mouillés après la douche qu'elle venait de prendre dans *sa* salle de bains. Et puis il y avait eu le baiser. Le fait qu'ils ne l'aient mentionné ni l'un ni l'autre ne l'empêchait pas d'être présent entre eux — un peu trop, sans doute. Le silence qu'ils observaient à ce sujet avait même pour effet de le rendre encore plus significatif, au contraire.

— Tu as porté mon chien jusque chez le vétérinaire. Dans l'état d'esprit où je suis en ce moment, tu pourrais faire n'importe quoi que je continuerais à te voir en héros.

— Je ne suis pas un héros, Molly.

La façon dont il la regardait fit battre son cœur plus vite.

— La première fois que je t'ai vu, je t'ai catalogué tout de suite. Il me semblait avoir cerné assez bien le genre d'homme que tu étais. Seul un élément ne rentrait pas dans le cadre, et c'était Brutus. Tu ne m'apparaissais pas comme un individu susceptible d'adopter un chien. Et j'étais intriguée par ce détail dissonant dans le tableau d'ensemble.

— Tu as défini une typologie de base du possesseur canin ?

— Plus ou moins. Avoir un chien, c'est une responsabilité, dans tous les cas de figure. Et tu me faisais l'impression de quelqu'un de déterminé qui ne se met pas d'engagements affectifs sur le dos.

— C'était bien pensé, en effet.

— Je percevais chez toi une envie de rester dans du léger, du superficiel — dans de purs échanges de surface.

— C'est le cas. Il me semble me rappeler te l'avoir dit, d'ailleurs.

— Exact. Or ce soir, alors que mon chien était malade, ce que tu as fait — ce que tu continues de faire — ce ne sont pas les actes d'un homme superficiel.

Elle s'interrompit et chercha son regard.

Il soutint le sien en silence et finit par sourire.

— Ne te fais pas d'illusions, surtout. Si je t'ai aidée pour Valentin, c'est uniquement dans l'idée d'obtenir ta reconnaissance, en espérant que tu l'exprimeras au lit.

— Tu veux que je couche avec toi juste pour payer une dette de gratitude ?

— Du moment que tu couches, je ne me pose pas de questions.

Elle savait qu'il la chambrait et cela la fit rire.

— Tu es épouvantable.

— Donc j'en conclus que c'est oui ?

— Tu profiterais de la vulnérabilité émotionnelle d'une femme en situation de faiblesse ?

— Sans aucune hésitation.

Il lui reversa une dose de vin dans le verre qu'elle n'avait pas touché.

— Et pour mettre toutes les chances de mon côté, je te pousse aussi à boire. Les femmes soûles et émotionnellement vulnérables sont de loin celles que je préfère.

— Je ne te crois pas une seconde. Je pense que tu es un gars fiable et correct. Quelqu'un de bien, en somme.

— Merde. Comment me suis-je trahi ?

— Tu as porté un dalmatien malade qui vomissait partout. Et tu m'as accueillie chez toi alors que tu refuses d'héberger des femmes en temps normal.

— Évite juste de laisser une brosse à dents, sinon je serai obligé de réclamer des heures de thérapie gratuite.

La touche d'humour soft dans sa voix fit mouche — et le pouls de Molly s'emballa. Pour dissiper une montée de désir, elle prit une gorgée de vin. Des saveurs de fruits rouges et des accents de feu de bois scintillèrent sur ses papilles.

— Il est extraordinaire.

— Mon voisin et moi, nous avons une passion commune pour le vin. Celui-ci fait partie de mes découvertes perso. On s'échange nos coups de cœur et nos adresses de cavistes.

Molly parcourut des yeux l'appartement spacieux.

— Parce que tu as des voisins ? C'est difficile à imaginer. J'avais l'impression que tu vivais seul dans les hautes sphères privées de ton château perché.

— Il y a d'autres châteaux perchés à proximité. C'est utile les jours où j'ai besoin d'emprunter du sucre.

Elle se mit à rire.

— Ou un chien.

— Ça aussi, oui.

Il se resservit en bourgogne.

— C'est pour ça que tu étais en colère ce matin ? Pas parce que je me baladais avec un chien qui ne m'appartient pas, mais parce que tu t'étais trompée dans l'analyse que tu avais faite de ma personnalité ?

— J'étais déconcertée, oui.

L'alcool circulait dans ses veines, l'aidait à se délasser.

— Comment t'expliquer ? L'opinion que je m'étais

faite de toi était basée sur ta relation avec Brutus. Et tout à coup, il n'y avait *plus* de relation avec Brutus. Donc l'image que je m'étais forgée de toi ne correspondait plus à rien. C'était frustrant.

Daniel reposa son verre.

— Ma relation avec Brutus existe bel et bien, même si lui et moi nous ne sommes pas officiellement colocataires.

— Tu as une réelle affection pour ce chien. Ce qui a tout pour surprendre, puisque tu l'avais juste emprunté dans un but utilitaire.

Il eut un large sourire.

— Pour me surprendre, ça m'a surpris, en effet. Mais j'adore la personnalité de ce clébard. À l'usage, il ressort que je suis beaucoup plus canin compatible que je ne le pensais.

À chacune de ses conversations avec Daniel, elle voyait tomber une à une les défenses qu'elle avait érigées contre lui. Il était charmant, c'est vrai, mais en temps normal elle résistait au charme sans aucun problème. Le charme pouvait être tout de surface, auquel cas un rien suffisait à le ternir. Mais Daniel Knight avait beaucoup plus que du charme à son actif.

— Que faut-il en conclure ? Tu envisages l'achat d'un chien ?

— Non. Ça veut juste dire que j'ai de l'affection pour Brutus. C'est lui et pas un autre.

Il poussa son mobile vers elle.

— Je n'ai pas encore appelé le véto. J'ai pensé que tu préférerais le faire toi-même. Pendant ce temps, je vais voir ce que je peux nous trouver à manger.

— Merci.

Elle prit le téléphone, les paumes soudain moites à l'idée qu'une mauvaise nouvelle l'attendait peut-être.

— Tu veux que je passe le coup de fil ?

Elle fut touchée qu'il ait perçu son angoisse autant que par le fait qu'il se proposait d'appeler pour elle.

— Non, ça va aller. Mais merci, en tout cas.

Les doigts crispés sur le mobile, elle composa le numéro en se répétant que si les nouvelles avaient été mauvaises, elle aurait déjà été contactée.

Quelques minutes plus tard, elle apprenait qu'il n'y avait effectivement rien de nouveau. L'état de Valentin restait stationnaire et les examens n'avaient encore donné aucun résultat concluant.

— Aucun changement pour le moment, annonça-t-elle en restituant le mobile à Daniel. Ils sont quasiment certains que Valentin a dû manger quelque chose de toxique mais, tant qu'ils ne savent pas de quoi il s'agit, ils ne peuvent rien faire de plus que de donner un traitement adjuvant. Si j'ai bien tout compris, ils font le nécessaire pour maintenir le fonctionnement normal des organes en attendant que les substances toxiques soient évacuées par l'hyperhydratation.

— Harriet a appelé deux fois pendant que tu étais sous la douche. Elle s'inquiète pour Valentin.

— Harriet est adorable. Tu avais mentionné tes sœurs, je m'en souviens. Mais de là à imaginer qu'il s'agissait de Fliss et Harriet !

— Si j'avais su que tu les connaissais, je leur aurais mis la pression pour qu'elles nous présentent l'un à l'autre. Cela aurait été plus simple que de courir emprunter un chien tous les matins.

— Je n'arrive toujours pas à croire que tu aies pu faire ça. Tu es toujours aussi inventif ?

— Non, pas du tout. Mais je te regardais courir et tu n'avais d'yeux que pour ton chien. Il m'a semblé que ce serait le seul moyen d'éveiller enfin ton intérêt.

— Et le fait de venir courir au parc ? C'était aussi pour attirer mon attention ?

— Cela fait des années que je cours le matin tôt, qu'il pleuve ou qu'il vente. Pour moi, c'est le plus beau moment de la journée. Juste après le lever du jour et avant l'arrivée des foules.

Elle avait les mêmes préférences.

— Ce matin, quand je suis venue faire cette scène dans ton cabinet, j'étais à des années-lumière de penser que je passerais la nuit dans ton appartement.

Sur le moment, elle ne s'était posé aucune question. Tout ce qu'elle avait vu, c'était une opportunité de rester aussi près de Valentin que possible. Maintenant seulement, alors que le plus gros du danger semblait écarté, elle prenait conscience de l'intimité de la situation. Même si elle était juste là pour des raisons de commodité, cela ne changeait rien au fait qu'elle se trouvait seule avec Daniel chez lui, à partager son dîner. Et qu'elle était sur le point de dormir sous son toit.

Elle avait une conscience aiguë, épidermique, de sa présence physique.

À cause de Valentin, se rappela-t-elle à l'ordre. Parce que Daniel s'était montré pragmatique, protecteur et qu'elle avait pu compter sur lui. Il n'était pas interdit de s'appuyer sur quelqu'un de temps en temps, même lorsqu'on était indépendant. Accepter de l'aide ne faisait pas d'elle une femme faible et incapable. Cela la rendait humaine, tout simplement. Et qui n'aurait pas pris un coup de stress, à sa place, dans des circonstances aussi critiques ?

Daniel posa sur elle un long regard déconcertant, puis il se détourna pour ouvrir le réfrigérateur.

— Je n'attendais personne, donc le repas ne te laissera pas une impression impérissable. J'ai du fromage et de la charcuterie qui iront bien avec le vin. Et ne me dis pas que tu n'as pas faim. Tu as besoin de manger. Si tu n'avales rien, tu vas t'évanouir et j'ai déjà dépassé mes quotas de soins médicaux pour la journée.

Il sortit un assortiment du réfrigérateur et entreprit de retirer les emballages pour disposer fromage et charcuterie sur des assiettes.

— Ah, zut. Je n'ai plus de pain. Attends ici. Je vais voir ce que je peux faire.

Elle prit encore une gorgée de vin en se promettant d'avaler juste quelques bouchées puis de s'excuser et de monter se coucher. Avec une porte fermée entre eux, tout irait de nouveau beaucoup mieux.

Pendant qu'elle établissait son plan de bataille, elle l'entendit parler au téléphone.

— Et il ne resterait pas par hasard un peu de ce pain maison que tu réussis si bien ?

Elle se demanda à qui il pouvait poser cette question à une heure aussi tardive. Avait-il l'intention de faire le tour des boulangeries de Manhattan pour trouver du pain frais ? Ou passait-il une commande quelque part ?

Quelques instants plus tard, on frappa à la porte et elle entendit une voix féminine dans l'entrée.

— Tiens, j'ai apporté le pain. Et tu as de la chance : j'étais en train d'expérimenter une nouvelle recette de mini-quiches pour un événement que nous organisons le mois prochain et j'ai besoin de goûteurs. Tu me diras ce que tu en penses.

— Ce n'est pas Lucas, ton testeur attitré ?

— En principe, oui. Sauf que, concrètement, il a grommelé qu'elles étaient bonnes mais que si je ne lui servais pas un steak saignant dans les vingt-quatre heures il me mettrait dans un de ses bouquins et me ferait assassiner.

Reconnaissant la voix, Molly descendit de son tabouret et se dirigea vers la porte.

— Eva ?

La jolie fille blonde qui discutait en riant avec Daniel tourna la tête.

— Hé, Molly ! Pour une surprise, c'est une surprise !

Eva colla son plat entre les mains de Daniel et Molly se trouva enveloppée dans un nuage de parfum, d'exubérance et d'amitié.

Elle s'écarta en songeant comme toujours qu'Eva était une des personnes les plus spontanément chaleureuses qu'elle ait jamais rencontrées.

— Qu'est-ce que tu fais ici, Eva ? Je croyais que tu vivais à Brooklyn ?

— C'est le cas. Enfin, *c'était* le cas. Je passe le plus clair de mon temps ici maintenant, parce que je suis avec Lucas et que je ne peux pas le sortir de son antre quand il a une date limite pour une remise de bouquin. Et puis sa cuisine me fait une super toile de fond pour mes vidéos YouTube. Mais qu'est-ce que *toi* tu fais ici ? Maintenant que j'y pense, c'est la première fois que je vois un individu de sexe féminin dans l'appartement de mon voisin préféré.

Elle jeta un regard éloquent à Daniel et Molly jugea bon d'intervenir.

— Valentin est malade et Daniel m'a aidée. Comme son appartement est plus près de chez le véto que le mien, il m'a...

— Valentin est malade ?

La curiosité d'Eva se mua instantanément en inquiétude.

— Malade comment ?

Le frisson dans sa voix ramena Molly à la réalité de la situation et elle sentit les bulles de panique réprimées remonter vers la surface.

— Assez gravement.

— Mais il va se rétablir, lui assura Daniel. Comment vous connaissez-vous, toutes les deux ?

— Molly est une cliente d'Urban Génie. C'est nous

qui l'avons mise en relation avec les Woof Rangers. Tu as tout ce qu'il te faut ici ? Tu es contente de ton véto ? Je peux remplir ton frigo ? M'occuper de ton linge ? Si tu as besoin de te décharger de quelques corvées de base pour pouvoir consacrer plus de temps à Valentin, dis-le-moi.

L'offre spontanée d'Eva lui fit tellement chaud au cœur qu'elle resta un instant muette, incapable d'articuler deux mots.

Daniel prit le relais.

— Si tu veux remplir un frigo, je te propose le mien. Son contenu est misérable.

— Tu ne prévois pas tes menus à l'avance ?

— Ma stratégie en matière de repas est de faire boire mes invités. Une fois qu'ils sont bien éméchés, ils ne font plus du tout attention au pathétique semblant de repas que je leur donne à avaler.

Eva éclata de rire.

— C'est bien calculé, tout ça ! J'ai eu un coup de fil de Marsha, au fait. Tu es au courant ?

— Au sujet de la fête de l'été ?

— Oui, c'est ça. J'étais sûre que tu avais dû intervenir en notre faveur ! Merci pour le coup de pouce, Daniel.

— J'aurais aimé me parer de l'aura du généreux bienfaiteur, mais c'est Marsha elle-même qui a eu l'idée de faire appel à Urban Génie. Vous faites le buzz à New York, toutes les trois.

— Tu ne regretteras pas de nous avoir choisies. Je te promets qu'on t'organisera une soirée mémorable.

— Mémorables, nos fêtes le sont presque toujours, mais souvent pas pour les bonnes raisons. Certains de mes collaborateurs ont tendance à se lâcher sur l'alcool.

— Aucun problème. On va gérer. Bon, je vous laisse manger pendant que ces quiches sont encore à peu près chaudes. Il n'y a pas trop longtemps que je les ai sorties du four. Tu as de la salade, Daniel ? Je peux vous en apporter, sinon.

— Et si tu te joignais à nous, Eva ? proposa Molly sur une impulsion.

D'une seconde à l'autre, la porte allait se refermer derrière Eva et elle se retrouverait seule dans l'appartement avec Daniel, alors qu'elle se sentait de moins en moins capable de gérer l'intimité grandissante entre eux.

Une lueur ironique brilla dans le regard interrogateur qu'il posa sur elle. La raison pour laquelle elle s'était permis de lancer cette invitation impromptue ne lui avait clairement pas échappé.

— Ç'aurait été avec plaisir, mais Lucas ne voudra jamais décoller de son ordi et j'ai pas mal de trucs à faire de mon côté. Une prochaine fois, OK ? Faites-moi signe si vous avez besoin d'autre chose.

Eva s'éclipsa sur un sourire. Daniel referma la porte et se tourna vers Molly. Le regard qu'il planta dans le sien lui fit quelque peu perdre ses moyens.

— Daniel...

— Tu as peur de qui, là ? De moi ou de toi ?

— Pardon ?

Elle commençait à regretter d'avoir bu un verre de vin avec l'estomac vide.

— Tu as invité Eva à se joindre à nous pour te protéger de moi, mais ce n'était pas nécessaire.

Il regagna la cuisine et finit de déballer ses victuailles.

— Si on doit se retrouver ensemble dans un lit, toi et moi, cela se passera parce que tu seras prête et parce que tu en auras envie autant que moi. Il est tout à fait évident pour moi qu'il ne se produira rien tant que tu te sentiras, comme maintenant, fragile et vulnérable.

— Je ne suis pas vulnérable.

— Valentin est malade et les circonstances font que

tu te retrouves chez moi pour la nuit. C'est vulnérabilisant, oui ou non ?

— Peut-être. Un peu.

C'était la vérité. Pourquoi le nier ?

La voix de Daniel se radoucit.

— Tu n'as pas besoin d'Eva pour te protéger de moi, Molly. Lorsque nous ferons l'amour, ce sera un choix mutuel pris en toute connaissance de cause. Je n'ai pas l'intention de te mettre la pression. Ça viendra quand ça viendra.

Il en parlait comme si c'était couru d'avance. Inéluctable. Le cœur de Molly cogna à grands coups dans sa poitrine. Elle aurait voulu protester, mais les mots refusaient de sortir. En désespoir de cause, elle bifurqua sur un sujet moins sensible.

— Je ne savais pas que tu connaissais Eva.

Elle vit une lueur s'allumer dans le regard de Daniel. Un lent sourire lui étira les lèvres et il répondit à sa question sans faire de commentaire :

— Je ne la connais pas si bien que cela. En fait, je suis surtout ami avec le frère de Paige. Lorsque j'ai appris que les trois filles montaient une entreprise d'événementiel qui propose un service de conciergerie, je les ai mises en contact avec Fliss et Harriet. Il y a plein de gens à Manhattan qui ont besoin de promeneurs pour chiens. Cela dit, depuis qu'Eva a emménagé ici avec mon voisin Lucas, on se voit beaucoup plus souvent.

Elle secoua la tête.

— Le monde est quand même petit.

— C'est un fait. Mais Eva est retournée dans son petit monde à elle en nous laissant dans notre petit monde à nous. Et on va se comporter, toi et moi, comme si on avait oublié ce baiser sous le saule. Si j'évite de poser les yeux sur tes lèvres et si tu ne regardes pas les miennes, je pense qu'on devrait pouvoir s'en sortir.

On va faire abstraction de l'attirance physique et du fait que ça devient un vrai challenge pour moi de ne pas poser les mains sur toi, et ce soir, on se contentera de faire un peu mieux connaissance.

— Tu as raison. Nous allons l'oublier totalement, ce baiser.

À part qu'essayer de ne pas y penser était le plus sûr moyen de ne plus avoir que cela en tête.

Une expression mi-sensuelle, mi-amusée pétilla dans le regard de Daniel.

— Je n'ai jamais dit qu'il fallait l'oublier *totalement.* J'ai la ferme intention de revenir dessus dès que tu seras rassurée, détendue, et que tu ne penseras plus à Valentin.

— On ne reviendra pas dessus.

Mais elle appréciait le fait qu'il n'ait pas juste dit « ton chien ». Il parlait de Valentin comme s'il se souciait réellement de son sort.

— Tu es quelqu'un que j'aime beaucoup, Molly.

Sa sincérité était désarmante.

— Je t'apprécie même tellement que j'ai emprunté un chien pour pouvoir entrer en relation avec toi.

— Tu ne m'avais encore jamais adressé la parole lorsque tu as réquisitionné Brutus, donc tu ne pouvais pas savoir si tu m'appréciais ou non.

— J'admets que la première chose qui m'a intéressé chez toi, c'était tes jambes... Et puis tes cheveux aussi. La façon dont ils se balancent dans ton dos. Chaque fois que je les vois, j'ai envie de les détacher et de... Mais peu importe.

Sa voix était rauque.

— Mieux vaut ne pas penser à ce que j'aurais envie de faire avec tes cheveux.

— Tu as monté tout ce scénario avec Brutus parce que tu aimais mes *cheveux* ?

— La façon dont tu cours me fascine aussi. Comme

une tueuse lancée à l'assaut du macadam... Bon, on peut parler d'autre chose ?

Il regagna la cuisine à grands pas, récupéra les assiettes et les porta dans le séjour.

— Tu connais l'Antarctique ?

La question la déconcerta.

— Non. Et toi ?

— Non plus.

— Tu comptes partir en expédition polaire ? Pourquoi cette question ?

— Parce que j'essaie d'avoir des pensées refroidissantes. J'ai commencé par me concentrer sur une image de glace pilée dans une margarita mais ça n'a pas suffi. Puis j'ai enchaîné sur un paysage d'hiver à New York, mais ça ne marche pas non plus. Je voulais tenter l'Antarctique, mais je me demande s'il ne vaudrait pas mieux renoncer et courir prendre une douche froide. Non, ne t'assieds pas à côté de moi, surtout.

Il désigna d'un geste le canapé d'en face.

— Mets-toi là-bas, plutôt. Je me sens plus en sécurité avec une table basse et un plateau plein de trucs à picorer entre nous.

Déconcertée et pas qu'un peu flattée, elle s'installa à l'endroit préconisé. Les canapés étaient profonds, confortables et avaient été placés de manière à tirer le meilleur parti de la vue, même si, à cette heure nocturne, elle ne discernait que scintillements et ténèbres.

— Je me suis toujours demandé ce que cela pouvait donner de vivre avec une vue sur Central Park.

— Cela ne donne que du bon. Quand on a le temps de la regarder, du moins.

Il lui tendit une assiette et des couverts.

— Mange. Et parle-moi de Valentin. Tu l'as trouvé comment ?

Après une infime hésitation, elle retira ses chaussures et replia les jambes sous elle.

— J'étais à New York depuis deux mois à peine quand je suis tombée sur lui dans le parc. Quelqu'un l'avait abandonné. Je l'ai emmené chez un véto, puis au centre d'adoption. Et là, je me suis rendu compte que je ne voulais pas le laisser à quelqu'un d'autre, que lui et moi, c'était du sérieux.

— Tu n'avais jamais eu de chien avant lui ?

Son cœur battit soudain plus douloureusement dans sa poitrine.

— J'en avais un quand j'étais petite, si. Il s'appelait Toffee. C'était un labrador chocolat que j'adorais.

— C'est toujours dur lorsqu'un animal de compagnie meurt.

Il lui aurait suffi d'acquiescer d'un signe de tête et de passer au sujet suivant. Rien ne l'obligeait à rectifier la méprise de Daniel et pourtant, elle ressentit le besoin de le détromper.

— Toffee n'est pas mort. Ou en tout cas, pas à ce moment-là. Ma mère l'a emmené.

— Elle t'a pris ton chien ?

— Lorsqu'elle est partie.

Elle se pencha pour couper une fine tranche de fromage qu'elle posa sur son assiette avec des tomates cerises et une des mini-tartes salées d'Eva.

— Même si elle se passait de mon père et de moi sans problème, elle ne pouvait pas vivre sans Toffee, semblait-il. J'avoue que cette pilule-là a été particulièrement dure à avaler.

— J'imagine, oui. Tu as subi deux pertes en une. C'est une épreuve à tout âge. Mais quand on est enfant, c'est encore pire.

Il comprenait. Pas parce qu'il avait affaire à des cas semblables de par sa profession, mais parce qu'il était lui aussi passé par ces mêmes souffrances d'enfant blessé. Pour cette raison sans doute, elle put lui dire ce qu'elle n'avait encore jamais confié à personne :

— Ce qui a été le plus horrible pour moi, c'est que lorsqu'elle a essayé de m'expliquer pourquoi elle partait, elle m'a dit qu'elle avait vraiment *besoin* d'être libre et sans attaches. Mais au bout du compte, elle n'a pas pu laisser Toffee.

La gorge nouée, elle garda un temps de silence.

— Dans ma logique d'enfant, il devenait clair que c'était de moi que ma mère voulait se délivrer.

Daniel, pas plus qu'elle, n'avait touché au contenu de son assiette. Il était resté parfaitement immobile, le regard fixé sur ses traits.

— Molly...

— Ça va, Daniel. Tu n'as pas besoin de chercher les mots adaptés. Il n'y a rien à dire, en fait. Je suppose que tu entends ce genre d'histoires du matin au soir avec tous les divorces que tu traites. Tu dois être immunisé, à force.

— Détrompe-toi... C'est pour ça que tu refuses le *dating* ?

— Non, bien sûr que non. J'avais huit ans lorsque ma mère est partie et il y a longtemps que je me suis réconciliée avec mon passé. Je suis prudente dans mes attachements, c'est vrai. Mais beaucoup de gens le sont, à commencer par toi. Être en contact permanent avec des couples en fin de vie ne doit pas pousser à l'optimisme.

Daniel semblait sur le point de dire quelque chose, mais il secoua la tête et répliqua finalement :

— Ça rend réaliste. Mais j'essaie d'extraire le positif de chaque situation et d'aider les gens à trouver les solutions pour résoudre leurs problèmes. Parfois cela passe par la thérapie de couple et une tentative de réconciliation.

La pensée la fit sourire.

— Tu fais partie des hommes qui parlent « problèmes psychologiques » ?

— Parler, c'est encore ce que je fais de mieux. Je parle à mes clients et quand il le faut, je parle aussi devant un tribunal face à un juge.

— Je parie que tu es très bon à la barre.

Sur une impulsion, elle passa aux aveux.

— En fait, je *sais* que tu es un orateur de talent. J'ai fait quelques recherches sur toi.

— Sur Internet ?

Il paraissait plus amusé que contrarié.

— Je comprends mieux maintenant pourquoi tu étais inquiète à l'idée de rester seule avec moi. Sur quel article es-tu tombée ? Celui où on me dépeint comme un mix entre le Chevalier noir et Gladiator ? Ou celui où ils m'appellent « le Tombeur » ?

Molly repensa à ce qu'elle avait lu à son sujet : qu'il était un stratège magistral qui repérait immanquablement le point faible de l'adversaire. Elle fit alors le rapport avec son propre rythme cardiaque galopant et ses jambes en marmelade, et parvint à la conclusion que face à lui elle n'était plus qu'un grand point faible généralisé.

— Il y a longtemps que j'ai cessé de croire tout ce que je lis.

Elle songea à ce qu'il découvrirait à son sujet si de son côté il essayait de vérifier ses antécédents. C'était peut-être déjà chose faite, d'ailleurs. Auquel cas, il n'avait pas dû trouver grand-chose. Rien n'apparaissait en ligne au sujet de Molly Parker. Et s'il avait réussi à percer à jour son autre identité, il ne lui aurait pas parlé de cette façon.

— J'ai vu que tu avais une réputation assez impressionnante avec les femmes, en effet.

— Les médias ont la passion de l'exagération.

À qui le dis-tu...

— C'est pourquoi je lis ce genre d'infos avec un œil critique en me bornant à retenir les faits.

— Et que t'a dit ton œil critique ?

— Que tu remportes presque toujours tous tes procès. Donc soit tu es vraiment très, très bon, soit tu t'arranges pour ne prendre que des dossiers que tu es certain de gagner. Ce qui serait un signe de sagesse en même temps que de talent.

— Un divorce contentieux, ce n'est jamais ce que je préfère. Cela dit, je ne recommanderais à personne de choisir un avocat qui ne serait pas capable de passer en mode offensif devant un tribunal. Ce serait se condamner à avoir peu ou pas du tout de pouvoir de négociation. Il faut choisir quelqu'un qui est prêt à se battre pour défendre tes intérêts mais qui sait aussi à quel moment s'arrêter et accepter une bonne solution de compromis. L'idéal, c'est de ne pas laisser les situations s'enkyster.

— Parce que tu acceptes les compromis ? A priori, je te voyais plutôt comme quelqu'un qui recherchait systématiquement la victoire.

— Erreur. « Car le meilleur savoir-faire n'est pas de remporter cent victoires dans cent batailles mais plutôt de vaincre l'ennemi sans combattre. »

— Pardon ?

— Sun Tzu. *L'Art de la guerre.*

— La guerre ? Ça ne paraît pas très heureux comme comparaison lorsqu'on parle divorce, si ?

— Tout repose sur la stratégie et la connaissance de l'ennemi. Sun Tzu était un général chinois et *L'Art de la guerre* traite de ces deux questions de façon magistrale. C'est un livre qui devrait t'intéresser car il s'agit plus de tirer parti de l'état psychologique de l'ennemi que d'appliquer la force brute.

— Donc tu te considères comme un disciple d'un ancien général chinois ?

— Je pense que ses idées s'appliquent dans beaucoup de domaines, oui.

Daniel finit de manger ce qu'il avait dans son assiette.

— Donc, si tu as fait des recherches sur moi, tu sais déjà tout ce qu'il y a à savoir à mon sujet. Alors que de mon côté, je ne sais toujours pas qui tu es.

Elle sentit une légère moiteur se former dans ses paumes.

— Et qu'aimerais-tu que je te dise de moi ?

— Pourquoi tu t'es enfuie, hier, dans le parc ?

— Tu avais promis qu'on n'en parlerait pas ce soir.

— Tout ce que j'ai dit, c'est qu'on allait oublier le baiser pour le moment.

Il se resservit en fromage.

— Donc je le laisse de côté et je te demande juste pourquoi tu es partie aussi vite. Tu es quelqu'un de prudent. De secret. Et tu observes une grande réserve. La première explication qui me vient à l'esprit, c'est qu'il pourrait s'agir des séquelles de l'abandon maternel à un âge sensible. Mais tu m'as dit que tu avais surmonté le passé. Donc je suppose que ton attitude est liée à un événement plus récent.

— Cela pourrait simplement vouloir dire que le baiser ne m'a rien fait — que l'alchimie n'a pas fonctionné pour moi.

Le regard de Daniel chercha le sien.

— J'ai plutôt l'impression que c'est au contraire parce que l'alchimie a bel et bien fonctionné que tu as pris la fuite. C'était plutôt de l'ordre du trop de ressenti que du pas assez.

— Hé, ho, c'est moi la psychologue, dans l'histoire.

Il reposa lentement son assiette.

— Qui t'a blessée, Molly ?

Elle avait la bouche sèche comme du carton, soudain.

— Pourquoi cette question ? Qu'est-ce qui te fait penser que quelqu'un m'a fait du mal ?

— Tu vis seule, ton meilleur ami, c'est ton chien, et tu as proscrit le *dating*. Quand on vit dans ce genre de repli sur soi, c'est généralement parce qu'on a pris des coups. Des gros, même. Du genre qui font qu'on se protège ensuite. J'ai l'impression que tu te barricades pour éviter un nouveau chagrin d'amour. Je me trompe ?

Elle pouvait le laisser dans l'illusion qu'il avait raison. Et mettre fin à la conversation.

Ou faire preuve d'honnêteté.

Et mettre fin à la relation.

Elle fixa son assiette en silence, en hésitant entre les deux options, même si elle savait depuis le début qu'elle se voulait sincère avec lui.

Alors elle lui devait la vérité. Elle releva les yeux.

— Tu as raison sur les bases : je vis seule, Valentin est mon meilleur ami et je me tiens à l'écart du *dating*, mais je n'ai jamais été victime d'un chagrin d'amour. Tu as pris la conclusion à l'envers.

Elle articula lentement et distinctement pour qu'il n'y ait pas de malentendu.

— Ce n'est pas moi qui ai été blessée. Je suis celle qui blesse, au contraire. Le chagrin d'amour, je ne l'éprouve pas, je l'inflige. À chaque fois.

Daniel avait les yeux rivés sur son visage.

— Que veux-tu dire par « à chaque fois » ?

— Ma première vraie histoire de cœur, je l'ai eue à dix-huit ans. On était étudiants l'un et l'autre. Lui est tombé amoureux mais pas moi. J'ai rompu parce que je savais que je ne partagerais jamais ses sentiments. Il me semblait que ce serait encore plus dur pour lui si on continuait ensemble dans ces conditions. Lui l'a tellement mal vécu qu'il a lâché ses études. J'ai reçu une lettre de ses parents m'accusant d'avoir détruit l'avenir de leur fils.

Elle aurait pu entrer dans les détails, mais jugea préférable de coller aux faits.

— Par la suite, j'ai choisi un petit ami plus âgé. Je l'avais rencontré dans une discothèque où j'étais allée avec des amis. Lui m'a certifié qu'il voulait juste qu'on soit ensemble « pour le fun » et je l'ai cru. Peut-être qu'à ce moment-là il était sincère, d'ailleurs.

— Lui aussi a fini par tomber amoureux de toi ?

— Au bout de six semaines, il a commencé à me parler mariage. Avec bague de fiançailles à l'appui. Je n'avais encore jamais vu un diamant d'une taille pareille. Il s'était endetté pour l'acheter.

Daniel haussa un sourcil.

— Tu sembles avoir un effet détonant sur les hommes.

— Adam était super. Un homme de valeur. Intelligent. Cultivé. Sensible.

Elle déglutit avec peine.

— En théorie, tous les éléments étaient réunis pour que ça marche entre nous. Après ma première expérience à la fac, je ne sortais plus qu'avec des garçons qui correspondaient à mes « critères », parce que je ne voulais pas prendre le risque de faire de nouveau de la peine à quelqu'un. Formulé ainsi, ça peut paraître un peu artificiel, mais ce n'était pas du tout mon impression, à l'époque. Je m'appliquais simplement des conseils que j'avais prodigués à d'autres. Mais même si Adam réunissait toutes les qualités que j'appréciais chez un homme, ça n'a pas marché non plus avec lui. Et crois-moi, j'ai essayé, pourtant. J'ai fait tout ce que j'ai pu pour tomber amoureuse de lui. Tu ne peux même pas imaginer l'énergie que j'ai mise à atteindre mon objectif.

— Tu en parles comme si tu avais bûché pour passer

l'examen du barreau. Tomber amoureux, ça n'est pas censé se produire spontanément, d'ordinaire ?

À son commentaire plutôt débonnaire, elle réagit par un haussement d'épaules.

— J'ai fini par accepter l'idée que j'étais imperméable à l'amour. C'est mon ADN qui est en cause.

— Ton ADN ?

— Hérédité maternelle. Ma mère n'a jamais vraiment réussi à se fixer sur le plan affectif.

— Sans prétendre à un avis scientifique, je suis à peu près certain que ton ADN n'est pas en cause.

— Peut-être que ça ne passe pas par les gènes, mais je pense qu'il y a eu une forme de transmission quand même. Quoi qu'il en soit, après Adam, j'ai décidé de me passer d'amants pendant quelque temps.

— Ça ne me surprend pas. Mais je sens qu'il y a encore une suite à ton histoire... ?

Elle soupira face à son regard interrogateur.

— Il te faudra peut-être encore un peu de vin.

— Combien ?

— Achète-toi un vignoble.

— Ça pourrait être une bonne stratégie d'investissement.

Il prit la bouteille et les resservit l'un et l'autre.

— Allez, go. Je t'écoute. Le gars suivant, c'était qui, alors ?

— Son identité n'a pas d'importance. Disons que malgré le fait que nous étions parfaitement assortis sur le papier et que c'était quelqu'un de plutôt fascinant, je ne ressentais rien. Rien de chez rien. Depuis, j'ai renoncé. Ça ne veut pas venir, chez moi. Chaque fois je me retrouve forcée d'imposer la rupture. Et la dernière fois, ça s'est très mal passé.

Il lui jeta un regard.

— Mal passé au point de te faire quitter l'Angleterre ?

— C'est à peu près ça, oui. Et le plus démoralisant dans ce nouveau naufrage, c'est que j'avais été archi-prudente. Je guettais le moindre signe qui aurait pu indiquer que les sentiments s'en mêlaient, mais je n'en discernais aucun. C'était sympa entre nous, mais il n'a jamais prononcé le mot « amour » ni quoi que ce soit. Jusqu'au soir où, *vlan*, il me fait le coup de la demande en mariage. J'ai cru mourir sous le choc. Et dire que mon boulot, dans la vie, c'est de comprendre le comportement humain !

Elle se tassa sur le canapé.

— On t'appelle peut-être « le Tombeur », mais je peux t'assurer que les gens ont utilisé des termes beaucoup moins flatteurs en ce qui me concerne. J'ai vraiment ramassé.

— Tu es une fille pleine de surprises. J'étais persuadé que tu avais souffert d'un bon gros chagrin d'amour.

— Je n'ai jamais été amoureuse. Je ne suis pas *fichue* de tomber amoureuse.

Et cette incapacité lui faisait peur. Plus qu'elle ne voulait bien l'avouer, même. Qu'est-ce qui ne tournait pas rond chez elle ? Pourquoi n'était-elle pas faite comme tout un chacun ? Elle n'en avait aucune idée. Tout ce qu'elle savait, c'est qu'il lui manquait une faculté majeure.

— La plupart des gens tombent amoureux à de multiples reprises dans leur vie et moi je n'ai même pas pu y arriver une seule fois. Même quand j'y mets du mien. Voilà pourquoi je préfère qu'il ne se passe rien entre nous. Je suis une calamité.

— Tu n'as pourtant pas l'air calamiteuse du tout, comme ça, à première vue.

Quelque chose dans le regard qu'il posa sur elle la réchauffa du dedans comme du dehors.

— Les apparences peuvent être trompeuses. Je ne

veux plus jamais que quelqu'un tombe amoureux de moi parce que je suis incapable de retourner ce sentiment.

Là. L'avertissement était donné. Elle aurait difficilement pu être plus claire et plus explicite.

Daniel resta imperturbable, son regard toujours plongé dans le sien.

— Je ne tomberai pas amoureux de toi.

— C'est aussi ce que m'affirmait Adam. Jusqu'au moment où il s'est ruiné en achetant la bague qu'il voulait à toute force me passer au doigt.

— Je ne suis pas du genre à tomber amoureux. Nous ne sommes pas si différents, toi et moi.

— Apparemment, j'ai des défenses monstrueuses et un cœur impénétrable. Je suis comme la Grande Muraille de Chine — avec les touristes en moins. J'aimerais autant que tu t'en souviennes.

Elle se leva et regretta aussitôt d'avoir bu un second verre de vin.

— À demain matin, Daniel. Et merci encore pour tout ce que tu as fait pour Valentin.

Chapitre 11

Le vétérinaire appela tôt le matin suivant et Daniel répondit tout en finissant de boutonner sa chemise.

Molly avait dû entendre la sonnerie car elle apparut dans l'encadrement de la porte, pâle et le regard angoissé.

— C'est au sujet de Valentin ? Il est arrivé quelque chose ?

Un seul coup d'œil sur son regard cerné lui apprit qu'elle n'avait pas mieux dormi que lui.

Elle avait une petite mine.

— Valentin va mieux.

Conscient qu'elle n'aurait le cœur tranquille qu'une fois qu'elle aurait elle-même parlé au Dr Philips au téléphone, il lui passa son mobile.

Il était attendu au tribunal mais il ne partirait que lorsqu'il aurait la certitude qu'elle était entièrement rassurée au sujet de Valentin.

Il choisit une cravate tout en écoutant Molly poser tout un tas de questions au téléphone. De bonnes questions. Pratiques et pertinentes. D'une façon ou d'une autre, elle parvint à écarter l'émotionnel de la conversation, même s'il la vit s'asseoir lourdement sur le coin du lit, comme si elle avait du mal à tenir sur ses jambes.

— Merci. Mille fois merci. Vraiment.

Elle réitéra encore ses remerciements au vétérinaire avant de mettre fin à l'appel. Puis elle reprit tant bien que mal son souffle et leva les yeux vers lui.

— Il va s'en sortir. Sans séquelles.

Elle avait l'air exténuée, comme si la crise traversée l'avait vidée de ses forces et de son énergie.

Inquiet, il la vit fermer les yeux. Des larmes apparurent au bord de ses cils.

— Molly...

— Tout va bien. Ne fais pas attention à moi.

Elle pressa les doigts à la racine de son nez pour tenter d'endiguer le flot.

— Je pensais que... C'est juste le soulagement, c'est tout. J'ai eu tellement peur...

Daniel l'attrapa par les épaules pour la remettre debout et l'enveloppa dans ses bras. Exactement comme il l'aurait fait avec l'une de ses sœurs si elle avait été triste ou émue.

— Il ne va rien lui arriver du tout. Le véto est confiant. Tout est bien qui finit bien, Molly.

Il la sentit s'amollir contre lui comme une poupée de chiffon alors qu'elle se cramponnait à sa chemise. Quelques secondes s'écoulèrent avant que l'afflux de sensations ne le prenne soudain par surprise. Il fallait se rendre à l'évidence : tenir Molly dans ses bras était une expérience entièrement différente de celle qui consistait à consoler une de ses sœurs.

Il avait simplement eu l'intention de la réconforter, mais son corps, lui, se montrait incapable de faire abstraction de la dimension sexuelle.

Il se figea, songeant que ce n'était vraiment pas le bon moment pour avoir une érection.

Comme elle reculait d'un pas, il relâcha son étreinte.

— Le véto veut le garder jusqu'à demain, expliqua-t-elle d'une voix qui lui parut troublée. Je vais retourner chez moi.

Il ne se fatigua pas à lui proposer de rester, car il savait qu'elle déclinerait son offre. Tout comme lui, elle avait probablement une grosse journée de travail qui l'attendait. En fait, il savait très peu de chose de son activité professionnelle... Elle lui avait dit qu'elle était psychologue mais n'avait apporté aucune précision sur la façon dont elle exerçait. Il imaginait qu'elle devait avoir un lieu de travail, chez elle ou ailleurs. Et qu'il lui fallait probablement un accès Internet.

— OK. Je te retrouve chez toi à 20 heures, alors. Ne fais rien à manger. J'achèterai de quoi dîner en venant.

Il vit la réticence s'inscrire sur ses traits.

— Daniel...

— Quoi ? On devait se voir hier, mais nous avons été dépassés par les circonstances. Donc on reporte à ce soir. Je t'aurais volontiers invitée au resto, mais pour notre premier vrai rendez-vous je pense que c'est mieux de se retrouver ailleurs qu'en public. Comme ça, tu pourras m'exposer toutes les raisons pour lesquelles tu penses que c'est une mauvaise idée de faire ce que nous allons faire. Et je pourrais t'exposer le point de vue opposé.

— De faire ce que nous allons faire ?

Il la vit s'humecter les lèvres de la pointe de la langue.

— Hier soir, je t'ai dit que...

Il la coupa avant qu'elle puisse terminer sa phrase.

— Je me souviens très bien de tout ce que tu m'as dit hier soir, Molly. Et je peux t'assurer que mon cœur n'est pas en danger. Tu n'as aucune chance de le briser. Comment je le sais, me demanderas-tu ? Parce que justement je ne compte plus le nombre de fois où on m'a reproché de ne pas en avoir, de cœur. J'ai un palpitant en acier — blindé contre tout. Tu vois, je suis à l'abri de ton côté bad girl, ce qui fait de moi le compagnon idéal pour tes soirées.

— J'ai renoncé au *dating.*

— Uniquement parce que tu as peur que les mecs s'accrochent à toi et que ça fasse de la casse. Mais avec moi, c'est le degré zéro du risque. Je suis aussi incapable de tomber amoureux que toi. Et maintenant, il faut que j'y aille, parce qu'une femme qui *elle* est pourvue d'un cœur a besoin de moi pour que je défende sa cause au tribunal face à un mari qui l'a trompée et qui lui mène à présent une vie infernale.

— Je croyais que tu étais contre les divorces contentieux.

— « Celui-là remportera la victoire qui sait quand il faut combattre et quand il faut s'en abstenir. »

— Encore une citation de Sun Tzu, je suppose ?

Il la gratifia de son plus beau sourire.

— Tu trouveras du café prêt à la cuisine. Tire la porte derrière toi en partant. Et maintenant, je file cracher des flammes et montrer ma vraie nature de dragon.

Chère Aggie,

Je sors juste d'une histoire qui s'est très mal terminée et j'ai l'impression que je ne pourrai plus jamais me remettre avec quelqu'un d'autre. Comment réapprendre à faire confiance ?

Bien à vous,

Blessée

Molly contempla fixement l'écran.

Chère Blessée, je n'en ai pas la moindre idée.

Elle n'avait pas de réponse. Pas d'avis à donner. Pas de commentaire à faire.

Son esprit était vide. À présent qu'elle savait Valentin

hors de danger, ses pensées ne tournaient plus qu'autour de Daniel.

Daniel portant Valentin jusque dans l'ambulance pour animaux. Daniel présent à ses côtés à la clinique vétérinaire. Daniel l'accueillant chez lui, lui trouvant des vêtements propres et lui préparant à dîner.

Daniel qui s'était appliqué à lui changer les idées et qui l'avait aidée à tenir l'angoisse à distance.

Daniel lui jurant qu'elle ne pourrait jamais lui faire de mal parce qu'il avait un cœur « blindé contre tout ».

Viendrait-il vraiment chez elle après le travail ? Non. Après avoir passé la journée au tribunal pour défendre une femme émergeant non sans mal des décombres d'un amour naufragé, il déciderait sans doute de rester prudemment chez lui.

Elle essaya de l'imaginer au tribunal, livrant un âpre combat pour une femme qui, au bout du rouleau, devait s'en remettre à lui pour retrouver le fil de sa vie.

En proie à une agitation mentale sans précédent, elle fixait l'écran sans le voir.

Elle était rentrée chez elle en se préparant à trouver son appartement dans l'état de chaos où elle l'avait laissé la veille. Mais en poussant la porte, elle avait eu la surprise de découvrir des sols immaculés. Elle songea avec gratitude à Mark et Gabe qui devaient être à l'origine de ce petit miracle domestique inespéré.

Libérée des corvées de nettoyage, elle avait troqué les vêtements prêtés par Daniel pour enfiler un de ses propres jeans et un T-shirt à manches longues, avant de se mettre directement à son ordinateur pour rattraper le temps perdu la veille.

Du travail, elle n'en manquait pas. C'était sa capacité de concentration qui posait problème. Si seulement elle avait pu trouver une méthode efficace pour écarter Valentin et Daniel de ses pensées !

À court d'inspiration, Molly se leva pour se planter devant sa bibliothèque. Un exemplaire de *Ensemble pour le long terme* lui tomba sous la main. Elle le sortit et l'ouvrit au hasard. Elle avait écrit ce livre dans un élan passionné, déversant sur les pages tout le savoir, toute l'expérience accumulés au fil des années.

En le feuilletant maintenant, elle se demandait comment elle avait osé l'écrire.

Et se sentait comme un imposteur.

Qui était-elle pour prétendre donner des leçons à ses lecteurs en quête d'amour ?

Toutes ses connaissances étaient purement théoriques. Fabriquées de toutes pièces. Extérieures à elle-même. Aucune part d'expérience personnelle n'entrait dans ses recommandations et analyses.

Et pour cause.

Même à trois années de distance, la voix de Rupert continuait de résonner dans sa tête.

« Tu sais que tu n'es pas normale, comme fille ? Il y a quelque chose qui ne tourne pas rond chez toi. »

Avait-il vu juste à son sujet ? Elle commençait à penser que oui. Même s'il avait lancé ces paroles blessantes par dépit, parce qu'elle lui avait fait du mal — tellement qu'elle n'avait plus touché aucun autre homme depuis —, elle devait reconnaître qu'elles contenaient une part de vérité. Rupert n'avait pas mérité ce qui lui était arrivé, et la rupture avait été cruelle — pas seulement sur le plan professionnel, mais aussi sur le plan privé. Elle avait eu du mal à se regarder dans le miroir le matin tellement elle s'en était voulu de ce qu'elle lui avait fait. Non seulement elle s'était détestée, mais elle se méfiait désormais d'elle-même. Si elle n'avait pas su aimer Rupert, qui était beau, charmant, intelligent et drôle et sur qui les femmes amoureuses se jetaient par grappes entières, ne fallait-il pas en conclure que son cas était désespéré ?

Elle avait pris la décision de renoncer à essayer d'aimer, une bonne fois pour toutes. Et d'accepter que, pour l'étrange maladie dont elle souffrait, il n'existât ni traitement ni remède. Que l'origine du mal vienne ou non du fait que sa mère l'avait abandonnée enfant, les faits restaient les faits. Même lorsqu'elle mettait vraiment toutes les chances de son côté pour aimer, son cœur restait plus sec que le désert d'Atacama.

Forte de ce constat, elle avait pris un nouveau départ pour une nouvelle existence. Et sa décision de ne plus jamais s'exposer au risque des sentiments faisait partie intégrante de sa nouvelle organisation.

Pendant trois ans, elle avait eu une vie active, intéressante et riche en rencontres variées, en s'abstenant de tout contact sexuel avec un homme. Et à aucun moment elle n'avait été tentée de revenir sur sa résolution.

Jusqu'à maintenant.

Molly replaça le livre sur l'étagère et se fit couler un café. Sans Valentin, l'appartement paraissait plus exigu. Et tellement vide. Comme s'il manquait l'essentiel.

Elle était sur le point de retourner à son bureau lorsqu'on frappa à sa porte.

Elle trouva Mark sur le palier avec un grand bouquet de fleurs.

— Alors ? Quelles sont les nouvelles, pour Valentin ? Gabe et moi, on s'est fait un sang d'encre depuis qu'on a reçu ton texto.

— Il reprend du poil de la bête. Sauf contrordre, je le récupère demain. Entre.

Toute excuse pour ne pas travailler était bonne à prendre.

— Tiens, quelques fleurs pour te consoler. Gabe t'envoie ses amitiés.

Mark lui tendit sa joyeuse brassée de gerberas. Elle la prit et contempla le camaïeu de couleurs.

— Merci, Mark. Ça, c'est une attention comme je les aime. Impossible d'avoir un coup de blues quand on a des gerberas chez soi.

Et des amis, surtout.

— Et merci aussi d'être venus jeter un coup d'œil ici hier soir. Je suis partie en pleine crise de panique et je n'étais même pas certaine d'avoir fermé à clé. Et vous avez tout nettoyé, en plus. Vous êtes vraiment des anges — que dis-je ? Des saints !

— Tout à fait, oui. Mais tu as une petite mine, toi, ce matin. Assieds-toi. Je vais mettre les fleurs dans l'eau.

Il lui reprit le bouquet et se dirigea vers la partie cuisine.

— Tu étais en train de travailler ?

— J'essayais, oui. Mais c'est la croix et la bannière pour me concentrer.

— Ça t'étonne, franchement ?

— Ce n'est pas dans mes habitudes d'avoir des problèmes de ce côté-là.

— Tu viens de vivre des moments difficiles. Tu as la tête beaucoup trop pleine.

— Le véto m'a rassurée, pour Valentin. Je n'ai aucune raison d'être déconcentrée.

Mark trouva un vase qu'il remplit d'eau à l'évier.

— Sauf si c'est autre chose que Valentin qui te distrait de ton travail.

Les couleurs qui lui montèrent aux joues la trahirent.

— Comme quoi, par exemple ?

— Tu as passé la nuit avec lui.

— Avec lui, non. *Chez* lui, oui. Mais seulement parce qu'il habite juste à côté de chez le véto. Il ne s'est rien passé, d'ailleurs. Même pas un baiser.

Mais Daniel l'avait regardée. Et de telle façon que, si

elle avait été chez lui pour d'autres raisons que pour son chien malade, il ne se serait pas contenté de l'embrasser. Cela dit, s'il n'y avait pas eu Valentin, elle n'aurait jamais mis les pieds chez lui. Donc son raisonnement se mordait la queue de toute façon.

— Je lui ai expliqué que j'étais un vrai danger public. Et qu'il avait tout intérêt à garder ses distances.

— Et qu'a-t-il répondu ? Il t'a remerciée de l'avoir mis en garde et a accepté poliment d'aller s'intéresser à quelqu'un d'autre ?

— Non.

Molly se rendit compte qu'elle ressentait le besoin éperdu de parler à quelqu'un.

— Il a dit qu'il débarquerait ici ce soir. En apportant de quoi dîner.

— Je commence à le trouver sympathique, ce Daniel.

Elle aussi. C'était bien là le problème.

— C'est la deuxième chose que je voulais te dire. Tu savais que Fliss et Harriet avaient un frère ?

— Oui, mais je ne l'ai jamais rencontré. C'est un avocat de choc, apparemment. Redoutable et brillant.

— Oui, eh bien, c'est lui. Daniel. Il s'agit de leur frère.

— Attends… Tu es en train de me dire que ton Daniel, c'est *leur* Daniel ?

L'air perplexe, Mark se frotta le crâne.

— Ton mec sportif du parc, homme à chien par excellence, serait le frère des jumelles ?

— Faux amateur de chien, ai-je appris hier. Il empruntait le toutou à ses sœurs pour attirer mon attention.

Mark s'installa à sa table.

— Je commence à comprendre pourquoi tu as du mal à te concentrer. C'est…

— Malhonnête ?

— J'allais plutôt dire flatteur.

— Tu trouverais flatteur, toi, que quelqu'un soit prêt

à tromper son monde et à kidnapper un chien pour te plaire ? J'ai dû passer à côté de quelque chose, mais je ne comprends pas ton raisonnement.

— Il t'a dit que le chien lui appartenait ?

— Non. Mais quand tu vois quelqu'un courir tous les matins avec le même berger allemand, tu en conclus qu'ils sont compagnons permanents. À la ville comme à l'écran. Je veux dire, au parc comme ailleurs.

— Pas à New York. Dans cette ville, la moitié des gens que tu croises à Central Park promènent des chiens qui appartiennent à quelqu'un d'autre.

— Il n'empêche qu'il a eu recours à Brutus pour se créer un personnage — autrement dit, se faire passer pour quelqu'un qu'il n'est pas.

Elle fronça les sourcils en songeant aux interactions entre Daniel et Brutus.

— Cela dit, je crois qu'il est authentiquement attaché à ce chien, mais a priori, pour lui, c'est une découverte récente.

— D'après ce que j'ai entendu dire à son sujet, c'est plutôt le genre d'homme que les femmes s'arrachent. Le fait qu'il ait consenti à un tel effort pour te plaire, ça veut dire quelque chose.

— Oui, ça veut dire que j'ai un joli cul en tenue de course à pied.

Mark sourit.

— Ou alors il est tombé amoureux de Valentin. Il l'a kidnappé, alors, son chien ?

— Non. Il l'a emprunté à Fliss et Harriet. Et j'ai vraiment du mal à digérer cette histoire.

— Il ne le connaissait pas du tout, ce berger allemand ?

— Si, si, il le connaissait. C'est même lui qui l'a sauvé alors que Brutus allait faire les frais d'un divorce conflictuel. L'homme et la femme étaient sur le point d'abandonner le chien l'un et l'autre, et Daniel a...

Elle vit l'expression de Mark.

— Ne me regarde pas comme ça.

— Comme quoi ? J'étais en train de penser que ce Daniel se comportait effectivement comme une brute cruelle et dépourvue de sentiments.

— Ce n'est pas de sarcasmes dont j'ai besoin mais de soutien. Et je n'ai pas dit qu'il manquait de cœur. Je lui reproche juste d'avoir fait semblant d'avoir un chien.

— Le berger allemand s'est senti utilisé, tu crois ? Ils ne s'entendaient pas, tous les deux ?

Molly revit la façon dont Brutus avait failli lui arracher le bras pour aller saluer Daniel lorsqu'elle l'avait introduit dans son cabinet la veille.

— Si. Ils ont une super relation, en fait. Mais vas-tu *arrêter* de me regarder comme ça ?

— Comme quoi ?

— Comme si c'était ridicule de ma part de m'offusquer du fait qu'il ait joué la comédie avec ce chien. Ce n'est quand même pas une façon normale de faire !

— On est à New York, ici. Rien, jamais, ne se passe normalement dans cette ville. Tu sais ce que je pense ? C'est que tu es prête à te dissimuler derrière n'importe quel prétexte pour le repousser.

— Tu as raison. Et je le repousse tant que je peux, d'ailleurs, même s'il ne veut rien entendre pour l'instant. Quand je lui ai dit que je rompais systématiquement dès que j'étais avec un mec, ça l'a fait sourire. Il affirme qu'il est parfait pour moi de ce point de vue.

— Pourquoi pas ? Plus ça va, plus il me plaît, ton Daniel. J'ai l'impression qu'il a écrasé toutes tes objections.

— Parce qu'il est avocat ! C'est son boulot de renverser les arguments de l'adversaire. Mais je ne vais pas me lancer dans ce genre d'aventure à haut risque, Mark. Il peut être sexy et charmeur et persévérant tant qu'il voudra, je continuerai de lui dire non quoi qu'il arrive. Lorsque je tombe dans les bras d'un mec, ça se termine *tout le temps* par un désastre. C'est comme si tu lançais une moissonneuse-batteuse dans un champ de blé en priant pour que les épis ne soient pas fauchés.

Mark l'examina d'un œil sceptique.

— Même après une nuit sans sommeil, tes points communs avec une moissonneuse-batteuse restent assez difficiles à détecter. Et lui n'a pas vraiment l'air de se sentir en danger d'être broyé.

— C'est vrai. Mais je refuse quand même de prendre le risque.

Elle songea à Rupert et frissonna.

— J'ai déjà provoqué des ravages massifs. Pas juste une petite peine de cœur. Pas une simple fêlure, mais un effondrement total. En public. Et je n'ai pas l'intention de réitérer l'expérience.

Ce simple souvenir lui comprima la poitrine. Elle sentit la main de Mark se poser sur son épaule.

— Je comprends que cette histoire avec Rupert t'ait fait flipper, mais j'ai l'impression que ton Daniel est quelqu'un de beaucoup plus mature, avec une bonne connaissance de lui-même. Et s'il disait la vérité, tout simplement ?

— Ah, mais je ne prétends pas qu'il ment ! Je le crois tout à fait sincère mais, les sentiments, ça ne se contient pas si facilement.

— Tu n'as aucun mal à contenir les tiens, pourtant. Et s'il était comme toi ? Songe à la relation équilibrée que vous auriez.

Molly le regarda d'un air fixe. L'idée était si vertigineusement tentante qu'elle avait du mal à garder la tête froide.

— Mais je ne veux pas...

— Depuis quand n'as-tu pas pris du bon temps, Molly ? Du bon temps à deux, je veux dire. Il y a combien d'années que tu n'as pas fait l'amour en toute décontraction, sans avoir à te soucier d'éventuels dommages sentimentaux que tu serais susceptible de provoquer ? Depuis quand n'as-tu pas passé une soirée sympa en tête à tête avec un mec, sans trembler à l'idée qu'il pourrait tomber amoureux de toi ?

— Cela remonte à loin.

— Alors réfléchis à la proposition qu'il te fait : rien que le plaisir et zéro répercussion.

Mark se leva, la prit dans ses bras et l'embrassa sur la joue.

— Allez, je te laisse méditer là-dessus. Il est temps que tu te remettes au boulot.

— Je n'arrive pas à bosser. Aujourd'hui je suis Molly et Molly ne comprend rien à l'amour ni aux enjeux de la rencontre.

— Dans ce cas, Molly devrait écrire à Aggie. Elle est très compétente sur ces questions.

Elle regarda Mark se diriger vers la porte.

— Je ne suis même pas certaine qu'il viendra ce soir. S'il prend le temps de réfléchir dans la journée, il changera d'avis et restera prudemment chez lui.

Mark se retourna.

— On verra bien ce qui se passera. D'après ce que tu me dis de lui, il a l'air de savoir ce qu'il veut, dans la vie. Promets-moi une chose...

— Quoi ?

— S'il débarque, ne t'enferme pas à double tour en le laissant sur le palier.

Daniel sonna à la porte de Molly en se demandant si elle le laisserait entrer.

Il avait passé la journée à démêler des unions compliquées et douloureuses. Inutile de dire que la perspective de passer la soirée avec une femme qui refusait d'entendre parler d'amour était l'équivalent d'une promesse de bière glacée par temps de canicule. Molly était sexy, intelligente, bourrée d'humour. Il adorait sa compagnie. Et l'entendre lui annoncer qu'elle ne tombait jamais amoureuse avait sonné comme l'*Hymne à la joie* à ses oreilles.

Il était cent pour cent partant pour l'aventure.

Elle ouvrit la porte presque sur-le-champ. En jean, toujours, mais elle portait le sien cette fois, et non plus celui d'Harriet. Et elle avait troqué son pull trop rose contre un bleu qui lui allait à ravir. Il la trouva plus jolie que jamais. Un peu farouche. Adorable.

Une vraie bombe.

Incroyablement désirable.

Il ne fallait pas un grand effort d'imagination pour comprendre pourquoi tous ces hommes étaient tombés incurablement amoureux de cette femme.

— Tu devrais peut-être accrocher un panneau « Attention à la femme » sur ta porte, suggéra-t-il. Cela ferait fuir les losers et les poules mouillées. Ne resteraient en lice que les bad boys authentiques qui préfèrent perdre leur argent au poker plutôt que de le gaspiller en achetant des bagues de fiançailles. J'espère que tu m'as reconnu dans la description du bad boy en question ?

Il eut le plaisir de la voir sourire.

Un sourire qui se figea lorsqu'elle remarqua la bouteille qu'il tenait à la main.

— Du champagne ? Si on a quelque chose à fêter, j'aimerais autant être au courant.

— Ce que nous avons à fêter ? La guérison de Valentin, la sagesse d'un juge à peu près sensé et notre premier vrai rancard.

— J'en conclus que les choses ont bien tourné pour toi au tribunal ?

— Ça ne s'est pas fait tout seul, mais j'ai obtenu gain de cause. Et cette soirée avec toi, c'est ma récompense.

Il lui glissa une main derrière la tête et lui déposa un rapide baiser sur les lèvres.

— Tu n'es pas en train de tomber amoureuse de moi, au moins ? Non ? Parfait. Je vérifiais juste.

Il profita de son silence sidéré pour entrer dans l'appartement.

— Dis-moi juste où je peux trouver deux verres ?

Elle referma la porte derrière lui mais resta sur place, la main sur la poignée, comme si elle hésitait encore.

— Tu ne devrais pas fêter ça avec tes collaborateurs, plutôt ?

— Je fête ça avec toi. J'ai commandé une pizza.

Il avait choisi à dessein une formule sans sophistication. Qui pouvait se sentir menacé par une bonne vieille pizza jambon, poivron, fromage ?

— Une pizza ?

— Lorsque nous serons d'humeur à dîner raffiné, je t'emmènerai quelque part où tes papilles disjoncteront tellement c'est bon. Mais ce soir, on fait simple.

Il retira sa veste et la jeta sur un dossier de chaise, en se disant que plus il ferait comme chez lui, plus elle aurait de la peine à le jeter dehors.

L'appartement de Molly n'était pas grand, mais elle avait tiré le meilleur parti de l'espace dont elle disposait. Un livre ouvert reposait sur la banquette placée sous la fenêtre. Dans le coin bureau se trouvait une table de travail couverte de piles de documents, bouquins et autres revues spécialisées. Les rayons dorés d'un coucher de soleil new-yorkais baignaient les parquets d'une lumière chaude. Une porte donnait sur ce qui devait probablement être une chambre et une autre sur la salle de bains. Une paire d'escarpins gisaient, abandonnés près du canapé, comme si elle les avait retirés distraitement en pensant à tout autre chose.

Elle avait marqué de son empreinte chaque centimètre carré de son espace. Tous les éléments de l'univers de Molly proclamaient avec insistance qu'elle n'avait besoin de personne et qu'elle se suffisait à elle-même, pour son plus grand bonheur.

Il avait pourtant l'intention de lui montrer qu'il existait certains besoins qui se satisfaisaient mieux à deux qu'en célibataires endurcis.

— Il me plaît beaucoup, ton appartement.

Il flottait dans l'air une odeur familière. Il inhala avec attention les fragrances de fleurs et d'agrumes qui lui montaient à la tête, avant de prendre conscience que c'était l'odeur de Molly qui imprégnait son appartement.

Cette découverte le ramena directement au baiser dans le parc, lorsqu'il avait eu l'impression de s'enfoncer dans un bain sensuel de douceur olfactive.

Comme s'il avait été enveloppé, submergé par elle.

— Tu dis que *mon* appartement te plaît ? Tu es propriétaire d'un duplex sur la Cinquième Avenue !

— Et alors ? Je suis admiratif de ce que tu as fait de ce lieu. Tu as tiré le meilleur parti de la lumière.

Il fit sauter le bouchon du champagne et le versa dans les deux verres qu'elle posa devant lui. D'une façon ou d'une autre, il allait devoir trouver un moyen pour qu'elle accepte de se détendre. Tout ce qu'il voyait dans son regard, c'était de l'inquiétude. Il porta son attention sur l'ordinateur portable resté ouvert sur le bureau et la paire de lunettes posée à côté.

— Mauvaise journée ?

— Peu productive.

— Difficultés de concentration ?

— Quelque chose comme ça, oui.

Intéressant. Il décida de tâter le terrain plus avant.

— Tu pensais à Valentin ?

Elle hésita une fraction de seconde de trop.

— Oui.

Daniel exulta un bref instant. Il était prêt à parier qu'elle n'avait pas pensé qu'à Valentin et qu'il avait occupé une place dans ses cogitations du jour. Il avait réussi à la déstabiliser et c'était exactement l'effet qu'il désirait obtenir. Molly croyait le connaître et il avait l'intention de lui prouver qu'il n'en était rien.

— Qu'est-ce que tu faisais, exactement ? Tu ne parles pas beaucoup de ton travail. Tu reçois des patients en consultation ?

— Entre autres, oui.

Elle restait évasive. Ses réticences à parler de son métier avaient-elles à voir avec autre chose que la simple obligation de confidentialité ?

S'il y avait bien une faculté qu'il avait développée dans son propre boulot, c'était celle de repérer le moment où les gens lui cachaient un truc. Et il était certain que Molly gardait pas mal de choses pour elle.

— Molly...

Il adoucit le ton de sa voix.

— Et si tu me disais en termes clairs ce qui te pose problème ? Cela assainirait l'atmosphère et cela m'éviterait d'avoir à essayer de deviner ce qui te gêne dans ma présence. Non seulement je suis un mec, donc pas forcément doué pour lire ce qui se passe dans les têtes des filles, mais en plus j'ai eu une grosse journée.

— Je ne pensais pas te voir débarquer. Tu n'as peut-être pas capté le message que j'ai tenté de te faire passer hier ?

— Bien au contraire. J'ai écouté avec la plus grande attention et j'ai retenu que tu me déconseilles fortement de m'engager dans une relation avec toi.

Il posa la bouteille de champagne sur la table.

— J'ai bien saisi ta mise en garde.

— Et tu es là quand même. Avec du champagne et une promesse de pizza.

— Équipé, oui. Comme je ne savais pas combien de temps il me faudrait pour te convaincre que nous avons plein de trucs sympas à faire ensemble, j'ai prévu de quoi nous sustenter pendant que je maintiendrais l'état de siège.

— Sun Tzu n'est pas en faveur de la stratégie du siège.

Là, elle avait réussi à l'impressionner.

— Tu t'es renseignée sur Sun Tzu ?

— J'ai essayé de te comprendre. Mais j'ai échoué. La seule explication logique qui me vienne à l'esprit, c'est que tu es ici parce que tu ne me crois pas. Tu penses que j'exagère.

— Je t'assure que non. Et si je suis ici, c'est justement parce que je te crois. Tu me plais beaucoup, Molly. Tu es belle, tu es sexy et tu ne tomberas pas amoureuse de moi. De mon point de vue, ce n'est pas un problème. Mieux même, c'est une condition nécessaire. Une aubaine.

— Il m'est arrivé de blesser un homme si profondément qu'il m'a dit que j'avais fichu sa vie en l'air et qu'il ne s'en relèverait jamais.

Le tourment qu'il lut dans ses yeux lui serra les tripes.

Quelles que soient les blessures que Molly avait infligées à ce mec, elle avait clairement souffert autant que lui. Pas pour les mêmes raisons et pas de la même manière, mais il était évident que faire du mal aux autres n'était pas son passe-temps favori.

— Moi non plus je n'ai jamais été amoureux. Je n'en ai ni le temps ni l'envie. Tu peux être tout à fait tranquille en ce qui me concerne.

Elle n'eut pas l'air plus rassuré pour autant.

— Avec moi, les choses tournent toujours mal, Daniel.

— De mon point de vue, les choses ont rarement tourné aussi bien, au contraire. Songe un peu : pour la première fois de notre vie, nous pouvons nous engager dans une relation en toute décontraction, puisque nous sommes aussi immunisés l'un que l'autre contre le Redoutable Virus de l'Amour. Bon, on peut arrêter les débats, maintenant ? La pizza devrait arriver d'un instant à l'autre.

Il avait d'autres choses à lui dire, d'autres questions à lui poser. Mais il estimait que cela pouvait attendre. Mieux valait avancer étape par étape, en réglant les complications au fur et à mesure. Il était adepte de la politique des petits pas.

Daniel se tourna pour poser son verre et vit le bouquet sur une console.

— Quelqu'un t'a offert des fleurs ? Ai-je un rival pour briguer ton absence d'affection ?

Sa remarque la fit rire.

— Tu es jaloux ?

— Je pense que je pourrais l'être. Si tu dois te dépraver, je veux que ce soit uniquement avec moi.

— Tu ne crois pas que tu brûles un peu les étapes, là ?

— J'ai porté ton chien malade dans l'escalier et tu as passé une nuit entière dans mon appartement sans que je pose le petit doigt sur toi. Je considère que ça tient lieu de préliminaires.

Molly allait répondre lorsque son mobile sonna. Elle vérifia le numéro.

— C'est le véto.

— Prends l'appel.

Son verre de champagne à la main, il se leva pendant qu'elle parlait au téléphone et se dirigea vers les étagères de livres qui occupaient tout un pan de mur. À une époque, il avait eu une petite amie qui avait garni une bibliothèque entière d'ouvrages choisis avec soin pour faire impression. Alors que les romans qu'elle lisait vraiment — nettement moins prestigieux — étaient téléchargés sur sa liseuse. Il avait été fasciné par l'idée qu'elle ait éprouvé le besoin de créer cette façade.

La sélection de Molly était éclectique. En dehors des manuels de psycho, il trouva quelques biographies, des livres de cuisine, des classiques, des romans d'auteurs variés et quelques polars. Rien qui puisse lui donner des indications précises sur sa personnalité.

Un livre attira son attention. *Ensemble pour le long terme.*

Où avait-il déjà entendu ce titre ?

Il lut le nom de l'auteur et comprit. C'était le fameux bouquin commis par la dénommée Aggie. Mais oui, cela lui revenait : Marsha lui en avait parlé. Elle lui avait même dit qu'il se vendait comme des petits pains. Daniel ressentit une bouffée d'irritation. Cette Aggie était décidément omniprésente. Même ici, elle le poursuivait.

Molly avait dû acheter son livre lorsqu'elle était encore à la recherche du compagnon idéal. Qu'est-ce qu'une psychologue diplômée espérait donc trouver dans la prose d'une chroniqueuse de courrier du cœur ? Aux yeux de Daniel, Aggie n'arrivait pas à la cheville de quelqu'un d'authentiquement compétent comme Molly.

Si elle s'était résignée à chercher conseil dans un de ces ouvrages destinés au grand public, c'est qu'elle avait dû se sentir vraiment à bout de ressources. Un désarroi qu'il avait d'ailleurs du mal à comprendre.

Qu'est-ce que ça pouvait bien faire si elle ne tombait pas amoureuse ? Il connaissait des tas de gens qui avaient aimé pour leur plus grand malheur et qui devaient trouver son sort plutôt enviable.

Molly souriait lorsqu'elle mit fin à la communication.

— Tout va bien. Je récupère Valentin demain matin.

— Super.

Daniel décida de ne pas la mettre mal à l'aise en mentionnant le livre d'Aggie.

— C'est l'Interphone que j'entends ? Je pense que ça doit être le livreur de pizza.

Il régla l'achat et posa le carton sur la table.

Molly tira une chaise et s'assit en face de lui.

— Mmm... J'adore cette odeur. C'est pour ça que je ne commande jamais de pizza. Quand je commence, j'ai du mal à m'arrêter.

— Résumons-nous : tu es une femme fatale avec des problèmes de maîtrise de soi et un appétit d'ogre. De mieux en mieux. Cela pourrait bien être le meilleur premier rancard de ma vie.

Elle lui jeta un regard en coin.

— Je parie que tu étais le genre de gamin à grimper dans les arbres et à jouer avec des couteaux ?

— Avec le feu, aussi. Ne pas oublier les feux. La plupart ayant été provoqués par ma sœur Fliss qui est incapable d'entrer dans une cuisine sans y faire brûler quelque chose. En fait, je me livrais avec passion à toute activité susceptible de se solder par un accident grave, voire mortel.

— Je n'ai pas l'impression que tu aies changé tant que cela depuis.

— Dois-je l'entendre comme une nouvelle mise en garde ? Je te promets que tu ne provoqueras jamais le moindre ravage dans mon cœur de pierre, Molly. Alors dès que tu auras envie de lâcher tout contrôle, de libérer ce courant sexuel entre nous, d'arracher sauvagement mes vêtements et de faire usage de mon corps pour ton plaisir, n'hésite surtout pas.

Satisfait de la voir sourire, il prit une part de pizza.

— À part ça, j'ai une question à te poser. Et elle est personnelle.

Le sourire de Molly s'évanouit.

— Personnelle comment ? Tu veux savoir si j'aime les olives sur la pizza ?

— Non, je veux savoir quand tu as fait l'amour la dernière fois.

— *Quoi ?*

Elle eut un rire choqué.

— C'est juste une hallucination auditive ou tu viens de me poser sérieusement cette question très indiscrète ?

— Je viens de te poser sérieusement cette question très indiscrète. Et la réponse est... ?

Évitant son regard, elle se focalisa sur le carton à pizza.

— Disons simplement que ça fait déjà un moment.

— Et il remonte à quand, ce moment ?

— Je crois savoir encore vaguement comment on s'y prend, mais il est possible que ma mémoire corporelle se soit rouillée et que j'aie définitivement perdu la main.

Elle avait les joues en feu mais son regard luisait de défi.

— Pourquoi cette question ? Ça te fait peur ?

— Comme tu vois, je fais le plein d'énergie en me bourrant de sucres lents.

Il coupa un second morceau de pizza.

— Mais pourquoi cette interminable phase d'abstinence ? Parce que ton dernier mec t'a culpabilisée, tu t'es condamnée à une vie entière de chasteté ?

— Ce n'est pas lui qui m'a culpabilisée. Je me suis fabriqué cet affect toute seule.

— Tu parles comme une psy.

— J'en suis une.

— Et moi non. Mais je sais qu'il n'y a rien de criminel dans le fait de ne pas tomber amoureux de quelqu'un, Molly. Les gens s'aiment puis se désaiment à longueur de temps. Je le constate tous les jours dans mon cabinet. L'amour, ça ne se décide pas. Dans la vie, nous voulons tous des choses que nous ne pouvons pas avoir. Il y a les emplois qu'on échoue à décrocher, les maisons dont on rêve et qu'on ne peut pas se permettre, les pépins de santé auxquels personne n'aspire et qui nous tombent dessus quand même. Et puis, il arrive aussi qu'on aime sans être aimé en retour. Ne pas éprouver les sentiments que l'autre voudrait susciter en nous n'est pas une faute morale.

Elle ne lui avait pas tout dit, il le voyait à sa tête. Mais il voyait aussi qu'elle n'était pas encore prête à se confier plus avant.

— Et maintenant, Molly, tu peux me livrer ton secret le plus intime : dis-moi si tu aimes les olives sur ta pizza.

— J'adore les olives... Mais tu n'aurais pas voulu que je sorte des assiettes au moins ? Tu es en costume et tu ne me parais pas être le genre de personne à manger ses pizzas à même le carton.

— Je porte un costume parce que je reviens du tribunal. Et tu retombes de nouveau dans tes préjugés.

Il poussa le carton ouvert dans sa direction et elle se servit en lui jetant un petit regard.

— Généralement, je tombe assez juste lorsque je me fais une idée de quelqu'un. Quand je t'ai vu pour la première fois, je me suis dit que tu n'étais pas le genre d'homme à t'encombrer d'un chien. J'avais raison, oui ou non ?

Sans attendre sa réponse, elle mordit dans sa pizza et poussa un gémissement de plaisir.

— Oh, mon Dieu ! Elle est bonne.

Daniel avait les yeux rivés sur les mouvements délicats de la mâchoire de Molly. Il n'aurait jamais imaginé qu'un jour il trouverait sensuel le spectacle d'une femme mangeant une pizza.

— Ce n'est pas parce que je n'ai pas un chien chez moi que je ne les aime pas. Mais je suis flatté d'apprendre que tu m'avais repéré et analysé avant même qu'on s'adresse la parole.

— Observer les gens, c'est mon métier.

Elle mâchait lentement, savourant chaque bouchée.

— Avoue que tu m'as observé plus longuement et avec plus d'attention que la moyenne des gens que tu rencontrais dans le parc.

Molly en oublia de manger.

— Ton ego est encore plus surdimensionné que cette pizza.

— Je le nourris avec soin. Et je sais que tu me regardais parce que je te regardais aussi.

Daniel jeta un coup d'œil en direction de la bibliothèque.

— Tu lis beaucoup ?

— Oui. Et toi ?

— Pareil. Mais plutôt des polars, des thrillers.

— Écrits par ton voisin, Lucas Blade. Il a un talent pour entrer dans la tête de ses personnages. Ses bouquins sont presque autant des portraits que des romans policiers.

— Il a un bon background en psychiatrie. La prochaine fois qu'Eva et lui prendront pitié de moi et m'inviteront à dîner, tu viendras avec moi. C'est passionnant d'écouter Lucas parler.

Il attendit qu'elle émette une protestation mais rien ne vint.

— Et à part les polars, tu t'intéresses à quoi ?

Daniel reprit de la pizza.

— L'histoire. La politique. Et j'achète des catalogues d'art.

— Des catalogues d'art ?

— Les catalogues des expos que je n'ai pas le temps d'aller voir. Malheureusement, j'en loupe un maximum. Il faudra que je trouve le moyen de me libérer un peu plus souvent.

— Tu fais des journées interminables.

Il allongea les jambes.

— Mais j'aime ce que je fais. Je serais incapable d'exercer un métier qui ne me plairait pas. Et toi ? Tu es contente d'être psy ?

— Oui.

Elle se leva et débarrassa le carton vide de la pizza.

— Elle était délicieuse, merci. Je te fais un café ?

Elle passa dans la partie cuisine et il la regarda moudre les grains avant de faire couler deux espressos.

Lorsqu'elle se retourna, il se tenait juste dans son dos. Il releva les cheveux qui tombaient sur le visage de Molly et elle l'arrêta d'un geste.

— Tu as promis que tu ne m'embrasserais pas.

— Ça, c'était hier soir. Aujourd'hui, l'offensive est lancée.

— Sun Tzu ?

— Non, moi.

Il pencha son visage vers le sien et s'empara de ses lèvres. Très vite, il sentit Molly fondre et s'abandonner, ses rondeurs douces épousant son corps dur. Sous ses lèvres, il découvrait le goût de sa chair. Et l'odeur de sa peau, de ses cheveux, troublait ses sens, portant son désir à un degré inattendu.

Au moment où il mit fin au baiser, il était prêt à la renverser sur le comptoir de la cuisine et à lui faire l'amour sur place, le cerveau noyé par un afflux hormonal. Ce qui ne lui était encore jamais arrivé de sa vie.

Molly vacilla sur ses jambes et se raccrocha à la chemise de Daniel.

— Hou là... Ça a été...

— Oui, ça a été, en effet. C'est pourquoi je vais partir.

Il s'autorisa à laisser ses lèvres s'attarder une dernière fois sur les siennes. Puis il détacha les doigts de Molly toujours accrochés à sa chemise et l'écarta de lui en douceur. Au prix d'un effort de volonté tel qu'il en avait rarement consenti.

— Tu pars déjà ? protesta-t-elle d'une voix légèrement enrouée. Et tes provisions de sucres lents, alors ?

— Tant pis.

Il prit le visage de Molly entre ses mains et plongea son regard dans le sien.

— Ce n'est pas encore tout à fait le moment, Molly. Je te sens encore un peu sur tes gardes, un peu tendue — toujours inquiète à l'idée que tu pourrais avoir je ne sais quel effet catastrophique sur moi. Et puis tu as peur aussi pour toi-même. Peur d'être confrontée de nouveau à des interrogations sur ce qui t'empêche d'aimer. Mais je te faciliterai la tâche sur ce plan-là. Aucune femme saine d'esprit ne commettrait l'erreur de tomber amoureuse d'un mec comme moi, donc inutile de perdre ton temps à te poser la question.

Elle avait l'air un peu égaré — et même un soupçon vulnérable.

— Donc tu t'en vas vraiment ?

— Oui. Lorsqu'on passera en phase sexe, tous les deux, il n'y aura plus de place pour le doute.

— Et ce baiser, c'était quoi, alors ?

Les accents de déception dans sa voix rêveuse le firent presque changer d'avis. *Presque.*

Il sourit.

— Le baiser, c'était juste un avant-goût des choses à venir.

Chapitre 12

Molly fila à la clinique vétérinaire à la première heure et, à son immense soulagement, trouva Valentin vaillant, bourré d'énergie et en forme optimale. Il lui fit la fête comme s'ils avaient été séparés pendant un bon siècle et elle entoura de ses bras son grand corps de chien tout frétillant du bonheur de la retrouver.

— Merci, murmura-t-elle au vétérinaire, le visage enfoui dans la belle robe blanc et noir de Valentin. Merci de l'avoir sauvé.

Elle débordait tellement de reconnaissance qu'elle pouvait à peine parler.

S'il était arrivé quelque chose à Valentin... Si elle avait dû se résigner à le perdre...

— Ce fut un plaisir pour nous de le soigner. C'est un chien attachant.

Le Dr Philips prit congé en tapotant la tête de Valentin puis repartit en chirurgie. Le dénommé Seth n'était nulle part en vue.

Daniel ne lui avait d'ailleurs toujours pas dit d'où il le connaissait, songea Molly tout en attachant la laisse de son dalmatien.

— Dorénavant, je ne te quitte plus des yeux, même

une seconde. Je ne te laisserai plus rien avaler sans checker d'abord, je te préviens.

Daniel lui avait envoyé un texto pour l'inviter à dîner chez lui le soir même. Le fait qu'il ait inclus Valentin dans l'invitation avait beaucoup contribué à la convaincre d'accepter.

— Tu sais que tu es invité à dîner ce soir ? Ça te dit ?

C'était une parfaite journée new-yorkaise. Pluie et nuages avaient plié bagage, laissant la place à un ciel d'azur. Le soleil faisait flamber les surfaces de verre et d'acier, et les rues engorgées de la ville-monde grouillaient d'une activité fascinante et colorée.

— Tu crois que c'est une bonne idée d'y aller ce soir, alors ?

Valentin remua la queue avec enthousiasme.

— Avant que tu prennes ta décision, je préfère quand même te prévenir que Brutus n'y sera pas. Il se promène avec Daniel mais il ne vit pas avec lui. Et il faudra que tu te tiennes de manière impeccable. Il a un appartement très classe. Si je te surprends à mâchonner quoi que ce soit, tu es viré.

Valentin marqua son accord d'un jappement bref.

— Bon. Je considère que c'est oui, alors ?

Elle lui caressa la tête avec tendresse.

— Allez, en route ! Puisqu'on est de sortie ce soir, on va quand même essayer de se mettre au boulot sans tarder.

À quelques rues de là, dans son bureau, Daniel planchait sur ses dossiers depuis l'aube. Il était seul dans les locaux, sans téléphone ni allées et venues pour distraire son attention, ce qui lui convenait à la perfection. Après deux journées complètes passées au tribunal, il devait faire face à une montagne de boulot accumulé.

Il jeta un regard par la fenêtre et imagina Molly et Valentin courant côte à côte dans les allées du parc. Peut-être qu'il proposerait à ses sœurs de continuer à promener Brutus de temps en temps ? Pas parce qu'il était spécialement attaché à ce chien, bien sûr, mais parce que les filles avaient des vies chargées. Elles bossaient trop, l'une et l'autre. Ce serait sa façon à lui de leur donner un coup de main.

D'après Fliss, deux familles étaient venues voir Brutus jusqu'à présent. La première avait découvert que le « toutou » était plus grand qu'ils ne l'avaient imaginé et ils avaient décidé qu'à la réflexion ils ne voulaient pas d'un berger allemand. Daniel trouvait leur réaction d'autant plus absurde qu'ils avaient su dès le début à quelle race de chien ils avaient affaire. La seconde famille, elle, avait jugé que Brutus pourrait présenter un risque pour leurs enfants, encore petits et plus que turbulents.

Daniel était choqué et furieux que ces imbéciles puissent soupçonner Brutus d'être agressif. Il n'avait encore jamais rencontré de chien avec un aussi bon caractère.

Il n'y connaissait pas grand-chose en canidés, bien sûr. Mais il s'était autorisé quelques jeux musclés avec Brutus pendant que personne ne les regardait. Et ils en étaient sortis l'un et l'autre sans une égratignure. Ce qu'il aimait aussi chez ce chien, c'est qu'il avait la tête la plus drôle que l'on puisse imaginer. Avant sa rencontre avec le berger allemand, il ne se serait jamais douté qu'un chien pouvait avoir toutes sortes d'expressions faciales désopilantes.

Eh bien, si ces imbéciles n'étaient pas tombés amoureux de lui au premier regard, Brutus l'avait échappé belle, finalement.

Le soleil se leva, les premiers employés commencèrent

à arriver et vers 8 heures, les téléphones se mirent à sonner. Au même moment, Marsha fit son apparition avec une tasse de café.

— Tu as passé la nuit ici ?

— C'est un peu l'effet que ça me fait, en tout cas.

Il huma les arômes bienvenus du petit noir et les sentit glisser en lui en plaisantes volutes. Portant la tasse à ses narines, il s'autorisa à savourer l'odeur avant d'en prendre une gorgée. La caféine procura à son système nerveux une montée d'adrénaline plus que nécessaire.

— Tu me sauves la vie, Marsha.

— C'est à ce point ?

— Je suis assailli d'offres d'assureurs proposant de me couvrir pour faute professionnelle. Faut-il que je m'inquiète, à ton avis ?

Voyant que Marsha s'attardait, il l'interrogea du regard.

— Il y a un problème ?

— Elisa Sutton est en train de monter ici et cette fois elle a ses deux enfants avec elle. Elle est arrivée dès l'ouverture du cabinet. Clairement dans tous ses états.

— Si elle est dans tous ses états, on devrait l'adresser à un psy. Mon expertise est purement juridique. Et mon tarif horaire est plus élevé que celui d'un psychanalyste.

— Mais c'est en toi qu'elle a confiance. Elle sait que tu ne fais pas partie de ces avocats qui vont facturer des honoraires vertigineux sous prétexte que leurs clients sont toujours accrochés au téléphone à gémir.

— Mon boulot consiste à élaborer une stratégie de divorce gagnante. C'est tout ce que j'ai à offrir.

— Vu l'état dans lequel Elisa Sutton a débarqué ici, il se pourrait bien que ce soit le but de sa visite.

En entendant des braillements juvéniles s'élever dans la pièce voisine, Daniel se leva.

— On sait ce qui s'est passé ?

— Non. Mais je suis prête à parier que Henry n'a pas tenu ses promesses.

— Tiens donc, quelle surprise.

Daniel sortit de son bureau pour passer dans celui de Marsha. Elisa essayait en vain de calmer son petit dernier et la petite Kristy sanglotait si fort qu'elle en suffoquait presque.

Après une évaluation rapide de la situation, Daniel décida de commencer par l'aînée et s'accroupit devant la fillette.

— Alors, Kristy, qu'est-ce qui t'arrive ?

La petite prit une inspiration tremblante.

— J'ai... perdu... Rosie.

— On venait juste de lui acheter une nouvelle poupée dans le magasin de jouets sur Broadway et elle l'a perdue en chemin.

Elisa posa le bébé hurlant à califourchon sur une épaule tout en poursuivant ses explications :

— C'est ma faute. Je les ai bousculés. Je pense qu'elle a dû la laisser tomber sur le trottoir pas trop loin d'ici. On cherchera tout à l'heure en repartant.

Voyant le visage de Kristy se chiffonner de nouveau, Daniel se hâta d'intervenir.

— Elle ressemble à quoi, Rosie ?

— Des cheveux n-noirs, hoqueta la fillette. Une r-robe rouge. Pourquoi ?

— Parce que quand on cherche une personne disparue, il faut une description et un nom. C'est comme ça que ça marche.

Il revit en pensée sa sœur Harriet, le jour où elle avait perdu sa poupée préférée et où ils avaient fini par découvrir que leur père s'en était débarrassé en la jetant à la poubelle. Daniel se leva, décrocha le téléphone et appela le secrétariat.

— C'est Daniel Knight. Pouvez-vous contacter le

service de sécurité et leur signaler que nous avons une personne disparue ? Elle a des cheveux noirs, une robe rouge et s'appelle Rosie. C'est une poupée... Oui, tout à fait. Vous m'avez bien entendu. Dites-leur d'envoyer quelqu'un pour chercher à proximité de l'immeuble... Oui, oui, c'est une priorité.

Il raccrocha et se tourna juste à temps pour voir Marsha dissimuler un sourire.

— Kristy, j'ai mis une équipe à contribution pour procéder aux recherches. Mes meilleurs éléments sont sur l'affaire.

La petite arrêta de sangloter et le regarda avec des yeux écarquillés. Elisa renifla et sortit un mouchoir de son sac.

— C'est vraiment très gentil de votre part. Je suis désolée de débarquer comme ça sans rendez-vous, mais...

— Venez. On va poursuivre la discussion dans mon bureau.

Conscient que les larmes risquaient de revenir très vite, il tendit la main à Kristy.

— Tu viens ? J'ai quelque chose à te montrer.

Il la conduisit jusqu'au placard au fond du bureau de son assistante.

— Marsha a une boîte à secrets là-dedans. Elle la montre parfois, mais seulement à des personnes très, très intéressantes.

Kristy fixa la porte close.

— Et y a quoi, dans la boîte à secrets ?

— Je ne sais pas. Comme je ne suis pas assez intéressant, Marsha n'a jamais voulu me le dire. Il va falloir que tu lui demandes. Peut-être qu'à toi elle acceptera de la faire voir.

Marsha comprit le message.

— Et si on allait jeter un coup d'œil, toutes les deux ?

Pendant que Kristy découvrait le contenu du placard, Daniel s'adressa à voix basse à Marsha.

— S'ils ne retrouvent pas la poupée, appelle le magasin et fais-en livrer une ici en urgence.

Elle acquiesça d'un signe de tête. Une des raisons pour lesquelles il aimait travailler avec Marsha, c'était que rien ne la déconcertait jamais. Certain qu'elle trouverait le moyen d'occuper la fillette pendant la durée de l'entrevue, il entra dans son bureau en laissant la porte légèrement entrouverte.

— Kristy sera entre de bonnes mains avec Marsha.

Elisa se moucha.

— Vous êtes merveilleux. Il y a des jours où je regrette de ne pas m'être mariée avec vous. Vous vous y prenez tellement mieux avec mes enfants que Henry.

Oups. Daniel réussit à garder une expression neutre.

— Si vous ressentez le besoin de parler à un psychothérapeute, Elisa, Marsha peut vous...

— Non, ce n'est pas la raison de ma présence ici. Je sais que je ne devrais pas vous déballer mes problèmes comme ça, mais parfois c'est difficile de faire le tri entre les éléments objectifs et les éléments émotionnels. Je ne sais plus quoi faire, monsieur Knight. Il a hurlé sur Kristy ce matin. C'est pour ça que je lui ai acheté la poupée. Je n'aurais jamais cru que je me comporterais un jour comme ces gens qui pensent qu'on peut compenser une éducation détestable en couvrant leurs enfants de cadeaux.

Ses yeux se remplirent de nouveau de larmes et elle prit une profonde inspiration.

— Je sais que je vous en demande beaucoup, mais si vous pouviez tenir Oliver deux secondes pendant que je passe aux toilettes... Je fais tout ce que je peux pour rester calme parce que, chaque fois qu'il me sent tendue, ça aggrave son asthme.

Daniel prit dans ses bras le bébé qui s'agitait et le maintint fermement. Oliver lui attrapa une mèche de cheveux et cessa aussitôt de pleurer pour fixer sur lui un regard intrigué.

Les larmes d'Elisa coulèrent de plus belle.

— Vous voyez bien. Il ne vous connaît pas et pourtant il se sent plus en sécurité avec vous qu'avec moi. Il perçoit mon stress, même si j'essaie de ne pas le montrer. Je suis une mère lamentable. Mon mari me le répète sans arrêt.

Tenté d'étrangler le mari en question, Daniel secoua la tête.

— Vous êtes une très bonne mère, Elisa.

Il lui tendit une boîte de mouchoirs. Elle en prit une grosse poignée et s'effondra dans le fauteuil qu'il avança vers elle.

— Désolée. Henry n'arrête pas de me dire que je devrais prendre sur moi et que ça ne mène à rien de pleurnicher sans arrêt.

Daniel estima préférable de garder pour lui son opinion sur Henry.

— Vous avez deux enfants en bas âge. Même en dehors d'un contexte de tension conjugale, ça fait une charge mentale importante.

Elisa se moucha énergiquement.

— Je voudrais agir au mieux dans l'intérêt de mes petits, mais j'en arrive à ne plus savoir ce qui serait préférable pour eux. Je pensais qu'ils bénéficieraient d'une plus grande sécurité affective en grandissant dans une famille biparentale. Mais voilà que Henry hurle après Kristy sans raison, l'asthme d'Oliver s'aggrave de jour en jour et il fait caprice sur caprice. Henry le vit comme une machination ourdie contre lui et il m'accuse de monter les enfants contre leur propre père.

Elle prit une grande inspiration et se leva.

— Bon, voilà. Je me ressaisis. Je reviens dans une seconde.

Elle quitta la pièce et Marsha passa la tête dans l'entrebâillement de la porte, haussant les sourcils en le voyant désigner les monuments phares de New York à un Oliver attentif et presque gazouillant.

— Tu veux que je le prenne ou ça va aller ? Au moins, tourne-le de l'autre côté. Il risque de prendre peur en voyant les masses humaines tassées sur Times Square.

— Tu as raison.

Daniel changea de position de manière à révéler l'Empire State Building. Le visage du petit garçon s'illumina et il posa un doigt grassouillet sur la vitre. Daniel sourit.

— Il est mignon, cet enfant.

Marsha s'adossa au chambranle.

— Ne le dis pas trop fort. Si tous ceux qui t'appellent Knight le Noir ou le Rottweiler te voyaient maintenant, ta réputation en prendrait un coup.

— Alors ça tombe bien que ces gens-là ne me voient pas. D'ailleurs, que les choses soient bien claires entre nous, Marsha : si jamais ce jeune homme répand un liquide corporel quelconque sur mon costume, je double mes honoraires.

Marsha croisa les bras sur la poitrine et inclina la tête.

— Tu sais, Daniel, ça ne marche pas le coup du gros macho quand on câline un bambin dans ses bras. Je ne te connaissais pas ce talent pour t'occuper des tout-petits.

— J'avais deux sœurs à gérer. J'ai eu de l'entraînement.

Elisa resurgit, recoiffée et maquillée. Elle lui reprit l'enfant et Daniel se cala sur un coin de son bureau.

— Que s'est-il passé avec Henry, alors ?

Sa cliente installa Oliver sur ses genoux.

— *Quarante-huit heures.* C'est le temps qu'il a tenu.

Henry est revenu vivre à la maison et deux jours plus tard, je l'ai surpris au téléphone avec sa nana. Vous y croyez, vous ? Quand il m'a assuré qu'il voulait qu'on se remette ensemble, je pensais qu'il avait compris qu'il devait faire un effort pour ses enfants. Mais il m'a menti sur toute la ligne. Dans son idée, c'est à moi de faire des sacrifices pour les enfants, pas à lui. Je ne supporte pas de vivre de cette façon mais il me dit que les conséquences seraient dramatiques pour Kristy et Oliver si on se séparait.

Les yeux d'Elisa se remplirent de nouveau de larmes.

— Aggie a dit que...

— Qu'est-ce que vous en pensez, *vous* ? C'est ce qui m'intéresse. Pas l'opinion de Henry ou d'Aggie, ou de je ne sais qui.

Daniel gardait un ton neutre mais s'il entendait encore une seule fois le nom d'Aggie il allait casser quelque chose.

— Vous voulez que je sois franche ? Rester avec Henry, pour moi, ce serait un peu comme une sentence de prison à vie. Pas parce que je ne l'aime plus. Au contraire. Et c'est bien là le problème. Vous concevriez de passer une existence entière avec quelqu'un qui n'a ni amour ni estime pour vous ?

Daniel écoutait en prenant soin de ne pas se départir de sa neutralité.

Molly pensait que son incapacité à tomber amoureuse posait problème, mais la situation inverse n'avait pas que des avantages non plus. Il en voyait la preuve tous les jours.

Elisa réprima un sanglot.

— C'est horrible de partager la vie de quelqu'un qui n'a aucune considération, aucun respect pour moi. Mais il m'a dit que, si je le quittais, il trouverait le moyen de me séparer de mes enfants.

Daniel eut la brusque impression qu'un étau lui serrait la poitrine.

Dans sa tête s'élevèrent les sanglots d'une autre femme, bien des années plus tôt. Aujourd'hui encore, la voix de sa mère continuait de résonner à ses oreilles.

« Si je pars, il vous gardera tous les trois. Il me l'a dit. Il fera le nécessaire pour que je ne vous revoie plus jamais. C'est horrible, mais je dois rester. Je ne veux pas être séparée de mes trois amours. Je ne peux pas... »

— Monsieur Knight ?

Fragile, hésitante, la voix d'Elisa vint interrompre le flux de ses réminiscences.

— C'est pour ça que je suis ici ce matin. Je sais que vous m'avez dit que vous ne pouviez m'aider que sur un plan juridique, mais maintenant j'ai cette angoisse qui m'empêche de prendre une décision. S'il se débrouille pour prouver que je ne suis pas apte à m'occuper de mes enfants et qu'il réussit à me séparer de Kristy et d'Oliver... Est-ce que j'ai le *droit* de prendre un risque pareil ?

Daniel s'extirpa du passé pour revenir au présent.

Il n'avait pas été en âge de protéger sa mère, à l'époque, mais aujourd'hui il était adulte et en mesure de venir en aide à sa cliente. Tout comme il en avait aidé tant d'autres avant elle.

— Henry ne pourra pas vous séparer de vos enfants, Elisa. La législation relative au droit de garde à New York est axée sur le respect des intérêts de l'enfant. Et les juges voient d'un très mauvais œil les parents qui n'hésitent pas à se servir de leur progéniture comme d'une arme ou d'un objet de marchandage.

— Vous dites ça, mais Henry est tellement convaincant quand il émet ces menaces ! Ça doit être difficile à croire pour vous, mais...

— Je vous crois, Elisa. Je vous crois à cent pour cent.

Le scénario qu'elle lui laissait entrevoir, il ne le connaissait que trop bien. Il avait été témoin des menaces de son père, l'avait vu manœuvrer, manipuler, intimider sa mère qui s'était ratatinée dans ce piège insidieux, perdant petit à petit l'estime de soi dont elle aurait eu besoin pour se défendre.

— Elisa, regardez-moi. Vous avez confiance en moi ?

Elle leva les yeux et hocha la tête, les yeux noyés de larmes.

— Très bien.

Il lui tendit de nouveau la boîte de mouchoirs.

— Vous avez gardé le dossier dont nous avons parlé ? Les enregistrements ? Les certificats médicaux pour Oliver ? Le témoignage de l'institutrice de Kristy ? Vous vous souvenez de tout ce dont nous avions parlé ?

Elle acquiesça de nouveau d'un signe de tête.

— Parfait. Alors voilà ce que nous allons faire.

Il la garda une heure dans son bureau pour mettre au point une stratégie. À la fin de la consultation, ils trouvèrent Kristy et Marsha occupées à jouer à la poupée dans la pièce voisine.

La petite lui adressa un sourire rayonnant.

— Tes détectives l'ont retrouvée !

— Ah, super.

Daniel contempla le jeune visage radieux et se demanda ce qui survivrait de l'enfance de cette fillette dans le cœur de la future femme adulte. Quel genre de personne deviendrait Kristy Sutton ? Serait-elle distante dans ses relations et soucieuse de préserver son indépendance ?

Peut-être qu'elle finirait par devenir juge des divorces...

Une chose en tout cas était certaine : il se démènerait pour que cette famille ne traverse pas le même enfer que la sienne.

Molly avait mis un temps éhonté à choisir sa tenue. Elle ne voulait surtout pas avoir l'air apprêtée, mais elle n'avait pas envie de rester en jean non plus. Après quelques faux départs, elle avait fini par trancher pour une robe en stretch dans une belle nuance de bleu, dans laquelle elle se sentait à la fois à l'aise et sexy. Une fois arrivée à l'immeuble de Daniel, elle profita du trajet en ascenseur pour retirer ses baskets et enfiler des talons. Quant à ce qu'elle portait sous la robe — elle sourit toute seule dans la cabine — elle était seule à le savoir et ce serait à lui de le découvrir.

Valentin agita la queue d'un air approbateur.

— Il va falloir que tu regardes ailleurs, mon vieux. Tu es encore trop jeune pour assister à ce qui va se passer.

Car sa décision était arrêtée, cette fois. Ce soir, ils feraient l'amour. Elle avait réussi à imposer silence à tous les signaux d'alerte. La tentation était là, pour la première fois depuis trois ans, et elle ne voyait aucune raison objective d'y résister. Forte de sa résolution du jour, elle était à la fois excitée et terrifiée.

Lorsqu'il lui ouvrit sa porte, le cœur de Molly changea de rythme.

Le regard de Daniel retint le sien un instant puis s'abaissa sur ses lèvres, avant de glisser plus bas, cheminant le long de son corps avant de se fixer sur ses talons hauts. Il ne l'avait pas touchée et pourtant c'était comme s'il l'avait caressée intimement de ses mains. La peau de Molly était en éveil. Son ventre en frémissait.

L'instant était tissé d'une tension délicieuse, l'atmosphère électrique. Elle crut qu'il allait l'enlacer là, sur le palier, et l'embrasser à corps perdu. Mais Valentin estima qu'on ne lui prêtait pas l'attention qu'il méritait et, d'un coup de patte, se rappela au bon souvenir de leur hôte. Daniel la quitta un instant des yeux pour se pencher sur le chien et lui murmurer quelques mots. Elle aurait pu profiter de ce court répit pour se ressaisir, mais son corps pas plus que son cerveau ne souhaitaient relâcher la tension. Les yeux rivés sur ses larges épaules, sur la ligne puissante de sa cuisse, elle regardait le mouvement patient de la main de Daniel glissant sur la tête de Valentin et son imagination s'enfiévrait. La façon dont il l'avait embrassée disait déjà tant de choses. Il avait été doux et décidé, exigeant et intime. Impossible de ne pas anticiper en pensée la façon dont leurs corps allaient se rencontrer, s'apprivoiser, s'amalgamer dans le plaisir.

Daniel se redressa, retint de nouveau le regard de Molly pendant une longue et brûlante seconde, puis il l'invita sans un mot à entrer chez lui.

Elle s'y entendait en langage corporel et en signaux non verbaux, mais elle était certaine que c'était la première fois dans l'histoire de l'humanité qu'une telle densité de messages était passée en un laps de temps aussi bref entre un homme et une femme qui n'avaient même pas ouvert la bouche.

Elle le suivit jusqu'à la cuisine, les yeux toujours rivés sur ses épaules, consciente du claquement de ses propres talons sur le parquet. Elle se demanda si elle n'aurait pas dû retirer ses chaussures mais, lorsqu'elle se pencha pour les ôter, il lui retint le bras.

— Non.

Juste ce simple mot. Et un regard qui en disait des milliers de plus.

Elle percevait la tension sexuelle en lui. Elle était présente dans ses épaules, dans la ligne serrée de ses lèvres, dans la façon dont il se mouvait.

C'était la première fois qu'elle le voyait en tenue *casual*, vêtu d'un chino en gabardine et d'une chemise en jean, les cheveux encore humides de la douche qu'il venait manifestement de prendre.

— J’espère que tu aimes le steak. C’est une des rares choses que je cuisine de façon acceptable.

Le fait qu’il ait enfin prononcé une phrase complète redonnait à la scène un caractère plus normal, plus familier. Sa question terre à terre mit un coup de frein à l’imagination de Molly qui l’emportait déjà au-delà du moment présent, vers d’étourdissantes chevauchées.

— J’adore le steak.

Elle posa son sac sur une chaise. Peut-être aurait-elle dû lui répondre qu’elle était trop tendue pour avaler quoi que ce soit. Il y avait des années qu’elle fuyait systématiquement les situations telles que celle-ci. Comment ne pas penser à la façon dramatique dont les choses s’étaient terminées la dernière fois qu’elle avait laissé ses hormones prendre le dessus ? Mais elle chassa ses inquiétudes au loin. Si elle avait perçu le moindre point commun entre Daniel et Rupert, elle n’aurait pas mis le pied chez lui ce soir.

— Tu as passé une bonne journée, Daniel ?

Elle pouvait le faire. Soutenir une conversation normale ou en tout cas se comporter comme si elle était capable de penser à autre chose qu’au moment où ils se retrouveraient nus dans un lit.

— Bonne, pas vraiment. Mais ça s’est nettement amélioré dès l’instant où tu as sonné à ma porte. Et toi ? demanda-t-il en ouvrant le réfrigérateur.

— Ça s’est… euh… ça s’est bien passé.

Oh, bon sang. Allait-elle y arriver ? Elle commençait à douter de ses capacités à aligner trois mots. Un mélange aigu de nervosité et de désir lui faisait radicalement perdre tous ses moyens.

Elle se tenait juste derrière lui, si près qu’elle voyait le tissu de sa chemise se tendre sur une épaule et le renflement de son biceps alors qu’il prenait appui sur le frigo. Une bouffée d’air froid lui souffla à la figure et elle regretta de ne pouvoir se couler tout entière à l'intérieur du réfrigérateur.

— Vin ou bière ?

Il parlait sans la regarder et elle ferma les yeux.

— Bière.

Elle avait la bouche sèche comme du carton. Son cœur battait la chamade.

— Non, attends. Du vin, plutôt. Je boirais bien un verre de vin.

La main de Daniel se referma sur la bouteille et il se retourna.

Quelque chose flamba dans ses yeux — un éclat de saphir et d'ardoise. Puis, sans avertissement, il lui saisit l'arrière de la tête de sa main libre et s'empara de sa bouche. Prise de vertige, elle tomba contre lui et il recula d'un pas. Il y eut un cliquetis — du verre heurtant du verre — un son de chute et un fracas. Mais elle n'eut conscience que de l'électrochoc du désir, sa brûlante montée en puissance, acérée et viscérale, comme un coup de poing à l'estomac. Elle oublia la peur, les hésitations, la présence de Valentin à leurs côtés. Rien n'existait plus que la fulgurance érotique de l'instant. Le travail, le passé, l'avenir s'évanouirent alors que leur monde se resserrait sur leurs sensations, au rythme de leurs souffles qui se conjuguaient.

Le baiser de Daniel fut profond et sans ambiguïté. Elle lui répondit sur le même registre. À son tour, elle se fit initiatrice, glissant les bras autour de son cou et se hissant sur la pointe des pieds. L'étreinte de Daniel se resserra autour d'elle. Il l'ajusta au creux de ses bras, l'amenant contre lui, contre ce corps fait de lignes dures et de muscles saillants.

Sans interrompre leur baiser, il lui fit faire un pas en arrière et referma le réfrigérateur avec le pied. Sa bouche était mobile, active, exigeante, et Molly s'amollissait dans le feu de leur étreinte, dépassée par l'afflux puissant de sensations érogènes. Ils se déshabillèrent n'importe comment, tirant et arrachant mutuellement leurs vêtements, riant de leur sauvage connivence intime. Des boutons lâchèrent, des coutures craquèrent, jusqu'au moment où Daniel fut nu et qu'elle ne resta vêtue en tout et pour tout que de ses escarpins à talons. Ils n'avaient rien planifié, et néanmoins tout semblait avoir été écrit d'avance, comme s'ils connaissaient déjà les gestes, comme si leurs corps obéissaient à un scénario connu sans avoir été appris. Sentir le corps dévêtu de Daniel contre le sien était à la fois totalement nouveau et étrangement familier. Alors qu'ils s'exploraient mutuellement de leurs lèvres et de leurs mains, il ne prononça que trois mots : « Je te veux. » Un aveu exprimé avec une âpreté telle que, l'espace d'un instant, elle prit conscience de son pouvoir sur lui et s'en exalta jusqu'à l'ivresse. Puis elle se sentit chavirer à son tour au contact de ses mains, succomba aux ravages que ses lèvres opéraient sur sa peau et elle comprit qu'il exerçait sur elle un pouvoir tout aussi radical. Elle n'avait encore jamais ressenti cela : l'énergie sexuelle exacerbée, l'effarement du désir, la violence d'un pur besoin.

Atteindre la chambre à coucher n'appartenait déjà plus à l'ordre du possible. Plus moyen de différer, de ménager une pause. Fauchée par l'ardeur implacable du désir, elle défaillait, les jambes faibles, et se cramponna à ses épaules, se raccrochant à la puissance rassurante des muscles bandés sous ses doigts.

Il lui empoigna les cheveux. Ses baisers dévorants l'incendiaient, électrifiaient chaque millimètre carré de sa peau. Abandonnant sa bouche, il se pencha pour aspirer un de ses mamelons entre ses lèvres. Le va-et-vient de sa langue arracha un long gémissement à Molly. Il poursuivit ses explorations, se servant de ses doigts, de sa langue, de sa bouche pour découvrir ce qui l'excitait, cartographier ses zones sensibles et brouiller ce qui lui restait de lucidité. Molly n'était plus que lave fondante et désir en ébullition. Il n'y avait plus en elle la moindre pensée construite, rien qu'un volcan de sensations. Lorsqu'elle referma les doigts sur la hampe puissante de son sexe, il émit un grondement sourd et elle le sentit durcir encore et s'allonger contre sa paume. D'une façon ou d'une autre, il réussit à l'amener jusqu'au canapé, même si elle n'avait aucun souvenir d'avoir quitté la cuisine pour migrer dans le séjour. L'espace d'un instant, elle se crut en apesanteur et comprit vaguement qu'il la soulevait dans ses bras. Il la déposa sur le sofa et l'instant d'après, il était allongé sur elle de tout son long. Avec un murmure d'excitation, Molly l'entoura de ses cuisses et se souleva vers lui, anticipant l'alliance intime de leurs chairs emboîtées.

Elle le voulait là, tout de suite. Entièrement et sans attendre. Mais juste au moment où elle aurait voulu qu'il accélère, il ralentit le rythme. Égarée, déroutée, la tête confuse et incapable de comprendre, elle pressa les lèvres contre son épaule et tenta d'émettre une protestation. Daniel murmura quelque chose d'indistinct, puis se laissa descendre le long de son corps. Avec un gémissement de pure gratitude, elle sentit sa langue s'insinuer entre les replis moites de sa chair secrète.

Il savoura, tortura, différa, implacable dans sa détermination à la porter toujours plus haut, toujours plus loin, jusqu'à ce qu'elle se torde sous lui en le suppliant d'en finir. Ses doigts glissèrent alors en elle, très profond, et elle jouit dans une longue série de spasmes qui la laissèrent comme désarticulée, ravagée par le plaisir.

Daniel changea de position pour l'envelopper dans ses bras et la serrer fort contre la largeur généreuse de son torse. Elle était sous le choc. Dans un état de stupeur encore ponctué de soubresauts de volupté, elle prit conscience qu'elle ne s'était jamais, jusque-là, donnée aussi librement à un homme. Toujours, elle avait gardé une certaine distance — une retenue. Mais pas ce soir. Pas avec Daniel. Rien n'était pareil aujourd'hui, parce que pour la première fois elle ne s'inquiétait pas de savoir vers quels horizons compliqués le libre jeu des corps risquait de la mener. Il n'y aurait ni demandes, ni exigences, ni contraintes. Juste le moment présent. Le pur plaisir du sexe et de l'instant.

Libre comme elle ne l'avait jamais été, elle poussa Daniel sur le dos et s'allongea sur lui. Plongeant son regard dans le sien, elle fut soulagée de ne rien y trouver d'alarmant.

Les yeux de Daniel étaient mi-clos et ses lèvres dessinaient un sourire satisfait.

— Désolé. C'était du vin ou de la bière que tu voulais ? Je crains d'avoir un peu perdu le fil.

— Aucune idée, à vrai dire. J'ai été un peu distraite, moi aussi.

Amenant son visage contre le sien, elle explora la ligne de sa mâchoire d'un long pointillé de baisers.

— Si ma mémoire ne me trompe pas, j'étais sur le point de te faire cuire un steak.

— Ne prononce pas ce mot devant Valentin.

Elle chercha le dalmatien du coin de l'œil mais il somnolait à l'autre extrémité du séjour.

— Il se sent chez lui, apparemment. Je crois qu'il t'apprécie.

— C'est bon à savoir.

Il émit un son guttural lorsqu'elle passa la main sur son abdomen dur et musclé en une lente caresse délibérément provocante.

— Je propose qu'on monte dans ma chambre tant que je suis encore en état de marcher.

— C'est obligé ?

— Le gain de confort ne sera pas négligeable.

Elle se fichait d'être là ou ailleurs du moment qu'elle était avec lui.

— Si tu veux du confort, je devrais retirer mes talons hauts.

— Surtout pas, non. Garde-les.

Il lui cueillit le visage entre les mains et l'amena contre le sien, exprimant un message éloquent : « Ceci est une pause, pas une halte définitive. »

Elle aurait été incapable de dire comment ils atteignirent la chambre de Daniel, mais ils y arrivèrent d'une façon ou d'une autre. Il referma la porte d'un coup de pied et ils tombèrent étroitement enlacés sur le lit. Leurs baisers redoublèrent d'intensité, leurs caresses s'affolèrent jusqu'à l'étourdir et la faire trembler de nouveau. Ses sensations s'intensifiaient, s'enrichissaient d'une myriade de nuances comme magnifiées. Chaque respiration, chaque effleurement, chaque frémissement de plaisir devenait un monde en soi. Ivre de désir, elle se laissa rouler sur lui. Le regard de Daniel était profond comme un abîme. Il lui prit le visage à deux mains d'un geste possessif et l'attira contre le sien, pour l'embrasser éperdument. C'était comme s'il était devenu incapable de ne pas la toucher. Un besoin qu'elle comprenait d'autant mieux qu'elle ressentait la même nécessité. Ses cheveux glissèrent sur ses épaules, coulant sur les mains de Daniel, faisant écran pour les isoler du monde. Ils restèrent ainsi un long moment à échanger un baiser immodéré, sans frein et sans bride. Puis il glissa les doigts dans ses cheveux pour les ramener en arrière et la fit basculer sur le dos avec une détermination qui ne laissait plus place à aucun doute quant à ses intentions.

En elle, le désir flamba, aigu, impérieux. Elle se rendit vaguement compte qu'il prenait quelque chose sur la table de chevet, mais très vite elle n'eut plus conscience que de son corps et du sien, et de l'arc électrique qui les reliait. D'un mouvement péremptoire, cette fois, elle noua les jambes autour de lui et il vint se loger en elle. Avec un léger sanglot, Molly enfonça les ongles dans les épaules de Daniel, sentit ses muscles se tendre et se durcir alors qu'il luttait pour contenir le rythme de ses reins. Mais elle le voulait, ce rythme. Elle y aspirait autant que lui. Et elle le provoqua, le pressa, jouant de ses hanches, invitant la danse impérieuse de leurs corps. Très vite, il n'y eut plus que la chevauchée, leurs cadences ajustées, la violence croissante de leur plaisir. Elle voulait tout de lui. Pour la première fois, elle faisait l'amour avec tout son être. Sans rien garder par-devers elle. À la limite de la sauvagerie. Il n'y avait entre eux ni inhibition, ni hésitation, ni réserve. Aucune restriction à l'intime. Leur lutte amoureuse échevelée se poursuivit sans fléchissement ni temps de pause, jusqu'au moment où l'orgasme les submergea comme un roulement de tonnerre. Ils jouirent ensemble, emportés par une même déflagration et restèrent comme aveuglés l'un et l'autre, le souffle coupé, bras et jambes entremêlés dans le silence d'une hébétude repue. Dans son état flottant, Molly avait juste conscience de la main de Daniel qui tenait la sienne, forte et rassurante, du contact légèrement rugueux de sa cuisse reposant entre ses jambes.

Il roula sur le dos en la maintenant collée tout contre lui.

— Tu disais que cela faisait combien de temps que tu n'avais plus d'activité sexuelle ?

— Mmm... Pourquoi ? J'ai peut-être été un peu trop enthousiaste ?

Elle resta un long moment la tête collée contre le torse de Daniel, le temps que les battements de son cœur se stabilisent. La façon dont ils venaient de faire l'amour ne ressemblait à rien de ce qu'elle avait expérimenté jusqu'à présent. Parce que leur relation était libre de toute complication, peut-être ? Oui, cela devait être la raison. Elle n'avait aucune inquiétude quant à la suite — car il n'y aurait *pas* de suite. Ou si suite il y avait, elle serait purement sexuelle.

— Tu as une énergie impressionnante, Daniel. J'espère que je ne t'ai pas trop épuisé.

— Aucun problème. Je suis sûr que dans un mois ou deux je serai de nouveau d'aplomb. Même si je vais peut-être devoir envisager une cure de multivitamines.

L'humour leur permit de franchir le cap de leur premier *after sex* et de revenir à une certaine légèreté à un moment qui aurait pu basculer dans la gravité.

— Il faudrait que j'envisage de me lever d'ici et de me remettre en cuisine, murmura-t-il en s'étirant.

— Tu vas peut-être être obligé de descendre seul. Je ne suis pas sûre d'être encore en état de bouger.

— Je ne suis pas convaincu d'y arriver non plus. En tout cas, ce fut un dénouement parfait pour une journée horrible.

— Tu as eu une journée horrible ?

À l'écoute, elle se dressa sur un coude pour le regarder.

— Raconte-moi.

— Je me souviens juste que ça a été pénible, mais je ne sais même plus pourquoi. Tu as dû provoquer une sorte de court-circuit dans ce qu'il me reste de matière cérébrale.

Il avait les yeux fermés et elle lui passa la main sur le torse, suivant du bout du doigt la ligne de pilosité qui descendait vers son sexe.

— Tu veux que je t'apporte quelque chose à boire ? Une bière ?

Il souleva les paupières.

— Les boissons ne doivent plus être très fraîches. On a refermé la porte du frigo, à ton avis ?

— Aucune idée. Je me souviens juste d'un bruit de casse.

— Ça devait être ma volonté en train de se briser. Mais au cas où il y aurait eu des dégâts d'ordre matériel, il vaudrait mieux éviter de circuler pieds nus.

Il se redressa en position assise, se pencha pour l'embrasser puis quitta le lit d'un bond souple.

— Ne bouge pas. Je ramène les boissons ici.

— On pourrait aussi s'installer sur ta super terrasse.

Il réussit à retrouver son pantalon chino et l'enfila sans prendre la peine de le boutonner.

— Tu veux faire l'amour en public et prendre le risque de tomber de mon balcon ?

— L'idée, c'était plutôt de savourer un verre de bon vin en goûtant les plaisirs de la conversation.

— La conversation... Bon, d'accord. S'il le faut, je devrais réussir à tenir une discussion cohérente. À condition que tu restes de ton côté de la terrasse et moi du mien.

Il lui envoya une chemise.

— Enfile ça, alors.

— Je dois avoir ma robe quelque part.

— Ta robe, c'est ce qui nous a conduits tout droit dans ce lit en me faisant négliger tous mes devoirs d'hospitalité. Si tu la remets, je te l'enlèverai en moins de cinq secondes. Il va falloir que tu te planques dans un vêtement informe, sinon je ne réponds de rien pour le vin et la conversation. Et même comme ça, d'ailleurs, je ne garantis rien. Je ne saurais trop te recommander de bien fermer tous les boutons.

Molly en avait le tournis. Elle se sentait heureuse et ridiculement flattée mais elle s'exécuta et enfila une de ses chemises. Elle lui tombait jusqu'à mi-cuisse et elle dut rouler les manches qui lui recouvraient jusqu'à l'extrémité des doigts.

N'ayant rien d'autre à se mettre aux pieds, et certaine d'avoir entendu un fracas de verre brisé, elle se percha de nouveau sur ses escarpins.

En arrivant en bas, elle l'entendit jurer.

— Tu avais raison, on a fait de la casse. N'entre pas, surtout. Je vais nettoyer et j'apporterai le vin sur la terrasse. Enfin, à condition que je puisse trouver une bouteille encore entière.

Molly vérifia que Valentin dormait toujours, puis déambula dehors, appréciant la fraîcheur de l'air sur sa peau encore brûlante.

La terrasse de toit entourait l'appartement sur deux côtés. À cette hauteur, ils étaient isolés, à l'abri de l'agitation, des exhalaisons, de la folie des rues de New York. Elle visualisa la foule composite qui déambulait sur la Cinquième Avenue, loin en dessous d'elle. Les touristes qui butinaient de vitrine en vitrine, les New-Yorkais pressés qui jouaient des coudes pour rentrer chez eux. Des amis, des amants, des inconnus, tous tassés ensemble et en grand nombre sur cette surface minuscule qu'était Manhattan. Elle entendit le hurlement d'une sirène, les protestations assourdies des klaxons. Personne tout en bas ne songeait à lever le visage vers le ciel et vers les toits. Chacun était trop occupé à vaquer à ses affaires. Rentrer du travail, sortir dîner, se presser pour aller au théâtre ou au cinéma. Certains marchaient sur un nuage, d'autres à grands pas pour défouler leur colère ou calmer leur nervosité. Chacun avait une raison différente d'être là. Cela la fascinait de penser à toutes ces vies à la fois parallèles et séparées. À tous ceux qui se croisaient mais ne se rencontraient jamais, ne savaient rien des hauts et des bas de leurs existences respectives.

Accoudée à la rampe, elle resta absorbée dans une

contemplation heureuse jusqu'au moment où elle entendit Daniel derrière elle. Elle tourna la tête pour lui sourire.

— Cela fait trois ans que je vis ici et pourtant il ne se passe pas un jour sans que je tombe soudain en arrêt, éblouie, parce que cette ville a mille visages et qu'ils m'émerveillent tous. La vue de ton appartement, c'est encore un monde en soi.

— C'est pour sa terrasse que je l'ai acheté. Le fait qu'il ouvre plus ou moins sur le ciel et que l'agitation reste loin en dessous.

Il tenait une bouteille de vin et deux verres.

— Après une journée un peu hard, il m'arrive de venir me poser ici pour récupérer.

— Une journée comme aujourd'hui, tu veux dire ?

— Ça a mal commencé, oui.

Il versa le vin et lui tendit un verre.

— Mais ça se termine à la perfection.

— Tu as envie d'en parler ?

— Sûrement pas, madame la psychologue.

Il s'accouda à côté d'elle à la rampe et scruta d'un air pensif les profondeurs du parc.

— Je suis le gars qui gère son émotionnel mieux qu'un maître zen. Je n'ai jamais besoin de parler de rien.

Elle observa son visage fermé et attendit. Au bout d'un moment, il finit par tourner la tête.

— Quoi ?

Il soupira.

— Bon, OK. C'est faux. En temps normal, c'est vrai que je maîtrise plutôt bien cet aspect de mon boulot. Quand je bosse, je suis un praticien du droit et rien d'autre : je mets mes compétences au service de mes clients pour agir au mieux de leurs intérêts. Mon objectivité professionnelle, c'est un peu ma fierté. Je suis aussi neutre que la Suisse.

Il prit une profonde inspiration et se passa la main sur le visage.

— Mais j'ai été mis K-O par une petite fille et sa poupée.

Il avait marmonné les mots si bas qu'elle n'était pas certaine d'avoir bien entendu.

— Pardon ?

— Ces derniers temps, cela devient plus difficile pour moi de rester carré. Mon histoire personnelle vient contaminer mon jugement professionnel. C'est arrivé petit à petit, de façon si insidieuse que la plupart du temps je ne me rends compte de rien. Jusqu'au moment où je me surprends à réagir de façon décalée. Je constate que je suis un peu moins détaché, un peu plus excessif dans la façon dont j'analyse une situation.

— Et ça se passe lorsqu'il y a des enfants en jeu ?

— Depuis que j'exerce, il y a presque toujours eu des enfants en jeu dans les affaires de divorce que je traite. Va savoir pourquoi ça me tombe dessus *maintenant*.

Elle resta silencieuse un moment avant de suggérer une explication.

— Il se produit parfois ce qu'on appelle un phénomène d'après-coup, lorsqu'un événement du présent nous ramène sans prévenir à un événement traumatique de notre propre passé. Si un dossier dont tu t'occupes reflète une situation de ton enfance, cela peut créer un effet de confusion, de superposition, qui fera que tu te sentiras moins objectif. Que tu le veuilles ou non, ton expérience et tes sentiments personnels vont entrer en scène.

— Ouais. Ça paraît assez logique... Je suis particulièrement sensible lorsqu'on se sert de la question de la garde des enfants comme d'un moyen de pression.

— Tu veux dire lorsqu'une partie menace l'autre de la priver des enfants dans un but manipulateur ?

— Oui, voilà. Et je m'inquiète aussi des conséquences psychologiques sur les enfants face aux conflits dont ils sont témoins.

Molly prit une gorgée de vin, étonnée de se sentir si à l'aise avec lui.

— Lorsqu'il y a des conflits dans un couple, ce n'est pas automatiquement dommageable pour les enfants. Ce qui compte, c'est la façon dont le conflit est exprimé et la façon dont il va être résolu. Lorsque les enfants voient leurs parents se disputer puis trouver une solution qui convient à l'un comme à l'autre, cela les rassure. Ce n'est pas perturbant, contrairement à certains vrais dysfonctionnements conjugaux.

Il fronça les sourcils.

— Quel genre de dysfonctionnements ?

— Par exemple, lorsqu'un des parents cède toujours devant l'autre. Ce n'est pas de la résolution de conflit, c'est de l'évitement.

Il leva la main.

— Attends. Tu es en train de me dire que ça peut être bon pour les gamins d'entendre leurs parents hurler et se jeter des insultes à la figure ?

— Il est évidemment préférable que les conflits se déroulent de façon un peu moins bruyante, car les hurlements ne créent pas un environnement stable et positif et peuvent être effrayants. Mais si la querelle est musclée tout en menant à une résolution claire, perceptible pour l'enfant, on constate que les disputes parentales ne nuisent pas à son épanouissement. Par contre si l'un des parents élève la voix et que l'autre disparaît pendant trois jours sans qu'il y ait eu discussion, puis qu'il revient et que tout repart comme avant sans que rien n'ait été réglé, cela peut avoir un impact négatif sur le développement psychique de l'enfant.

Daniel l'écoutait avec attention.

— Parce que l'enfant ne comprend rien à ce qui se passe, c'est ça ? Le conflit n'éclate pas, mais il est perceptible quand même ?

— Voilà. Si l'un des parents capitule en permanence et qu'un ressentiment non formulé pèse sur l'ambiance familiale, c'est plus lourd à porter pour l'enfant qu'une bonne dispute qui assainit l'atmosphère et mène à la mise en place de nouvelles solutions. Lorsque le conflit reste inexprimé, l'enfant perçoit la tension sans pouvoir la nommer. Il y a de l'incertitude, de la peur — un sentiment d'insécurité diffus.

Daniel posa son verre de vin sur la table de jardin.

— Donc tant que le conflit est exprimé et aboutit à une réconciliation claire, le couple et la famille ne vont pas si mal que ça ? Je n'avais jamais analysé les choses sous cet angle.

— Contrairement à ce que l'on pense, assister aux disputes de ses parents est formateur pour un enfant. On se construit en s'identifiant, mais aussi en s'opposant à l'autre ; le conflit est donc inhérent à la vie. Il survient partout, à tout moment. Pas seulement avec notre partenaire de vie, mais aussi en amitié, dans le cadre professionnel, et en nous-mêmes ! Apprendre à tolérer la conflictualité est une aptitude nécessaire au petit d'homme. Et ce n'est pas plus mal qu'il l'acquière dans un cadre familial, sûr et tolérant. De bons parents montreront à leurs enfants comment faire évoluer un conflit de façon constructive. L'enfant intégrera leur façon d'entrer en interaction et une spirale positive se mettra en place.

— Et que se passe-t-il si un couple est incapable de résoudre ses conflits de façon saine ? Tu penses que leur enfant grandira avec la même incapacité à régler les siens ?

— Ce n'est pas aussi simple et linéaire que cela, mais

il y aura effectivement une propension. En grandissant, ces enfants-là peuvent avoir peur d'exprimer un désaccord, de crainte de contrarier l'autre. S'ils ont vu un de leurs parents rester silencieux, ne jamais riposter mais accumuler de la frustration, ils ne connaîtront peut-être pas d'autre moyen que celui-là pour réagir à un conflit. Ils le fuiront au lieu de l'aborder.

— Ou alors ils basculeront dans l'attitude opposée et deviendront eux-mêmes agressifs.

Pensait-il à son père ?

— C'est une autre possibilité, oui. Mais il arrive aussi que les enfants apprennent à s'opposer et à dialoguer de façon constructive grâce à d'autres personnes que leurs parents. Des camarades de classe. Des enseignants. Rien n'est jamais tracé d'avance. Heureusement.

Il prit une autre grande inspiration.

— Tu sais beaucoup de choses, Molly.

— C'est mon métier. Tout comme toi tu as des connaissances approfondies dans le tien.

— Tu es confrontée à ces questions dans ton quotidien professionnel ?

— Jusqu'à un certain degré seulement. Comme je suis plus dans la théorie, je suis moins impliquée que toi. J'ai écrit pour des blogs sur la gestion du conflit dans le couple.

Elle faillit lui parler de son nouveau livre mais comprit à temps que cela la conduirait à des révélations qu'elle n'était pas encore prête à assumer. Pas tout de suite, en tout cas. C'était trop tôt. Sa relation avec lui était encore balbutiante et l'expérience lui avait appris à préserver ses secrets.

— C'est crucial d'apprendre à se positionner dans un couple. On ne peut pas passer une vie entière avec quelqu'un qui non seulement ne vous écoute pas, mais en plus piétine vos convictions, vos espoirs.

— C'est ce qui s'est passé pour ma mère. Mon père était rigide, maniaque et incapable de maîtriser ses accès de colère. Un rien suffisait à déclencher ses coups de gueule homériques. Si ma mère exprimait même timidement son désaccord sur un point de détail, il montait sur ses grands chevaux. Chaque fois qu'elle tentait de formuler une opinion qu'il ne partageait pas, il partait en live. Si elle portait des vêtements qui lui déplaisaient, souriait d'une manière qui ne lui revenait pas...

Il s'interrompit pour scruter le verre qu'il tenait à la main.

— Ce que tu viens de dire... Je n'avais jamais vu la situation sous cet angle. Que les conflits domestiques peuvent être formateurs pour un enfant. Alors que j'ai plutôt tendance à freiner des quatre fers lorsqu'il s'agit de maintenir les chères têtes blondes dans ce que je considère être un environnement familial destructeur.

— Attends, ne me fais pas dire ce que je n'ai pas dit. Je suis convaincue qu'il existe de nombreux cas de figure où un enfant grandira dans de meilleures conditions si ses parents se séparent. Tout ce que j'affirme, c'est qu'avoir des parents qui se disputent n'est pas forcément nuisible en soi.

Elle se tut un instant pour le regarder.

— J'en conclus qu'on n'était pas très doué pour la résolution de conflit, dans ta famille ?

— Le jet d'assiettes contre le mur compte ?

Elle ressentit un élan de compassion.

— Je suppose que c'est une façon de s'y prendre. Ça devait être terrifiant d'assister à ces scènes ?

— Assez, oui. Mon père avait un caractère exécrable et ma mère tremblait devant lui. Toute sa vie avec lui était organisée de façon à éviter de le contrarier dans la mesure du possible. « N'énerve pas ton père ! » : le leitmotiv qui a hanté toute mon enfance. Ma mère, c'était la femme que tu as décrite : celle qui quitte la scène du conflit et referme la porte. Elle ne prononçait pas un mot, ne critiquait pas mon père devant nous. Mais je l'entendais sangloter dans sa chambre.

Elle posa la main sur son bras et sentit ses muscles durs et tendus sous le fin tissu de sa chemise.

— Je ne sais pas comment tu as fait pour tenir.

— J'étais trop occupé à essayer de protéger les jumelles pour penser aux conséquences pour moi. La violence n'était jamais physique, mais même verbale elle peut faire de gros dégâts. Fliss n'hésitait pas à lui voler dans les plumes, ce qui n'était pas génial non plus. Mais Harriet...

Il fronça les sourcils et secoua la tête.

— Il suffisait qu'il hausse le ton pour que la peur la paralyse. Elle avait un gros problème de bégaiement, étant petite. Lui, ça le rendait fou. Et plus il hurlait, plus elle bafouillait, bien sûr. Il y a eu un incident, une fois au collège...

Il hésita.

— Un spectacle avait été organisé où elle devait réciter un poème en public. Fliss et moi, on l'avait coachée à fond. À force d'entraînement, Harriet avait bien surmonté son bégaiement. Elle récitait son truc sans bafouiller ni rien. Elle était surexcitée, très sûre d'elle et fière comme un paon. Et voilà qu'au moment où elle monte sur scène, elle voit mon père installé dans la rangée du fond. Il ne venait strictement jamais aux soirées organisées pour les parents. Je le suspecte de s'être montré ce soir-là uniquement parce qu'il savait à quel point c'était vital pour Harriet de réciter ce poème à la perfection.

Un frisson glacé parcourut Molly. Il n'était pas difficile de deviner la suite.

— Elle l'a vu et n'a pas pu sortir un mot.

— Voilà. Par cette seule action cruelle, il réduisait à néant tous les efforts acharnés d'Harriet pour surmonter son handicap. Fliss était tellement furieuse qu'elle s'est jetée sur lui armée d'une poêle à frire.

Molly fut horrifiée.

— Tu avais quel âge ?

— Je ne sais plus. Seize ans, peut-être ? Les filles devaient en avoir onze. Il nous arrivait aussi, ici et là, de mener une vie à peu près normale. Surtout les étés, en fait, qu'on passait dans les Hamptons avec notre grand-mère pendant que notre père restait travailler en ville. Ma grand-mère a une maison juste au bord de l'océan. C'est un endroit spectaculaire. Des promoteurs lui ont proposé une petite fortune pour qu'elle leur cède son terrain mais elle a toujours refusé. Donc elle tient bon, avec sa modeste maison de bord de plage, entourée de grosses demeures cossues. À part les quelques week-ends où mon père venait nous rejoindre, on était parfaitement heureux là-bas. Ma mère m'a confié plus tard qu'elle avait rêvé d'une vie où nous serions juste nous quatre, avec la mer en toile de fond.

— Donc tu es devenu avocat pour que d'autres puissent avoir l'enfance à laquelle tu n'as pas eu droit... Et ton père ? Qu'est-il devenu ?

— Il y a cinq ans, il a fait un premier infarctus. Et un second l'année qui a suivi. Ça lui a un peu adouci le caractère. Mais uniquement parce qu'il a peur. Il a passé sa vie à rembarrer les autres et à les éloigner de lui, et maintenant il s'aperçoit qu'il est très seul.

— Tu ne le vois plus ?

— Il m'a rayé de sa vie parce qu'il estime que c'est ma faute si maman a fini par le quitter. Moi, ça me va bien comme ça.

Il s'accouda à la rampe, les yeux rivés sur les premières ombres nocturnes tombant sur Central Park.

— Il a aussi coupé les ponts avec Fliss.

— Mais pas avec Harriet ?

— Elle va lui rendre visite à l'occasion. Mais ça la secoue chaque fois qu'elle passe un moment avec lui. Je crois que de nous trois c'est elle qui a le plus souffert de notre enfance. Même maintenant, lorsqu'elle stresse, le bégaiement réapparaît parfois. C'est une des raisons pour lesquelles elle travaille avec des animaux plutôt qu'avec des êtres humains.

— Et ta mère ?

L'expression de Daniel se radoucit.

— Une fois séparée de mon père, elle a entrepris de se reconstruire. Un peu comme un tout petit enfant qui apprend à marcher. Un pas après l'autre. Le sentiment d'exaltation quand on se lance. Puis la prise de conscience qu'à force d'avancer, même lentement, on finit par arriver quelque part. Assister à sa métamorphose progressive a été un vrai plaisir. Elle a repris ses études, passé un diplôme d'infirmière. Et l'année dernière, elle a décidé qu'elle voulait voir le reste du monde. En ce moment, elle fait un trek en Amérique du Sud avec trois amies qu'elle a rencontrées dans un groupe de soutien auquel elle participait.

— C'est une belle histoire.

— Oui. Elle vit enfin *sa* vie.

Il soupira et vida son verre.

— Et je viens de te confier un tas de trucs dont je ne parle jamais à personne. C'est ce qui arrive, apparemment, quand on s'attarde assez longtemps pour causer après avoir couché.

Elle sourit.

— Peut-être. Cela arrive aussi lorsqu'on fait confiance à quelqu'un.

La conversation semblait avoir renforcé l'intimité entre eux au lieu de remettre de la distance.

Daniel tourna la tête pour la regarder, avec une lueur particulière dans les yeux.

— C'est possible, oui.

Il lui passa la main sur la joue et ses doigts s'attardèrent sur le visage de Molly.

— Elle te va bien, ma chemise. Comment tu fais pour avoir l'air sexy avec ce truc-là sur le dos ?

Le pouls de Molly s'accéléra à son contact.

— C'est la lumière du soir, murmura-t-elle d'une voix rauque. Elle est connue pour être flatteuse.

— En attendant, la nuit tombe et je ne t'ai toujours pas nourrie.

— Pas grave. Je n'ai pas faim.

— Demain. On refera un nouvel essai.

Il se pencha sur ses lèvres.

— Je t'inviterai à dîner quelque part. Dans un lieu public, au moins, il n'y a aucun risque que je t'arrache tes vêtements. Et on parlera de toi, cette fois, pas de moi.

— Je suis prise, demain.

— Tu fais passer le vélo machin-chose avant le sexe ?

— Il ne s'agit pas de sport.

— D'un cours de cuisine, alors ? De salsa ? Je ne sais même pas quel jour on est.

— C'est une sortie liée à mon boulot.

Une sortie professionnelle qu'en cet instant précis, avec le regard de Daniel rivé au sien, elle était tentée d'annuler. Mais elle était consciente de ne pas pouvoir se le permettre. Les enjeux étaient importants pour elle.

— Ça se termine à quelle heure, ton truc ? Tu pourrais passer ici en sortant.

Lorsque la main de Daniel glissa sous sa chemise, elle se sentit faiblir en flèche.

— Je suis libre après-demain toute la soirée.

— Parfait.

Les mots lui parvinrent étouffés car il avait les lèvres enfouies dans son cou.

— Ça me laissera le temps de nettoyer le reste des débris de verre dans la cuisine.

Chapitre 13

— Vu que le père n'a pas exercé son droit de visite et d'hébergement un seul week-end au cours du premier trimestre de l'année et qu'il ne s'est pas conformé, de par son comportement, au...

Daniel tourna brièvement la tête lorsque Marsha entra dans son bureau puis revint à sa conversation téléphonique.

— Oui, voilà. C'est ce que je vous disais... Il a manqué deux réunions parents-profs, donc je ne pense pas, mais on en reparlera plus tard.

Il raccrocha et examina Marsha.

— Tu as ta tête des mauvais jours, mais je te préviens : rien ne pourra me mettre de mauvais poil aujourd'hui.

Il avait passé la meilleure soirée de sa vie. Et pas seulement sur le plan sexuel, même si le sexe avait occupé l'essentiel de ses pensées ce matin. Il y avait eu plus entre eux qu'une bonne partie de sexe. Il avait apprécié la façon dont elle l'avait écouté. La facilité avec laquelle ils parvenaient à communiquer. Se connaissant, il aurait pu regretter a posteriori d'en avoir trop dit sur son compte, mais au final il était tout à fait à l'aise avec ça, au contraire. Il aurait pu parler à Molly toute la nuit. Quand il n'était pas occupé à lui faire l'amour. Ce qui était d'ailleurs plus ou moins ce qui s'était passé. La seule chose qu'ils avaient omis de faire, c'était de s'alimenter. Mais il saurait se faire pardonner. Il l'inviterait à dîner quelque part. Dans le meilleur resto gastronomique qu'il connaissait. Et le plus romantique, bien sûr.

Se renversant contre son dossier, il sourit à Marsha.

— Alors ? Comment comptes-tu faire éclater ma bulle de bonheur, aujourd'hui ? Tant que tu ne m'annonces pas que tu pars, je suis prêt à tout entendre.

L'expression de Marsha disait clairement qu'il n'était pas si prêt que cela à encaisser la nouvelle qu'elle avait en réserve.

— Tu as passé une bonne soirée, hier ? demanda-t-elle prudemment.

Ce n'était pas dans les habitudes de Marsha de tourner autour du pot, mais il joua le jeu.

— J'avais rendez-vous avec Molly. Et toi ?

— On s'est fait un petit resto avec mes filles.

Elle posa un café sur son bureau.

— Molly, c'est la fille qui est venue l'autre fois ? Celle avec le beau berger allemand ?

— Celle-là même. Je pense qu'elle te plairait. Elle est intelligente, avec pas mal d'humour et une super écoute.

Ce qui ne l'empêchait pas d'être phénoménale au lit, ajouta-t-il pour lui-même. Et sexy. Après l'athlète à la queue-de-cheval irrésistible qui courait d'une foulée conquérante, il avait découvert la femme sûre de sa féminité, avec robe ajustée et talons de tombeuse. Le souvenir fit monter sa température corporelle de quelques degrés. Il avait vaguement cru entrevoir de la lingerie en dentelle, mais il avait été trop pressé de virer leurs vêtements pour prêter à ces détails exquis toute l'attention qu'ils méritaient. La prochaine fois, il ferait mieux. Il avait plus que hâte. Et trouvait d'ailleurs un peu frustrant d'avoir à patienter jusqu'au lendemain.

Lui qui n'avait jamais eu ni le temps ni l'envie de voir ses conquêtes deux soirs consécutifs se surprenait à éprouver une légère contrariété à l'idée que Molly ait d'autres projets pour le soir même.

Il se força à se concentrer sur les problèmes pros du jour.

— Tu voulais me parler de quoi, alors ?

— Tu as demandé à Max de découvrir la véritable identité d'« Aggie ».

— Vu la tête que tu fais, le résultat ne va pas me plaire.

— J'estime qu'elle fait du bon travail. Je n'approuve pas forcément que tu aies entrepris de la démasquer et de la prendre à partie.

— Tu ne dramatises pas un peu, là ?

Elle lui jeta un regard prolongé.

— Une fois que tu sauras qui elle est, tu te diras que tu aurais mieux fait de ne pas te poser la question.

— Donc il s'agit d'une personne réelle ? Je pensais que tu allais m'annoncer qu'Aggie n'était rien d'autre qu'un *call center*, avec des centaines de personnes donnant des conseils au hasard en se basant sur des textes produits par des ordinateurs. Je suis heureux d'apprendre qu'il existe un individu en chair et en os à qui je pourrai dire en face ma façon de penser.

— Pour ce qui est de la voir en face... c'est comme si c'était fait.

— Super.

Il tendit la main pour prendre le document. Marsha hésita.

— Poser trop de questions n'est pas toujours une stratégie payante. Il arrive que l'on apprenne des choses que l'on aurait préféré ignorer.

— Cela fait partie de nos rares points de désaccord, Marsha. J'ai toujours eu pour principe de poser le plus de questions possible. Cela me permet de prendre une décision éclairée.

Il garda la main tendue et elle lui remit le dossier à contrecœur.

— Aggie est le pseudo de Kathleen Parker. Docteur de son état.

Elle avait prononcé le nom lentement, avec emphase, en guettant sa réaction.

Le regard de Daniel se posa sur le document avant de se lever de nouveau vers elle. Avait-il loupé quelque chose ?

— Docteur en quoi ? En arnaque ? Charlatanerie aggravée ?

— Docteur en psychologie, Daniel. Le docteur Kathleen *Molly* Parker est psychologue.

Daniel tressaillit. Le sang lui cognait aux oreilles.

— Tu as dit... Molly ?

— J'ai dit Molly.

— *Ma* Molly ?

— Je doute qu'elle reste tienne très longtemps si elle apprend que tu enquêtes sur elle dans son dos. Ou peut-être que tu le lui as déjà dit ?

— Je ne me serais jamais permis d'effectuer la moindre vérification sur ses antécédents à *elle*. Je me suis juste intéressé à « Aggie ». Et techniquement, c'est Max qui s'en est chargé.

— Il semble en tout cas que Molly et Aggie soient une seule et même personne. Aggie est son pseudonyme.

— Non, c'est une erreur. Je suis *sûr* que c'est un malentendu...

Daniel se leva pour arpenter le bureau à grands pas puis s'immobilisa devant la fenêtre. Il réfléchissait à toute vitesse. Non, ce n'était pas possible. Si Molly avait été Aggie, elle le lui aurait dit. Après tout ce qu'il lui avait confié — tout ce qu'ils avaient partagé...

Il songea au nombre de fois où elle avait changé de sujet lorsqu'il l'avait interrogée sur son activité professionnelle. Aux questions qu'il avait essayé de lui poser et à ses réponses brèves et évasives.

Elle lui avait dit qu'elle était psychologue mais ses explications s'étaient arrêtées là.

Il garda le dos tourné.

— Dis-moi ce qu'il y a dans ce dossier, Marsha.

— Tu peux le lire toi-même. Ou appeler Max et il te...

— Je veux que tu me le dises *toi*.

Même si une part de lui aurait préféré ne pas savoir. Pour la première fois de sa vie, il prenait un réel plaisir à être avec une femme et voilà qu'on lui assenait qu'elle n'était pas qui elle prétendait être.

Il pouvait comprendre qu'une psychologue respecte le secret professionnel pour protéger ses patients, mais ce n'était clairement pas cette confidentialité-là qui était en jeu. Le vrai problème, dans l'histoire, c'est qu'elle n'avait pas confiance en lui. Il lui avait déballé sans hésiter des secrets sur son passé qu'il n'avait jamais divulgués à personne. Et elle avait refusé de s'ouvrir à lui de son côté.

Il ne se retourna pas, se contentant d'écouter pendant que Marsha lisait le rapport.

— Elle a passé à l'université d'Oxford un doctorat en psychologie clinique. Son blog « Parle avec elle » reçoit huit millions de visites par semaine...

Elle se tut lorsqu'il jura tout haut.

— Oui, elle a un gros, gros succès, reprit-elle. Son premier livre *Ensemble pour le long terme* s'est vendu à un demi-million d'exemplaires dans les deux semaines qui ont suivi sa parution. Et son second livre...

— Attends...

Il se passa la main dans les cheveux. Voilà donc pourquoi il avait trouvé un exemplaire de l'opus d'Aggie chez elle. Elle ne l'avait pas acheté pour obtenir des conseils. Elle avait écrit ce fichu best-seller elle-même !

Lentement, par touches successives, l'image qu'il se faisait de Molly se modifiait, prenait une forme nouvelle.

« Il t'arrive de faire du conseil relationnel ? Conjugal ?

— Entre autres. »

Il se retourna et vit le regard prudent de Marsha rivé sur lui, comme si elle guettait les réactions d'un tigre échappé du zoo. Elle devait se demander s'il était prudent de poursuivre ou non.

Daniel serra les mâchoires.

— Continue.

Marsha s'éclaircit la voix.

— Elle vient de signer un nouveau contrat de publication avec Phoenix Publishings. Mais on n'en sait pas plus pour l'instant.

— Phoenix Publishings ? Ce n'est pas la maison d'édition qui voulait que j'écrive un bouquin sur comment survivre à un divorce ?

— Ceux-là mêmes, oui. Tu veux entendre la suite ?

— Non.

Il en avait déjà entendu plus qu'assez. Ce qu'il lui fallait maintenant, c'était une explication avec « Aggie ». Ou Molly. Il ne savait plus très bien avec qui, à vrai dire.

Comment Molly et Aggie pouvaient-elles être une seule et même personne ? Avec l'une, il ne demandait qu'à faire l'amour, alors que l'autre il avait juste envie de l'étrangler à mains nues.

Il avait vu en Aggie un charlatan — une de ces pseudo-psys autoproclamées qui inondaient le marché. Résultat : elle était intelligente et diplômée.

Le café apporté par Marsha était resté sur son bureau, ignoré et oublié.

Pourquoi n'avait-elle pas voulu lui dire qu'elle était chroniqueuse pour le courrier du cœur version 2.0 ?

À quoi rimait son silence ? Rien n'aurait dû la retenir de lui parler ouvertement de son gagne-pain, non ? Il était désorienté. Et sous la perplexité grondait l'irritation. Elle l'avait accusé de l'avoir trompée alors que la supercherie de Molly était bien plus grave que la sienne. Tout ce qu'il avait fait, c'était emprunter un chien. Alors qu'elle lui dissimulait un pan majeur de son identité !

Marsha l'observait toujours.

— Tu es en colère pour des raisons pros ou persos ?

Il revit Molly nue au-dessus de lui, rieuse, les yeux plongés dans les siens. Puis il se souvint de la façon dont elle l'avait écouté la veille, sur la terrasse.

Elle avait l'art de faire en sorte que les gens lui parlent d'eux-mêmes. Et l'art de garder le silence sur elle-même de son côté.

Il répondit entre ses dents.

— Des raisons professionnelles, c'est tout. Mais au fait, je n'étais pas invité à un raout organisé par cette maison d'édition ?

— Ce soir même, oui. Ils donnent un cocktail plus ou moins confidentiel au Met. Tu m'as dit de décliner l'invitation.

— Eh bien, dé-déclines. J'ai l'intention d'y aller.

— Pour discuter du projet qu'ils veulent te soumettre, j'espère ? Parce que, si tu vas là-bas pour faire un scandale, je n'ai pas envie de m'en mêler. Je n'ai rien contre Aggie, au contraire. Son bouquin est excellent et...

— Son nom est Molly. Appelle les gens de Phoenix. Invité ou non, j'y vais. Et dis à Max d'oublier tout ce qu'il sait au sujet d'Aggie. Je ne veux surtout plus qu'on mette cette histoire sur le tapis.

Marsha lui jeta un regard soucieux.

— Je n'aime pas te voir souffrir comme ça.

— Souffrir ?

Il reconnut à peine le son de sa propre voix.

— Je ne souffre pas.

— Mais je croyais qu'elle et toi, vous...

— Quoi ? Tu sais très bien que le tralala amoureux, ce n'est pas mon truc. Entre Molly et moi, c'est sympa, on passe de bons moments. Mais il n'y a pas de liens émotionnels.

— Tu es sûr ? Parce que je me demandais si peut-être, cette fois-ci...

Marsha s'humecta les lèvres.

— Quoi ?

— Depuis quelques semaines, tu n'es pas comme d'habitude. Je pensais... Enfin, je me demandais s'il n'y avait pas une forme d'attachement qui se mettait en place ?

Daniel, qui faisait les cent pas, s'immobilisa net. Il tombait sincèrement des nues.

— Qu'est-ce qui te fait dire une chose pareille ?

Marsha secoua la tête.

— Rien. Rien du tout. C'est juste que tu me parais vraiment très furieux, c'est tout.

— Exact, je suis bel et bien furieux. J'ai horreur qu'on se foute de moi.

C'était légitime comme réaction, non ? Il ne comprenait pas comment Marsha pouvait imaginer qu'il s'agissait peut-être d'autre chose. Naturellement, il tenait à Molly. Mais pas de façon profonde ou significative. Il avait été cent pour cent sincère lorsqu'il s'était engagé à ne jamais tomber amoureux d'elle. De ce côté-là, pas d'inquiétude à avoir. Aucune ombre ne pesait sur leur relation.

Enfin si, une seule, mais elle était de taille : elle lui avait dissimulé qui elle était.

Le toit en terrasse du Metropolitan Museum of Art offrait une des meilleures vues de la ville, avec Central

Park au premier plan sur fond de gratte-ciel de Midtown Manhattan. Les silhouettes contrastées des hautes tours semblaient émerger d'un océan de verdure. Comme si New York était déterminée à rappeler au spectateur fasciné qui étaient les vraies vedettes sur la scène.

Et qui, d'ailleurs, se risquerait à l'oublier ?

Molly sourit en acceptant un verre de champagne. Vu son état, elle aurait probablement pu se passer d'en boire. Elle se sentait déjà comme si elle avait descendu une bouteille entière cul sec après avoir flotté toute la journée sur un nuage de pure félicité. Elle était excitée jusqu'au vertige et une partie d'elle regrettait de ne pas avoir inventé une excuse pour se soustraire à ses obligations d'auteure et courir au plus vite rejoindre Daniel. Si elle avait eu cette audace, ils seraient au lit en train de faire l'amour, avec les fenêtres ouvertes sur le parc, songea-t-elle avec un frisson.

Elle sortit subrepticement son téléphone de son sac, mais il n'avait toujours pas laissé de message. Peut-être qu'il hésitait encore sur le choix du restaurant où il voulait l'inviter le lendemain ? Elle aurait dû lui dire qu'elle se serait volontiers contentée d'un bol de chips tortillas avalées à deux entre les draps.

Perdue dans une semi-rêverie, elle déambula jusqu'à l'extrémité de la terrasse pour s'accouder à la rambarde et fit passer alternativement son poids d'un pied sur l'autre. Comment expliquer que des chaussures, si confortables au moment où on les enfilait, se transformaient en instrument de torture après un port de quelques heures ? Encore un de ces mystères de la vie qui resterait à jamais insoluble.

Son regard s'attarda sur le parc. Elle y courait tous les jours mais ne le voyait jamais sous cet angle. À travers la voûte fournie des frondaisons, elle discernait les méandres paresseux des allées qui apparaissaient dans les trouées, avec la *skyline* en toile de fond.

Elle se dressa sur la pointe des pieds pour essayer de repérer l'endroit où Daniel et elle s'étaient rencontrés pour la première fois. Au fond, il ne se passait pas un instant sans qu'elle pense à lui. Jusqu'à Daniel, elle n'avait expérimenté le sexe qu'en tant qu'ingrédient d'une relation « complète ». Et le contexte amoureux avait agi comme un frein. Maintenant seulement, elle prenait conscience qu'elle avait beaucoup contenu ses réactions. Avant Daniel, elle n'avait jamais fait l'amour de façon aussi désinhibée, aussi *réelle*. Alors qu'avec lui, elle avait pu être entièrement libre et elle-même. L'expérience avait été si intense et débridée qu'elle se demandait comment elle allait pouvoir patienter vingt-quatre heures de plus avant de se retrouver avec lui dans un lit.

Perdue dans une rêverie contemplative, elle prêtait une oreille distraite au murmure des conversations et au tintement des verres dans son dos lorsqu'elle entendit prononcer son nom.

Elle se retourna et vit Brett Adams, le P-DG de Phoenix Publishings, se diriger vers elle en compagnie d'un homme qui lui ressemblait beaucoup et d'une grande jeune femme souriante.

— Aggie !

Avec une familiarité toute new-yorkaise, Brett l'embrassa amicalement sur les joues.

— Je suis content que vous ayez pu vous joindre à nous. On a tous hâte de voir paraître votre prochain ouvrage, dans l'équipe. Nous avons de grands projets en ce qui vous concerne.

— Je me réjouis aussi beaucoup de notre collaboration.

Elle était à la fois soulagée et reconnaissante que Brett ait utilisé son pseudonyme. Il lui avait assuré que son identité serait protégée à l'occasion de cette réception qui se déroulait en petit comité, avec les auteurs maison et quelques invités triés sur le volet. Il lui avait certifié qu'il n'y aurait ni photographes ni journalistes désireux de faire un papier sur la « mystérieuse Aggie ».

— Voici Chase, mon frère, et sa femme, Matilda. Matilda est une de nos étoiles montantes. Elle écrit de superbes romans et fait partie de vos grandes admiratrices. Il y a déjà un moment qu'elle me harcèle pour que j'organise une rencontre entre vous.

Matilda était jolie et élancée, avec une masse de cheveux bruns et un regard amical.

— J'ai vraiment pris un immense plaisir à lire *Ensemble pour le long terme.* Je m'en suis servie comme source d'inspiration lorsque j'écrivais mon roman précédent. Vous avez une façon de parler de psychologie qui fait sens. On a l'impression que c'est évident ! Je regrette de ne pas avoir eu votre super mode d'emploi entre les mains quand j'étais encore célibataire.

Matilda avança le bras pour lui serrer la main... et heurta le champagne de Molly dans la manœuvre.

— Oups. Désolée. C'est tout moi, ça.

— Tenez, donnez-le-moi.

Chase lui retira prestement le verre des doigts avec une aisance qui attestait que ce n'était pas la première fois qu'il sauvait sa femme d'un de ces petits désastres du quotidien.

Matilda lui jeta un regard reconnaissant qu'il reçut avec une tendresse amusée. Leur façon de vivre leur couple faisait plaisir à voir et Molly en conclut que ces deux-là n'avaient pas besoin de ses conseils pour améliorer leur relation.

— Je suis contente que la lecture de mon bouquin vous ait inspirée pour votre roman. Vous en avez écrit beaucoup pour Phoenix ?

— Je n'en suis qu'à mon troisième, donc je me considère encore un peu comme une débutante.

Brett secoua la tête.

— Ne l'écoutez pas, elle est trop modeste. Son premier roman a figuré d'emblée parmi les best-sellers recensés par le *New York Times.* Ce qui est rare pour un auteur débutant. L'héroïne de ce livre est une fille forte, authentique et désarmante. Et beaucoup de femmes se sont reconnues en elle. Je suis sûre qu'il vous plairait, Aggie. Je vais demander à mon assistante de vous en faire parvenir un exemplaire.

— Ça me ferait vraiment très plaisir ! Vous êtes sur un nouveau projet en ce moment, alors ?

— Mon troisième, oui. Et il faut que je mette les bouchées doubles pour le terminer avant l'été.

Matilda plaça la main sur son ventre et adressa un sourire rayonnant à son mari.

— À partir du mois d'août, nous allons être très occupés.

Molly sourit.

— Mes félicitations.

— On est impatients de le voir arriver !

Ils conversèrent de façon très détendue pendant quelques minutes, puis quelqu'un s'approcha pour requérir l'attention de Brett et de Matilda. Molly s'écarta pour leur laisser la place et eut la surprise de se heurter à la masse compacte d'un torse masculin sculpté dans le granit.

— Bonsoir, Molly.

Elle aurait reconnu cette voix de basse profonde et virile n'importe où. Parcourue d'un frisson de pure adrénaline, elle se retourna.

— Daniel ? Qu'est-ce que tu fais ici ?

Elle était tellement, tellement heureuse de le voir. Pour la première fois de sa vie, elle était tentée de se comporter comme Valentin et de lui tourner autour en faisant de petits bonds enthousiastes.

— J'allais te poser la question.

Son ton était froid. Beaucoup plus que ne l'aurait laissé présager la façon dont ils s'étaient quittés le matin même.

Son attitude distante la prit par surprise. Même s'il n'y avait pas d'investissement amoureux entre eux, leur relation était complice, amicale. Il existait une connexion forte entre eux qui avait ajouté une dimension supplémentaire à leur entente sexuelle.

Mais la connexion en question n'était plus du tout sensible en cet instant. Elle le sentait très différent de l'homme qu'elle avait connu jusque-là.

Parce qu'ils se voyaient en public pour la première fois ? Non. C'était autre chose. Il y avait une lueur dans son regard qu'elle ne lui connaissait pas. Quelque chose de dur qu'elle n'avait encore jamais perçu chez lui. Elle le savait, pourtant, qu'il pouvait être redoutable. Mais il dissimulait sa férocité sous une bonne couche de charme qui vous faisait oublier sa réputation.

C'était comme jouer avec un lion apprivoisé et finir par en oublier sa nature d'animal sauvage.

Elle avait devant elle Daniel l'avocat et non plus Daniel l'amant.

Son excitation retomba, soudain remplacée par la panique lorsqu'elle prit conscience, un peu tard, de l'inconfort de sa position.

Elle n'était pas venue à cette soirée en tant que Molly.

Et il allait vouloir connaître la raison de sa présence.

— Daniel Knight ! Quelle excellente surprise !

Brett s'avança pour lui serrer énergiquement la main.

— Ravi de vous avoir parmi nous. J'espère que cela signifie que vous envisagez de répondre positivement à notre proposition ? Et je vois que vous avez déjà fait la connaissance d'Aggie. Je suis sûr que vous auriez des quantités de choses à vous dire, elle et vous. Aggie est psychologue et ce qu'elle écrit au sujet du couple et de l'amour est aussi perspicace que passionnant. Son livre constitue le plus gros succès éditorial de l'année dernière, pour Phoenix. Et nous espérons un triomphe équivalent pour son prochain ouvrage.

Molly ferma brièvement les yeux. En la présentant sous son pseudonyme, Brett pensait protéger son identité. Alors qu'il venait de la révéler avec fracas.

Elle se sentait atrocement mal à l'aise. Et réalisa avec horreur qu'elle s'exposait aux pires accusations d'hypocrisie. Elle avait été outrée lorsqu'elle avait découvert que Brutus n'était pas le chien de Daniel, mais ce qu'elle avait omis de lui dire d'elle-même était infiniment plus grave. Comment allait-il réagir ? Une vague de nausée montait, de manière presque irrépressible. Daniel, qui lui avait confié des choses très personnelles, pouvait se sentir en position de vulnérabilité vis-à-vis d'elle. Or un homme vulnérabilisé avait tendance à attaquer pour se défendre. Et une façon d'y parvenir serait la vengeance. Or la première mesure de rétorsion qui lui viendrait à l'esprit ne serait-elle pas de dévoiler son identité à la face du monde ?

Elle se préparait à l'entendre réagir par une allusion railleuse, mais il ne dit rien, se contentant d'écouter Brett qui poursuivait ses présentations sans paraître percevoir la tension qui électrifiait l'atmosphère.

— Daniel fait partie des meilleurs avocats du divorce de Manhattan. J'essaie de le convaincre de rédiger un livre mode d'emploi du style *Divorçons civilisé* ou un titre de ce genre. Peut-être que vous devriez vous associer tous les deux, d'ailleurs ? En conjuguant vos expériences vous pourriez écrire ensemble un livre passionnant.

Daniel salua cette proposition d'un bref sourire impassible.

Les nerfs de Molly étaient tendus à se rompre. Ferait-il une remarque devant Brett, ou attendrait-il au moins qu'ils soient entre quatre yeux ? Elle aurait presque voulu que ça sorte tout de suite — pour en finir, plutôt que de continuer à subir cette torture.

Elle vida son verre en quatre grandes gorgées, à peine consciente que Brett s'éloignait pour s'adresser à un petit groupe de personnes qui lui avaient fait signe à l'autre bout de la terrasse.

Daniel cueillit deux autres verres sur un plateau et les plaça en équilibre sur un muret.

— Sers-toi. Tu as l'air d'en avoir besoin, Molly. Ou dois-je t'appeler Aggie ? Je suis un peu perdu, j'avoue.

Il n'avait pas l'air perdu *du tout*. Elle se demandait d'ailleurs comment interpréter son expression. Le soleil qui se couchait dans le dos de Daniel empêchait Molly de déchiffrer ses traits.

— Daniel...

— Tu as donc un blog très fréquenté et un nombre impressionnant de followers sur les réseaux sociaux. C'est marrant comme tu as oublié de me parler de ce « détail », alors qu'on s'excitait nus dans un lit.

Il se pencha vers elle, son souffle tiède glissant sur la joue de Molly.

— C'est la première fois que j'ai des relations sexuelles avec deux femmes à la fois. J'avoue que je suis intrigué. J'ai couché avec Aggie ou avec Molly ? Toi qui as toujours tant de conseils à donner, pourrais-tu m'éclairer ?

Le couple qui se tenait à côté d'eux jetait des regards curieux dans leur direction.

Mortifiée, Molly avala d'un trait son second verre et s'écarta de quelques pas.

— Il y a plein d'auteurs qui utilisent un nom de plume. Regarde autour de toi. Je doute que tu trouves beaucoup d'écrivains ici qui écrivent sous leur vrai nom.

— Et je doute qu'ils soient nombreux ici à dissimuler leur double identité à leurs amis. Surtout les amis avec qui ils prennent leur pied au lit. Si « Aggie » est un simple pseudonyme, pourquoi ce secret ?

Des ondes de colère froide émanaient de lui.

— Probablement pour les mêmes raisons qui ont fait que tu ne m'as rien dit pour Brutus.

— Ça n'a rien à voir ! C'est...

Il jura tout bas et se passa la main dans les cheveux. La lumière qui brillait dans ses yeux s'était assombrie.

— Je ne te connaissais pas encore quand j'ai emprunté ce chien.

Quelque chose dans le ton de sa voix lui noua la gorge, bloquant sa respiration.

Elle fut tentée de lui répondre qu'il ne la connaissait toujours pas plus maintenant, mais ce serait un mensonge. Daniel ignorait encore certains détails de son passé, mais il en savait sur elle plus que n'importe qui.

— Je maintiens une séparation stricte entre mon identité professionnelle et mon identité privée. Je préfère fonctionner comme ça.

— Donc tu me fais suffisamment confiance pour te trémousser avec moi dans un lit, mais pas assez pour me dire qui tu es.

Elle perçut clairement les accents blessés dans sa voix. *Son amour-propre.* Voilà en quoi elle avait dû le blesser. Il lui avait parlé et elle ne lui avait pas offert la réciproque.

— Tu ne m'as dit de toi que ce que tu étais prêt à me dire, Daniel. Je ne t'ai rien extorqué.

— Le problème n'a rien à voir avec ce que je t'ai dit de moi et tout à voir avec ce que tu n'as *pas* dit de toi.

Quelles que soient les raisons pour lesquelles il se sentait blessé, il n'y avait aucun doute sur le fait qu'elle l'avait heurté. Et elle en était malade. Nuire à Daniel était de loin la dernière chose qu'elle souhaitait.

— Cela semble te poser un gros problème que je sois Aggie. Mais pourquoi ? Je suis sûre que tu avais à peine entendu parler d'elle avant ce soir.

— Oh que si, j'avais entendu parler d'elle.

Il émit un rire bref et dépourvu d'humour. Elle scruta ses traits en regrettant d'avoir bu du champagne sur un estomac vide. La situation exigeait qu'elle rassemble ses esprits. Or ses esprits étaient un peu... dans le flou.

— Tu veux dire que tu fais partie des lecteurs de mon blog ? Je ne te crois pas une seconde.

— Moi, non. Mais mes clients si.

Quelqu'un s'approcha de Daniel pour lui effleurer le bras. Il tourna la tête, dissimulant son impatience sous un sourire machinal.

Il échangea une poignée de main, fit vaguement semblant de s'intéresser à ce qu'on lui racontait et répondit par quelques remarques polies aux remerciements démonstratifs qu'on lui adressait. Puis il se tourna de nouveau vers elle. Son langage corporel disait clairement que le prochain qui s'aviserait de les déranger passerait par-dessus la rambarde.

Malgré les deux verres de champagne, elle avait la bouche soudain très sèche.

— Tes clients ? Quels clients ? Je ne comprends pas...

— L'une des personnes que je conseille souhaitait divorcer, jusqu'au moment où son mari a réussi à l'en dissuader. Tu avais écrit que leur devoir, en tant que parents, était de maintenir le cap conjugal pour le meilleur et pour le pire.

Elle en avait des élancements dans la tête. Elle appuya les doigts sur son front, essayant de se souvenir. Mais comment se remémorer un cas comme celui-ci alors qu'elle écrivait à des centaines de personnes chaque jour ?

— Je ne donne jamais de conseils pour une situation spécifique. J'émets juste des considérations d'ordre général.

— Eh bien, tes « considérations d'ordre général » ont provoqué des turbulences émotionnelles violentes dans une famille qui avait déjà traversé bien assez de cyclones comme ça.

— Je ne vais pas me confondre en excuses pour avoir osé suggérer qu'un mariage peut valoir la peine de faire un nouvel essai avant que le couple ne jette l'éponge. S'il y a des enfants, on ne perd rien à faire au moins une tentative.

— Tu ne sais rien de leur situation.

Il avait raison sur ce point. Mais elle savait aussi que le fond du débat ne concernait pas ses clients. En surface peut-être, mais les enjeux sous-jacents étaient de nature personnelle. C'était son silence au sujet d'Aggie qui avait rendu Daniel furieux. Parce qu'elle avait manqué de confiance envers lui.

Elle posa la main sur son bras et choisit ses mots avec soin.

— Sur le plan personnel et professionnel, j'ai des connaissances assez approfondies. Les gens m'écrivent en me décrivant leur situation à grands traits. Et je leur donne mon opinion. C'est tout. As-tu déjà lu les conseils que je donne ? Tu devrais peut-être jeter un coup d'œil, avant de me balancer des accusations. Au revoir, Daniel.

Les mains tremblantes, elle posa son verre de champagne vide sur un plateau qui circulait et se détourna pour partir.

— Attends.

Il la rattrapa par le bras et elle entendit l'urgence dans sa voix.

— Il y a quelque chose qui me chiffonne, dans cette histoire. Pourquoi tu ne m'as pas dit la vérité ? Et n'essaie pas de me raconter que c'est pour des raisons purement professionnelles de confidentialité. Tu as peur de quelque chose. Qu'est-ce que tu caches, Molly ? C'est en lien avec ce qui t'a fait fuir Londres ? À cause de ton mec précédent ?

Le cœur de Molly battait avec violence. Elle resta muette et il resserra la pression sur son bras.

— Réponds-moi.

Et pourquoi pas, après tout ? Si elle ne le lui disait pas, il finirait par le découvrir de toute façon. Elle pourrait dire ou faire ce qu'elle voudrait, au fond, cela ne changerait pas grand-chose.

— Tu n'as qu'à entrer « Kathleen Parker, docteur en psychologie » dans un moteur de recherche. Tu trouveras toutes les explications que tu souhaites.

— Kathleen Parker. Molly. Aggie. Tu as encore d'autres identités dans ta collection ?

Elle se dégagea d'un geste brusque. Mais pourquoi se sentait-elle aussi mal ? Ce n'était pourtant pas la première fois qu'elle heurtait la sensibilité d'un homme. Elle en avait blessé certains avec lesquels elle avait noué des engagements bien plus forts qu'avec lui. Daniel et elle n'avaient partagé qu'un moment de plaisir superficiel, alors pourquoi cette implacable tristesse ?

— Kathleen Molly Parker est mon identité complète. Depuis que je vis à New York, j'utilise mon second prénom. Une fois que tu auras cherché sur Internet, tu comprendras pourquoi.

Adviendrait ce qui devait advenir. Il n'y aurait plus de secrets. Plus rien. Il regarderait sur YouTube cette horrible vidéo humiliante. Et découvrirait par lui-même quel genre de personne elle était. Lui en parler avait été une chose. Mais là, il se rendrait compte par lui-même.

« Tu le sais, que tu n'es pas normale ? »

Se détournant avec brusquerie, elle se dirigea vers les escaliers, les pieds broyés par ses escarpins.

Elle s'était déjà engouffrée dans la cabine d'ascenseur lorsqu'elle entendit sa voix.

— Molly ! Molly, attends !

Pour rien au monde elle n'attendrait après ce qui venait d'être dit. Elle actionna le bouton et les portes se refermèrent juste au moment où il voulut lui emboîter le pas.

Elle ferma les yeux de soulagement, sachant que, une fois qu'il aurait vu la vidéo, ce serait fini.

Le lien qui avait existé entre eux, quel qu'il soit, était rompu.

Pourquoi cette fin prématurée l'accablait à ce point, elle n'en avait aucune idée, mais une chose était certaine : elle ne reverrait plus jamais Daniel Knight après ce soir.

Chapitre 14

Molly tambourina à la porte de l'appartement de Mark et Gabe.

Ce fut Mark qui lui ouvrit et son expression absente se mua en sourire amical lorsqu'il la vit sur le palier.

— Molly ! Tu ne devais pas rentrer aussi tôt. Valentin est cloué devant un reality show de la chaîne pour chiens. Tu ne peux pas l'en arracher maintenant !

— Je suis grillée.

Son pouls battait à un rythme accéléré et elle avait le creux des paumes humide.

— Grillée ?

Mark la dévisagea un instant et son sourire s'évanouit.

— Grillée comment ?

— Il est au courant.

Elle repoussa les cheveux qui lui tombaient sur le front et s'aperçut que sa main tremblait.

— Je ne devais pas le revoir avant demain, mais il a débarqué ce soir au Met et Brett m'a présentée à lui comme étant Aggie. Ce n'est pas sa faute. Il pensait me rendre service — couvrir mon secret. Et il est en colère.

— Brett ?

— Daniel. Et... Et je l'ai contrarié, blessé, déçu. Chaque fois, c'est la même chose qui se reproduit quand je suis avec un mec. Je l'avais prévenu, pourtant, mais il n'a rien voulu entendre. Et maintenant, j'ai réussi à foutre toute ma vie en l'air en une seule soirée. Et j'étais si heureuse... Mais c'est le cours habituel des choses, non ? Tu es là, tu t'occupes de tes affaires, tu vis ta vie, tu construis une carrière sympa, et *plof* ! D'un coup, il y a un hashtag et un maximum de bad buzz, et tout le monde a une sale opinion de toi, et tu n'es plus que « cette espèce de charlatan » qui se permet de dispenser de judicieux conseils alors qu'elle ferait mieux de se taire car elle n'a « aucune expérience du domaine dans lequel elle se prétend spécialiste ». Et franchement, je n'ai jamais compris cette critique, parce que personne ne te demande d'avoir parcouru le monde jusque dans ses derniers recoins pour enseigner la géographie. Mais le pire du pire, c'est que je ne voulais pas lui faire du mal.

Qu'allait-il penser d'elle, désormais ? Peut-être qu'au bout d'un moment elle aurait fini par tout lui raconter, au sujet de Rupert. Mais pas si vite, pas de cette façon. Elle aurait attendu qu'ils se connaissent mieux — qu'il y ait moins de risques qu'il porte un jugement.

— Hou là... Attends une seconde et rembobine, s'il te plaît. À qui as-tu fait du mal et comment ? À Daniel ? Qu'est-ce qu'il fabriquait au Met ? Tu as un look super, entre parenthèses. J'adore ta robe. Cette nuance de bleu et ces sandales à effet croisillon — magnifique.

Elle s'en fichait, de sa robe, de son look. Elle se fichait de tout à vrai dire, sauf de ce que faisait Daniel à l'instant même. Et de ce qu'il allait penser d'elle.

Valentin arriva en bondissant vers la porte, la saluant avec des aboiements de pure extase.

Elle se pencha pour l'embrasser, rassérénée par sa présence. Submergée d'amour, elle caressa sa belle robe tachetée et inhala sa bonne odeur de chien.

— J'aurais dû rester avec toi, ce soir... Mais oui, tu es le plus beau, Valentin... Je ne sais pas pourquoi Daniel était au Met.

Elle se redressa, avec la tête qui lui tournait encore et la panique qui lui dévorait l'estomac.

— Je crois que Brett — mon éditeur — veut qu'il écrive un livre sur le divorce ou un truc comme ça. Quand je pense qu'il a fallu que je tombe sur lui *ce soir*. Les chances statistiques étaient pourtant proches de zéro. Et on avait passé une nuit tellement géniale, Mark. Pour la première fois de ma vie, j'ai fait l'amour comme on respire. J'étais libre, si tu savais ! Libre, sauvage, *animale*. Et c'était génial, parce que je n'ai pas eu à me demander si ça risquait ou non de déboucher sur quelque chose — si on allait tomber amoureux ou un truc comme ça. C'est la première fois que j'ai cassé quelque chose pendant un rapport sexuel. Je trouvais que c'était vraiment top, mais...

— Attends. Tu t'es cassé quelque chose ?

Mark recula d'un pas et l'examina, cherchant des signes de blessure. Elle lui adressa un sourire vacillant.

— Pas moi. On a fait tomber une bouteille de vin sur le carrelage de la cuisine. Ou de bière. Je ne sais même pas. On s'embrassait, le frigo était ouvert et...

— Entre donc, ou tu vas finir par causer une attaque à Mme Winchester, à parler sexualité débridée comme ça sur le palier. N'oublie pas que son appareil auditif marche de nouveau.

Mark la tira à l'intérieur de l'appartement, referma la porte et l'entraîna dans le séjour. Elle se passa la main dans les cheveux.

— Désolée pour le déballage intempestif. Je n'avais pas l'intention d'entrer dans les détails.

— Si tu t'es envoyée en l'air dans un frigo, je veux

le récit complet. Ouvrons une des bouteilles de champagne de Gabe.

Elle ne put s'empêcher de rire.

— Je n'ai jamais dit que j'avais fait l'amour dans le frigo ! Et il ne me faut surtout pas de champagne. J'en ai déjà bu bien assez comme ça. Où est Gabe ?

Revenant à la réalité, elle regarda autour d'elle et vit que la table était jonchée de dessins.

— Tu travailles ?

— Gabe est sorti dîner avec un client. J'en profite pour avancer un projet.

— Je te dérange, donc.

— Penses-tu. Rien ne me fait plus plaisir que de t'entendre parler sexe.

— Ce n'est pas de sexe dont j'ai besoin de parler, mais du reste. Oh ! Mark... Je ne veux pas qu'il l'apprenne.

Avec un gémissement de défaite, elle s'enfouit le visage dans les mains.

— Je parie que son téléphone va s'autodétruire lorsqu'il verra la vidéo. Je n'aurais jamais dû aller à cette soirée d'auteurs et je n'aurais jamais dû coucher avec lui non plus. Il m'a assuré que je ne pouvais pas lui faire du mal dans la mesure où il est aussi réfractaire que moi au sentiment amoureux. Mais je l'ai blessé quand même et maintenant je me sens horriblement mal.

— Mais si vous n'êtes amoureux ni l'un ni l'autre, pourquoi souffrirait-il ?

— C'est une question d'amour-propre, je pense.

Mark lui jeta un regard perplexe.

— Tu crois sincèrement qu'il puisse s'agir d'une simple question d'amour-propre ?

— Quoi d'autre ?

Mark ouvrit la bouche et la referma.

— Je ne sais pas. Oublie ma question.

— Je n'aurais pas dû accepter d'avoir des relations

sexuelles avec lui. Quoi que je fasse, ça se passe toujours mal. Il va faire des recherches sur moi et il découvrira ce que tout le monde sait déjà : que je suis un cataclysme relationnel à moi toute seule.

Mark soupira.

— Assieds-toi.

— Tu crois qu'il va dévoiler ma véritable identité sur le Net ? Raconter partout autour de lui qui est Aggie ? Je ne veux pas faire le buzz sur Twitter deux fois dans ma vie !

— Tu n'as pas de compte Twitter.

— En tant que Molly, non. Mais j'en ai un au nom d'Aggie.

— C'est un miracle que tu n'aies pas encore fait de crise d'identité jusqu'ici. Pourquoi est-ce si dramatique ? Ce n'est pas inhabituel de se servir d'un pseudo, si ? Est-ce vraiment si grave qu'il le sache ?

— Je ne peux pas me permettre une nouvelle exposition médiatique. Ce n'est pas si simple d'émigrer en catastrophe. Et j'adore New York ! Je n'ai pas envie d'être obligée de m'exiler à Rio.

— Tu veux partir au Brésil ?

— J'ai juste nommé une ville au hasard.

— Bon, reprenons. J'ai un peu perdu le fil. Qu'est-ce qui te fait peur, exactement ? Que Daniel dévoile ton identité ? Ou qu'il mette fin à votre relation amoureuse ?

— Il ne s'agit en aucun cas d'une relation amoureuse, mais la relation tout court que nous avions me convenait bien.

— Tu n'es peut-être pas obligée d'en parler au passé. Qui te dit que c'est terminé ?

— Je ne vois pas comment ça pourrait ne pas être terminé. Dès que les gens savent, ils me traitent comme si j'étais contaminée. Et je peux les comprendre. Qui voudrait être mêlé à ce genre d'histoire ?

Mark la poussa vers le canapé.

— Enlève-moi ces échasses qui te servent de talons et détends-toi. Tu ne t'exileras pas au Brésil. Pour qui cuisinerais-je si tu t'en vas ? On va trouver des solutions.

Sa gentillesse fit perdre à Molly ses derniers restes de self-control.

— Si ça éclate et que les médias s'en emparent, il faudra que vous affirmiez haut et fort que vous ne me connaissez pas. Ce n'est pas parce que vous avez la malchance d'être mes voisins qu'ils vont forcément découvrir que vous êtes des amis. Si on vous pose des questions, à toi et à Gabe, il suffira de garder une expression neutre. Évitez peut-être juste de mentionner que, pour la première fois depuis trois ans, vous avez vu un homme dans mon appartement.

Mark haussa les épaules.

— Si quelqu'un me pose une question, je lui dirai de s'occuper de ce qui le regarde. Et c'est par amitié pour toi que je le dirai. Lorsqu'un ami a des ennuis, tu resserres les rangs, tu ne le jettes pas par-dessus bord. Je sais que les personnes de ton entourage t'ont laissée choir lâchement quand tu étais à Londres, mais ça ne se reproduira pas ici. En aucun cas je ne te laisserai tomber. Et Gabe pas plus que moi.

Elle retira ses escarpins en secouant la tête.

— Arrête de m'émouvoir, s'il te plaît. Je suis déjà dans un sale état.

Mark la fit asseoir de force.

— Nous sommes embarqués dans une amitié au long cours, ma vieille. Je compte être le parrain de tes enfants.

Elle ne savait pas si elle devait en rire ou en pleurer.

— Si en plus je découvre que je suis enceinte, je vais craquer pour de bon.

Mark ouvrit le réfrigérateur et sortit une bouteille de champagne. Elle fronça les sourcils.

— Je ne crois pas que nous ayons grand-chose à célébrer, à part ma capacité à compliquer une histoire de fesses censée rester non compliquée.

— Les histoires non compliquées, ça n'a pas encore été inventé. Tu as couché avec un mec. Point.

Mark déboucha la bouteille en retenant le bouchon et récupéra la montée de mousse dans un verre.

— Une nuit d'amour, ça se fête.

Il lui tendit un verre.

Elle prit docilement une gorgée et savoura la tonicité, le piquant, le subtil éclatement des bulles sur sa langue.

— C'est peut-être le champagne qui parle, là, mais Gabe et toi vous êtes vraiment des amis de rêve.

— Tu n'as bu que deux gorgées, donc je considère que c'est un vrai compliment et pas une élucubration alcoolisée.

— Deux gorgées *en plus* des deux verres que j'ai déjà descendus au Met.

— Continue de boire. Je veux que tu me dises s'il s'y prend bien au lit.

Malgré la catastrophe qui venait de lui tomber dessus, il réussit à la faire sourire.

— Il s'y prend plus que bien.

— Tu n'as pas fait l'amour depuis trois ans et c'est tout ce que tu me fournis comme détails croustillants ? Tu es cruelle et dépourvue de cœur.

— Depuis le temps que je te le répète. Finalement, c'est peut-être aussi bien comme ça. De toute façon, ça ne pouvait pas durer, alors autant que ça se termine tout de suite. Ce qui est fait n'est plus à faire.

— Molly...

— Quoi ? Oui, je sais. J'ai un gros complexe d'abandon. En tant que psychologue, je suis capable de m'auto-diagnostiquer mais pas de me guérir pour autant.

— Je ne vois pas vraiment en quoi tu aurais pu lui

faire du mal, à ton Daniel. D'après ce que tu me dis de lui, c'est quelqu'un qui a le cœur encore plus solidement barricadé que le tien. Et en plus il était prévenu et consentant.

— Il s'est pas mal confié à moi. Et je me suis confiée à lui aussi, mais peut-être pas aussi ouvertement.

Elle se mordit la lèvre.

— J'imagine qu'il s'est senti vulnérable et maintenant, il est sur la défensive.

Oui, c'était probablement l'explication. Plus elle y pensait, plus cela lui paraissait cohérent.

— Je suis surpris que vous ayez réussi à vous embrasser, tous les deux, sans passer un accord écrit préalable précisant les conditions en dix points.

Oh ! ils avaient réussi, pourtant, et plus encore — cartonné, même.

Au simple souvenir de leur premier baiser sous le saule, une sensation de chaleur sinueuse irradia dans son bassin et réveilla des souvenirs de volupté entre ses cuisses. Elle finit son verre de champagne d'un trait.

— Je ne m'attendais pas à ce que ce soit aussi bon.

— Vraiment ? Donc tu as embrassé ce type en te disant que ce serait une mauvaise expérience ? Je t'aime beaucoup, Molly, mais j'aurai toujours du mal à comprendre ton fonctionnement.

Mark la resservit et elle gémit en secouant la tête.

— Arrête de me faire boire.

— Tu n'as qu'un étage à descendre. Je te jetterai sur mon épaule et je te porterai si nécessaire. Puisque tu as été étiquetée « bad girl », autant faire honneur à ta réputation.

— Je me sens pire que mauvaise, horrible. Comment en suis-je arrivée là, alors que je l'avais prévenu ? J'aurais dû être exemptée de culpabilité mais elle est là quand même.

— Et tu es sûre que c'est de la culpabilité, ce que tu ressens ?

— Que voudrais-tu que ce soit d'autre ?

Mark hésita.

— Rien. Écoute, c'est peut-être une bonne chose, au fond, qu'il connaisse ton secret.

— Non, franchement, c'est terrifiant.

— Je comprends que tu aies peur.

Mark prit un crayon et se mit à dessiner sur un bout de papier tout en lui parlant.

— J'ai passé toute mon adolescence à avoir peur. Et pas sans raison. Les gens peuvent être cruels. Nous en avons fait l'expérience toi et moi, chacun à notre façon. Mais se cacher n'a pas que des avantages non plus. Vivre planqué, c'est accepter de rétrécir drastiquement ses horizons. Tu as une vie moins vaste que celle que tu mérites, Molly.

— Il y a eu plein de gens qui pensaient que je méritais des choses que je n'ai pas eues — des choses négatives, ça va sans dire.

— Le jugement d'une meute d'inconnus dont tu ne sais rien ne devrait pas avoir d'impact sur toi. Il ne faut jamais avoir peur d'être ce que l'on est. Ce sont nos failles, nos fautes, nos faiblesses qui font que nous sommes humains.

— Ça paraît si facile, à t'entendre.

— Ce n'est pas facile, non. Mais se cacher n'a rien de simple non plus.

— Où trouves-tu le courage d'être toi, Mark ?

Il reposa son crayon.

— Il me vient du fait que j'ai un groupe d'amis qui fonctionne comme une famille positive. Une fois que tu fais partie d'un petit réseau de gens qui savent qui tu es et qui t'aiment tel que tu es, tu te rends compte que l'opinion des autres ne t'affecte plus.

— C'est une des raisons pour lesquelles j'aime Valentin. Il ne me juge pas. Et puis j'ai mon père aussi, bien sûr.

— Et Gabe et moi.

Mark lui adressa un sourire de connivence.

— Et je suis sûr que Mme Winchester interviendrait aussi en ta faveur. Donc si Daniel Knight te cherche des noises, c'est tout l'immeuble qui se rangera en ordre de bataille pour te défendre.

Elle songea aux épaules puissantes de Daniel et à son intelligence acérée.

— Daniel Knight ne serait pas un ennemi facile.

Elle se leva et sentit aussitôt la tête lui tourner.

— Oups. Trop de champagne. Je n'aurais pas dû écluser ce deuxième verre.

— On ne boit *jamais* trop de champagne. Tiens, un cadeau pour toi.

Mark lui tendit le papier sur lequel il avait dessiné un portrait de Valentin. Il avait tout saisi de la personnalité de son chien en quelques traits de crayon. Le cœur gonflé d'amour, elle effleura sa truffe du bout du doigt.

— Oh ! c'est génial. Je ne sais pas comment tu fais, mais c'est lui, vraiment lui. J'adore. Merci.

Elle se dressa sur la pointe des pieds et embrassa Mark sur la joue. La manœuvre lui confirma qu'elle ne tenait pas très bien sur ses jambes.

— Je redescends. Du moins si j'arrive en bas de l'escalier sans basculer tête la première.

Elle prit ses chaussures à la main et se dirigea vers la table pour jeter un coup d'œil sur les dessins de Mark.

— Oh ! ils sont chouettes ! Tu travailles sur un nouveau projet ?

— Disons que je m'amuse à explorer quelques thèmes. Il est trop tôt pour savoir si ça donnera quelque chose ou pas.

— C'est un lièvre ou un lapin ?

— Un lièvre arctique. Pour illustrer une histoire de camouflage — trouver une façon de se rendre invisible pour échapper à ses prédateurs.

Il lui adressa un sourire sans joie.

— Tu connais...

— Et toi aussi.

De sa main libre, elle prenait un dessin après l'autre et suivait le fil de l'histoire.

— La neige fond, et tout à coup, il devient visible.

— Voilà, tout le drame est là.

— S'il te plaît, dis-moi qu'il ne va pas se faire manger par le loup arctique ou le renard polaire. Dans l'état émotionnel où je suis, je pourrais ne pas m'en remettre.

— Il va se faire de bons amis qui l'aideront à trouver un abri jusqu'au moment où la neige recommencera à tomber.

— Une famille d'amis. J'aime bien ce concept.

Elle reposa les dessins.

— Tu sais que tu as un talent incroyable, Mark ? Je vais encadrer le dessin que tu as fait de Valentin. Un jour, quand tu seras encore plus célèbre que maintenant, un acheteur potentiel m'en proposera une fortune et je lui répondrai qu'il n'est pas à vendre. Bon, là-dessus, il vaudrait mieux que je rentre. Merci de m'avoir écoutée et de m'avoir fait boire suffisamment pour atteindre un état béni d'indifférence à mes problèmes.

— Si le monsieur se manifeste, tiens-moi au courant.

— Il ne se manifestera pas. C'est un homme qui ne veut pas de complications dans sa vie privée. Et je suis une complication ingérable.

Elle appela Valentin et il se leva d'un bond en agitant la queue.

Même pour les pires drames de la vie, il existait une part de consolation quand on avait un chien avec soi.

— Dieu merci, les chiens ne savent pas lire. Tu

m'aimes de façon inconditionnelle, hein, Valentin ? Tu fais partie de ma famille positive qui me soutiendra toujours ?

Elle s'accroupit pour le serrer dans ses bras. Valentin lui lécha la main et agita la queue si fort qu'il faillit la faire partir à la renverse.

— Tu t'en fiches, toi, que je ne tombe pas amoureuse.

Mark attrapa le chien.

— Ne pas être amoureux n'a jamais été passible de la moindre peine de prison, pour autant que je sache.

Il l'aida à franchir la porte.

— Tu veux que je te raccompagne chez toi ?

En entendant ces mots, Valentin bondit hors de l'appartement comme une flèche puis s'immobilisa en haut de l'escalier pour l'attendre.

Son adorable truffe en forme de cœur la fit sourire.

— Merci, Mark, mais pour un étage je devrais y arriver. Et si je tombe, Valentin me secourra.

Elle l'embrassa sur la joue puis emboîta le pas à son chien.

Que faisait Daniel pendant ce temps ? Il procédait à de savantes recherches sur elle, probablement. Et formait des jugements féroces.

Elle descendit avec précaution, ses escarpins à la main, ses pieds nus silencieux sur les marches. Valentin la surveillait du coin de l'œil en agitant la queue, vérifiant que tout allait bien.

— Tu es le meilleur chien du monde, lui assura-t-elle, émue par sa vigilance. Et l'homme que je préfère. Façon de parler.

L'escalier formait un coude que Valentin négocia avec un aboiement joyeux. Elle descendit deux marches supplémentaires et découvrit... Daniel adossé à sa porte. L'espace d'un instant, elle crut à une hallucination due à l'excès de champagne, mais un mirage n'aurait pas fait réagir Valentin.

Daniel ?

Elle avait eu la ferme, l'intime conviction qu'elle ne le reverrait plus, pourtant. Un grand élan de joie la saisit et son cœur cogna fort dans sa poitrine. Puis elle se souvint qu'il était en colère et qu'il n'était probablement venu que pour exiger les explications auxquelles elle avait coupé court en tournant les talons.

Son nœud papillon défait pendait à son cou et ses yeux luisaient d'un éclat soutenu. Dans sa main, il tenait son téléphone.

— Eh bien, ma vieille... Tu en as, une réputation, dis donc.

Chapitre 15

Daniel regarda Molly s'avancer vers lui. Elle était pieds nus, ses longs cheveux défaits lui tombaient sur les épaules et ses sandales qu'elle tenait par la bride se balançaient au bout de ses doigts. Sa robe bleue très classe laissait juste assez de peau nue à découvert pour retourner la tête d'un homme.

Lorsqu'elle ne fut plus qu'à quelques pas, il vit que ses yeux avaient un éclat inhabituel et qu'elle ne marchait pas tout à fait droit.

Il se redressa.

— Tu étais passée où, tout ce temps ? Je m'inquiétais.

— Tu n'as aucune raison de t'inquiéter pour moi. Je ne relève pas de ta responsabilité.

Elle avait un peu de mal à articuler et une lueur rebelle brillait dans ses yeux.

— Combien de verres as-tu bus, Molly ?

— Pas encore assez, je crois. Mais j'y travaille. Alors n'essaie pas de me gâcher mon ivresse.

— Tu es ivre parce que je t'ai contrariée ?

— Non, je suis ivre parce que j'ai quitté la réception avant que la nourriture ait été servie et que je viens de descendre une demi-bouteille de champagne dans la foulée. J'aime vraiment beaucoup, beaucoup le champagne.

— Il faut qu'on parle.

— Le moment est mal choisi.

Elle brandit un index sentencieux.

— Si je ne peux pas marcher droit, je ne peux pas non plus avoir une conversation structurée. Je penserais des trucs que je ne dirais pas... Oups, non, ce n'est pas ça...

Molly fronça les sourcils.

— Je *dirai* des trucs que je ne *pense* pas. Voilà, j'y suis.

— Je veux qu'on parle tout de suite, Molly.

— Tu es venu pour tirer avantage de ma faiblesse et de ma vulnérabilité ?

— Je suis ici parce que je te dois des excuses.

Il glissa son téléphone dans sa poche, en songeant qu'il avait rarement vécu une situation aussi inconfortable.

— Je me suis comporté comme un salaud, et quand je me comporte comme un salaud j'ai pour principe d'aller m'expliquer sans attendre.

— *Salaud.* Ce n'est pas un mot très convenable, pour un avocat. C'est le prévenu le salaud, mon cher maître.

— Le *plaignant*, en l'occurrence.

— Pardon ?

— Laisse tomber. Je ne suis pas venu ici sous ma casquette de juriste.

Elle plongea la main dans son sac pour chercher ses clés et en sortit un rouge à lèvres et un paquet de mouchoirs.

— Tu étais en colère.

— Je ne le suis plus, maintenant.

Sa colère avait duré le temps qu'il lui avait fallu pour entrer « Kathleen Parker » dans un moteur de recherche. Ce qu'il avait trouvé l'avait révolté. Et lui avait aussi permis de comprendre pas mal de choses au sujet de Molly. Pourquoi elle protégeait sa vraie identité et pourquoi c'était si angoissant pour elle de s'embarquer dans une nouvelle histoire.

Pourquoi elle avait tant de mal à faire confiance.

— Tu viens d'où ? Avec qui buvais-tu du champagne ?

— Avec Mark. C'est lui qui me gardait Valentin ce soir.

Levant les yeux de son sac, elle fixa sur lui un regard perplexe.

— Tu es venu ici pour quoi faire, déjà ? Tu me l'as déjà dit ?

— Non. Tu veux que je t'aide à trouver tes clés ?

— Je suis capable de trouver mes propres clés, merci. Et voilà ! Tu vois ?

Elle sortit un trousseau de son sac et l'agita devant lui.

— Mes clés. Ça fait combien de temps que tu es là ?

— Je ne sais pas. Une heure ? J'ai essayé de te suivre mais j'ai été détourné tous les deux pas par des imbéciles qui voulaient des conseils gratuits pour leur divorce.

— Réjouis-toi de ne pas être médecin. Tu en aurais croisé plein qui se seraient déshabillés pour te montrer leurs plaques d'eczéma.

Elle tenta d'introduire sa clé dans la serrure mais le trousseau lui échappa des mains et tomba au sol.

— Mark, c'est ton voisin ? Le cuisinier ?

— Il est *artiste* et illustre des livres pour enfants. La cuisine, c'est son passe-temps.

— Mark est au courant de toutes tes incarnations ? Ou il pense que tu es juste Molly ?

— Je *suis* Molly. Mais si ta question équivaut à : « Sait-il que mon nom de plume est Aggie ? », la réponse est oui. Il est au courant. C'est un ami.

— Et pas moi ?

— Toi, tu es un mec que j'ai croisé dans le parc.

Elle se pencha pour récupérer ses clés juste au moment où il se baissait de son côté.

La bouche de Molly était si près de la sienne qu'il percevait son souffle tiède sur ses lèvres. Mais il savait que s'il l'embrassait maintenant, il avait toutes les chances de se retrouver avec un œil au beurre noir. Et il ne pourrait même pas lui en vouloir.

— Il y a plus que cela entre nous, Molly.

Il n'arrêtait pas de penser à ce qu'elle lui avait raconté. Il l'imaginait, à huit ans, seule derrière la fenêtre, à suivre des yeux sa mère qui partait pour toujours en emportant avec elle le chien labrador qu'elle aimait. Il pensait à tout ce qu'elle avait accompli et à la vulnérabilité qu'elle avait gardée sous le masque de la femme brillante et sûre d'elle-même. Il pensait à elle nue et désinhibée dans son lit, et à la frayeur qu'elle avait dû ressentir en découvrant qu'il avait percé son identité à jour.

Le regard de Molly tomba sur les lèvres de Daniel et s'y fixa un instant, comme si elle hésitait sur la conduite à suivre.

Elle finit par secouer la tête.

— Non.

— Non, quoi ?

— Non, je ne t'embrasserai pas.

Elle se leva, clés en main.

— Quand je dis non, c'est non. Ça ne se passera pas comme ça.

Il ne jugea pas utile de préciser que « ça » s'était déjà passé, et à plusieurs reprises.

— Une raison particulière à ce refus ?

— Nous sommes déjà allés trop loin dans cette relation. Je t'ai heurté, ce soir. Je l'ai vu à ta tête, tout à l'heure. Et j'ai déjà de gros antécédents dans le domaine. Tu n'imagines même pas ce que j'ai fait subir à ce pauvre Rupert.

Elle pointa la clé vers la porte et manqua la serrure.

Daniel était en proie à des émotions contrastées : de l'exaspération, de la compassion. De la tendresse. Molly était à l'évidence convaincue qu'elle représentait une sorte de danger public à elle toute seule pour l'espèce masculine.

— De ce que j'ai pu voir, c'est plutôt lui qui t'en a fait subir des vertes et des pas mûres. Il a tout fait pour te détruire. Ta réputation professionnelle. Ta vie privée. Il ne t'a rien épargné.

Elle se figea.

— C'est ce qui arrive quand on pousse quelqu'un à bout et qu'on le rend fou de douleur.

— Non, c'est ce qui arrive lorsqu'on a affaire à un gamin égocentrique et immature. Un adulte peut se mettre en colère sans aller jusqu'à tout détruire.

— Je t'avais prévenu que ce n'était pas beau du tout, mon histoire. Et Rupert lui-même n'y est pour rien. C'est arrivé à cause du public. Des médias.

Le pensait-elle sincèrement ? Il la vit chanceler et décida que ce n'était pas le moment d'entamer ce débat.

— Donne-moi tes clés.

Il tendit la main mais elle secoua la tête.

— Je suis encore capable d'ouvrir moi-même ma porte, merci. Le mieux serait que tu t'en ailles, maintenant. Et si tu étais quelqu'un de vraiment bien, tu oublierais ce que tu as appris ce soir. Et tu m'oublierais moi aussi par la même occasion.

— Tu n'es pas une femme que l'on peut oublier facilement, Molly.

— Rupert tomberait d'accord avec toi sur ce point. Il a dit à un journaliste qu'il ne se relèverait jamais de ce qu'il a enduré avec moi, mais qu'il espérait apprendre à vivre avec la souffrance que je lui ai infligée.

— Rupert aurait besoin de grandir un peu. Mes sœurs sont au courant que tu es Aggie ?

— Non. Gabe et Mark sont les seuls à le savoir, à l'exception de mon éditeur. Et maintenant, tu fais partie des initiés. Autrement dit, c'est la fin des haricots pour moi.

La façon dont elle le dit toucha quelque chose de profond en lui.

— Et pourquoi serait-ce la fin des haricots ?

— Parce que je ne te connais pas et que ce n'est pas spécialement simple de se retrouver à nu devant un inconnu.

— Je t'ai pourtant vue dévêtue et très heureuse de l'être pendant toute une nuit dans mon lit.

Et il avait le plus grand mal à faire abstraction de la nuit en question. Chaque caresse, chaque regard, chaque soupir restait gravé dans sa mémoire.

— La nudité dans un lit, c'est différent. Être physiquement nue, ce n'est pas du tout aussi angoissant que de se retrouver à poil émotionnellement, si l'on peut résumer les choses ainsi.

Elle vacilla légèrement.

— Tu peux me voir dans mon plus simple appareil, ça ne me dérange pas, mais je préfère garder la nudité de mon âme — si je puis me permettre d'employer ce grand mot — à couvert. Mon âme n'est pas aussi présentable qu'elle devrait l'être.

Elle tenta de nouveau d'introduire sa clé.

— Mince, elle ne rentre plus. Ce n'est peut-être pas la bonne clé. Ou alors ce n'est pas la bonne porte...

Elle oscilla de nouveau. Il lui prit la clé des mains en douceur et la tourna dans la serrure.

Valentin se faufila entre eux et bondit dans l'appartement, reniflant le sol en remuant la queue.

— Merci, Daniel.

Molly suivit son chien à l'intérieur, lâcha son sac et ses chaussures, et s'effondra à plat ventre sur le canapé.

— Tu devrais rentrer chez toi, maintenant.

— Je ne pars pas, non.

— Parce que tu espères quoi ? Quelques nouvelles révélations bien scabreuses ? Ne compte pas sur moi, je ne lâcherai plus rien.

La voix de Molly lui parvenait étouffée. Daniel secoua la tête et se dirigea tout droit vers la cuisine américaine.

— Déjà, pour commencer, je vais te faire du café.

— Je ne veux pas de café, je veux du champagne. Tout va beaucoup, *beaucoup* mieux quand je bois du champagne. Mes problèmes s'allègent, comme s'ils devenaient plus lointains, plus bulleux. Ça existe ce mot, « bulleux » ? Il faudrait l'inventer sinon.

Molly roula sur le côté et ferma les yeux. Valentin trotta jusqu'à elle et lui donna un coup de museau contre la hanche.

Constatant qu'elle ne bougeait pas, le chien leva vers Daniel un regard soucieux.

— C'est bon, je m'en occupe, mon pote. Je me charge de la ramener sur terre.

Il fit couler un café, qu'il lui apporta. Valentin était étalé près du canapé à la manière d'une sentinelle. Daniel poussa les jambes de Molly et s'assit.

— Bois ça.

— Jamais de café après 14 heures. Ça m'empêche de dormir.

— Je ne veux pas que tu dormes, je veux au contraire que tu te réveilles. Et que tu me parles.

— Trop fatiguée.

Elle garda les yeux clos.

— Je t'ai déjà dit tout ce que j'avais à te dire. Tu n'auras pas droit à un supplément de détails sordides. C'est comme nourrir les piranhas. Quelle que soit la quantité que tu leur donnes, ça ne leur suffit jamais. Ils ne seront satisfaits qu'une fois qu'ils t'auront arraché la chair jusqu'au dernier lambeau.

S'il fallait en croire ce qu'il avait lu, l'analogie était assez pertinente.

— Je ne suis pas un piranha. Je suis un ami. Je veux la réalité des faits.

Les yeux de Molly s'entrouvrirent.

— Je croyais que tu avais déjà cherché sur Internet ?

— J'ai pu lire ce qui se raconte sur la Toile, oui. Mais tu sais aussi bien que moi que ce sont rarement les faits réels.

— Tout ce que tu as pu lire est vrai. Je suis Molly la Mangeuse d'Hommes. La Veuve noire — sans l'aspect velu des pattes. La plupart des hommes préféreraient nager avec un grand requin blanc que de passer une soirée avec moi. Et tu étais prévenu, Daniel. Ne dis pas le contraire. Je t'ai averti et tu n'as rien voulu savoir, donc je vais sans doute te dévorer tout cru ou te piquer mortellement avec ma queue de scorpion — un truc comme ça, quoi.

Elle roula sur le dos en laissant pendre mollement un bras hors du canapé.

Valentin bondit sur ses pattes et lui lécha la main en essayant de pousser Molly à s'asseoir.

Daniel songea que si les humains avaient été capables d'aimer comme aiment les animaux, la vie serait pur velours.

— Je n'ai pas tenu compte de ton avertissement parce que je n'avais aucune inquiétude par rapport à toi.

Il se pencha pour caresser la tête de Valentin et le rassura de la voix.

— Tu peux t'asseoir, le chien. Ça va aller, tu sais.

Mais Valentin s'obstina. Il donnait des petits coups de museau contre les flancs de Molly pour l'encourager à se redresser, sans obtenir l'ombre d'un résultat.

— C'est bon, Daniel, marmonna-t-elle en se plaquant un avant-bras sur les yeux. Tu peux récupérer ton cœur, ton humour et tes hautes compétences en chambre à coucher et les mettre quelque part en sécurité loin de chez moi.

— Je ne bouge pas d'ici. Assieds-toi et bois ce café.

— Je ne peux pas m'asseoir. La Terre tourne trop vite. Si je m'assois, je vais basculer par-dessus bord.

Elle poussa un gémissement et Valentin geignit à son tour. De nouveau, le dalmatien leva les yeux vers lui comme pour dire qu'il était temps que quelqu'un fasse quelque chose.

— Assieds-toi, Molly. Tu angoisses ton chien.

Daniel écarta une pile de livres et posa le café sur la table basse. Puis il se leva et souleva Molly dans ses bras. Sa tête tomba en arrière et il la sentit inerte comme une poupée de chiffon.

Valentin se leva en agitant la queue d'un air d'approbation. Molly se montra moins enthousiaste.

— Qu'est-ce que tu fais ? Où est-ce qu'on va ? Tu peux arrêter de bouger, s'il te plaît ? J'ai le mal des transports.

— Je vais te faire dessoûler.

— Arrête. Je ne veux pas être sobre. Surtout pas. Je me sens très bien comme ça. Dans le flou et des bulles plein la tête. J'avais très peur de la façon dont tu allais réagir et maintenant je m'en fiche. Je suis anesthésiée et ça me va très bien comme ça.

Se culpabilisant de l'avoir angoissée, il se dirigea vers la salle de bains et la posa par terre avec précaution.

— Reste là et ne bouge pas.

— Je ne te promets rien. Mes jambes ne font rien de ce que je leur demande. Qu'est-ce qu'on fabrique dans ma salle de bains, au fait ? C'est encore une excuse pour me mettre à poil ?

— Je n'ai pas besoin d'excuse pour te déshabiller.

Il fit glisser les brides de sa robe sur ses épaules et la laissa chuter au sol tandis qu'il relevait Molly. Tout en la maintenant debout d'une main, il lutta contre la tentation de lui faire l'amour, se pencha à l'intérieur de la cabine de douche et régla les robinets.

— Quoi ? Ah non ! Il est hors de question que tu me mettes sous une douche froide. Si tu fais ça, Valentin te mordra. Je t'interdis de... Aaaaah !

Elle se recroquevilla d'horreur lorsqu'il la déposa sous le jet glacé.

— Tu es un bourreau ! Un monstre ! Valentin, à l'aide ! Attaque !

Le chien se rua dans la salle de bains, si pressé de répondre à l'appel de sa maîtresse que ses pattes dérapaient sur le carrelage. Il hésita pendant une fraction de seconde puis se propulsa dans la cabine pour la rejoindre. Sous l'impact, elle perdit l'équilibre, glissa et tomba sur lui. Daniel jura avec force.

Tout en se débattant avec une femme et un chien mouillés, il changea de position pour essayer d'améliorer sa prise. Molly commença à avoir un fou rire et il lui serra les bras plus fort pour l'empêcher de tomber, se trempant lui-même au cours de la manœuvre.

Il bougonna entre ses dents.

— Valentin ! Tu pourrais avoir l'amabilité de sortir de là ? Tu ne me facilites pas la tâche.

Le chien remua la queue, envoyant voler une pluie de gouttelettes dans la salle de bains déjà inondée.

Daniel se passa la main sur le visage pour essayer d'y voir clair.

— C'est la première fois que je prends une douche en compagnie d'un homme et d'un chien, observa Molly en se cramponnant à la chemise de Daniel pour essayer de ne pas perdre l'équilibre. C'est une expérience entièrement inédite.

— J'ai perdu le compte de mes costumes fichus depuis que je te connais. Si ton chien n'aimait pas autant l'eau, j'avoue que ça m'arrangerait.

— Valentin déteste l'eau mais il m'aime moi. C'est pour ça qu'il est dans cette cabine de douche. N'est-il pas adorablement parfait, cet animal ?

— Je ne sais pas quoi penser de lui, à vrai dire. Tout ce que je peux t'assurer, c'est que ma note de pressing a décuplé depuis que je le connais.

Tout en la maintenant debout, il réussit à attraper un drap de bain sur le porte-serviettes. Sa chemise trempée lui collait à la peau et il se félicita d'avoir au moins eu la présence d'esprit de retirer ses chaussures.

Il enveloppa Molly dans le drap de bain, réussit à couper le robinet et s'essuya le visage.

— Ton café, maintenant. Et ensuite, tu pourras me raconter ton histoire.

Molly laissa aller sa tête contre la poitrine de Daniel.

— Je n'ai rien à te dire de plus que ce que tu as déjà lu.

Il lui essora les cheveux avec une serviette et trouva un peignoir en éponge accroché derrière la porte.

— Ce que j'ai lu était bourré d'incohérences.

— Tout tient debout à la perfection, au contraire. J'ai essayé encore une fois de tomber amoureuse et j'ai fait chou blanc. Pas d'amour. Pas de sentiments.

Elle vacilla et Daniel lui noua la ceinture du peignoir autour de la taille.

— Oui, ça, j'avais saisi. Ce qui me paraît plus obscur, en revanche, c'est comment le fait d'avoir rompu cette relation a tout à coup fait de toi une mangeuse d'hommes et une paria.

Il se débarrassa de sa chemise et vit l'attention de Molly se fixer sur son torse.

— Ne me regarde pas comme ça.

— De mon œil de prédateur ? Je suis une mangeuse d'hommes, tu viens de le dire toi-même. Et tu es sérieusement appétissant.

— Et toi tu es sérieusement bourrée.

— Plus tant que ça. Je suis capable de marcher en ligne droite. Tu devrais peut-être retirer le reste de tes vêtements. Comme ça, je pourrais te lécher sur tout le corps.

Oh que non ! Sa volonté serait mise à moins rude épreuve s'il gardait le plus possible de vêtements sur lui. Mais même habillé, il dut faire un effort pour rester concentré sur la discussion.

— Et je ne comprends pas non plus pourquoi tu as été virée. Une liaison qui tourne mal n'a jamais été une cause de licenciement. Tu aurais dû leur coller un procès.

— Les chiffres d'audience se sont effondrés. Par ma faute. Ils ont agi en conséquence.

Elle retourna jusqu'au canapé d'une démarche vacillante et se pelotonna entre les coussins. Sans maquillage et avec les cheveux mouillés, elle paraissait plus menue. Et étonnamment fragile.

— Tu veux vraiment entendre cette sombre histoire ? Qu'est-ce que ça change pour toi ?

— C'est important à mes yeux.

— N'oublie pas qu'il n'y a aucun engagement sentimental entre nous.

Daniel fronça les sourcils.

— Le fait qu'on ne soit pas amoureux ne veut pas dire que je n'en ai strictement rien à foutre de ta personne.

— Quel usage comptes-tu faire de ces informations ?

Il était sur le point de lui répondre par une plaisanterie lorsqu'il vit la lueur de vulnérabilité dans ses yeux. Il comprit à quel point la peur d'être démasquée la tenaillait.

Penser à ce qu'elle avait dû ressentir, seule face à la meute vengeresse, lui arracha le cœur.

— Je ne divulguerai pas tes secrets, Molly.

— Si le hasard n'avait pas voulu que tu sois présent à cette réception, tu n'aurais jamais su.

Daniel hésita. Devait-il lui dire la vérité ? Préciser qu'il savait avant même que Brett la lui présente comme étant Aggie ? Non. Cela n'apporterait rien de plus. La seule chose qui comptait, c'est qu'il savait. Comment il avait obtenu l'information ne changeait rien à l'affaire.

Et sa façon de voir « Aggie » s'était beaucoup transformée au cours des dernières heures. Il n'avait pas imaginé un instant que *sa* Molly était la femme qui se cachait derrière la chroniqueuse à succès. Maintenant qu'il était au courant, cela changeait pas mal de choses. Déjà, pour commencer, Molly avait les connaissances, la prudence et les compétences requises pour prodiguer des conseils psychologiques.

Il lui tendit le mug de café.

— Bois ça et explique-moi tout depuis le début.

Elle enserra la tasse entre ses mains.

— Le sujet de thèse que j'avais choisi pour mon doctorat portait sur la détermination du choix amoureux en fonction de certains types de personnalité. Du coup, j'étais considérée comme une spécialiste du couple et on m'a demandé si je voulais participer en tant que consultante à un nouveau reality show qui s'appelait « Dans le mille ». Ce n'était pas la première fois qu'une émission proposait du *dating* télévisé, mais les producteurs voulaient accroître l'intérêt et la crédibilité de leur show en prévoyant des séquences où une psychologue interviendrait avec des explications et des conseils. J'étais « Dr Kathy, la psychologue ». Ne me demande pas pourquoi, mais une fois qu'ils ont intégré ces séquences, c'est devenu le moment du spectacle qui récoltait le plus d'audimat.

— Cela ne me surprend pas.

— Un duo de présentateurs animait l'émission, mais c'était Rupert le roi du show. Il était médecin de formation mais n'a jamais exercé, il a tout de suite fait carrière dans les médias. Il présentait une émission médicale avant de se faire débaucher par « Dans le mille ». Il passait formidablement bien à l'écran. Beau, charismatique — beaucoup d'humour. Et il jouait à fond la carte du « docteur », même s'il n'avait plus touché de patients depuis l'instant où il avait terminé ses études. Les femmes l'adulaient en masse. C'était tout juste si elles ne lui vouaient pas un culte.

Elle but une gorgée de café et lui jeta un regard par-dessus le bord de sa tasse.

— Elles l'appelaient « Dr Sexy ».

Daniel lui aurait volontiers mis son poing dans la figure, au Dr Sexy.

— OK, je vois. Il bénéficiait d'un public d'adoratrices.

Elle reposa sa tasse.

— Beaucoup de téléspectateurs regardaient l'émission principalement à cause de Rupert. Il y avait aussi une présentatrice féminine, Tabitha, mais son succès était bien moindre et les gens ne voyaient que Rupert. Moi, j'étais censée apporter une touche de gravité et de sérieux dans l'émission. Je recevais chacun des participants en tête à tête. Les entretiens étaient filmés et certains extraits passaient ensuite à l'antenne. Je n'intervenais jamais en direct et c'était très confortable pour moi. Puis un jour, Tabitha est tombée malade une demi-heure avant le début du show et ils m'ont demandé de la remplacer à l'impro.

— Et ton talent naturel a éclaté à l'écran.

Elle secoua la tête.

— Pas du tout. J'étais larguée et hors de ma zone de confort. Et c'est Rupert qui, très gentiment, m'a sauvé la mise. Et le public a adoré, car pour eux cela montrait une fois de plus à quel point Rupert était formidable. Alors que c'était la grande star, il s'est soucié de mon sort et a fait le nécessaire pour me mettre à l'aise. Tabitha est restée en arrêt maladie pendant un mois. À la fin de son congé, l'audience de l'émission avait triplé. Tabitha a annoncé qu'elle ne souhaitait pas revenir. Elle en avait assez que Rupert lui fasse de l'ombre. J'ai donc continué à sa place. Entre Rupert et moi, il y avait une attirance physique qui éclatait à l'écran, et bientôt le public a accroché en masse à l'émission pour voir notre relation évoluer. Les producteurs en ont tiré parti à fond. Ils ont suggéré à Rupert de m'inviter à dîner à l'antenne et il l'a fait. L'« événement » a été abondamment commenté dans la plupart des tabloïds.

— Et tu as accepté l'invitation ?

— Sans hésiter. Je m'amusais beaucoup, avec Rupert. Il était drôle et son surnom de Dr Sexy ne lui avait pas été attribué pour rien. Toutes les femmes étaient amoureuses de lui.

— Mais pas toi.

— Non. Mais je ne voyais pas cela comme un problème, au contraire. C'était du grand spectacle et on jouait un jeu que je croyais innocent.

C'était comme voir arriver de loin un accident de voiture au ralenti.

— Mais lui ne partageait pas ce point de vue ?

La main de Molly tremblait lorsqu'elle posa le mug sur la table.

— Nous avions fini d'enregistrer l'émission et nous étions en coulisses, un soir, lorsqu'il s'est tourné vers moi et qu'il m'a dit qu'il m'aimait et qu'il voulait qu'on se marie. D'un coup, comme ça, alors que je n'avais strictement rien vu venir. Il a mis un genou à terre et sorti une bague. Moi, j'ai vraiment cru qu'il jouait un jeu et j'avais une peur bleue qu'il ne s'électrocute, car il y avait des fils partout. Je lui ai ordonné de se relever et de se ressaisir. Et c'est là que j'ai compris qu'il était on ne peut plus sérieux. Il m'a assuré qu'il n'avait jamais ressenti cela avec personne, qu'il était fou amoureux de moi et qu'il voulait qu'on passe le reste de notre vie ensemble. Toutes les femmes l'aimaient. Il allait donc de soi pour lui que je devais l'aimer aussi. Qu'y avait-il donc de si *anormal* chez moi pour que ce ne soit pas le cas ? Et je n'ai pas pu lui répondre, bien sûr. Je ne sais pas pourquoi je suis un cas clinique comme ça.

Sa voix monta très légèrement dans les aigus.

— Tout ce que je sais, c'est que j'ai beau vouloir que ça vienne, rien ne se passe. Il se peut que ce soit dû au fait que ma mère m'a abandonnée enfant, bien sûr. On pourrait concevoir qu'il y ait une forte peur inconsciente du rejet. Mais au fond de moi, je sens qu'il y a autre chose encore. Que ça ne vient pas de ce que j'ai subi et de ce dont j'ai été témoin, mais qu'il s'agit d'une sorte de défaut constitutionnel — un gène déviant ou je ne sais pas quoi. Je crois qu'il me manque quelque chose pour être tout à fait humaine.

Elle se couvrit le visage des mains.

— Je n'ai encore jamais dit cela à haute voix à quelqu'un. Ça doit être le champagne.

Il espérait plutôt qu'elle lui avait parlé ainsi parce qu'elle lui faisait confiance, mais il se garda bien de lui poser la question et se contenta de lui écarter les mains du visage.

— J'imagine qu'il l'a mal pris.

— Il s'y attendait tellement peu en fait, le pauvre.

Elle laissa passer un long silence, comme pour décider si oui ou non elle en avait déjà trop dit.

— Comble du drame : d'une manière ou d'une autre, l'équipe de production avait eu vent de son intention. Et ils avaient décidé de filmer la scène en live. Rien ne me permettait de le savoir, mais ce que je croyais être un moment de stricte intimité entre nous se déroulait en direct dans des millions de foyers. La scène a été vue par toute une population de fans de Rupert pour lesquelles nul homme au monde n'était plus désirable que lui. L'impensable se produisait : Dr Sexy se faisant larguer en direct.

Elle leva les yeux vers lui.

— Tu as vu la vidéo ? Je crois qu'elle est toujours sur YouTube. La dernière fois que j'ai regardé, il y avait eu trente-cinq millions de vues, mais ça remonte à quelques années.

Sa voix tremblait si fort qu'il estima que ce n'était pas le moment de lui préciser qu'il y avait eu quelques millions de vues supplémentaires depuis... Regarder cette vidéo avait été un des moments les plus inconfortables de sa vie.

— Tu étais très différente, physiquement, de ce que tu es maintenant.

En fait, il l'avait à peine reconnue.

— Tu portais tes cheveux plus courts. C'était un autre style. Tu étais un peu plus ronde mais déjà très belle.

— Pas assez belle, en tout cas, pour les groupies en furie de Rupert. Je crois qu'aucune femme, de toute façon, n'aurait trouvé grâce à leurs yeux, sauf à la rigueur Hélène de Troie. D'après ces fans, j'aurais dû m'estimer heureuse que quelqu'un d'aussi sublime que lui s'abaisse à vouloir d'une petite chose insignifiante comme moi. Mais voilà qu'au lieu de tomber en extase je rejetais sa demande en mariage devant toute la nation britannique ou presque. La presse a essayé de faire parler Rupert tout de suite après, mais tout ce qu'il a bien voulu dire, c'est qu'il n'était pas en état de commenter.

— Il savait que vous seriez filmés ?

— Bien sûr que non ! J'en étais malade pour lui et furieuse contre l'équipe technique. Ils avaient déjà évoqué leur intention de filmer une demande en mariage en live entre deux candidats, mais je le leur avais toujours interdit. Je leur avais expliqué que c'était un moment très privé qui n'était absolument pas partageable avec le public. D'autant plus qu'il n'est jamais possible de savoir d'avance si la demande sera acceptée ou non. Du coup, ils ont décidé de filmer la déclaration d'amour de Rupert, certains que ça ne pouvait que se terminer par une issue favorable. Mais ça s'est retourné contre eux.

Daniel imaginait sans peine l'horreur qu'elle avait dû ressentir en découvrant qu'elle avait été livrée en pâture au public et que des millions de personnes avaient assisté à une scène embarrassante pour elle.

— Il reste que tu étais libre d'accepter ou de refuser, Molly. Je ne comprends pas pourquoi ton « non » a débouché sur cette monstrueuse chasse aux sorcières.

De nouveau, elle laissa passer un temps de silence.

— Rupert, humilié, est allé se barricader chez lui. Pendant une semaine, la terre entière est restée sans nouvelles. Des rumeurs ont commencé à se répandre qu'il avait peut-être attenté à ses jours.

La voix de Molly vacilla.

— Ça a été vraiment horrible. Comme personne n'avait plus de nouvelles de lui, toute l'attention — et la colère — du public s'est focalisée sur moi. Les médias sont allés fouiller dans mon passé et ont déterré mes « antécédents », comme ils appelaient ça. Le verdict est tombé et il était sans appel : le pauvre Rupert était tombé sur une garce, une allumeuse qui méritait d'être punie. Et je ne sais même pas si je dois leur donner tort. Une fois de plus, j'avais suscité — voire provoqué — chez un homme des espoirs que j'ai déçus ensuite. Je n'aurais jamais dû accepter de sortir avec lui.

— Molly...

— Rupert restait obstinément planqué, ce qui a fait flamber les rumeurs. Dans un tabloïd, une photo de moi est apparue avec la légende « La culpabilité a trouvé son visage »... Je n'osais même plus allumer mon ordinateur. Pour tenter de protéger mon père, je me suis réfugiée chez une amie. Mais en moins de vingt-quatre heures, ils m'avaient retrouvée et encerclaient sa maison aussi. Mon amie m'a suppliée de partir.

Daniel grinça des dents.

— Super sympa, comme réaction.

— Elle a fait ce qu'elle a pu. Enfin, au bout d'une longue semaine, Rupert a refait surface, pâle et les traits tirés, en déclarant faiblement que « tout allait bien, merci ».

— Ce qui lui a valu un surcroît de témoignages de sympathie, j'imagine.

Daniel commençait à le trouver très sérieusement insupportable, ce Rupert.

— Est-ce qu'il t'a appelée pour prendre de tes nouvelles ? Te demander si tu tenais le choc malgré ce déchaînement haineux du public ? A-t-il exigé des médias qu'ils te foutent la paix ?

— Il était trop profondément blessé pour penser à ces détails.

Ou trop profondément égocentrique, surtout.

— Et l'émission, alors ? Tu as continué à la présenter ?

— Oui. Je l'ai enregistrée seule pendant qu'il était en maladie, mais les gens étaient choqués que je continue de vivre ma vie alors que j'avais anéanti la sienne. On me poursuivait de partout. Au supermarché, au club de sport. Des gens que je considérais comme des amis ont accepté de raconter toutes sortes d'histoires aux médias. De très anciens petits amis ont resurgi pour livrer leur opinion sur moi.

— Aucun de tes amis ne t'a soutenue ?

— Je sais que ça paraît rude comme ça, mais la pression était atroce. L'affaire avait tourné à la chasse à l'homme — ou plutôt à la femme, en l'occurrence. Et elle ne cessait de s'intensifier, en plus. Il y avait littéralement des millions de personnes qui ne me connaissaient pas, ne m'avaient jamais rencontrée et qui me traquaient, bombardaient la chaîne de messages pour exiger mon renvoi. Comment pouvait-on me présenter comme une experte en psychologie relationnelle alors que je n'y connaissais rien et que j'étais froide et insensible comme la glace ? Le public a été juge, juré et bourreau. Et il a eu ma tête.

Elle parlait de plus en plus vite et son désarroi devenait perceptible. Valentin était clairement de cet avis aussi, car il bondit sur ses pattes et trotta en direction de Molly, se frottant la truffe contre son bras, comme pour s'assurer que tout allait bien. Prenant conscience de la présence de son chien, elle lui caressa la tête et recouvra un semblant de calme.

— Même si je n'aimais pas trop les projecteurs braqués sur moi, j'étais attachée à l'émission. Ils choisissaient des gens dont la quête amoureuse était sincère. Les participants ne venaient pas dans le but narcissique de s'exhiber. C'était de « vrais gens » avec de vrais problèmes. Mes compétences me permettaient de leur apporter une aide concrète et j'avais l'impression que ce que nous faisions était utile et important. Alors quand ils m'ont dit qu'ils n'avaient plus besoin de moi... je suis tombée de haut, comme s'ils venaient de démasquer un imposteur.

Elle hésita.

— Je suppose que ça a réveillé toutes mes vieilles peurs d'être indigne d'amour, pas à la hauteur, pas « assez bien ». Ils m'ont vraiment donné le sentiment que j'étais un monstre. Mais le pire, ça a été de voir Rupert aussi défait. Cela m'a rappelé mon père, pendant les premiers temps qui avaient suivi le départ de ma mère. C'était intolérable pour moi de penser que j'avais fait souffrir Rupert comme ma mère avait fait souffrir mon père.

— Et du coup, tu as démissionné ?

— Non. Ils m'ont virée. Et je me suis retrouvée les mains vides, avec un sentiment de culpabilité prononcé, une estime de moi au plus bas et une réputation professionnelle en miettes.

Elle prit une grande inspiration.

— Et puis, j'avais tous ces trucs qui remontaient. Des souvenirs que j'avais enfouis et que je croyais avoir surmontés. Je me suis souvenue d'avoir eu l'impression que ma vie entière s'écroulait au moment où ma mère est partie. Et puis ma tristesse d'être incapable d'aimer...

— Ces idiots auraient vraiment mérité que tu les attaques en justice.

Il réussit à maîtriser sa colère.

— Donc ils t'ont virée. Et ensuite ? Tu as cherché un autre boulot ?

— Qui m'aurait embauchée ? J'étais une paria. Par chance, j'avais été bien payée du temps de l'émission et j'avais pu mettre une somme d'argent de côté. Suffisamment pour subvenir à mes besoins pendant quelque temps. Alors j'ai pris un aller simple pour New York et je me suis appliquée à effacer les traces de celle que j'avais été. J'ai renoncé à Kathy et je me suis fait appeler Molly, qui est mon second prénom. J'avais tellement peur que les médias britanniques ne retrouvent ma trace. Ou que quelqu'un me repère sur les réseaux sociaux et ne fasse circuler l'info. J'ai fermé tous mes comptes en ligne. Par chance, l'intérêt que je suscitais est retombé très vite. Je suppose que dans la mesure où ils m'avaient détruite, réduite au silence, privée de mon travail, de ma réputation, et chassée de mon propre pays, ils estimaient avoir fait leur boulot. Personne, apparemment, ne s'est soucié de savoir où j'avais disparu.

— Tu connaissais du monde à New York ?

— Personne, non. Et c'était une bonne chose. J'ai emménagé dans un minuscule appart sans ascenseur à Brooklyn en payant mon loyer en liquide et j'ai pleuré pendant un mois. Je ne sortais de chez moi que pour m'acheter à manger. Et puis, un jour, j'ai décidé que je m'étais punie suffisamment longtemps. J'ai démarré mon blog, juste pour moi, comme un moyen de me ressaisir. Pour démarrer, j'ai posté moi-même les questions et j'ai répondu comme si j'étais quelqu'un d'autre. Puis, petit à petit, de vraies questions ont commencé à apparaître. Sincèrement, je ne m'attendais pas à ce que le blog prenne les dimensions qu'il a prises. Et l'intérêt qu'il a suscité a augmenté encore le trafic. « Parle avec elle » a été mentionné sur deux gros sites d'information. Là les gens ont commencé à me bombarder de questions. Je refusais les interviews. Jamais je n'ai fait paraître de photo sur mon site et je ne donnais aucun élément qui aurait pu conduire jusqu'à moi. Je ne voulais aucune publicité. Lorsque Phoenix Publishings m'a contactée, j'ai stipulé que je voulais garder ma véritable identité secrète.

— Donc ton nom n'apparaît nulle part ?

— Voilà. Par chance, cela n'a rien d'inhabituel pour un auteur d'écrire sous un pseudonyme. Je ne fais pas apparaître de photo en couverture et je refuse les séances de dédicace, les conférences et autres apparitions publiques. J'ai préservé mon anonymat avec soin et j'ai été prudente. Je considérais que ma vie était repartie sur des bases positives. Jusqu'au moment où je t'ai rencontré, toi. J'aurais dû me douter que je ne pourrais pas continuer à me cacher éternellement. C'est d'ailleurs une loi d'airain en psychologie : tout ce qui est dissimulé finit toujours par ressortir à un moment ou à un autre.

Elle roula sur le côté et s'enfouit le visage dans les coussins.

— Tu ferais mieux de partir maintenant, Daniel.

— Partir ? Partir où ?

— Je ne sais pas, marmonna-t-elle d'une voix étouffée. N'importe où. Je suis sûre que tu as envie d'être ailleurs qu'ici, en tout cas.

— Ici est exactement l'endroit où j'ai envie d'être.

— J'ai merdé sur toute la ligne.

Il avait du mal à déterminer si elle pleurait ou non. Dans le doute, il l'extirpa de sa pile de coussins et l'installa confortablement dans ses bras.

— Tu n'as pas merdé sur toute la ligne. Rien de ce qui est arrivé ne s'est produit par ta faute. Et je suis impressionné par ce que tu as accompli : non seulement tu as survécu, mais tu as connu une réussite professionnelle éclatante, sans soutiens, sans appuis, rien qu'en faisant usage de tes compétences. Certaines personnes ne se seraient pas relevées après avoir enduré des persécutions comme celles que tu as subies.

— J'ai pris la fuite.

— Non. Tu t'es retirée de la ligne de feu. Ce qui n'est pas de la lâcheté mais de l'intelligence stratégique. Lorsque ton ennemi attaque, fais-toi petit.

— Sun Tzu ?

Il sourit dans ses cheveux.

— Je vais finir par faire de toi une disciple.

— Ce soir, au Met, tu étais en colère. Tu m'as dit que j'avais donné des conseils déplacés à un de tes clients.

— J'avais tort. Après notre discussion, j'ai recherché dans ton blog et j'ai trouvé sa question et ta réponse.

Elle plissa le front.

— Comment ? Tous les intervenants restent anonymes.

— Je connais l'individu. Je sais comment il écrit et comment il raisonne. Et tu avais raison, tu émettais des considérations d'ordre général.

— Mais lui l'a pris comme une recommandation spécifique ?

— Il l'a pris de la façon qui l'arrangeait et, en bon pervers narcissique qu'il est, s'en est servi pour manipuler sa femme et la convaincre de rester avec lui.

— Oh non.

Elle paraissait inquiète.

— Je sais que tu ne peux pas me parler de tes clients mais dis-moi au moins si tu as réussi à redresser la barre et à déjouer sa manœuvre.

— *Elle* a réussi à redresser la barre. Elle a constitué un dossier, enregistré ses menaces et est sortie de sa position de victime pour se dégager de l'emprise perverse qu'il exerçait sur elle.

— Ouf... Tu as dit tout à l'heure que tu étais venu ici pour présenter tes excuses ? Cela ne te ressemble pas, si ?

— Quand j'ai tort, je le reconnais toujours.

— Tu ne t'es pas excusé pour Brutus.

— Parce que je n'ai aucun remords de l'avoir fait. Si je n'avais pas emprunté ce chien, je ne t'aurais pas rencontrée.

— Je parie que maintenant tu regrettes.

— Pari perdu, Molly.

Il se leva et lui tendit la main.

Elle lui jeta un regard interrogateur.

— On va où ?

— Je t'emmène au lit pour être sûr que tu l'atteindras sans tomber et te cogner la tête.

— Après tout ce que tu viens d'entendre, tu veux encore coucher avec moi ?

— Je ne coucherai pas avec toi, mais cela n'a rien à voir avec ce que je viens d'entendre et tout à voir avec le fait que tu as trop bu. Il faut que tu dormes pour éliminer tout ce champagne, sinon tu seras dans un sale état demain.

Il lui saisit la main d'autorité et la tira vers lui pour la remettre sur pied.

— Malheureusement, je ne suis pas assez soûle pour oublier ce qui s'est dit ce soir. Je sais déjà que ça va être l'horreur demain matin, et tu n'as pas besoin de chercher des prétextes. Je comprends tout à fait que tu n'aies pas envie de t'attarder ici après tout ce que je t'ai raconté.

Était-ce réellement ce qu'elle pensait ?

— Molly...

— C'est bon, Daniel. Tout va bien. Ne te sens surtout pas obligé de te justifier, mais dis-moi juste une chose...

Elle leva vers lui un regard assombri par l'anxiété.

— Tu vas poster ma véritable identité sur les réseaux sociaux ?

— Tu crois sincèrement que je pourrais faire ça ?

Elle le regarda droit dans les yeux un long moment puis secoua la tête.

— Non, je ne le crois pas. Et ce n'est pas la fin du monde, après tout, si une personne supplémentaire est désormais au courant. Mon secret reste quand même bien gardé.

Un peu plus qu'une personne, en vérité. Mais puisque

Max et ses sources étaient tenus à une obligation de confidentialité, rien ne servait de l'inquiéter en lui précisant ce qu'il en était réellement.

— Ton secret est en sécurité avec moi, Molly.

Chapitre 16

De violents coups de marteau à l'intérieur de son crâne arrachèrent Molly à son sommeil comateux. Mais c'est seulement lorsque Valentin aboya qu'elle comprit que ça ne tambourinait pas dans sa tête mais contre le battant de sa porte.

Avec un grognement de protestation, elle s'extirpa d'entre les draps, rétablit tant bien que mal son équilibre en se retenant au mur, puis alla ouvrir. Les événements de la soirée de la veille lui revinrent soudain en bloc. La soirée au Met. La colère de Daniel. Le champagne bu avec Mark. Puis Daniel qui l'avait mise sous une douche froide avant de lui arracher le récit complet de ses défaites passées.

Oh mon Dieu. Lui avait-elle *réellement* tout raconté sans rien omettre ? La réponse était... oui. Elle avait déversé sur lui une véritable cascade de confidences. Ce n'était pas étonnant qu'il ait choisi de la laisser dormir seule...

Elle émit un gémissement de regret.

Plus jamais, *jamais*, elle ne boirait comme elle avait bu la veille.

Valentin poussait des aboiements frénétiques et elle lui posa la main sur la tête.

— Sois charitable avec mon crâne, OK ? Arrête de japper comme ça.

Elle ouvrit la porte et un chien qui ressemblait à s'y méprendre à Brutus bondit dans l'appartement. Il salua Valentin comme s'il retrouvait un frère perdu de vue depuis longtemps. À croire qu'il ne ressemblait pas seulement à Brutus, mais que c'était bel et bien lui. Les deux chiens roulèrent au sol et Molly les regarda, les yeux ronds. Les excès de champagne de la veille continuaient-ils de lui jouer des tours ?

— Brutus ?

Elle se frotta les yeux, mais Brutus n'en resta pas moins Brutus. Et là, dans l'encadrement de sa porte, se tenait Daniel. Un mélange de soulagement et de joie envahit Molly. Après ce qui s'était passé la veille, elle n'aurait vraiment pas cru qu'il donnerait encore signe de vie.

— Je pensais qu'il avait été adopté ?

— Apparemment, ils n'ont pas apprécié son tempérament, dans sa nouvelle famille.

Elle perçut une trace de désapprobation dans la voix de Daniel.

— Du coup, il est toujours en accueil temporaire chez Fliss et Harriet. Et pas si facile à caser, il faut croire.

— Donc tu es allé le chercher pour le promener ?

— Je l'emmène en balade, oui. Mais n'en tire aucune conclusion erronée. Je rends juste service à mes sœurs.

— Parce que les chiens, c'est censé ne pas être ton truc ?

Elle observa Brutus qui retournait en courant vers Daniel pour s'assurer qu'il n'allait pas repartir. Sacré Brutus. Elle aurait été tentée de faire comme lui.

Daniel tapota les flancs du berger allemand d'un geste rassurant.

— Tu sais quoi, Daniel ? Je ne crois pas que tu

te sois servi de Brutus pour te rapprocher de moi. Je pense plutôt que tu te sers de moi pour te rapprocher de Brutus. N'oublie pas que certains te surnomment le Rottweiler.

— Tu as encore été lire les commentaires sur moi qui circulent dans les médias.

— Normal. Tu as lu ceux sur moi. C'est du café que je vois là ?

— Exact. Plus efficace que l'Earl Grey, vu les circonstances.

Daniel lui fourra un gobelet dans les mains et suivit Brutus dans l'appartement. Elle bâilla à s'en décrocher la mâchoire.

— J'avais l'intention de me recoucher, à vrai dire.

— Surtout pas, non. Je t'emmène courir. Ça te réveillera.

— *Courir ?* As-tu idée, au moins, de ce que cela m'a coûté de marcher de mon lit jusqu'à la porte ? Je ne pourrais pas courir même si tu menaçais mon corps nu avec un cactus géant.

Son regard tomba sur le canapé et elle remarqua la présence d'un oreiller.

— Qu'est-ce que ça fait là ?

— J'ai dormi ici. Il faudra que tu penses à investir dans un canapé d'un format correct.

— Tu as dormi sur mon canapé ?

Elle examina la tenue de course à pied qu'il portait et le café qu'il tenait à la main.

— Mais...

— Je suis rentré chez moi il y a une heure. J'ai pris une douche, je me suis changé, j'ai récupéré Brutus et acheté deux cafés en route.

Il ne l'avait donc pas quittée ? Il avait été présent presque toute la nuit alors qu'elle avait dormi juste à côté, comme une souche ?

— Mais pourquoi le canapé ? Tu aurais pu me dire que tu restais !

— Quand je t'ai mise au lit, tu es tombée comme une masse. Valentin était tellement inquiet de te voir dans cet état qu'il a refusé de me laisser partir. Chaque fois que je me dirigeais vers la porte, il s'interposait et me tirait de nouveau en arrière. Généralement, je me flatte d'être quelqu'un qui sait argumenter, mais avec un chien je ne suis pas très persuasif, semble-t-il, donc au bout d'un moment, il m'a paru plus simple de rester. Enfin... Ça, c'était avant que je teste l'inconfort de ton canapé.

— Mon canapé est très confortable.

Savoir qu'il était resté chez elle durant la nuit lui faisait une impression étrange. Elle se sentait... vulnérable, oui, parce qu'elle n'avait plus aucun secret pour lui. Mais touchée aussi qu'il se soit senti suffisamment concerné pour accepter de passer la nuit à l'étroit dans son appartement.

— Peut-être qu'il est confortable lorsqu'on mesure moins d'un mètre quatre-vingt-huit.

Il avait l'air en grande forme pour quelqu'un qui venait de passer une sale nuit.

— Pour hier soir, je suis désolée.

— Désolée de quoi ?

— Pour tout. De t'avoir noyé sous les flots troubles de mon passé douteux. C'est le champagne qui m'a fait parler.

Elle essaya de se dire que c'était la seule raison. Et que les qualités d'écoute exceptionnelles de Daniel n'entraient pas en ligne de compte.

Elle poussa un soupir.

— Bon, OK. Je vais te suivre jusqu'au parc avec les chiens. Je ne promets pas que je serai en état de courir. Mais je peux toujours ramper derrière toi et gémir.

Au bout du compte, Molly réussit même à trottiner et l'air frais du parc lui vida la tête. Il faisait bon sous les grands arbres, et voir Valentin et Brutus de nouveau réunis lui rendit sa bonne humeur.

— Je ne comprends pas que cette famille n'ait pas voulu de Brutus.

— C'est un mystère aussi pour moi.

Il jeta la balle du berger allemand, qui partit comme un bolide et la récupéra en roulant sur lui-même comme un rugbyman.

Tout semblait si normal, si détendu — y compris et surtout Daniel — qu'elle en oublia d'être sur la défensive.

— Tu vas écrire un livre pour Phoenix Publishings, alors ?

— Je ne sais pas. La première fois qu'ils ont fait appel à moi, c'était il y a deux ans. Ils voulaient sortir un ouvrage sur le divorce qui serait écrit à travers l'expérience concrète d'un juriste. Un livre qui serait l'équivalent d'une consultation gratuite, avec les informations nécessaires pour que le grand public comprenne la procédure. À l'époque, j'étais trop occupé pour le faire.

— Et maintenant ?

— L'idée fait son chemin. J'ai un rendez-vous avec Brett dans quelques semaines. Et toi ? Tu travailles sur un second bouquin ?

— *Ensemble pour le long terme* s'est bien vendu, mais ça tourne surtout autour de ce qui se passe en amont de la relation amoureuse : comment choisir son partenaire, découvrir ce qui fait qu'on se sent bien ou non avec quelqu'un, déterminer sur quels aspects on est prêts à faire des compromis et les points sur lesquels on ne transigera pas. Mon second livre aborde l'étape suivante : comment rester en couple une fois que la rencontre a eu lieu. En essayant de garder le cap, même quand ça tangue.

Sa sensibilité toujours à vif, elle lui jeta un regard en coin.

— Tu as le droit d'être plié en deux de rire.

— Pardon ?

— C'est un peu ironique, non, alors que je n'ai jamais réussi à garder le cap, dans aucune relation ? On ne peut pas dire que je m'appuie sur mes compétences amoureuses personnelles.

— Et alors ? Tu t'appuies sur ton expérience professionnelle, et c'est ce que les gens attendent. Sinon, tu offrirais juste une généralisation abusive basée sur une expérience privée.

Sa remarque lui rendit le moral.

Dans la crise qu'elle avait vécue, le plus difficile avait été de se colleter avec le sentiment qu'elle n'était qu'un imposteur. Un escroc. Quelqu'un qui n'aurait jamais dû s'autoriser à conseiller les autres dans leur parcours sentimental.

Daniel l'attira à lui et prit son visage entre ses mains.

— Dis-moi une chose : tu crois aux conseils que tu donnes ?

— Oui, bien sûr, mais...

— Il n'y a pas de *mais*. En tant que professionnels, nous prodiguons un avis qui nous paraît adapté. Si quelqu'un choisit de ne pas le suivre, ça n'enlève rien aux conseils en question. C'est stupide d'affirmer qu'il faudrait être en couple pour faire un bon thérapeute conjugal. Et le fait que ton livre se soit si bien vendu témoigne de tes qualités en tant que psychologue et de la pertinence de ton jugement.

— Mais les gens qui achètent ce livre ne savent rien de ma vie personnelle.

— Et alors ? Je n'ai jamais été marié et je passe ma journée à conseiller les gens sur leur divorce. Et personne n'a jamais attendu de moi que je m'appuie sur une expérience personnelle préalable... Brutus !

En entendant Daniel l'appeler, le chien hésita puis pila et revint sur ses pas en courant pour s'immobiliser net à ses pieds.

Molly le regarda faire, bouche bée.

— Ouah ! Il y a du changement, on dirait.

— Nous nous sommes entraînés, tous les deux.

Elle perçut la fierté dans sa voix et le vit caresser affectueusement la tête du chien avant de procéder à un nouveau lancer de balle.

— Il va te manquer.

Daniel fronça les sourcils comme si cette éventualité ne lui avait pas traversé l'esprit.

— Il faut que j'aille bosser. Ça va aller, pour toi ?

— Bien sûr. Pourquoi ça n'irait pas ?

— J'ai rouvert d'anciennes blessures.

Il avança la main vers son visage et releva une mèche de cheveux.

— Je t'ai obligée à parler.

— Obligée, pas vraiment. Tu as déclenché le processus, puis j'ai déversé des torrents de paroles.

— Tu regrettes ?

— De t'avoir tout dit ? Non.

Elle hésita un instant.

— Pour être tout à fait franche, admit-elle, je me sens quand même un peu à nu.

— À nu ?

Il lui adressa un lent sourire et se pencha pour lui murmurer quelque chose à l'oreille.

Elle sentit ses joues s'empourprer.

— As-tu vraiment dit ce que je viens de t'entendre dire ?

— Ouais. Je l'ai vraiment dit. On se retrouve ce soir à 20 heures, madame la psychologue. Ramène ton infréquentable personne au complet chez moi et je pourrai continuer à mettre à nu tout ce que je n'ai pas encore eu l'occasion de dénuder aujourd'hui.

Daniel tambourina à la porte de l'appartement de ses sœurs. Il aurait dû tomber de sommeil après sa nuit plus que courte, mais il se sentait bourré d'énergie, au contraire. Le stress, la colère, la déception qu'il avait ressentis, tous ces sentiments négatifs s'étaient dissipés lorsque Molly s'était ouverte à lui. Elle lui avait tout dit. Lui avait fait don de sa confiance alors même qu'elle tenait plus que tout à son anonymat. Il n'y avait désormais plus aucun secret entre eux deux.

Ce soir, ils se retrouveraient. Pour un dîner, d'abord. Puis au lit. Finies, les conversations profondes.

Peut-être lui enverrait-il un texto dans la journée pour lui dire de remettre la même robe que l'autre soir. Avec la lingerie en dentelle qu'il avait été trop pressé de lui retirer.

Harriet lui ouvrit la porte avec trois minuscules chatons sous le bras.

Brutus se prépara à bondir et Daniel lui jeta un regard sévère.

— Assis.

Le berger allemand s'exécuta en lui jetant un regard contrit.

Harriet en resta bouche bée.

— Tu l'as dressé ?

— Molly m'a donné quelques conseils. Elle s'y connaît vraiment bien en chiens.

Et en tout un tas d'autres choses aussi, d'ailleurs. Elle savait faire un excellent café, danser la salsa et se servir de sa bouche pour lui faire connaître l'extase. Conscient que s'il s'attardait un peu trop sur cette pensée il pourrait avoir des difficultés à marcher, il effaça ces images de son esprit et entra dans l'appartement.

Voyant Brutus tout frétillant d'impatience, il claqua des doigts et le chien fonça à l'intérieur à son tour, manquant d'aplatir Harriet.

Reprenant son équilibre, elle ferma la porte.

— J'ai fait du café. Sers-toi pendant que je m'occupe de ces mini-portions.

— Tu assures aussi un accueil pour les chatons ?

— Juste pour quelques jours.

Elle les installa dans un panier et les entoura d'une couverture.

— Je suis vraiment contente que Valentin soit guéri. Comment ça se passe avec Molly, maintenant ? Elle t'a pardonné tes sombres manœuvres avec Brutus ?

Elle lui avait pardonné d'autant plus volontiers qu'elle lui avait caché pas mal de choses de son côté elle aussi. Ce qui, à son sens, les plaçait à égalité.

— Elle a l'air d'en avoir pris son parti, oui.

— Tant mieux.

Harriet avait le cœur généreux et lui sourit avec affection.

— J'aime beaucoup Molly. Et j'avais un peu peur qu'elle soit furieuse contre nous.

— Pourquoi ? J'étais seul responsable, dans l'histoire. Vous, vous n'y étiez pour rien. Où est Fliss ?

— Elle doit être en train de s'habiller. Elle a rendez-vous avec un nouveau client.

— J'ai un truc à lui dire.

Une conversation dont il aurait préféré se passer. Il avait hésité, réfléchi, procédé à quelques vérifications et était parvenu à la conclusion qu'il devait parler lui-même à Fliss. Autant qu'elle entende la nouvelle de sa bouche plutôt que de quelqu'un d'autre.

— Je vais l'appeler, dit Harriet. J'imagine que Molly

était prête à tout te pardonner après ce que tu as fait pour Valentin.

— Son chien était très malade. Elle a paniqué.

Dans sa carrière, il avait été témoin de nombreuses manifestations de détresse qu'il avait su gérer avec une compassion plutôt détachée. Mais l'angoisse de Molly l'avait touché au vif.

— C'est pour ça qu'elle est restée dormir chez moi. C'était plus près de chez le véto.

Fliss émergea de sa chambre chaussettes aux pieds.

— Molly est restée chez toi ? Pour la nuit ? Une nuit *complète* ?

— Par commodité. Elle a dormi dans la chambre d'amis, entre parenthèses. Fliss, j'ai à te parler.

Il se demanda comment lui annoncer la nouvelle. Y aller cash ? Ou préparer le terrain en douceur ? Introduire le sujet par quelques allusions ?

La dernière chose dont il avait envie, c'était de faire souffrir sa sœur. Mais avait-il le choix ? Si elle découvrait qu'il était au courant et qu'il avait gardé le silence, elle ne le lui pardonnerait jamais.

— Daniel Knight gardant une femme chez lui toute la nuit. Je comprends que tu aies des choses à nous dire, pour le coup.

Fliss ramassa ses chaussures de course à pied en lui adressant un sourire jusqu'aux oreilles.

— Tu es mouillé jusqu'au cou, mon cher frère. Mais nous sommes là pour te sauver. Pas vrai, Harriet ?

Daniel ressentit un picotement de malaise sur la peau.

— Je ne suis absolument pas mouillé du tout.

— T'est-il déjà arrivé d'héberger une femme chez toi pour la nuit ?

— Non, mais...

— D'autre part — parlons franco, puisque nous

sommes entre adultes — tu n'as encore jamais fréquenté aucune femme jusqu'ici dans un but autre que sexuel.

— N'importe quoi. J'en ai invitées plein à dîner.

— En guise de prélude. Juste pour leur procurer les calories nécessaires afin d'améliorer leurs performances au lit.

— Vous pourriez arrêter de parler sexe, tous les deux ? se récria Harriet, indignée, tout en se penchant sur la corbeille des chatons. Heureusement qu'ils dorment, ces innocents, car vous me les auriez corrompus !

— Tout ce que j'essaie de démontrer, c'est que nous avons affaire à un tout nouveau scénario avec Molly.

Fliss s'équipa d'un sac à dos et d'un pull léger.

— Il a reçu une femme à dormir chez lui, Harriet ! C'est hautement significatif, non ?

— Uniquement parce que Molly était inquiète pour son chien.

— Oui, c'est ça, bien sûr.

Fliss enfila son pull en dardant sur lui un regard affûté.

— Il est normal, bien sûr, d'offrir un hébergement à toute femme soucieuse de la santé de son animal de compagnie. Tiens, on devrait offrir ça comme prestation supplémentaire pour les Woof Rangers. Chambre d'hôte fournie sur la Cinquième Avenue en cas d'hospitalisation de votre compagnon à poils.

— Arrête de te faire des films, Fliss.

— Tu sais ce que je crois, Daniel ? C'est que pour une fois tu as rencontré quelqu'un qui te plaît vraiment.

Harriet se hâta d'enchaîner.

— Et c'est génial. *Vraiment* génial. Je commençais à désespérer que cela puisse t'arriver un jour.

— Désolé de vous décevoir, les filles, mais c'est juste pour le fun, entre Molly et moi. Alors arrêtez de vous exciter sur cette histoire.

Harriet leva vers lui un regard plein d'attente.

— Tu voulais nous annoncer quelque chose, au fait ?

— Pas à toi. À Fliss.

Il marqua un temps de silence, regrettant d'avoir à assener cette nouvelle. Sa sœur paraissait heureuse. Forte. Elle était à la tête d'une petite entreprise prospère et on la sentait confiante et sûre d'elle-même. Ce qu'il allait lui dire la ramènerait dix années en arrière, à une période de leur vie dont aucun d'eux trois ne souhaitait se souvenir.

— Assieds-toi un instant, ma puce.

Fliss se pétrifia, tout son poids porté sur l'avant des pieds, comme une biche sur le point de s'enfuir.

— Je n'arrive pas à déterminer ce qui me fait le plus flipper : que tu m'aies appelée « ma puce » ou que tu me demandes de m'asseoir... Dans les films, c'est ce que disent les flics quand ils ont une nouvelle sinistre à annoncer. S'il s'est passé quelque chose d'affreux, dis-le-moi franco, s'il te plaît. Surtout n'essaie pas de me ménager.

— Seth Carlyle bosse pour la clinique vétérinaire.

Il vit le sang se retirer du visage de sa sœur et entendit Harriet émettre un murmure d'inquiétude horrifié.

— *Mon* Seth ?

Fliss tomba assise d'un coup, comme une pierre chutant du ciel.

— C'est juste une mauvaise blague, j'espère ? Non. Ce n'est pas ça. Tu es invivable, désagréable, mais jamais cruel. Et si tu avais inventé ça, ce serait vraiment...

Sa respiration était de plus en plus rapide et saccadée. Elle porta la main à sa poitrine.

— Je ne me sens pas très bien. Im... impossible de faire entrer l'air.

Harriet s'assit à côté de sa jumelle et passa un bras autour de ses épaules.

— Expire, pour commencer. Lentement. Voilà.

Maintenant, tu inspires par le nez et tu expires par la bouche. Parfait.

Elle leva les yeux vers lui.

— Tu es sûr ? Comment tu le sais ?

— Je l'ai vu le soir où je suis allé à la consultation avec Molly et Valentin. Steven Philips, le véto de service, nous a présenté son nouveau collègue. Sans se douter, à l'évidence, qu'on se connaissait déjà, Seth et moi. Je me suis contenté de hocher la tête et de la fermer.

Fliss esquissa un faible sourire.

— C'est signe que tu évolues. Je devrais être reconnaissante, je suppose, que tu ne lui aies pas cassé la gueule direct.

— Ça, c'est déjà fait.

— Je sais. Je me souviens.

Elle prit une inspiration tremblante.

— Seth a dit quelque chose ?

— À ton sujet ? Non. Mais les circonstances ne se prêtaient pas vraiment aux confidences.

Fliss chercha son regard.

— Il avait l'air comment ?

Le gouffre d'anxiété dans les yeux de sa sœur lui procura un sentiment d'impuissance. Et il avait horreur de se sentir ainsi.

Il s'accroupit devant elle et prit ses mains dans les siennes. Le fait qu'elle ne les retire pas sur-le-champ pour lui mettre une claque en disait long sur son état psychologique.

— Il ne m'a pas paru aller mal. C'est pour toi que je m'inquiète. Qu'est-ce que je peux faire ? Dis-moi.

— Rien. Il est...

Elle prit une longue inspiration.

— ... C'est mon problème.

— Les problèmes, on les partage, toi et moi.

Harriet était rivée aux côtés de sa jumelle.

— On l'a toujours fait et on continuera toujours. Je peux me charger de toutes les visites chez le véto, si tu veux. Comme ça, tu ne cours aucun risque de tomber sur lui.

— S'il travaille ici, dans l'Upper East Side, je suis condamnée à le croiser à un moment ou à un autre. De toute façon, ce serait de la lâcheté de ma part de l'éviter. Comment ça se fait qu'il ait atterri ici ? C'est une coïncidence ? Oui, évidemment que c'est une coïncidence. On ne s'est pas revus depuis dix ans.

Les yeux de Fliss se remplirent de larmes. Daniel échangea un regard désemparé avec Harriet, qui serra sa sœur encore plus fort dans ses bras.

— Arrêtez d'être sympas avec moi, tous les deux. Tout est arrivé par ma faute. J'ai été stupide, c'est tout.

Fliss dut voir les mâchoires de son frère se crisper car elle lui jeta un regard noir.

— Ne commence pas, Daniel.

Il lui lâcha les mains et se leva.

— Tu m'as entendu prononcer un mot ?

— Je vais gérer ça en restant tout à fait cool. Dix ans, c'est une éternité. De l'eau a coulé sous les ponts, tout ça, tout ça... Nous sommes adultes lui et moi, maintenant. Je vais finir par m'y faire d'une façon ou d'une autre. Il me faut juste un peu de temps. Et un mec, surtout.

Harriet parut interdite.

— Un mec ?

— S'il apprend que je n'ai personne, je vais me sentir nulle. Je n'ai pas envie de lui donner l'impression que je suis restée en rade sur le bas-côté de la vie.

Elle chercha le regard d'Harriet.

— Ce serait faux, d'ailleurs. J'ai avancé.

— Évidemment que tu es allée de l'avant, acquiesça fermement Harriet. Ça fait déjà deux ans que tu ne parles plus du tout de lui. Et je ne crois pas que tu penses à lui non plus.

— Pas l'ombre d'une pensée, non, murmura Fliss en écho.

Daniel s'abstint de commentaire, tout en espérant qu'elle maîtriserait un peu mieux son jeu d'actrice lorsqu'elle se retrouverait face à Seth...

— Tu es sûr qu'il n'a pas parlé de moi ? Il ne t'a pas demandé de mes nouvelles ?

— Il n'y a pas eu un seul mot échangé entre nous, je te jure. On s'est juste regardés et on est convenus en silence qu'on ne se tomberait pas dessus pour s'écharper. Voilà à quoi se sont bornées nos retrouvailles.

— Autrement dit, il ne sait rien de mon statut marital. Je pourrais aussi bien être mariée et mère de trois enfants.

Fliss se leva pour arpenter la pièce.

— Il est clair qu'il faut que je me trouve un mec en urgence. On connaît quelqu'un qui pourrait nous dépanner sur ce coup-là ?

Daniel leva les mains dans un geste d'impuissance.

— Inutile de me regarder. Je ne connais personne qui accepterait de sortir avec toi à moins d'être lourdement shooté au préalable.

— Merci bien !

Mais Fliss semblait s'être un peu ressaisie et lorsqu'elle tourna les yeux vers lui, il fut soulagé d'y voir l'habituelle lueur combative.

— Je suis en retard. Il faut que j'y aille. Mais merci de m'avoir avertie. J'apprécie.

Elle attrapa ses clés et sortit de l'appartement en trombe, les laissant seuls, Harriet et lui.

— Oh ! putain, marmonna Harriet.

Daniel leva un sourcil.

— Pardon ? C'est la première fois de ma vie que je t'entends prononcer un gros mot.

— Le retour de Seth dans la vie de Fliss justifie bien un écart de conduite. Elle a été brisée par cette histoire, Daniel.

— C'est vrai. Mais ça remonte à très loin. Elle était vulnérable. Ce n'est plus le cas, maintenant.

Harriet soupira.

— Je n'en suis pas si sûre. Je crois qu'une partie d'elle restera à tout jamais en miettes à cause de Seth. Je me suis souvent demandé...

— Demandé quoi ?

Harriet évita son regard et fronça les sourcils.

— Rien.

— Tu me caches quelque chose ?

— Non. Je suis inquiète, c'est tout.

— Moi aussi, mais elle va s'en sortir. Fliss a toujours été une lutteuse.

Daniel finit son café.

— Du coup, je suis en retard, moi aussi. Appelle-moi s'il y a un problème. Sinon on reprendra cette conversation demain lorsque je viendrai chercher Brutus.

Perdue dans ses pensées, Harriet tourna vers lui un regard absent.

— Tu ne peux pas le prendre demain. Les gens qui veulent l'adopter viennent le chercher.

Daniel fut surpris par le pincement de contrariété que lui procura cette annonce.

— Je croyais qu'ils n'appréciaient pas son tempérament ?

— Je te parle d'une autre famille. Des gens qui veulent expressément un berger allemand. Je pense que cette fois nous avons trouvé les adoptants idéaux pour lui.

Daniel se sentait K-O, soudain, comme s'il venait

de prendre un coup. Il essaya de se dire que c'était à cause de Fliss qu'il ressentait cette impression de vide.

Harriet lui jeta un regard interrogateur.

— Ça a l'air de te contrarier, pour Brutus ? Mais rien ne t'oblige plus à te balader avec un chien. Maintenant que Molly sait tout, tu n'as plus besoin de prétexte pour aller marcher, courir, ou pratiquer je ne sais quoi que vous avez l'habitude de faire tous les deux.

Il ne releva pas cette dernière remarque.

— Deux familles déjà ont rejeté Brutus. Tout ce que je veux, c'est qu'il se retrouve dans un foyer où sa personnalité sera respectée.

— Les bénévoles du centre d'adoption savent ce qu'ils font.

— Mouaich... On ne peut pas dire que j'ai été impressionné par ceux qu'ils ont dégottés comme adoptants potentiels jusqu'à présent. Ils devraient consulter Molly. Elle a un super feeling pour juger de l'éventuelle compatibilité entre deux personnes.

— Aux dernières nouvelles, son expertise portait sur l'espèce humaine, Daniel.

— Et alors ? Brutus est nettement plus fin et plus intelligent que de nombreux humains que je connais.

Le regard d'Harriet s'adoucit.

— Au fond, tu l'aimes vraiment. Tu t'es attaché à lui, à force.

— C'est juste un chien. Et tu sais que, l'attachement, ce n'est pas mon truc.

Avec un sentiment de pure traîtrise, il tapota une dernière fois les flancs de Brutus et se dirigea vers la porte.

— N'oublie pas de leur préciser qu'il ne revient pas forcément quand on l'appelle. Il faudra qu'ils soient très prudents chaque fois qu'ils lui enlèveront sa laisse. Et tu leur *interdis* de l'appeler Froufrou, surtout.

Chapitre 17

Chère Aggie,

Je suis marié mais attiré par une autre femme. J'aime mon épouse, mais la vie avec elle est sans couleurs, prévisible, pauvre en adrénaline… Faut-il rester ? Partir ?

Bien à vous,

Un monogame qui s'ennuie

Daniel se pencha pour lire par-dessus l'épaule de Molly.

— Il va avoir besoin d'un avocat pour son divorce, celui-ci. Tu veux lui donner tout de suite mes coordonnées ?

Molly le repoussa en riant. Elle s'était installée dans le bureau de Daniel pour travailler et Valentin, étalé devant la fenêtre, dormait sans bouger une oreille.

— Aussi surprenant que cela puisse te paraître, il est rare que mon premier réflexe soit de recommander la dissolution immédiate du couple.

— Pourquoi pas ? S'il s'aventure sur les voies torrides de l'extraconjugalité — et manifestement, ça le démange — l'histoire se terminera tôt ou tard par un divorce. Alors autant court-circuiter les scènes, les crises et les assiettes brisées, et faire la demande tout de suite. Économisons les étapes intermédiaires et oublions la psychologue pour passer directement à l'avocat.

Il se pencha pour l'embrasser dans le cou. Molly sentit monter une onde de chaleur et d'excitation immédiate. Elle referma son ordinateur portable.

— Je répondrai à ce message plus tard.

— Non.

Les lèvres de Daniel se déplacèrent sur une épaule.

— Il faut que tu traites le cas de ce M. Monogame tout de suite. On dîne avec Eva et Lucas ce soir, tu te souviens ? Ils nous attendent dans une heure. Continue de travailler et ne t'occupe pas de moi.

Ne pas s'occuper de lui ? Comment était-elle censée réussir cet exploit alors qu'elle avait déjà les hormones en transe rien que de le sentir collé contre son dos ?

Molly rouvrit son ordinateur et fit un effort héroïque pour se concentrer. Mais c'était peine perdue. Impossible de se déconnecter de ses sensations tandis que les lèvres de Daniel couraient sur sa peau. C'était si irrésistiblement bon qu'elle ferma les yeux, oubliant jusqu'à l'écran devant elle. En cet instant, elle se fichait comme de sa première chemise du sort du Monogame saisi d'ennui. Il pouvait faire ce qu'il voulait de sa vie. Elle n'avait plus à l'esprit que le déchaînement de volupté que Daniel suscitait en elle.

Jamais encore auparavant sa sensualité n'avait été aussi épanouie, aussi réactive. Ni avec Rupert ni avec personne. Sans doute parce qu'elle connaissait pour la première fois ce luxe inouï : être avec un homme à qui elle ne cachait rien. L'absence de secrets était incroyablement libératrice. Daniel savait pour sa mère. Il savait pour Rupert. Elle n'avait rien à lui dissimuler, aucune zone d'ombre à préserver de son regard. C'était la relation la plus simple, la plus affranchie de tout interdit qu'elle ait jamais vécue. Et l'effet était cent pour cent désinhibiteur pour sa libido.

Électrisée par le désir, elle fit pivoter sa chaise et se leva pour nouer les bras autour du cou de Daniel. Il tira sur l'élastique de sa queue-de-cheval, libérant ses cheveux qui vinrent se dérouler comme une vague caressante sur ses épaules. Il poussa un grognement de plaisir et y enfouit les doigts.

— Et que fais-tu de M. Monogame pétrifié d'ennui conjugal ? Il compte sur toi pour une réponse.

— Je pense qu'il a besoin de méditer quelques heures de plus sur sa question. Il n'est jamais conseillé de prendre des décisions trop précipitées.

Elle glissa les mains sous le T-shirt de Daniel pendant qu'il lui arrachait son top. Une véritable frénésie animait ses gestes. Ses mouvements étaient heurtés, chaotiques tandis qu'il lui retirait ses vêtements, le souffle court. Le voir aussi fébrile l'excita d'autant plus qu'elle partageait son sentiment d'urgence.

— Je ne crois pas que j'aie encore envie de sortir ce soir, finalement.

Sa voix râpeuse lui parvint étouffée car sa bouche était en étroite union avec la chair sensible qu'il venait de mettre à nu.

— Ce sera toi mon festin. Je vais appeler Eva pour annuler le dîner.

Elle tenta de dissiper le nuage de désir qui lui obscurcissait les pensées.

— Non. On ne peut pas leur faire ça au dernier moment. J'adore Eva et ça fait pas mal de temps que j'ai envie de rencontrer Lucas Blade.

Elle lui attrapa les cheveux, amenant sa bouche contre la sienne, et l'envie de parler dégringola tout en bas de sa liste de priorités. Ivre de désir, elle se cramponnait à ses épaules. D'un coup, il la souleva comme si elle ne pesait rien et la posa sur le bureau. Elle frissonna de surprise et de délice, et l'enveloppa de ses cuisses tout en continuant à l'embrasser comme s'il était impossible d'interrompre un instant la frénésie de leur baiser.

Elle sentit la poussée de son érection entre ses jambes et se mut d'instinct pour rapprocher ses hanches. Les mains de Daniel allaient et venaient sur ses cuisses. Elle gémit lorsque ses doigts glissèrent en elle pour l'ouvrir à la promesse du plaisir.

Elle le désirait comme elle n'avait encore jamais désiré, de façon impérieuse, absolue, presque désespérée. Cherchant la fermeture Éclair de son jean, elle libéra son sexe et gémit de le sentir battre contre sa paume. Il lui couvrit la main, instaurant une pause forcée le temps d'attraper un préservatif, puis d'un mouvement de reins possessif, il se glissa dans la corolle humide de son sexe, dardant des flèches aiguës de plaisir dans tout son corps. Pendant un court instant, il demeura sans bouger, le temps de la laisser s'ajuster à lui, puis il amorça un va-et-vient qu'elle accompagna de ses hanches, et il n'y eut plus alors que la perfection de leurs rythmes en fusion, la morsure des doigts de Daniel plantés dans la douceur consentante de ses cuisses, la brûlure de sa bouche fouillant la sienne, leurs langues qui s'enroulaient comme pour se fondre en une seule. Pas un instant ils ne cessèrent de s'embrasser. Le baiser accompagna la danse moite de leurs corps enchâssés et suivit l'accélération, les premières contractions puis l'orgasme explosif qui les saisit l'un et l'autre, les arracha un instant à eux-mêmes pour les laisser rompus, ballants, dévastés.

Le plaisir avait été si intense, son lâcher-prise si total, que Molly, sous le choc, resta inerte, incapable de soulever une paupière. Elle garda la tête sur la poitrine de Daniel, savourant la force de ses bras qui la tenaient serrée alors qu'ils restaient liés l'un à l'autre de la manière la plus intime qui soit.

— Chère Aggie, chuchota-t-il en écartant les cheveux qui lui tombaient sur le visage. Il y a une femme avec qui c'est plus fort que moi : elle me rend tellement fou de désir que quand je la croise, je ne pense plus qu'à me jeter sur elle pour la déshabiller sauvagement sur place. Auriez-vous un remède ? Bien à vous, l'Incontrôlé.

Elle souleva la tête pour le regarder, cherchant encore à analyser ce qui venait de se passer entre eux. Ils étaient hors d'haleine l'un et l'autre, et l'épaule de Daniel était trempée de sueur.

— Cher Incontrôlé, répondit-elle d'une voix voilée. Une attirance physique aussi intense peut paraître très exaltante, mais la relation risque d'être rapidement menacée si elle donne lieu à une arrestation pour exhibition sexuelle. Je suggère donc que vous vous arrangiez pour ne croiser la femme en question qu'en privé. Et je crois pouvoir vous assurer que cette alchimie sexuelle presque addictive ne tardera pas à s'atténuer puis à s'éteindre.

Daniel se retira d'elle.

— Tu crois ? Pour la préservation de mon équilibre mental et physique, je table sur une accalmie, au moins temporaire. Mais dans le doute, je préfère que tu t'assoies à l'autre bout de la table ce soir.

— Bon plan.

Elle se laissa glisser du bureau et entreprit de récupérer ses vêtements tombés au sol. En espérant que le fait de placer une table entre eux suffirait à apaiser les sursauts imprévisibles de leur libido déchaînée.

— Si je comprends bien, ton nouveau bouquin sort en juillet.

Daniel se servit une tranche du délicieux pain aux noix qu'Eva confectionnait de ses mains.

— Quand aurai-je droit à mon exemplaire de l'édition originale ?

Lucas versa le vin.

— Ils sont arrivés hier. Je peux t'en procurer un si ça t'intéresse.

Eva frissonna.

— Tu veux mon conseil, Daniel ? Refuse. À la seule vue de la couverture, je n'en dors déjà plus la nuit.

Molly sourit.

— Tu ne lis pas les romans de Lucas ?

— Je refuse de lui en mettre un entre les mains, commenta ce dernier, pince-sans-rire. La seule fois où elle a lu un de mes bouquins, elle a tellement hurlé dans ses cauchemars qu'elle a failli réveiller tout Manhattan.

Il se tourna vers Daniel.

— Tu te souviens lorsqu'elle t'a ouvert la porte en pointant un couteau sur toi ?

— Je pensais que c'était votre conception particulière de l'hospitalité.

— Ouh là, oui, c'était le jour où Lucas m'avait persuadée de regarder un film d'Hitchcock avec lui !

Eva riait tellement qu'elle en avait du mal à parler. Elle jeta un regard indigné à Lucas.

— Je considère que la faute te revient intégralement. Si tu choisis de me faire peur, il faut composer avec les conséquences.

Lucas secoua la tête.

— Quand je m'absente, je suis obligé de fermer la porte de mon bureau à clé, car elle a une fâcheuse tendance à changer ici ou là une phrase de mon manuscrit en cours.

— Je ne vois pas en quoi ça pourrait nuire à l'intrigue que je rende tes personnages un peu moins antipathiques.

— Mais c'est justement ce qui est passionnant dans

les livres de Lucas ! Ses tueurs sont étranges mais ils ne sont *pas* à proprement parler antipathiques !

Molly, visiblement enthousiaste, en délaissa un instant le contenu pourtant succulent de son assiette.

— Tous ses assassins sont incroyablement complexes, avec une psychologie très fouillée. Dans ton dernier thriller, par exemple, dit-elle en s'adressant à Lucas, ce type était absolument adorable pour son voisin. C'était un mélange fascinant de sociopathe et de psychopathe. Avec une touche de personnalité *borderline* pour couronner le tout !

Daniel l'observait, fasciné, en essayant de repousser des images d'elle, ouverte, ses belles cuisses blanches déployées sur sa table de travail entre deux piles de dossiers. Il n'avait pas souvenir d'avoir déjà désiré une femme avec une urgence telle qu'il leur avait fallu faire l'amour sur-le-champ en s'affalant sur le support le plus proche. Et leur chevauchée effrénée n'avait même pas suffi à résoudre le problème. Il était déjà en train de calculer à quelle heure il pourrait raisonnablement annoncer qu'il était temps qu'ils regagnent son appartement.

Lucas parut amusé.

— Tu fais une analyse psychologique de mes assassins ?

— C'est un peu un réflexe, chez moi. Même si la façon dont tu combines certains traits de personnalité ne facilite pas le diagnostic psychopathologique.

— Connaissant Molly, je suis sûr qu'elle leur cherche à tous un partenaire de vie idéal, ironisa Daniel.

Mais il était agréablement surpris qu'elle apprécie les livres de Lucas autant que lui. Il l'observait pendant qu'elle parlait à leur hôte. Elle était vive, intelligente et pimentait la conversation de ses contributions drôles, originales et toujours pertinentes.

Chaque fois qu'il l'écoutait, il était impressionné par l'étendue de ses connaissances. Et Lucas paraissait l'être tout autant tandis qu'ils discutaient des différents types de personnalités pathologiques.

— Un des ressorts les plus marquants de tes thrillers, ce sont les personnages, justement. Et ce n'est pas à cause de leurs actes. Mais parce que n'importe qui pourrait commettre les crimes auxquels ils se livrent. Le sympathique policier de quartier, l'infirmière rassurante qui travaille de nuit dans le service. Tes livres nous bousculent dans notre tranquille certitude que nous sommes en sécurité parmi les gens d'allure anodine qui nous entourent.

— Et tu trouves que c'est une bonne chose ? se récria Eva en reposant ses couverts. Je refuse de penser que des tueurs potentiels errent partout parmi nous. Mais je propose qu'on change de sujet de conversation, sinon je vais encore me réveiller au beau milieu de la nuit en hurlant comme une sirène d'alarme.

— Je te prêterai Valentin, promit Molly. C'est un merveilleux chien de garde. Je me sens toujours en sécurité quand je suis avec lui.

En entendant son nom, Valentin leva la tête et ses oreilles se dressèrent.

— Eh oui, mon chien, on parle de toi, lui confirma Eva. Il est superbe ton dalmatien, Molly, et tu as de la chance. J'adorerais avoir un chien.

Elle jeta un regard d'espoir à Lucas, qui leva un sourcil.

— Tu as une raison particulière de me regarder avec ces grands yeux bleus magnifiques ?

— Cela ne sert à rien d'avoir de grands yeux bleus magnifiques si je ne peux pas les utiliser de temps en temps pour susciter une réaction émotionnelle chez toi. C'est depuis que je te connais que mon niveau d'angoisse s'est envolé de façon stratosphérique. Avant, j'avais pleinement confiance en mon prochain. Maintenant, je vois le mal partout. C'est horrible.

— Ce n'est pas plus mal d'observer certains réflexes de prudence, observa Molly.

Daniel comprit qu'elle songeait à ses propres expériences. Elle n'avait pas été déçue que par des inconnus. Même ceux qu'elle avait considérés comme ses amis proches s'étaient retournés contre elle. Rien d'étonnant si elle conservait désormais une certaine retenue.

Lucas les resservit en vin et regarda Eva.

— Je sais pourquoi tu rêves d'un chien : c'est à cause du chiot abandonné que nous avons trouvé à Noël dans le parc. Mais ça ne serait pas envisageable pour nous d'avoir un chiot tout fou à la maison, Ev. L'essentiel de tes journées, tu le passes en dehors de chez nous. Et moi la plupart du temps je reste enfermé à écrire avec la tête dans le guidon.

— Il ne me faut pas forcément un chiot. J'aimerais recueillir un chien abandonné en demande d'affection. Je voudrais rendre un chien heureux, comme Molly l'a fait pour Valentin.

— Ce n'est pas moi qui ai fait le bonheur de Valentin mais Valentin qui a fait le mien. Quand je suis arrivée ici à New York, je ne connaissais personne.

Daniel eut une pensée pour Brutus. S'entendait-il avec sa nouvelle famille ? Tout ce qu'il pouvait espérer pour lui, c'est qu'il était tombé sur des gens aussi affectueux que Molly. Il prit note mentalement de poser la question à Harriet la prochaine fois qu'il la verrait.

— Avoir un chien à sortir tous les matins est une excellente façon de s'obliger à pratiquer une discipline physique quotidienne, commenta-t-il.

Lucas fronça les sourcils.

— Tu es vraiment obligé de donner des arguments supplémentaires à Eva ? D'ailleurs tu n'as pas de chien, donc c'est un avis purement théorique.

— Ces derniers temps, j'ai promené régulièrement un

des chiens recueillis par mes sœurs. Pour leur donner un coup de main.

Il croisa le regard de Molly et vit une fossette apparaître au coin de sa bouche.

— C'est comme ça que nous nous sommes rencontrés, révéla-t-elle.

Il se demanda si elle allait ajouter qu'il avait emprunté un chien dans le seul but de la séduire, mais elle ne dit rien et se contenta de retenir son regard, les yeux pétillants, faisant durer le suspens.

Il adorait son sourire. La façon dont il démarrait, juste aux commissures de ses lèvres qui s'incurvaient lentement. Puis venait la minuscule fossette et le sourire, enfin, s'étendait à son regard. Il lut dans ses yeux qu'elle prenait plaisir à garder ce secret entre eux.

— Vous vous êtes rencontrés au parc via vos chiens respectifs ? C'est romantique, comme entrée en matière !

Eva se leva et commença à débarrasser mais Daniel lui prit les assiettes des mains.

— Je m'en occupe. Toi, reste assise.

— Mais tu es invité !

Lucas la repoussa gentiment sur sa chaise.

— Tu as fait la cuisine. Laisse-nous gérer le reste.

— Bon, OK. Avec plaisir.

Eva reporta son attention sur Molly.

— Tu as dû te sentir seule en quittant Londres et en arrivant ici sans connaître personne. Tu rentres souvent chez toi, en Angleterre ? La seule fois où je suis allée à Londres, c'était en voyage scolaire. Et je me souviens qu'on a eu la pluie tous les jours.

— Je considère que c'est ici chez moi, maintenant. New York m'a adoptée. J'ai trouvé ma patrie de cœur.

— Donc tu as vraiment tout laissé derrière toi. C'est courageux. Qu'est-ce qui t'a poussée à faire le grand saut dans l'inconnu ?

Sensible à l'embarras de Molly, Daniel jugea bon de couper court.

— Elle a eu une opportunité de carrière intéressante.

Il empila les plats sur l'îlot de cuisine.

— Et qui ne voudrait pas s'installer à New York, franchement ? Il n'y a pas de ville au monde plus fascinante.

— C'est vrai que New York c'est un peu comme le monde entier résumé en une seule ville, acquiesça Eva. Même si, pour être honnête, je n'étais pas complètement rassurée quand je suis arrivée. Je suppose que la transition est plus facile quand on vient déjà d'une grande métropole comme Londres. Moi, j'ai grandi sur un bout d'île perdu le long de la côte du Maine, donc Manhattan, pour moi, c'était vraiment le choc des cultures. Heureusement que je ne suis pas venue seule.

Eva livra à Molly un résumé plein d'humour de l'histoire de sa vie, puis évoqua le début de ses aventures professionnelles avec ses deux meilleures amies.

— Quand on a appris notre licenciement, on l'a vécu toutes les trois comme si on avait reçu un coup fatal sur la tête. Et puis, hop ! Retournement de situation ! Ça a été la plus belle opportunité de notre vie.

Puis la conversation s'orienta sur des considérations plus générales.

Après avoir pris congé en fin de soirée, Molly bâilla voluptueusement.

— Ce dessert était une tuerie ! Et ils sont vraiment adorables, tous les deux.

Elle se débarrassa de ses escarpins et glissa les bras autour de Daniel.

— J'avais oublié ce que c'était que de passer une soirée aussi sympa. Tu les connais vraiment bien et ils te connaissent aussi. S'il t'arrivait quelque chose, Lucas et Eva seraient là pour toi. Et vice versa.

Il ne chercha pas à prétendre le contraire.

— Toi aussi, tu as des amis qui répondraient à l'appel en cas de problème.

— Peut-être, oui... Enfin, non, pas peut-être.

Elle fronça les sourcils.

— Gabe et Mark. Ils sont comme des frères pour moi. Je peux compter sur eux en toutes circonstances.

Son visage s'illumina.

— C'est rassurant de pouvoir se dire ça.

— Il n'y a pas que Gabe et Mark.

Elle leva son visage vers lui et il vit comme un vacillement dans son regard.

— Tu ne me dois rien, Daniel. Entre nous, c'est juste pour le fun. C'est du cent pour cent pur sexe. Tu aimes ma queue-de-cheval, mes fesses et mes jambes.

— J'aime ta queue-de-cheval, tes fesses et tes jambes. Et en effet, oui, c'est sexuel entre nous. Mais il y a aussi de l'amitié. J'ai de l'affection pour toi, Molly. Une réelle affection. Tu as beau être mortellement sexy, je n'aurais jamais couché avec toi si je ne t'avais pas appréciée aussi en tant que personne. Pour moi, tu es une amie.

Il lui caressa la joue du dos de la main.

— Tu n'es pas d'accord ?

— Des *sex friends*, alors ? Oui, sans doute, mais...

Elle avait l'air secouée.

— ... Ça va se terminer entre nous à un moment ou à un autre.

— Quand ça s'arrêtera, il n'y aura plus de sexe entre nous, mais l'amitié sera toujours là. Et le jour où tu auras besoin de moi, tu n'auras qu'un mot à dire et je rappliquerai. C'est ça, être amis.

Il vit à son regard qu'elle ne le croyait pas. Et cela lui fit mal de la voir aussi désillusionnée — aussi seule.

Il fut choqué de se rendre compte à quel point il lui importait qu'elle ait confiance en lui.

— Molly...

Il s'interrompit lorsque son téléphone vibra. Voyant le numéro, il s'écarta.

— Il faut que je prenne l'appel. C'est Fliss.

— Bien sûr.

Surpris que sa sœur se manifeste à cette heure, il fronça les sourcils.

— Tout va bien, Fliss ?

— Non.

La voix de Fliss tremblait.

— Tu es seul ? Je peux te voir cinq minutes ?

— Je ne suis pas seul...

Son regard chercha celui de Molly.

— ... Mais tu peux venir. Tu es où ? Tu veux que je vienne te chercher ?

— Ce n'est pas la peine, non. Je suis juste en bas de chez toi.

Chapitre 18

Molly se retira dans la cuisine pour préparer un chocolat chaud et essaya de ne pas écouter la conversation entre Fliss et Daniel dans la pièce voisine. Ils étaient assis côte à côte sur un des canapés et leurs deux têtes se touchaient presque, la blonde et la brune. La complicité entre eux sautait aux yeux.

Sa sœur avait besoin de lui et Daniel n'avait pas hésité un instant à répondre présent. Une décision qu'elle respectait et approuvait. Non seulement cela, mais elle enviait le lien qui existait entre eux. Elle essaya d'imaginer une vie où il y avait quelqu'un vers qui se tourner en cas de nécessité — quelqu'un dont on savait avec certitude qu'il se rendrait disponible, quoi qu'il arrive.

Elle ne pouvait pas savoir ce que c'était, parce qu'il n'y avait eu personne pour elle dans les moments cruciaux où elle avait été en besoin aigu d'un soutien. Le seul à qui elle aurait pu demander de l'aide, son père, était *la* personne qu'elle était déterminée à protéger coûte que coûte. Elle aurait préféré se couper un bras ou une jambe que de faire peser ses problèmes sur lui. Il avait déjà suffisamment souffert sans qu'elle en rajoute encore une couche. Son fardeau, elle l'avait endossé seule, une première fois lorsque sa mère était partie, puis des années plus tard, lorsque la vie s'était déchaînée de nouveau contre elle.

Même si Daniel n'avait pas eu une enfance facile, il était clair que les jumelles et lui formaient un trio soudé.

La vie était-elle plus douce lorsqu'on avait une fratrie avec qui partager ses joies et ses peines ?

Elle songea à toutes les personnes qu'elle connaissait et qui avaient des relations exécrables avec leurs frères et sœurs — et décida que les liens familiaux n'offraient pas non plus de garantie.

Ajouté à cela qu'elle était et resterait fille unique, ça ne servait à rien de se poser la question.

Et puis ce n'était pas elle qui souffrait en ce moment, mais Fliss. Il était clair que la sœur de Daniel avait un problème, et suffisamment grave pour qu'elle se soit précipitée chez lui à cette heure tardive.

À en juger par le regard d'excuse que celle-ci lui avait jeté en entrant, elle n'avait pas dû s'attendre à la trouver chez Daniel. Sa présence dans l'appartement devait peser à Fliss, qui souhaitait visiblement s'entretenir en toute confidentialité avec son frère. Molly avait entendu la réponse de Daniel lorsque Fliss lui avait demandé s'il avait de la compagnie. Le fait que sa sœur l'ait appelé alors qu'elle était déjà au pied de son immeuble montrait bien avec quel sentiment d'urgence elle était venue chez lui. Et Molly ne voulait pas mettre un frein à leur conversation du fait de sa présence.

Elle regagna le séjour et posa le chocolat chaud devant Fliss.

— Je te rappelle demain, Daniel.

— Pourquoi ? Tu vas où ?

— Vous serez plus tranquilles pour discuter, tous les deux.

Elle sourit à Fliss.

— Je pense que tu as besoin de parler, et ce sera mieux sans moi.

— Non, non. Ne pars pas à cause de moi, surtout.

Fliss se tenait misérablement tassée sur le canapé.

— Si quelqu'un ici doit s'en aller, c'est moi. Je ne voulais pas vous déranger, mais Daniel a toujours été un peu ermite. Je ne suis pas encore habituée à l'idée que cet ours mal léché a enfin ouvert sa tanière, donc je suis venue sans réfléchir.

Elle se leva.

— Allez, je vous laisse, tous les deux. Je te passe un coup de fil demain, Dan.

Daniel la rattrapa par le bras et la ramena en position assise.

— Un, tu ne pars pas d'ici et deux, tu ne nous déranges pas, décréta-t-il d'un ton ferme. Si tu veux me parler en privé, Molly pourra peut-être en profiter pour avancer dans son travail. Je l'ai détournée de ses activités, tout à l'heure.

Fliss parut se ressaisir. Son regard se posa tour à tour sur elle puis son frère.

— Molly, tu es psychologue, n'est-ce pas ? Tu peux peut-être trouver un remède pour me remettre le cerveau en état.

Ce fut le tremblement prononcé dans sa voix qui convainquit Molly de rester.

— Ton cerveau est en vrac ?

Elle prit place en face de Fliss et Daniel, de manière à les voir l'un et l'autre.

— Il faut que je me guérisse de certaines pensées obsédantes que je ne voudrais pas avoir.

— Quelles pensées ?

Fliss se mordit le coin d'un ongle.

— Ça t'est déjà arrivé de ne pas vouloir ressentir

quelque chose et de le ressentir ensuite de façon presque décuplée ?

Daniel lui tendit le chocolat chaud.

— Bois ça au lieu de te ronger les ongles. J'imagine que ce que tu ressens a un rapport avec Seth ?

— Seth ?

Molly se demanda pourquoi le prénom rendait un son familier. Brusquement, elle se souvint.

— C'est le véto que nous avons croisé l'autre soir ?

Fliss tressaillit.

— Toi aussi tu as rencontré Seth ?

— Brièvement, juste avant de quitter la clinique. J'ai compris que Daniel le connaissait, même s'ils n'ont pas échangé un mot. Tu as eu une histoire avec lui ?

Fliss émit un rire étranglé.

— On peut dire ça comme ça, oui. Seth était mon mari.

Molly dissimula sa surprise. Sans pouvoir prétendre bien connaître Fliss, elle ne l'aurait pas imaginée a priori avec des années de vie conjugale derrière elle. Était-ce à cause de Fliss que Daniel éprouvait une telle hostilité envers Seth ?

— J'ignorais que tu avais été mariée.

— Pas grand monde est au courant. J'avais dix-huit ans. Ça n'a pas été la meilleure période de ma vie et il est rare que j'évoque cette phase de mon existence. Je suis passée à autre chose et j'avais l'impression que je m'en sortais plutôt pas mal...

Ses yeux se remplirent de larmes et elle se tourna vers Daniel.

— Surtout, ne dis pas à Harriet que voir Seth débarquer ici me fout en l'air. Tu me le promets ?

— Oui, bien sûr. Mais...

— Pas de *mais.* Je lui ai dit que ça allait. Et je

veux qu'elle le croie. C'est pour ça que je pleure sur ton épaule et pas sur la sienne.

— C'est ta jumelle. Tu ne crois pas qu'elle préférerait savoir ?

— Elle le sait probablement déjà, mais ça ne veut pas dire que je suis obligée de le lui confirmer.

Fliss s'essuya la joue avec la manche de son T-shirt.

— Je suis venue ici parce que tu as l'habitude de voir des gens en pleine débâcle de couple. Et vu que ma relation avec Seth a été compliquée, je voudrais savoir ce que je dois faire. Mon premier choix serait de ne pas le voir du tout, mais je sais que ça va me tomber dessus à un moment ou à un autre. Donc, option numéro deux : gérer la rencontre au mieux. Je ne veux pas tomber sur lui sans y être préparée. Et en même temps, il ne faudrait pas non plus que ça fasse faux. Je voudrais que ça paraisse naturel. Genre : je suis cool, ma vie est OK et youpi.

Daniel prit une longue inspiration.

— Il m'a vu, Fliss. Il doit forcément se douter que je t'ai prévenue qu'il était dans le secteur.

— Je sais. Ce qui veut dire que je ne peux pas faire semblant d'être surprise de le voir.

Fliss reposa le chocolat chaud sans l'avoir touché et tourna vers Daniel un regard désespéré.

— Mais qu'est-ce que je vais lui dire ? J'ai les paumes moites, j'ai le cœur qui bat à tout rompre et j'ai de la purée dans le cerveau. Et je déteste me sentir aussi... aussi impuissante ! Jamais les hommes ne me font cet effet. Jamais.

Il y a un homme en tout cas qui te le fait, cet effet, songea Molly. Mais elle garda cette pensée pour elle.

— Lui et toi, c'est de l'histoire ancienne, argumenta Daniel. C'est vraiment important à ce point ?

Fliss garda le silence un instant.

— Oui, c'est important, marmonna-t-elle. Il y a des trucs qui...

Daniel fronça les sourcils.

— Des trucs ?

Elle secoua la tête.

— Laisse tomber.

— *Quels* trucs, Fliss ?

— Rien. Donc tu peux arrêter de me parler avec ce ton sévère d'avocat. Il faut juste que je sache comment me comporter. Qu'est-ce que je dois dire et faire ? Je ne veux pas me planter et j'ai besoin d'aide.

Daniel se tourna vers elle.

— Qu'en penses-tu, toi, Molly ? En tant que psychologue ?

En tant que psychologue, elle se demandait surtout ce que Fliss cachait à son frère. Celle-ci jouait nerveusement avec le bout de sa cuillère, la faisant aller et venir à la surface de son chocolat chaud qu'elle n'avait pas touché.

— Molly ne connaît pas Seth.

— Mais elle a une bonne compréhension de nos fonctionnements mentaux, à nous, les *Homo sapiens*. Et elle est spécialisée dans les schémas relationnels amoureux.

Molly ramena son attention sur l'échange en cours. Si Fliss avait choisi de dissimuler quelque chose à Daniel, c'était son droit, après tout.

— Pour une première rencontre, je pense que tout dépend de l'impression que tu souhaites donner. Et du résultat que tu désires obtenir.

Il lui était difficile d'apporter des suggestions constructives alors qu'elle ne disposait d'aucun détail. Mais il était clair que Fliss ne souhaitait pas en dire plus sur ce qui s'était passé entre Seth et elle.

— Je veux qu'il sache que j'ai tourné la page, déclara Fliss, le regard fixé droit devant elle. Que ce qui est arrivé entre nous appartient au passé, que c'était juste lié à ma phase rebelle.

— Tu as eu une phase rebelle ?

— À la maison, c'était un peu compliqué, à l'époque.

Fliss chercha le regard de Daniel.

— J'imagine que Molly n'est pas au courant ?

— Je lui ai un peu parlé de notre enfance, si.

— Tu lui as raconté ?

Fliss paraissait surprise.

— Quoi qu'il en soit, reprit-elle, tout ce que je veux, c'est passer le cap de la première rencontre, que ce soit fait une bonne fois pour toutes. Depuis que tu m'as dit qu'il était à New York, je ne mange plus et je ne dors plus. J'en suis malade.

— Si ça te met dans un tel état, je te conseille de la provoquer toi-même, la rencontre, suggéra Molly. C'est la meilleure façon de reprendre le contrôle. Tu choisis l'endroit et tu choisis l'heure. J'imagine que ce sera à la clinique. Et je te conseille de ne pas attendre. Plus tu différeras, plus tu perdras tes moyens. Vous allez souvent consulter là-bas ?

— Ça dépend. Il y a des mois où j'ai l'impression qu'on passe notre vie chez le véto, puis il peut s'écouler plusieurs semaines d'affilée sans qu'on y mette les pieds.

Fliss noua les bras autour de sa poitrine.

— Harriet doit leur porter Noodle la semaine prochaine pour un vaccin. Je pourrais peut-être y aller à sa place. Mais si je me mets à trembler ? J'aurai l'air de quoi si je fais tomber le chat ?

— Avant d'y aller, oblige-toi à faire des exercices respiratoires simples pendant quelques minutes. Tu peux aussi t'entraîner devant le miroir à dire ce que tu veux lui dire. Et souris. Ça aide à se détendre.

— Bien. Je m'entraîne et je souris. Je peux le faire.

Fliss découvrit ses dents.

— Qu'est-ce que ça donne ? C'est convaincant ?

Daniel ouvrit la bouche pour répondre mais Molly lui jeta un regard d'avertissement et il la referma aussitôt, renonçant à la remarque ironique qu'il avait visiblement sur le bout de la langue.

— Je suis sûr qu'avec un peu d'entraînement ton sourire paraîtra plus naturel. Tu veux que je t'accompagne ?

— Non. Il pourrait en conclure que j'ai encore des sentiments pour lui. Ou que j'ai peur.

Et elle n'avait pas peur, non, songea Molly, elle était *terrifiée.*

Rien ne permettait de deviner ce qui s'était passé entre eux, mais il était clair que Fliss était tout sauf indifférente à son ex-mari. Et qu'elle n'avait pas envie qu'il le sache.

— Réfléchis au message que tu veux lui faire passer et rédige ton script à l'avance. En restant le plus neutre possible. Dis-lui qu'il a l'air d'aller bien. Demande-lui ce qu'il fait. Puis tu peux lui parler de toi, de ce que tu as accompli pendant ces dix ans. Mets l'accent sur le côté professionnel : tu as monté une entreprise de services. Raconte-lui que vous êtes en pleine expansion, et que tu n'as pas un instant à toi. Puis tu lui donnes des nouvelles d'Harriet.

— Je résume : sa bonne mine, mon boulot, Harriet. OK. Ça, je peux le faire.

Fliss se leva si brusquement que Valentin, surpris, en bondit sur ses pattes.

— Je me sens déjà mieux. Merci de m'avoir écoutée, tous les deux. Je vais rédiger le script, je détourne le rendez-vous de Noodle et je récupère la maîtrise de la situation.

Elle se pencha pour embrasser Daniel.

— Tout compte fait, tu n'es pas le pire des frères.

Molly eut droit à un sourire un peu gauche.

— Merci. C'était exactement le genre de conseils concrets dont j'avais besoin. Et je suis vraiment contente que tu aies pris mon frère en main et que tu lui fasses enfin passer ses mauvaises manières.

Molly tenta de répondre mais Fliss était déjà à l'autre bout de l'appartement.

Elle tressaillit lorsque la porte d'entrée claqua.

Daniel poussa un soupir.

— Merci… A priori, la gestion de mes problèmes familiaux ne devrait pas faire partie de tes tâches, mais je ne peux pas dire que je regrette que tu l'aies fait. Tu as été géniale. Vraiment.

Son compliment la toucha.

— C'est pour ça que tu étais si tendu quand tu as vu Seth ? Tu savais que sa présence à New York mettrait Fliss dans cet état ?

Il hocha la tête.

— Avec Seth, on se voyait tous les étés dans les Hamptons, dans la maison au bord de la plage de ma grand-mère. On a toujours été très amis et puis, d'un coup, il y a eu cet épisode avec Fliss qui nous est plus ou moins tombé dessus à tous…

Il secoua la tête.

— C'est vraiment de la vieille, vieille histoire. Mais merci encore de m'avoir aidé à résoudre ce drame familial.

Molly sentait qu'il y avait encore beaucoup de non-dits autour de ce chapitre de la vie de Fliss, même si celle-ci était censée l'avoir laissé loin derrière elle.

— Si tu as envie qu'on en parle…

— Pas vraiment, non.

Il se tourna pour la prendre dans ses bras.

— Ce que je veux bien, par contre, c'est que tu me mettes au lit et que tu t'occupes de me faire passer mes mauvaises manières. Il y a urgence à poursuivre ma rééducation.

*
* *

Au cours des semaines qui suivirent, ils instaurèrent un fonctionnement souple qui s'inséra sans heurt dans leurs emplois du temps respectifs. Tantôt ils se retrouvaient chez Daniel, tantôt ils passaient la nuit chez elle. À la faveur des premières soirées chaudes, ils prirent l'habitude de flâner dans les rues bordées d'arbres de l'Upper East Side. Tous les jours, ils découvraient des bars à vins originaux, des pâtisseries proposant les délices gourmands les plus raffinés et de minuscules boutiques de créateur cachées loin des sentiers battus. Ils accompagnèrent leurs soirées tacos de margaritas glacées dans un restaurant romantique de Lenox Hill et déambulèrent le long de l'East River. Daniel l'emmena voir une représentation de *La Tosca* au Lincoln Center et lui montra ses œuvres préférées au Met et au Guggenheim. Ensemble, ils explorèrent la partie nord de Central Park, une zone souvent oubliée des touristes.

Sur le plan professionnel, ils avaient des journées chargées l'un et l'autre, mais Daniel lui envoyait régulièrement des textos auxquels elle répondait sans tarder. Elle travaillait désormais avec son téléphone à côté de son ordinateur pour ne pas risquer de manquer un de ses messages.

Lorsqu'ils restaient à la maison le soir, ils cuisinaient en alternance. Et ils échangeaient régulièrement des invitations avec des amis.

Le premier dîner avec Eva et Lucas avait été rapidement suivi par d'autres. Ils s'entendaient à merveille tous les quatre. Un jour, lorsque Eva l'appela, non pas pour parler à Daniel mais pour lui demander un conseil, Molly comprit que ses amis à lui étaient désormais aussi les siens. Elle s'était insérée dans le cercle de Daniel. Faisait confiance aux gens à qui il accordait la sienne.

Son propre groupe d'amis était bien sûr plus réduit, mais ils passaient aussi du temps avec Gabe et Mark. Même Mme Winchester déclara que Daniel était « très beau » lorsqu'elle le rencontra dans l'escalier.

Molly continuait à fréquenter sa salle de sport, mais avait laissé tomber la salsa car elle prenait plus de plaisir dans les bras de Daniel que dans ceux d'hommes inconnus.

À mesure que le printemps progressait, les massifs débordèrent de nouvelles couleurs, l'air s'alourdit de parfums plus capiteux et les soirées s'allongèrent. Lorsque Daniel travaillait jusque tard dans la nuit, ils se promenaient en nocturne et s'abreuvaient, étroitement enlacés, des sons et des odeurs de New York.

Ensemble, ils parlaient de tout, de politique, d'amitié, de livres, de vin, d'art et de chiens.

— C'est tellement plus riche qu'une relation purement sexuelle, même si le sexe entre nous est génial, expliqua-t-elle à Gabe, un soir où Daniel travaillait. La perspective de le revoir à chaque fin de journée ou presque me donne une pêche pas possible. Quand je ne suis pas avec lui, je l'ai dans la tête tout le temps. Je me surprends à lui envoyer un e-mail lorsqu'il m'arrive un truc marrant, parce que j'ai envie de partager les moments marquants de ma vie avec lui. Et il m'écoute. Je n'ai encore jamais rencontré un homme qui m'écoute comme il m'écoute lui. Par moments, je me dis qu'il sait ce que je veux avant même que je le sache moi. C'est la première fois que je vis une histoire comme ça avec quelqu'un. Il n'y a jamais rien de compliqué entre nous. Je ne sais même pas comment appeler ce qui se passe entre Daniel et moi. En fait, il n'y a pas de nom pour une relation comme la nôtre.

Gabe leva les sourcils.

— Ben... Pour moi, ça s'appelle clairement...

— *La vie*, intervint Mark en urgence. C'est la vie. Il arrive qu'une relation fonctionne, tout simplement. Pourquoi vouloir mettre une étiquette dessus ?

Gabe ouvrit la bouche, la referma. Puis hocha la tête.

— Oui, c'est ça : la vie. Tu as raison. Cela ne sert à rien de nommer, de classifier. L'essentiel, c'est que ça roule. Peu importe la forme, du moment que chacun y trouve son compte.

— Et vous savez ce qui me séduit le plus, dans notre relation ? Il sait qui je suis. Avec lui, je ne me cache pas.

— Top.

Mark se leva pour aller chercher le dessert.

— C'est quoi, alors, cette soirée où il t'emmène ?

— C'est une « fête de l'été » que son cabinet organise chaque année. *Dress code* : raffiné. Qu'est-ce que je mets, à votre avis ? Je pensais à une robe courte. Noire, peut-être ?

— Non, non, pas noire. Je te conseille d'aller plutôt à fond dans la couleur. Le rouge va bien avec tes cheveux.

Ils discutèrent un moment des possibilités de son dressing et elle en conclut qu'un épisode shopping s'imposait.

— Tu en es où de ta campagne de pub pour le champagne, Gabe ?

Ce dernier se leva et commença à retirer les assiettes.

— Elle progresse toutes bulles dehors ! Le client a adoré notre proposition. Tant mieux, d'ailleurs, parce que j'apprécie les à-côtés. C'est un client que je n'ai pas l'intention de perdre.

Mark sourit.

— C'est champagne matin, midi et soir chez nous, depuis quelque temps.

Molly l'aida à débarrasser.

— Ne me parle plus de champagne. Je n'ose plus y toucher depuis le cocktail au Met.

Mark fit du café pendant que Gabe et elle remettaient de l'ordre dans la cuisine. Puis elle appela Valentin et leur souhaita une bonne nuit.

Quand Gabe referma la porte derrière elle, il échangea un regard avec Mark.

— Qu'est-ce qui va se passer, tu crois, quand elle va comprendre qu'elle est juste banalement amoureuse ?

— Aucune idée. Mais j'ai un peu peur que ça fasse de la casse.

— Tu devrais peut-être troquer tes cours de cuisine italienne contre des cours de cuisine réconfort, qui sait ?

Chapitre 19

Daniel ne s'était jamais présenté accompagné à une seule de leurs fêtes de l'été. Autant dire que son arrivée avec Molly fit sensation.

— Ma robe est trop courte ?

Molly s'immobilisa, consciente de se trouver au centre de l'attention générale.

— J'ai un morceau de salade entre les dents ? Pourquoi tout le monde me regarde comme ça ?

— Ils sont surpris, vu que normalement je débarque toujours seul à cette fête. Donc ça les intrigue de me voir en compagnie féminine. Et puis, il y a cette robe rouge.

Elle lui arrivait à mi-cuisses et si les bretelles étaient fines, elle n'en restait pas moins parfaitement décente. Peut-être était-ce le fait de savoir ce qu'il y avait *dessous* qui rendait la robe si sexy à ses yeux ?

Molly lui adressa un sourire rayonnant de complicité sexuelle. Le même qu'elle lui avait adressé lorsqu'elle était venue le rejoindre sous la douche un peu plus tôt ce soir-là. Ce sourire était la raison pour laquelle ils se présentaient à la fête avec un sérieux temps de retard.

— Tu veux que je leur dise de ne pas se perdre en spéculations ? Qu'entre nous c'est juste physique ?

Il songea à toutes les heures qu'ils avaient passées à

tisser entre eux une proximité par la parole, à débattre et à échanger leurs points de vue. Au nombre de fois où ils étaient partis dans des fous rires au point de s'étrangler. À la façon dont ils avaient pris l'habitude de picorer dans l'assiette de l'autre au restaurant.

Il s'appliqua à garder une voix normale.

— OK. Tu peux leur préciser qu'entre nous c'est juste l'extase sur le plan sexuel.

Lui-même aurait tenu de bonne foi ce discours-là un mois plus tôt. Mais maintenant ?

Il était conscient que ses sentiments pour Molly s'étaient faits plus profonds. À tel point même qu'ils avaient largement débordé le cadre fixé au départ.

Les points de comparaison lui faisaient défaut, puisqu'il n'avait encore jamais vraiment aimé aucune femme jusque-là. Mais il n'en était pas moins certain d'aimer aujourd'hui. Il était amoureux de Molly. La découverte ne lui était pas tombée dessus comme la foudre, sous forme de révélation instantanée. De fait, la prise de conscience avait été progressive et il avait commencé par la nier. Être amoureux, lui ? Jamais de la vie ! Il avait cherché d'autres mots pour décrire ce qu'il ressentait pour elle. De l'amitié ? Sans l'ombre d'un doute. Une attirance sexuelle ? Ce n'était même pas la peine de le préciser. Mais même ces deux étiquettes combinées ne suffisaient pas à englober l'étendue de son ressenti. La vérité avait fini par s'imposer le jour où il avait entendu un de ses confrères mariés le décrire avec des accents d'envie dans la voix comme « un homme libre ».

À cet instant, il avait compris que son désir n'était pas d'être libre. En tout cas, pas si le prix à payer pour cette liberté était de perdre Molly. C'était comme avoir à choisir entre vivre dans une cave en sous-sol ou dans une maison inondée de lumière.

Accepter la nouveauté de cet état amoureux ne le perturbait finalement pas tant que cela.

Ce qui le préoccupait, en revanche, c'était ce que Molly en aurait pensé. Il avait trouvé le moyen de s'éprendre de *la* femme qui ne voulait à aucun prix qu'un homme l'aime. Aux yeux de celle-ci, ce qui lui arrivait était le pire scénario imaginable. Ce qui posait un problème auquel il n'avait pas encore réussi à trouver de solution jusqu'ici.

Elle lui avait fait jurer de ne pas tomber amoureux d'elle. Mais s'il ne pouvait pas s'empêcher d'éprouver ce qu'il éprouvait, rien ne l'obligeait à lui parler de ses sentiments.

— Il faut que j'essaie d'aller voir un peu tout le monde, ce soir, en essayant de n'oublier personne.

Pour lui, cet événement était purement professionnel. Ses associés et lui étaient censés se mêler aux invités, prononcer quelques mots d'encouragement pour motiver les troupes, puis se retirer avec tact avant que tout le monde ait trop bu et ne se retrouve à danser sur les tables.

— Mais je vais commencer par te faire connaître quelques personnes.

Déterminé à abréger la soirée dans la mesure du possible, il fit son petit tour et présenta Molly à plusieurs employés de l'équipe.

Le temps était idéal pour une réception en plein air et l'événement avait été organisé dans les règles de l'art, avec un bon équilibre entre la simplicité et le raffinement. L'éclairage de la terrasse était discret et bien étudié, et le mobilier d'extérieur disposé de manière à encourager les invités à former de petits cercles informels pour se restaurer en profitant d'une compagnie choisie. Des photophores ajoutaient une touche de romantisme à l'atmosphère et le parfum des fleurs hantait la nuit tiède.

Les musiciens étaient excellents et savaient quoi jouer pour maintenir la piste de danse toujours remplie. Les conversations allaient bon train, les éclats de rire fusaient et, mêlés aux flonflons de la fête, s'élevaient les bruits familiers de la ville, les sons quotidiens qui se conjuguaient pour former le tissu sonore propre à New York. Le vacarme des klaxons, le hurlement des sirènes, le grondement des hélicoptères, le fracas des camions poubelles et les aboiements des chiens.

De l'autre côté de la terrasse, il vit Eva donner ses instructions à un jeune serveur en uniforme. Elle repéra Daniel de loin, lui adressa un signe de la main, puis reporta son attention sur les opérations en cours.

Molly finit son verre et glissa son bras sous le sien.

— Maintenant que tu as parlé à cette foule de gens, on est autorisés à danser ?

— J'ai une réputation à sauvegarder.

— Tu seras en sécurité avec moi, je te le promets. Je ne te laisserai pas te ridiculiser en public.

— Tu dis ça mais tu ne m'as jamais vu danser.

— De toute façon, les gens n'arrêtent pas de nous regarder. Alors autant leur offrir un brin de spectacle.

— Je croyais que tu venais de me dire que tu ne me laisserais pas me ridiculiser en public ?

Mais il lui prit la main et marcha avec elle jusqu'à la piste de danse avant de la prendre dans ses bras. Il sentit sous son menton la caresse de soie des cheveux de Molly, huma leur odeur et se trouva instantanément transporté quelques heures plus tôt, lorsqu'ils avaient fait l'amour dans les vapeurs d'eau chaude sous la douche.

Dès l'instant où il sentit son corps effleurer le sien, il comprit que danser avec elle était une erreur. Leur complicité physique était trop intense, trop pleine de vie, trop éclatante pour être dissimulée aux regards brûlants de curiosité posés sur eux.

Il ne se souvenait pas quand cela lui était arrivé pour la dernière fois, de se mouvoir ainsi sur une piste, mais ce qu'ils faisaient maintenant lui évoquait tout autre chose que la danse. Il avait plutôt l'impression de se situer dans le prolongement de ce que Molly et lui faisaient dans une chambre à coucher. Ou dans l'entrée. Ou dans son bureau. Ou dans n'importe quel autre endroit où une porte les séparait du reste du monde.

Il entendit le rythme de la respiration de Molly s'accélérer et sentit sa main se poser doucement sur son torse.

Puis elle leva le visage vers lui et le regarda avec ces yeux verts qui lui faisaient penser à un vaste paysage de forêts et de prairies. Que voyait-elle lorsque leurs regards plongeaient ainsi l'un dans l'autre ? Percevait-elle le changement de ses sentiments à son égard ? Il espérait que non, car il n'avait pas encore mis au point de stratégie pour l'amener à accepter cet état de fait.

Il n'était pas le premier homme à tomber amoureux d'elle, mais il avait la ferme intention de rester le dernier.

— On rentre à la maison, Molly ?

Il se força à reprendre un minimum de distance, l'attira sur le bord de la piste et eut la mauvaise surprise de se retrouver nez à nez avec Max qui leur bloquait la route.

Il ressentit une tension immédiate. S'il y avait bien une personne ici ce soir à qui il n'avait pas envie de présenter Molly, c'était lui.

— Daniel ! Et comme d'habitude en compagnie de la plus belle femme de la soirée.

Max fit un clin d'œil à Molly et lui décocha ce qu'il devait estimer être un sourire irrésistible.

— Moi, c'est Max. Et mon rôle ici est d'introduire une touche de légèreté dans l'atmosphère. Vous devez être Molly. Ne me demandez pas comment je le sais : comme vous êtes la première femme avec qui Daniel s’affiche à notre petite sauterie annuelle, vous êtes déjà célèbre. Mes félicitations.

Daniel vit les sourcils de Molly se froncer légèrement, comme si elle ne savait pas trop quoi penser de Max.

— On était sur le point de s’en aller, annonça-t-il sans détour.

Mais Max avait trop bu pour être réceptif à la subtilité de ce type de message.

— Ah non, vous ne pouvez pas partir si vite, tous les deux ! Quelle est votre profession, Molly ? Votre visage me dit quelque chose. Nous nous sommes déjà rencontrés ?

Daniel se passa la main dans la nuque.

— Max...

— Je suis psychologue.

— Rhooo ! s’exclama Max qui en rajoutait dans la théâtralité. Et vous allez maintenant me dire ce que vous pensez de moi ? Je ne suis pas certain de vouloir savoir.

Daniel était plus que prêt à dire à son confrère ce qu’il pensait de lui, mais il tint sa langue.

Molly inclina la tête sur le côté.

— Ce que je pense de vous ? C’est que vous avez un peu trop bu. Mais pourquoi pas, puisque c’est soir de fête ?

Max fut clairement enchanté par sa réponse.

— Ah, elle me plaît, Daniel ! Elle me plaît beaucoup, même.

Ce dernier eut droit à une grande claque sur l’épaule.

— Donc tu disposes de ta psy perso, maintenant, alors que le reste d’entre nous mortels n’a d’autre recours que d’écrire à Aggie.

La lueur amusée dans les yeux de Mollie s’éteignit.

— Vous écrivez à Aggie ?

— Bien sûr. On l’apprécie tous ici dans ce cabinet. Sauf Daniel, naturellement. Il pense toujours tout savoir mieux que personne. En fait, il est tellement remonté contre elle qu'il nous a demandé de la débusquer et de trouver sa véritable identité. Naturellement, je ne vous confierai pas les résultats de ces recherches. Cela reste confidentiel comme il se doit.

Il gratifia Molly d'un nouveau clin d'œil.

— Mais entre vous et moi, je peux vous assurer que ce n'est pas un nom de couverture pour un *call center* employant cinquante personnes. Aggie, c'est quelqu'un de réel. Et je crois même pouvoir dire qu'elle est sexy.

— Il faut qu'on file, maintenant, intervint Daniel d'une voix détachée. Et toi, Max, tu devrais freiner un peu sur le champagne car tu pourrais finir par te retrouver avec la justice sur le dos plutôt que d'en être un des agents.

— Stop ! Attends un peu, Daniel ! Vous dites que vous avez fait des recherches sur Aggie ?

Molly tourna son visage vers lui et ses yeux n'étaient plus comme la prairie et la forêt, ils étaient de feu et de fureur.

Sa colère lui fit l'effet d'un coup de poing dans l'estomac. Mais il ne perçut pas que cela. Il sentit aussi sa panique et son anxiété. C'était presque comme s'il voyait les pensées de Molly se bousculer dans son esprit alors qu'elle cherchait à analyser ce qu'impliquaient les révélations de Max.

Max qui restait tout sourires et n'avait aucune idée des ravages qu'il commettait.

— Ne soyez pas choquée, Molly. C'est ce qui fait que Daniel ne perd jamais un procès. C'est un homme qui ne néglige aucun détail. Il ne regarde pas que la surface. Il prend une information et la passe aux rayons X jusqu'à disposer de l'image complète. Voilà pourquoi il est redoutable devant un tribunal. Il est méthodique et sans faille. « Aggie » et lui devraient s'associer, d'ailleurs. Ils formeraient un couple de choc. À leur façon, ils sont complémentaires. Surinformés l'un et l'autre. J'avoue que j'adorerais les voir ensemble.

— Je doute que cela se produise.

La voix de Molly était chaleureuse comme un seau à glaçons. Sur cette repartie cinglante, elle se détourna et quitta la réception sans un regard en arrière.

Max la suivit des yeux, stupéfait.

— J'ai dit une connerie ?

— Si encore tu n'en avais dit qu'une...

Daniel emboîta le pas à Molly et la rattrapa devant l'ascenseur.

— Attends. *Attends !* S'il te plaît.

Il bloqua les portes juste avant qu'elles ne se referment. Lorsqu'il pénétra dans la cabine, il s'attendit à la voir reculer, mais elle fondit sur lui au contraire et lui enfonça l'index dans la poitrine.

— Tu as demandé à ce Max de mener une enquête sur moi ?

— Molly...

— Tu as fouillé dans mon dos et tu n'as pas jugé utile de m'en parler ?

— Laisse-moi finir ma phrase, tu veux bien ?

Pour le coup, c'était lui qui se retrouvait acculé le dos contre la cloison de l'ascenseur. Dès que les portes se refermèrent, il desserra sa cravate et déboutonna le haut de sa chemise.

Les yeux de Molly lançaient des éclairs.

— Un accès de nervosité, Daniel ?

Elle n'avait pas l'air au bord des larmes, en tout cas. Plutôt folle de rage. Il décida qu'il était plus simple pour lui d'être l'objet de sa colère que la cause de sa douleur.

— Non, juste de chaleur.

— La culpabilité ne te va pas au teint, tu sais.

La porte s'ouvrit et elle s'éloigna à grands pas, avec

un équilibre impressionnant compte tenu de la hauteur de ses talons.

Il aurait pu la laisser partir, mais il savait que ce serait une erreur.

— Les recherches que j'ai demandé à Max de mener ne portaient pas sur toi, mais sur Aggie. Parce qu'elle donnait à mes clients, rappelle-toi, des conseils que j'estimais peu judicieux. J'étais loin d'imaginer qu'elle était toi.

— Et tu n'as pas pensé à mentionner ce « détail » ? Il te serait sorti de l'esprit ? Non, je ne crois pas. Tu n'es ni distrait ni sujet à des défaillances de mémoire. Alors, ça fait combien de temps que tu sais ? Attends une seconde...

Elle plissa les yeux d'un air menaçant tout en procédant à un rapide calcul.

— Le soir où je suis tombée sur toi au Met, tu n'as pas eu l'air surpris quand Brett nous a présentés. Tu *savais* déjà.

— Oui.

— Et quand tu as couché avec moi, tu étais au courant ?

— Non. C'est le jour du cocktail de Phoenix Publishings que je l'ai appris.

Cela dit, s'il l'avait su avant, cela ne l'aurait pas empêché de faire l'amour avec elle. Rien n'aurait pu empêcher ce qui s'était passé cette nuit-là. Depuis l'instant où elle avait franchi le pas de sa porte moulée dans sa robe bleue en stretch, le dénouement avait été inévitable.

— C'est pour ça que tu as débarqué au Met ?

— Oui. Je voulais te parler.

— Tu étais dans une colère noire.

Elle porta la main à sa gorge et tenta de ralentir sa respiration.

— Mais tu ne m'as pas dit que tu avais fait ces recherches.

— La façon dont j'avais appris que tu étais Aggie m'importait peu, à ce moment-là.

— Donc tu m'en voulais pour quelque chose que je t'avais caché, mais la méthode par laquelle tu avais obtenu l'information, tu as choisi de la garder pour toi. Il y a une certaine ironie là-dedans, non ?

Il n'y avait aucune trace d'humour dans sa voix. C'était comme si elle avait ramené toutes ses émotions à l'intérieur d'elle-même et qu'elle avait refermé la porte à double tour. Il ne voyait plus trace en elle de la fille qui avait laissé libre cours à son angoisse lorsque Valentin avait été malade. Plus trace de la fille qui avait ri avec lui, s'était confiée à lui, s'était donnée à lui tant de fois. Il avait affaire à la version de Molly qui se murait en elle-même pour se protéger des blessures du monde extérieur.

— Tu aurais pu me dire que tu le savais.

— Une fois que Brett nous a présentés, je me suis dit que cela ne servait plus à grand-chose.

— C'était plus confortable de rester perché sur tes hauteurs moralisatrices plutôt que de te mouiller.

— Si je n'avais pas su déjà, je l'aurais de toute façon appris au cours de la soirée.

— Non, pas du tout. Parce que tu n'y serais pas allé, à ce cocktail, justement. Tu n'avais pas l'intention de t'y rendre puisque tu m'avais invitée à dîner ce soir-là. Si tu avais été pris, tu me l'aurais dit. Tu m'as accusée d'être dans la dissimulation et le secret, mais on ne peut pas dire que tu étais très franc cde ton côté.

— Mets-toi à ma place. Tout le monde me parlait d'Aggie. Son... *ton* avis contredisait le mien. Sur ton site, tu n'affiches pas tes diplômes et tu ne montres aucune photo. Je trouvais ça très suspect et je voulais protéger mes clients. C'était une démarche purement professionnelle de ma part. Quand j'ai découvert qu'Aggie c'était toi, j'étais en colère que tu ne me l'aies pas dit. Ça, c'était personnel, en revanche.

— Je comprends que tu aies pu agir ainsi, mais la moindre des choses aurait été de m'en parler par la suite !

Il héla un taxi. Ce n'était pas une conversation à poursuivre sur un trottoir.

— Je propose qu'on retourne chez moi et qu'on en parle tranquillement.

Dans le cadre familier et sécurisant de son appartement, elle finirait peut-être par se détendre et par accepter de l'écouter.

— Je ne retourne pas avec toi dans ton appart, Daniel.

— Ça ne me dérange pas d'aller chez toi si tu préfères.

— Non, je...

Elle se passa la main sur le front.

— Je ne vais nulle part avec toi. Tu es le premier homme en qui j'avais toute confiance, tu le sais ? Je t'ai tout dit de moi. Et maintenant, je découvre que...

Elle s'interrompit et il entendit le son irrégulier de sa respiration.

— Je n'arrive pas à comprendre que tu ne me l'aies pas dit.

— Je ne te l'ai pas dit parce que j'avais peur.

Il se faisait violence pour l'admettre.

— Parce qu'il n'y a pas de façon simple de dire à une femme pour qui on a une réelle affection que l'on a, sans le vouloir, fait procéder à des recherches sur elle.

C'était plus qu'une « réelle affection ». Beaucoup plus que cela, même. Mais il importait de choisir son moment pour lui communiquer une nouvelle qu'elle n'était sans doute pas prête à entendre. Et maintenant était tout sauf le bon moment.

Elle restait là, sur le trottoir, hésitante, sans paraître

remarquer le flux dense des passants qui coulait autour d'eux à la manière d'un grand fleuve indifférent.

Ici, à Manhattan, la vie ne s'arrêtait jamais. À travers les grands événements de chacun, amitié, amour, mariage, divorce, maladie, perte, la ville maintenait son mouvement inlassable. New York ne dormait ni ne se reposait jamais.

— Je n'arrive pas à réfléchir. Il me faut du temps.

Elle avait l'air un peu sonnée.

— Viens chez moi et tu pourras réfléchir là-bas.

Il voulut lui prendre la main mais elle le repoussa. Elle respirait de plus en plus fort et vite.

— Non. Tu crois tout savoir au sujet des femmes, mais je vais te dire une chose, Daniel : tu ne sais rien du tout.

Il n'allait pas lui soutenir le contraire.

— Tu m'appelleras quand tu te sentiras prête à parler ?

— Je ne sais pas.

La pensée qu'elle pourrait ne plus jamais se manifester lui vrilla le cœur.

— Molly...

Elle se détourna. Et lui parut si vulnérable soudain que la douleur s'intensifia dans sa poitrine.

Il ne voulait pas la laisser partir, mais avant qu'il ait trouvé les mots pour la convaincre elle grimpa dans le taxi et referma sa portière.

Il se dit qu'il ne devait pas paniquer. Qu'elle était furieuse pour le moment mais que c'était une femme au cœur ouvert et à l'esprit réfléchi. Une fois qu'elle se serait calmée, elle verrait les choses de son point de vue. Et elle comprendrait.

Il l'espérait, en tout cas.

Au moins, elle savait tout.

Maintenant qu'ils avaient atteint le pire du pire, cela ne pourrait pas descendre plus bas.

Cet espoir dura jusqu'au lendemain lorsqu'il regarda ses messages. Et découvrit qu'il s'était trompé. Le pire était encore possible.

Et il venait d'avoir lieu.

Chapitre 20

La nuit de Molly fut courte et hachée. Chaque fois qu'elle se réveillait, la pensée que Daniel avait fait des recherches sur elle sans le lui dire venait lui tournicoter dans la tête comme un hamster dans sa roue.

Le degré ultime de l'arrogance, du culot, de l'outrage, de l'arrogance — avait-elle déjà dit « arrogance » ? Oui, eh bien, il méritait d'être accusé deux fois !

Au petit matin, abandonnant tout espoir de retrouver le sommeil, elle gagna la cuisine d'un pas vengeur et s'agita dans un fracas de portes de placard claquées, de tiroirs ouverts et refermés à grand bruit, de mugs posés sans ménagement sur le plan de travail.

Valentin l'observait, le museau posé sur les pattes, ayant clairement décidé que c'était le moment de faire profil bas.

— Oui, c'est vrai, je suis énervée, admit-elle.

Sa mauvaise humeur s'atténua lorsqu'il battit le sol de sa queue.

— Il aurait au moins pu me le dire, non ?

Valentin se contenta de l'observer en silence. Elle finit par soupirer.

— Oui, je sais, il l'a fait pour ses clients.

Difficile de critiquer un homme qui agissait par conscience professionnelle.

— Je veux bien reconnaître que je ne lui ai pas tout dit non plus de mon côté. Mais avoue que ce n'est quand même pas la même chose !

Imperturbable, Valentin continua à suivre ses allées et venues dans la petite cuisine inondée de soleil.

— Bon, d'accord. Peut-être que c'est un peu pareil...

Elle finit par le contempler d'un œil noir.

— Tu veux bien arrêter de me regarder de cet air-là ? Tu vas réussir à me culpabiliser si tu continues.

Valentin bâilla et battit le sol de la queue encore plus fort.

— Ça t'amuse que je me sente coupable ? C'est ça être un ami, pour toi ?

Son chien en était pourtant un, d'ami. Le meilleur qui soit. Mais Daniel avait été, lui aussi, un ami merveilleux ces derniers temps.

Elle se fit couler un café bien serré, huma les arômes réconfortants du breuvage salvateur et avala quelques gorgées avant d'apporter son mug jusqu'à la banquette disposée dans le renfoncement de la fenêtre. C'était son refuge de prédilection pour réfléchir.

— J'adore parler avec toi, Valentin, mais discuter avec lui avait son charme aussi.

Elle s'adossa contre les coussins, replia les jambes sous elle et contempla la rue en contrebas.

— Toi, tu penses que je devrais l'appeler, alors ?

Difficile de prétendre que Daniel avait été le seul des deux à pécher par rétention de vérité. Elle aussi avait gardé beaucoup de choses pour elle dans un premier temps. Si elle lui avait parlé d'Aggie dès le début, le problème ne se serait même pas posé.

Le comportement de Daniel n'avait été ni pire ni meilleur que le sien.

Autrement dit, oui, il était temps de l'appeler.

Avec un soupir, elle attrapa son téléphone.

— Je t'explique le truc, Valentin. On a le droit de commettre des erreurs et ce n'est pas grave tant qu'on ne craint pas d'admettre qu'on a eu tort. Et *j'ai* eu tort. À sa place, j'aurais probablement agi de la même façon. Laisse-moi juste cinq minutes, le temps de me recharger en caféine et de finir de me désembrumer le cerveau, puis je l'appellerai et on ira courir au parc. Il proposera peut-être même de venir nous rejoindre, qui sait ?

Valentin dressa les oreilles en entendant le mot « parc ». Mais elle n'avait même pas encore fini son café lorsqu'on cogna à grands coups à sa porte.

— Molly ?

Valentin bondit sur ses pattes et traversa la pièce en trois bonds, aboyant de plaisir au son de la voix de Daniel.

En phase avec l'enthousiasme de son chien, Molly se hâta vers l'entrée avec son café dans une main et son mobile dans l'autre.

Il était venu jusqu'à elle. C'était bon signe, non ?

Elle déverrouilla la porte et tira le battant.

Daniel se dressait sur le seuil. Il avait encore sur le dos la chemise qu'il portait la veille à la fête, même s'il avait troqué son pantalon de soirée contre un jean. Son visage était blanc comme de la craie et ses yeux paraissaient encore plus bleus par contraste avec la pâleur de sa peau. À sa vue, les derniers restes de colère de Molly se dissipèrent.

— Daniel... Qu'est-ce qui se passe ?

Un client décédé pendant la nuit ? Le déclenchement brutal d'une maladie grave ? Un problème avec les jumelles ?

— Mais dis quelque chose ! Tu as l'air d'un fantôme.

— Tu n'as pas répondu à mon texto.

Il entra dans l'appartement comme un robot, sans attendre d'y avoir été invité. Molly referma la porte derrière lui.

— J'allais justement t'appeler, mais tu m'as devancé. Que disait ton message ? J'avais éteint mon téléphone.

Elle le remit en marche, curieuse de découvrir le contenu de son texto. Avait-il eu des mots affectueux ? Des mots d'excuse ? Ou attendait-il qu'elle fasse acte de contrition de son côté ? Elle avait le sentiment, en tout cas, qu'elle lui devait des explications.

— Assieds-toi, Molly.

Ses lèvres étaient serrées, son expression inhabituellement sombre.

Le ventre de Molly se noua.

— Écoute, j'admets avoir eu une réaction très excessive hier soir. Depuis, j'ai eu le temps de réfléchir et...

— Je ne suis pas venu à cause d'hier soir.

— Ah bon ? Je croyais que...

Elle déglutit avec peine. Jamais encore elle ne l'avait vu dans cet état. Elle l'avait toujours connu calme et maître de lui-même.

— Alors pourquoi viens-tu tambouriner à ma porte de bon matin ? Qu'est-ce qui t'arrive ? Quelque chose de grave ?

— Il s'est passé quelque chose de grave, oui. Mais ce n'est pas à moi que ça arrive. C'est toi qui es concernée.

— Moi ? Je ne comprends pas.

Au même moment l'écran de son téléphone se réveilla et le message de Daniel apparut.

Ne te connecte pas à Internet.

Il lui retira le téléphone des mains.

— Il faut que tu me croies, Molly. Je n'aurais

jamais, *jamais* imaginé qu'une telle chose pouvait se produire. Non pas que je sois en train de te présenter mes excuses, mais...

Il prit une longue inspiration.

— Il n'y a pas de bonne façon pour l'annoncer et je prends l'entière responsabilité sur moi.

— L'entière responsabilité de *quoi* ?

— Le lien a été fait entre Aggie et « Dr Kathy ». Ils savent qui tu es.

Ce fut soudain comme si on lui avait coulé du béton dans les membres.

— À cause de Max, tu veux dire ? Il a ébruité le résultat de ses recherches ?

— Non, ça n'a rien à voir avec Max.

— Mais alors comment... ?

— Hier soir, on nous a pris en photo ensemble, toi et moi.

Elle se reporta mentalement à la soirée de la veille mais aucun épisode particulier ne lui revint en mémoire.

— Je ne comprends pas en quoi cela pouvait compromettre mon anonymat. Et je n'ai pas souvenir qu'on m'ait mitraillée à cette soirée.

— Ce n'est pas toi qui étais visée, c'était moi.

Daniel frotta sa joue noircie par un début de barbe.

— Apparemment, ça a fait le buzz que je débarque accompagné à notre fête de l'été. Comme je te le disais, j'ai une solide réputation de célibataire. Du coup, quelqu'un s'est amusé à me prendre en photo avec toi et a posté ça sur son compte Twitter. La nouvelle a aussitôt été retweetée et ça s'est emballé. Dans la ronde infernale des tweets, quelqu'un t'a reconnue : une des invitées à la soirée donnée par Phoenix Publishings et qui te connaissait en tant qu'Aggie. C'est le genre de chose qui arrive avec les médias sociaux...

Elle savait tout ce qu'il y avait à savoir sur ce qui

pouvait arriver avec les médias sociaux. Pour le meilleur comme pour le pire.

— Et c'est allé jusqu'où ? Ils ont retrouvé mon nom ?

Sa bouche était si sèche qu'elle avait du mal à articuler.

— Le lien a été établi, oui. Il a été question de « Dr Kathy » et de l'acharnement massif dont tu as fait l'objet de la part des fans en ligne de Rupert. Ton renvoi de l'émission a également été évoqué.

Il hésita.

— L'histoire raconte aussi que tu as fui aux USA et que tu as démarré le blog « Parle avec elle ».

Elle ferma les yeux en prenant conscience de l'énormité de ces révélations. Et des conséquences pour elle.

— Donc ma nouvelle identité est éventée. Ils savent tout.

— Oui. Ce que tu redoutais le plus au monde est arrivé. Cela n'aurait jamais dû se passer ainsi et j'ai été, sans le vouloir, l'élément déclencheur... Je suis désolé.

Il y avait comme une blessure à nu dans sa voix. Elle secoua la tête dans un état presque second et se dirigea vers son ordinateur. Il la retint par le bras.

— Non. Ne fais pas ça.

— Si, je le veux. J'ai besoin de savoir où j'en suis. Et à quel genre d'attaques j'ai affaire.

Le genre de commentaire qu'elle cherchait ne fut pas difficile à trouver.

> La femme mystérieuse qui se cache derrière le blog ultra-populaire « Parle avec elle » vient enfin d'être démasquée : il s'agirait de source sûre de la psychologue Kathleen Molly Parker, bien connue au Royaume-Uni sous le nom de « Dr Kathy ». Cachée derrière le pseudonyme d'« Aggie », Mme Parker a passé ces trois dernières années à prodiguer une foule de conseils à ses lecteurs amoureux bien qu'elle soit elle-même notoirement non

expérimentée dans le domaine. Renvoyée du reality show britannique pour lequel elle…

Molly continua de lire même si elle savait déjà ce qui allait suivre. La seule nouveauté qu'elle trouva dans le texte concernait Daniel.

Elle lut à voix haute.

— « Une ex de Daniel Knight nous livre cette remarque laconique : “Lui au moins, elle ne lui brisera pas le cœur car, du cœur, il n'en a jamais eu et n'en aura jamais.” M. Knight n'a pu être joint pour commentaire. »

En déroulant la page web, Molly finit par tomber sur la fameuse photo qui avait été prise et postée la veille. Le photographe amateur avait saisi le moment où Daniel et elle dansaient enlacés sur la piste, leurs regards perdus l'un dans l'autre.

Rien d'étonnant s'ils n'avaient pas remarqué qu'on les photographiait. Daniel avait été seul présent dans son champ de vision tout comme elle avait été seule visible dans le sien.

Lui au moins, elle ne lui brisera pas le cœur car, du cœur, il n'en a jamais eu et n'en aura jamais.

Elle relut pour la troisième fois ces deux lignes puis, vaguement déconcertée, se força à détourner les yeux. Alors que le ciel venait de lui tomber sur la tête, pourquoi se focalisait-elle sur cette petite phrase ?

Une douleur sourde se faisait sentir derrière ses côtes. Le choc, probablement. Qu'est-ce que cela pourrait être d'autre ?

Elle avait toutes les raisons du monde d'être en état de choc : sa vie partait à vau-l'eau.

Et pourtant, c'était cette petite phrase-là — parfaitement anecdotique — qui lui restait en tête.

« Lui au moins, elle ne lui brisera pas le cœur car, du cœur, il n'en a jamais eu et n'en aura jamais. »

C'était rassurant, non ? Et même une bénédiction pour quelqu'un qui s'était juré de ne plus jamais être la cause d'un chagrin d'amour.

— En fait, j'étais joignable pour commentaire mais, vu que ma réaction n'aurait pas été publiable, il ne m'a pas paru utile de décrocher mon téléphone.

— Parce que ton téléphone a sonné ?

Cela recommençait donc déjà ? Mais cette fois, c'était Daniel qui se trouvait sur la ligne de feu. Elle referma son ordinateur, refusant de continuer à lire.

— Je suis désolée que tu te retrouves mêlé à ce merdier. Tu ferais mieux de disparaître d'ici sans traîner, Daniel.

— Tu voudrais que je parte pour quelle raison ?

— Parce que tôt ou tard les médias vont débarquer ici avec paparazzi et photographes, et les questions vont tomber. Tu as tout intérêt à t'évanouir dans le décor avant que ça se corse pour de bon.

La fuite était la réaction standard en de telles circonstances, non ? Sa mère l'avait fait. Ses amis l'avaient fait.

Ses amis.

— Et tu crois que la curiosité des journalistes me fait peur ?

— Peut-être pas encore, mais ça viendra, Daniel. Lorsqu'ils auront traîné ta réputation dans la boue, interviewé toutes tes ex et balancé les détails les plus sordides de ta vie partout sur la Toile, tu auras vite compris la leçon. Tous mes amis devraient se tenir à l'écart tant que la meute se déchaînera.

Et s'ils s'en prenaient à Mark et à Gabe ? Leur amitié pour elle serait-elle aussi solide qu'ils le prétendaient ?

— C'est bien parce que je suis ton ami que je t'aiderai

à soutenir le siège. On va mettre au point une stratégie ensemble.

— Une stratégie ?

— Quoi d'autre ? N'oublie pas que je suis juriste. Un *maître* de la stratégie, autrement dit. C'est mon boulot. Mais si je dois faire travailler mes neurones, il me faudra un café d'abord. La nuit a été courte.

— Daniel...

Elle fut interrompue par de nouveaux coups frappés à la porte. Le visage de Daniel se durcit.

— Non, non, n'ouvre pas surtout, chuchota-t-elle, paniquée.

Sans tenir compte de son avertissement, il se dirigea vers la porte et regarda par le judas.

— C'est juste Fliss et Harriet.

Il ouvrit et referma à clé derrière les jumelles.

Harriet arrivait avec trois chatons dans un panier qu'elle posa sur le canapé.

— Désolée de débarquer ici avec ma marmaille, mais je ne pouvais pas les laisser seuls.

— Vous n'auriez jamais dû venir ici ! se récria Molly, effarée. Je ne comprends pas ce que vous faites là.

— Vu qu'on suit notre frère sur Twitter, on a eu l'info tout de suite, expliqua Fliss.

Elle se tourna vers Daniel.

— Et je ne vous parle pas du journaliste avec un petit pois dans le cerveau qui s'est permis de m'arrêter dans la rue pour me demander si tu t'étais spécialisé dans le divorce à cause de notre enfance difficile...

L'image des quelques gouttes de poison versées dans une source claire s'imposa de nouveau à l'esprit de Molly. Le venin de quelques mots suffisait à provoquer une contamination générale.

Elle s'attendait à une réaction orageuse de la part

de Daniel, mais à sa grande surprise il eut un sourire jusqu'aux oreilles.

— Et ta réponse ?

— Je lui ai demandé s'il était devenu journaliste parce qu'il était fouille-merde de nature ou seulement parce qu'il avait une vie de nul de son côté.

Fliss jeta son sac sur le canapé et regarda autour d'elle d'un air appréciateur.

— Sympa, ton appart, Molly.

— Merci.

Elle n'en menait pas large.

— Je suis désolée, ajouta-t-elle.

— Désolée ? C'est cet enfoiré de journaliste qui devrait l'être, avec sa question idiote. D'ailleurs, j'ai le plaisir de vous annoncer que je lui ai fait regretter de l'avoir posée. Je promenais justement un de mes chiens rescapés — un qui a la hargne chevillée au corps. Je ne dis pas que j'ai laissé ses crocs acérés pénétrer dans la chair tendre de ce monsieur, mais c'est passé assez près pour le dissuader de revenir à la charge. J'aurais d'ailleurs pu l'informer au passage que la nourriture préférée de ce brave toutou, ce sont les testicules.

Manifestement ravie par le dénouement de cette rencontre, Fliss s'installa sur le canapé à côté d'Harriet. Le cœur serré, Molly écarta Valentin pour mettre les chatons à l'abri de sa curiosité et s'assit à son tour à côté des jumelles.

— J'ai déjà dit à Daniel qu'il devrait partir pendant qu'il en est encore temps. Peut-être que, vous, il vous écoutera.

— Il ne nous écoute *jamais*. D'ailleurs pourquoi veux-tu qu'il s'en aille ? Il est assez teigneux pour se défendre. Et si les journalistes vont trop loin et enfreignent une loi quelconque, il va leur tomber dessus comme la colère de Zeus... On est tous là pour te soutenir, conclut Fliss en lui tapotant maladroitement la cuisse.

— Pour me soutenir ? *Moi ?* Mais pourquoi ?

— C'est normal, non ? Quand la vie d'un ami subit un tremblement de terre, on se débrouille pour être dispo et on va voir ce qu'on peut faire pour lui. Je ne connais pas grand-chose de ton passé, mais j'ai l'impression que tu es en train de te prendre quelques secousses sismiques dans la figure, non ?

— Mais vous me connaissez à peine, toutes les deux.

— Ce n'est pas vrai. On promène Valentin depuis deux ans, chaque fois que tu as trop de boulot pour t'en occuper. Tu es douce, tu es attentive et tu aimes ton chien, ce qui est une immense qualité à nos yeux. Je sais d'autre part que mon frère est dingue de toi et comme c'est la première fois que ça lui arrive, je ne peux qu'en déduire que tu es quelqu'un de vraiment bien.

Fliss capta le regard de Daniel.

— *Quoi ?* Pourquoi cet œil mauvais fixé sur moi ? J'ai dit quelque chose qu'il ne fallait pas ? Elle doit quand même le savoir, que tu es fou d'elle, non ? Et elle est folle de toi aussi, sinon vous ne seriez pas en permanence fourrés ensemble, tous les deux. Je n'oublie pas non plus que tu m'as tendu la main le jour où j'ai disjoncté, Molly. Donc si je peux me rendre utile à mon tour, ce serait parfait.

La tête de Molly en tournait.

Daniel, dingue d'elle ? Fliss faisait erreur sur ce point, mais ce n'était pas le moment de la détromper. Cette dernière avait clairement tiré des conclusions erronées du fait que Daniel et elle passaient beaucoup de temps ensemble. Il était exact qu'ils se voyaient souvent, mais pas pour les raisons avancées par Fliss. Ils n'étaient pas « fous l'un de l'autre », mais s'appréciaient beaucoup sur pas mal de plans et prenaient plaisir à leur compagnie mutuelle. Au lit et ailleurs. Quel mal y avait-il à cela ?

Harriet, qui était occupée à placer une couverture autour de ses chatons, jeta un coup d'œil à sa jumelle.

— Tu as eu un coup de stress ? À cause de Seth ? Et je n'étais pas au courant ?

— Parce que je ne voulais pas qu'on disjoncte ensemble. Toi et moi pétant un câble en même temps, ça aurait accéléré le réchauffement climatique. Je suis allée voir Daniel parce que lui, le craquage, connaît pas. Et Molly a été super. Les gens peuvent bien raconter ce qu'ils veulent. J'ai la plus grande confiance en ton avis professionnel, Molly.

— Tu as pu parler à Seth ?

— Non. C'est encore en projet. Je me conditionne en douceur.

Fliss se leva.

— Bon, maintenant qu'on est potes toutes les deux, est-ce que je peux aller me faire un café dans ta cuisine ? Je suis tellement en manque que je suis prête à ronger des grains non moulus si tu en as.

Pour la troisième fois en moins de dix minutes, on frappa à la porte. Valentin se précipita, effrayant les chatons. Daniel se leva, sourcils froncés.

— C'est pire qu'à Times Square, chez toi.

Il alla ouvrir et ce fut au tour de Gabe de débouler dans l'appartement. Les traits tirés par l'inquiétude, il se précipita pour la prendre dans ses bras.

— Ça va, Molly ? Tu tiens le choc ?

— Je ne sais pas. Qu'est-ce que tu fais là ? Tu devrais être à ton boulot.

— Je suis le golden boy de la boîte depuis qu'on a décroché la campagne pour le champagne. Si je décide de bosser depuis chez moi, je bosse depuis chez moi.

— Tu ferais mieux de courir jusqu'à ton agence

pendant qu'il en est encore temps. Dans une heure ou deux, tu ne pourras peut-être même plus quitter ton appartement.

Elle songea à ce que ses amis avaient enduré à l'occasion de la crise précédente.

— Sérieusement, Gabe. Il est encore temps de t'en aller. Ils vont vouloir t'interviewer.

— La porte d'entrée en bas est fermée. Et si ça peut être d'une quelconque consolation, j'ai entendu Mme Winchester incendier vigoureusement quelqu'un, tout à l'heure.

Gabe s'avança jusqu'à la fenêtre et jeta un coup d'œil dans la rue.

— Ne t'inquiète pas, jeune fille. On va former un mur protecteur autour de toi.

La gorge de Molly se noua. Ses yeux picotaient.

Elle se tourna pour prendre la boîte de mouchoirs posée sur une étagère, en sortit un et dut se moucher longuement.

Qu'est-ce qu'il lui arrivait ?

Un début de grippe ? Un rhume fracassant ?

— Tiens, prends-le sur toi.

Harriet plaça un des minuscules chatons sur les genoux de Molly.

— Le ronronnement du chat est thérapeutique. C'est scientifiquement prouvé.

Valentin paraissait quelque peu déconcerté d'avoir à partager son espace vital avec une telle invasion et choisit de se tenir en faction à ses côtés. Il donna un petit coup de museau amical au chaton.

Légèrement abasourdie, Molly embrassa du regard son appartement bondé. Debout à quelques pas, Gabe et Daniel débattaient de la meilleure ligne de conduite à tenir pour gérer la situation. Mark les avait rejoints. Fliss et lui s'activaient en cuisine et faisaient circuler le café. Harriet s'efforçait d'empêcher les deux autres chatons de sortir de leur corbeille. Et Molly quant à elle passa un moment au téléphone avec Eva et Lucas, qui lui manifestèrent eux aussi leur soutien.

— Je n'arrive pas à croire que vous soyez tous là.

— Nous sommes ta famille urbaine, Molly !

Débordant d'une joyeuse énergie, Fliss versait le café dans les mugs.

— Autrement dit : du genre bruyant, toujours en désaccord, avec une tendance à nous incruster même si tu préfères être tranquille. On va rester là, à boire ton café, à descendre tes stocks de biscuits préférés — tu veux que je poursuive la description ?

Le nœud dans la gorge de Molly se resserra encore. Pas la grippe. L'émotion.

— Je ne sais pas quoi dire...

— Garde plutôt tes mots pour régler le problème, suggéra Daniel. Tu devrais publier quelque chose sur ton blog. Qui ne s'est pas trouvé confronté à une rupture compliquée à un moment ou à un autre de sa vie ? Tes lecteurs peuvent comprendre. Poste ta version des faits, en énonçant fermement ton point de vue. C'est une façon de reprendre le contrôle. Et surtout, tu ne t'exprimes que sur « Parle avec elle ». De cette manière, ceux qui voudront satisfaire leur curiosité iront directement sur ton blog.

Gabe hocha la tête.

— Une bonne façon de générer du trafic. Je suis d'accord. Livre-leur une version sincère et convaincante. Si tu veux, je t'aide. C'est mon boulot d'écrire des textes publicitaires censés emporter l'adhésion.

Fliss fit passer les cafés.

— On va tous t'aider à l'écrire, ton texte. Et je trouve ça très cool, entre parenthèses, que tu sois Aggie.

— Sérieux ?

Molly se sentait largement dépassée par la situation. C'était la première fois qu'elle disposait d'un comité de soutien complet pour résoudre une crise personnelle.

— Ben oui. C'est top. À partir de maintenant, dès qu'on aura un problème côté cœur, on t'appelle.

Fliss fit tinter son mug contre le sien.

— Non, sérieux, c'est cool.

— Ça me fait un effet bizarre que tout le monde soit soudain informé de quelque chose que je cache depuis des années.

— On a bien connu ça, nous deux.

Gabe adressa un clin d'œil à Mark.

— On pourra te dispenser des conseils avisés. Et protéger tes arrières.

— C'est une bonne chose que quelqu'un s'occupe de ses arrières, car Daniel se concentre plutôt sur ses avants, observa Fliss gaiement.

Ce qui lui valut un regard d'avertissement de la part de son frère.

Ils y passèrent la journée.

Tous ensemble, ils avaient écrit et posté sur son blog, englouti six grandes pizzas, éclusé deux bouteilles de champagne et beaucoup parlé dans les intervalles. Parlé de ce qui leur faisait du bien et de ce qui leur faisait du mal, de ce qui éveillait la honte et de ce qui suscitait des peurs secrètes. Ils avaient partagé des secrets et évoqué des joies cachées. À deux reprises, Harriet s'était esquivée pour emmener Valentin courir au parc. Estimant qu'une garde du corps ne serait pas de trop pour écarter d'éventuels journalistes, Fliss avait insisté pour accompagner sa sœur et était revenue la seconde fois avec une grande boîte à gâteaux de la Magnolia Bakery.

— Tout ce qui rend heureux est bon pour la santé, avait-elle rétorqué lorsque Mark avait invoqué la menace pour leurs artères. Et ces gâteaux sont tellement bons qu'ils ne peuvent que nous remonter le moral.

Finalement, au petit matin, la fatigue prit le dessus et ce fut l'exode général. Seul Daniel s'attardait encore dans l'appartement.

Molly remit les coussins en place, empila les cartons à pizza vides dans la cuisine et débarrassa une bonne dizaine de mugs sales. Alors qu'elle aurait dû se sentir stressée et abattue, elle avait l'impression d'être au chaud et comme dans un cocon, au contraire. Comme si on l'avait enveloppée dans des étoffes toutes douces. C'était ça, les vrais amis. Ils agissaient comme un isolant. Formaient une pellicule protectrice entre les aspérités du monde extérieur et vous.

Elle s'aperçut que Daniel l'observait. Il se tenait bras croisés, les jambes légèrement écartées, et sa posture soulignait la musculature puissante de ses épaules sous le tissu tendu de sa chemise. Sa mâchoire s'était encore assombrie, rongée par une barbe tenace, et son regard trahissait la fatigue. Il était resté présent toute la journée pour elle et ne semblait toujours pas décidé à quitter les lieux. Il lui sembla qu'il avait quelque chose à lui dire et qu'il attendait le moment propice pour le faire.

Elle aussi avait à lui parler, mais après une journée comme celle qu'elle venait de vivre elle n'était plus en état de soutenir la moindre conversation où la charge émotionnelle serait au rendez-vous.

— Tu devrais rentrer chez toi, Daniel. Ce que tu as fait est énorme et tu as toute ma reconnaissance. Tu n'as absolument pas à te sentir coupable ou quoi que ce soit.

— Tu crois que c'est la culpabilité qui fait que je suis là ?

Il lui avait dit qu'il se sentait responsable de ce qui était arrivé. Pour quelle autre raison se serait-il démené comme il venait de le faire ?

— Tu dois être épuisé, en tout cas.

— Je ne pars pas. Si j'ai un coup de mou, je peux toujours dormir sur ton canapé.

— Tu détestes mon canapé.

— C'est vrai. Il reste la possibilité du lit.

Il parlait comme si rien n'avait changé. Comme si leur relation n'avait pas été bouleversée de fond en comble au cours des dernières vingt-quatre heures. Si elle le reprenait dans son lit maintenant, quelles seraient les conséquences ?

— Cela ne me paraît pas être une très bonne idée. Non que la dynamique sexuelle entre nous manque d'intensité ou de piquant, mais...

Elle vit un éclair de désir flamber dans les yeux de Daniel et sut que son propre regard reflétait un même élan érotique. Elle avait fait des efforts louables toute la journée pour mettre de côté l'aspect physique de leur relation, mais maintenant qu'elle avait prononcé les mots à voix haute il lui devenait difficile de se concentrer sur autre chose.

Un muscle tressaillit à l'angle de la mâchoire de Daniel.

— Si je suis là, ce n'est pas non plus pour le sexe, Molly.

Là, elle ne le suivait plus du tout.

Qu'essayait-il de lui dire ? Était-elle passée à côté de quelque chose ?

Cherchant la réponse sur son visage, elle scruta ses traits sans trouver d'indices. Il fixait le sol et son regard était dissimulé sous la longueur fournie de ses cils. Ses lèvres formaient une ligne mince, disciplinée, qui ne donnait aucune indication sur ce qui se passait en lui.

— C'est par amitié, alors ?

Oui, cela ne pouvait être que ça.

— Tu es là pour me prouver ton amitié et tu m'en as offert une démonstration plus que convaincante aujourd'hui. Je ne te remercierai jamais assez pour ce que tu as fait, Daniel.

— Ce n'est pas ta gratitude que je veux. Et je ne suis pas ici en ma qualité d'ami.

Et pourtant il avait lutté à ses côtés tout au long de la journée. Tous les amis présents avaient apporté leur contribution, mais il n'y avait pas eu de doute un seul instant sur qui était aux commandes. C'était Daniel qui avait conservé son calme dans les moments où quatre personnes donnaient leur avis en même temps ; Daniel qui avait fait le tri entre les mauvaises idées et les bonnes.

Aujourd'hui, elle avait eu un aperçu en direct des compétences et de l'intelligence qui faisaient de lui un avocat hors pair.

Il n'était peut-être pas venu la soutenir en tant qu'ami, mais il était là en tout cas, dressé entre elle et un nouveau désastre, et elle était consciente de la chance que représentait son appui.

— Si ce n'est pas de l'amitié, je ne sais pas ce que c'est. Mais je te suis reconnaissante dans tous les cas de figure.

— Je viens de te le dire : ce n'est pas ta reconnaissance que je recherche.

Il hésita puis secoua la tête.

— Mais je suis idiot. Tu sors d'une journée harassante. On parlera de ça une autre fois.

— Parler de quoi ?

Un début de malaise la gagnait.

— S'il y a un autre problème, j'aimerais autant que tu me le dises tout de suite. Tu es en colère parce que les journalistes fouillent dans ton passé ?

— Je me fous de ce qu'ils racontent sur moi. Mais pas de ce qu'ils disent de toi, par contre. Gabe, Mark, Fliss et Harriet — ils ont resserré les rangs par amitié. Moi, je suis là parce que...

Il s'interrompit, frotta sa joue rugueuse et marmonna quelque chose dans sa barbe.

Elle ne put entendre clairement ce qu'il disait.

Quelque chose comme « Ce n'est pas le moment », ou « Ce serait le pire moment possible ».

Le pire moment pour *quoi* ?

Une sourde inquiétude lui nouait le ventre.

— Daniel ? Termine ta phrase. Tu es ici parce que...

— Je suis ici parce que je tiens à toi.

Il laissa retomber sa main et son regard chercha le sien.

— Parce que je t'aime.

Les mots mirent un certain temps à pénétrer le cerveau de Molly. Et même une fois que ce fut fait, elle ne réagit que faiblement. L'état de choc fut immédiat.

— Tu dis ça, mais tu ne le penses pas.

« Lui au moins, elle ne lui brisera pas le cœur car, du cœur, il n'en a jamais eu et n'en aura jamais. »

— Non seulement je le pense, mais je le sens et je le sais : je t'aime, Molly.

L'espace d'un instant, elle resta pétrifiée, le regard fixé sur lui. Puis elle se détourna et se dirigea vers la fenêtre d'un pas de somnambule, les bras resserrés autour de la taille.

— Tu as cette impression parce que côté sexe c'est assez exceptionnel entre nous.

— Je te rejoins sur le sexe exceptionnel. Mais il n'y a pas que ça.

Dans un mouvement de pure panique, elle pivota sur elle-même pour lui faire face.

— Je ne peux pas croire que tu me dises une chose pareille, Daniel. Pas maintenant. Ne me demande pas de gérer ça en plus de tout le reste.

— Je te dis ce que je ressens, c'est tout. Il n'y a rien à gérer. Aucune obligation.

— Mais je ne... Tu ne peux pas...

Les mots se dérobaient. La panique lui paralysait la langue.

— Tu m'avais juré que cela n'arriverait pas. Tu étais catégorique et sûr de toi : « Amoureux, moi ? Jamais de la vie ! »

— Je ne te mentais pas. Je n'ai encore jamais aimé aucune autre femme. Mais je suis amoureux *maintenant*. De toi.

Non. Ce n'était pas possible. Une chose pareille ne pouvait pas lui arriver. Pas maintenant !

Elle porta la main à sa gorge et tenta de calmer sa respiration erratique.

— Il faut que tu t'en ailles, Daniel. Tout de suite.

— Molly...

— Je suis sérieuse, là. C'est mieux pour toi comme pour moi. Il faut que tu rencontres quelqu'un d'autre. Que tu m'oublies. Couche avec une femme. Peu importe laquelle. L'essentiel, c'est de passer très vite à autre chose.

Elle balbutiait, s'empêtrait dans ses mots. En bégayait presque.

— Tu as sérieusement *envie* que je coure hors d'ici et que je trouve quelqu'un d'autre ?

C'était comme s'il lui enfonçait un couteau dans le cœur. Elle eut une image fugitive de Daniel enlacé par d'autres bras, souriant à un autre visage, écoutant une voix inconnue. Elle le vit partager une pizza, courir dans le parc, rire et parler, mêler sa voix, son souffle, sa sueur avec...

— Pars. S'il te plaît, pars d'ici...

Elle trouva sa veste sur le canapé et la jeta dans sa direction.

— Va-t'en.

Mais il ne céda pas un pouce de terrain. Plus elle paniquait, plus il lui paraissait calme, solide et posé par contraste.

— Il n'y a aucune raison d'avoir peur.

— Tu veux rire ? Tu me dis que tu es *amoureux* de moi ! Et dans mon cas il n'y a pas pire motif de panique qu'une déclaration d'amour ! C'est encore plus terrifiant que tout ce qui m'est tombé sur le coin de la figure aujourd'hui. Et tu sais pourquoi ? Parce que même si tu affirmes aujourd'hui que tu gères et que tu ne me demandes rien, tôt ou tard il viendra un moment où tu exigeras la réciproque de ma part. Et je ne pourrais pas répondre à ta demande, Daniel. Je sais d'avance comment ça se passerait. J'essaierais, j'essaierais de toutes mes forces et ça ne marcherait pas. Et j'aurais encore le sentiment d'être un monstre et...

— Chut, Molly.

Il lui posa un doigt sur les lèvres pour lui imposer silence.

— Arrête de parler et allume ton ordinateur.

Il laissa retomber sa main.

— Mon ordi ? Mais pourquoi ? J'ai déjà lu tout ce qu'il y avait à lire, vu tout ce qu'il y avait à voir !

— Il y a autre chose que j'aimerais te montrer. Si tu veux toujours que je m'en aille après cela, je partirai sans insister.

— Mais...

— C'est en lien avec Rupert.

Le prénom à lui seul la pétrifia.

— Rupert ? Qu'est-ce qu'il a à voir là-dedans ?

— Accorde-moi cinq minutes encore. C'est tout ce que je te demande. Cinq petites minutes.

Vu l'effarement dans lequel il la plongeait, elle n'était même pas certaine de tenir cinq secondes.

— Je ne comprends pas ce que tu veux me montrer. Je ne vois pas le rapport avec ce qui se passe ici entre nous.

— Ce qui se passe entre nous, c'est que je viens de

te faire part de mes sentiments. Et ça t'a terrifiée. Je sais que l'amour t'angoisse.

— Je refuse d'être une cause de souffrance pour qui que ce soit ! Et maintenant, je t'ai fait du mal aussi. Ou si ce n'est pas encore fait, ça ne va pas tarder. Et tu es la dernière personne au monde que j'ai envie de décevoir !

En guise de réponse, Daniel se pencha sur son ordinateur portable et effleura quelques touches.

— Tiens. Lis cet article. Je ne t'en demande pas plus. Tu me dois au moins ça, tu ne crois pas ?

Il tira sa chaise de bureau et la força à s'asseoir, puis se percha à côté d'elle sur un coin de la table de travail.

— Tu pensais l'avoir laissé derrière toi avec le cœur en miettes et une vie à jamais brisée. Cela ne t'est jamais venu à l'esprit que tu pouvais avoir porté atteinte à son ego plus qu'à son cœur ?

Pourquoi remuait-il le passé avec Rupert maintenant ? Ils en avaient déjà parlé. Et elle lui avait tout dit.

— Le fait que je l'ai rejeté a failli le tuer.

— Ça, c'était ce qu'il racontait. Essaie maintenant de laisser ses mots de côté et de te concentrer sur les faits. S'il y a une chose que Rupert aimait avant tout, c'était d'être sous les projecteurs. Il adorait se trouver au cœur de l'attention du public. Jusqu'à ton entrée en scène, c'était encore lui le roi du spectacle. Mais c'est seulement après l'introduction de « la séquence psychologie du Dr Kathy » que l'audience de l'émission a vraiment grimpé en flèche.

— Le public aimait nous voir interagir, lui et moi.

— Ils t'appréciaient *toi.* Et ta relation avec Rupert faisait partie du package. Lui l'avait compris. C'est pour ça qu'il faisait tout pour te séduire.

— Tu essaies de me dire qu'il était avec moi parce

que... ça faisait grimper sa cote de popularité ? Qu'il m'utilisait juste comme faire-valoir ?

— Plusieurs éléments que j'ai repérés convergent dans ce sens.

Il marqua un temps d'arrêt, choisissant à l'évidence ses mots avec soin.

— Tu pensais qu'il ignorait que sa demande en mariage était filmée, mais il était au courant, Molly.

— Tu plaisantes ? Il n'aurait jamais accepté de prendre un risque aussi énorme.

— Il avait pourtant un microphone sur lui.

— Impossible ! Je m'en serais aperçue.

Son déni spontané mourut sur ses lèvres lorsqu'elle vit l'expression sur le visage de Daniel.

— Qu'est-ce qui te fait penser ça, Daniel ?

— J'ai un ami qui est dans le métier. Compte tenu de la qualité du son, il m'a certifié que Rupert portait un micro-cravate. Si tu regardes bien, tu verras le fil.

Un fil ? Elle l'aurait remarqué, non ? D'un autre côté, cette déclaration d'amour l'avait plongée dans un tel état de panique qu'elle n'avait plus été attentive à grand-chose. Peut-être que Rupert avait compté sur son égarement, justement ?

— Mais pourquoi la demande en mariage, s'il n'était pas amoureux de moi ? J'aurais pu lui dire oui.

— De fait, Rupert tablait sur ton refus depuis le début. Il était tout à fait conscient que tu n'étais pas amoureuse de lui.

— Tu veux dire qu'il m'aurait fait une déclaration d'amour publique tout en *sachant* que je le repousserais ? En s'exposant sciemment à l'humiliation ? Tu connais beaucoup d'hommes qui feraient ça ? Que pouvait-il bien avoir à gagner à s'exposer ainsi au ridicule ?

— Il y a gagné la compassion du public et un gros coup de boost pour sa popularité. Mieux que cela encore : il a réussi à t'éliminer de l'émission, même si j'imagine que ça a été plutôt un bonus supplémentaire que le but initial de la manœuvre.

C'était trop de révélations d'un coup. Tout ce en quoi elle avait cru dur comme fer pendant trois ans n'aurait donc été qu'une succession de mensonges ? Elle secoua la tête.

— Non, tu te trompes. Je l'ai brisé, anéanti. Tout comme j'ai brisé et anéanti les autres avant lui, même si j'ai toujours essayé de faire en sorte que cela n'arrive pas.

— Je ne peux rien te dire sur les hommes qui ont précédé mais, pour Rupert, j'ai fait quelques découvertes qui tendraient à montrer qu'il n'est pas vraiment au fond du trou. Tiens, jette un œil là-dessus.

Il tourna son ordinateur portable vers elle.

— Regarde ce que devient l'homme dont tu étais censée avoir détruit la vie pour toujours.

Elle regarda fixement la photo qui s'affichait à l'écran.

— Il... Il est marié ? Avec Laura Lyle ! C'était une des documentalistes qui travaillaient pour l'émission. Cela fait combien de temps ?

— Presque trois ans.

— Trois...

Même dans son état de confusion, le résultat du calcul s'imposait de lui-même.

— Tout de suite après notre rupture, alors.

— Je ne peux pas te dire quand ça a commencé, mais je ne crois pas que son cœur soit resté brisé très longtemps — si tant est qu'il l'ait jamais été. Mais assez perdu de temps avec cet individu.

Il referma le portable.

— Tu n'as pas brisé le cœur de Rupert, ma chérie. Tu as juste égratigné son ego. Il n'a pas supporté que ton succès public soit plus grand que le sien. Et il a mis au point toute cette mise en scène publicitaire pour rebooster sa carrière.

Il y avait si longtemps qu'elle portait comme un fardeau la conviction qu'elle avait cruellement blessé Rupert. Savoir qu'il n'en était rien aurait dû apporter un soulagement immédiat. Et pourtant...

— Je suis en colère.

— Bien. La colère, c'est plus constructif que la culpabilité.

Pendant un long moment, elle garda le silence. Puis elle se leva et se tourna vers lui.

— Je te remercie de m'avoir ouvert les yeux sur Rupert, mais cela ne change rien au fait que je ne veux pas que tu tombes amoureux de moi. J'ai une grande affection pour toi, Daniel. Je refuse d'être la cause de ton malheur.

— Je sais que tu as une grande affection pour moi. C'est pour ça que je te fais part de la mienne.

— Je tiens à toi en tant qu'ami. En tant qu'amant. Je... Je voudrais tellement que rien ne change, murmura-t-elle dans un souffle.

Mais tout avait déjà changé.

Il le savait. Et elle aussi.

D'où son état de panique.

— Le problème, ce n'est pas Rupert, Molly.

Il se leva à son tour, refusant de la laisser reculer hors de sa portée.

— Le problème, ce n'est pas non plus les hommes que tu as connus avant lui. Au final, ce n'est même pas ta mère qui est en cause. C'est toi.

— C'est *moi* ?

— Oui. Par deux fois, tu as été amenée à penser que tu n'étais pas « assez bien » — pas suffisamment importante. Ta mère t'a donné ce sentiment en t'abandonnant. Puis des années plus tard, tu as été rejetée de l'émission et abandonnée par le public à cause de Rupert. Deux personnes qui étaient censées t'aimer et vouloir ton bien t'ont amenée à douter de toi, tant sur le plan professionnel que personnel. De cette double expérience, tu as retiré l'idée que tu ne suffirais jamais à personne. Mais tu fais plus que me suffire, Molly.

Il lui prit le visage entre les mains, la forçant à le regarder.

— Pour moi, tout compte chez toi : ton visage, ta voix, ta personnalité — la femme que tu es...

Appuyant son front contre le sien, il ne lâcha pas son regard.

— Tu fais plus que compter, même. Tu es tout.

Elle ne respirait plus. Ne parlait plus.

Sa poitrine débordait. De terreur, d'excitation, d'exaltation. De désespoir.

Il lui fallait du temps pour se reprendre et mettre de l'ordre dans sa tête. Mais elle était incapable de réfléchir correctement avec ses yeux plongés dans les siens et les mains de Daniel dans ses cheveux.

— Je t'aime, Molly.

Il le répéta, avec une grande douceur, cette fois.

— Et je crois que tu m'aimes aussi.

Ces derniers mots l'arrachèrent à son état de transe.

— Non.

Elle se dégagea de son étreinte et recula si vite qu'elle faillit écraser la patte de Valentin.

— C'est vrai qu'on était bien ensemble, tous les deux, mais si tout était si parfait, c'est justement parce qu'on n'était pas amoureux. Pour la première fois de ma vie, je n'ai même pas *essayé* de tomber amoureuse. Il n'y avait pas de pression. Pas d'attente. Je n'avais encore jamais été autant moi-même dans une relation. Je t'ai tout dit de moi, j'ai partagé avec toi tout ce que je suis.

Un éclair de panique la traversa lorsque le regard

calme et attentif de Daniel sonda le sien avec insistance. Dans un sursaut, elle prit conscience de la façon dont il pouvait interpréter ce qu'elle venait de dire. OK, elle avait été elle-même et détendue avec lui, mais cela n'équivalait pas pour autant à « amoureuse », si ?

Alors pourquoi la fixait-il de cet air patient et interrogateur, comme s'il attendait que ça fasse enfin tilt en elle ?

— Erreur : je n'ai pas *tout* partagé, à l'évidence. Mon cœur, lui, est resté le même. Inchangé par rapport à ce qu'il était avant que je te rencontre. Je ne sais plus très bien ce que je raconte quand tu me regardes comme ça et...

— « Comme ça », c'est-à-dire ? Décris-moi la façon dont je te regarde, Molly.

Comment il la regardait ? Avec douceur, avec amusement, patience, tendresse et un million d'autres choses encore qu'elle ne s'attendait pas à voir dans les yeux d'un homme qu'elle rejetait.

— Tu le sais très bien ! Comme si tu attendais de moi certains mots que je ne pourrai jamais prononcer ! Je suis désolée, mille fois désolée de te décevoir, mais s'il y a bien une chose que je ne suis pas, c'est amoureuse. Ce n'est pas pour aujourd'hui et encore moins pour demain. La capacité à aimer ne fait pas partie de mon bagage génétique, Daniel. Et crois-moi, je le sais car ce n'est pas faute d'avoir essayé...

Elle se tut lorsqu'il hocha la tête en lui posant un index sur les lèvres.

— OK. Oui, je sais. Très bien. D'accord.

Il laissa retomber sa main, mais c'était comme si la peau de Molly retenait encore l'empreinte vibrante de son toucher.

OK. Très bien. D'accord.

C'était tout ? Il n'avait pas d'arguments à avancer,

pas de récriminations à faire entendre ? Aucun chantage émotionnel à exercer ?

Peut-être qu'il ne la croyait pas ?

— Tu veux des preuves ?

Elle se creusa désespérément la tête pour chercher les mots susceptibles de le convaincre.

— Je ne te regarde pas avec des étoiles plein les yeux. Je ne t'appelle jamais « mon chouchou » ou « mon poussin » ou « mon grand loup d'amour ».

Elle vit une brève lueur d'humour danser dans les yeux de Daniel.

— Je ne suis pas très fan de ce genre d'appellations.

— Je n'ai pas perdu l'appétit non plus. À aucun moment, le fait d'être avec toi ne m'a empêchée de manger.

— Tant mieux. Note que je suis amoureux de toi et que je n'ai pas cessé de m'alimenter non plus.

Il y avait une tendresse dans sa voix qui la brisa presque.

— Autre preuve : je ne rêve jamais de toi.

Ce n'était pas tout à fait la vérité, mais il n'avait surgi que deux ou trois fois dans ses songes, donc ça ne comptait pas vraiment.

Daniel resta silencieux un instant, puis il tendit la main vers sa veste. Le cœur de Molly cogna plus fort contre ses côtes.

— Tu vas où ? Je croyais que tu ne voulais pas partir.

— J'ai changé d'avis. Il est sans doute préférable que je m'en aille.

Sa voix était lasse, soudain.

— Mais... Tu... Enfin, je viens de te dire que je ne suis pas amoureuse de toi.

— En effet, oui. J'ai bien entendu. Tu m'as dit ce que tu ressentais, je t'ai dit ce que je ressentais. Donc on est tout bons, laissa-t-il tomber d'une voix égale.

Tout bons ? Il n'avait pas l'air d'aller si bien que ça. Elle l'avait blessé. Pour de vrai. Et elle se sentait au bord de la nausée.

— Et comment on fait, maintenant ? Je vais te revoir ?

— Bien sûr qu'on va se revoir. Nous sommes amis. Les amis ne cessent pas d'être amis chaque fois qu'ils sont en désaccord sur quelque chose.

Il se pencha pour caresser Valentin puis poursuivit son chemin jusqu'à la porte.

— La nuit a été longue. Tâche de dormir un peu, Molly.

Dormir ?

Elle le regarda sortir et refermer le battant derrière lui. Comment aurait-elle pu dormir ? Un poids lui broyait la poitrine, comme si on lui comprimait violemment les poumons. Non seulement elle ne pourrait en aucun cas trouver le sommeil, mais c'était tout juste si elle parvenait encore à respirer. Et le plus grand chaos régnait dans ses pensées.

Elle se frotta la poitrine avec la paume de la main pour essayer de soulager la douleur insistante dans la zone du cœur. La dernière personne au monde qu'elle souhaitait voir souffrir, c'était Daniel. Il était donc normal qu'elle ressente cette grande souffrance précisément à cet endroit.

C'était juste un sentiment de culpabilité qui la lacérait de l'intérieur.

Elle ne voyait vraiment pas d'autre explication.

Chapitre 21

— Elle a rompu. C'est la première fois de ma vie que je déclare mon amour à une femme, et sa réaction a été de me dire : « Va-t'en ! » Tu parles d'un succès...

Daniel faisait les cent pas dans l'appartement de ses sœurs. C'était donc ça que ressentaient ses clients ? Tous ces gens qui se traînaient dans son cabinet, le cœur dévasté parce que leur couple se déchirait, avaient-ils souffert comme il souffrait maintenant ? S'il avait su, il se serait montré plus solidaire avec eux. D'un autre côté, il était payé pour ses compétences juridiques, pas pour offrir une écoute empathique qui ne ferait probablement que fausser son jugement. Il se sentait faible, comme si un organe vital en lui avait été atteint. Une blessure interne, invisible de l'extérieur.

— Et maintenant, comment je fais ?

Il n'aurait jamais dû prononcer ces mots devant Molly. Ou en tout cas, pas là, alors qu'elle avait déjà eu une journée cauchemardesque derrière elle.

Il avait mal choisi son moment.

Le problème, c'est que leur relation n'avait été qu'une longue suite de révélations, de crises et de malentendus. Il s'était dit qu'il serait plus sain de mettre enfin *toute* la vérité sur la table et de voir si ça passait.

Ce n'était pas passé du tout, à l'évidence.

Harriet fut la première à s'exprimer.

— C'était juste une question rhétorique ou tu nous demandes réellement notre avis ?

— C'est une vraie demande. J'ai besoin d'aide.

Il se détourna de la fenêtre pour les englober l'une et l'autre d'un regard affectueux. Ses sœurs. Sa famille.

— Si vous avez des conseils à me donner, je suis preneur.

Visiblement mal à l'aise, Fliss frotta ses orteils nus sur le parquet.

— Le champ amoureux, ce n'est pas trop mon domaine d'expertise. Et toi, Harriet ? Tu en dis quoi ?

— Je suis au degré zéro de l'expérience personnelle mais j'ai lu quelques bouquins.

Elle réussit à rattraper un des chatons qui s'apprêtait à sauter du canapé.

— Remarque, la plupart des trucs que j'ai lus ont été écrits par Molly.

— Dans mon cas, ça ne me paraît pas être un obstacle. Et de toute façon, je suis prêt à tout entendre. Allez-y, toutes les deux.

Fliss échangea un regard avec Harriet et haussa les épaules.

— Je ne suis pas experte, mais je dirais que ton timing était tout sauf idéal.

— Merci bien, ça, je l'avais compris !

— Hé, tu nous as demandé conseil ! Tu étais prêt à prendre ce qui viendrait. Eh bien voilà ce qui me vient.

— OK. Désolé.

Il avait la tête bombardée de pensées démoralisantes. Si c'était ça, l'état amoureux, il n'était pas certain d'apprécier sa nouvelle condition. Il se sentait démuni, impuissant. Et se serait volontiers passé d'expérimenter ces sensations débilitantes.

Fliss poussa un soupir.

— Molly a eu une sale journée. Elle était flippée à l'idée que les internautes recommencent à s'acharner sur elle. Et si tu jetais un coup d'œil sur la Toile, tu verrais que ça n'a pas été une partie de rigolade, la fois précédente. Le « Dr Kathy bashing » a été féroce. C'était donc déjà un peu comme si sa vie s'écroulait d'un coup, et toi, tu en as rajouté une bonne couche, en lui sortant ta grande déclaration. Elle était archi-stressée à la base, mais du coup elle est passée au stade de la surtension électrique. Le cerveau humain ne peut pas absorber autant d'émotions d'un seul coup. Et comme Molly est quelqu'un d'adorable, elle doit en plus s'en vouloir de te faire souffrir.

— Tu veux dire que, si j'avais attendu, elle aurait peut-être réagi différemment ?

— Je ne sais pas ! Peut-être.

— Tu as raison. Je vais retourner lui parler.

Harriet secoua la tête.

— Pas tout de suite. Laisse-lui le temps de respirer, Daniel.

— Oui, je suis d'accord, renchérit Fliss. Laisse-lui un peu d'air. Tu devrais peut-être aller passer un mois au Texas. Comme ça, tu ne seras pas tenté de courir chez elle toutes les cinq minutes.

Fliss se leva pour ranger le séjour. Elle rectifia des piles de magazines déjà alignées en ordre impeccable et déplaça des plantes qui n'en avaient nul besoin.

— C'est rude pour toi, Dan. C'est la première fois que tu aimes une femme et elle ne t'aime pas en retour. Ça doit être vraiment horrible.

— Elle m'aime, en fait.

Il imposa silence à la petite voix du doute qui s'élevait avec une vicieuse insistance.

— *Quoi ?* Je croyais qu'elle t'avait dit...

— Si, si, elle m'aime. Le problème n'est pas là.

Il l'espérait, du moins, croisait les doigts très fort pour ne pas se tromper sur ce point.

— Si elle t'aimait, elle ne t'aurait pas jeté à la porte, si ?

Fliss abattit une pile de livres sur la table basse.

— Je ne veux pas entamer ta confiance en toi ni te blesser dans ton ego, Daniel, mais franchement, si elle t'aimait, pourquoi te dirait-elle le contraire ?

— Parce qu'elle ne sait pas qu'elle est amoureuse. Ce n'est pas un sentiment qu'elle est en mesure d'identifier. Elle s'est convaincue elle-même qu'elle n'aimera jamais d'amour, que c'est une faculté élémentaire qui lui manque. Et elle a tellement peur de ne pas être capable de ressentir ce qu'elle estime devoir ressentir qu'elle ne sait pas reconnaître que c'est bel et bien de l'amour qu'elle éprouve. C'est *ça* mon problème. Comment je fais pour l'aider à voir clair en elle ?

Fliss se frotta le crâne.

— Alors là, ça devient carrément complexe. Je suis largement en dessous du niveau de compétence requis.

Elle souleva une plante verte et Harriet bondit du canapé pour la lui ôter des mains.

— Ne passe pas tes nerfs sur mon spathiphyllum, s'il te plaît. Mes plantes ont déjà assez ramassé comme ça, ces derniers temps.

Harriet replaça sa protégée avec précaution sur le bord de la fenêtre, la positionnant de façon à la faire bénéficier d'une lumière optimale. Puis elle se tourna vers lui.

— Si tu l'aimes et qu'elle t'aime, tout ne va pas si mal, au final, si ?

— Au contraire ! Car l'amour, c'est sa bête noire, sa phobie. Pour certaines personnes, ce sont les hauteurs, pour d'autres, les araignées ou les grands espaces vides...

— ... Pour moi, ce sont les ex-maris qui resurgissent sans prévenir, intervint Fliss d'un air lugubre.

Mais Daniel, pour une fois, se sentait incapable de se concentrer sur un autre problème que le sien.

— Au fond, cela aurait été plus facile si elle ne m'avait pas aimé. J'aurais pu l'accepter.

— Tu es sûr ? Parce que prendre la vie comme elle vient, ça n'a jamais été dans ta nature. Généralement, quand une situation ne te convient pas, tu te débrouilles pour tout raser et reconstruire les choses à ta façon.

— C'est vrai, mais là je me serais incliné. J'aurais respecté sa décision.

Harriet fronça les sourcils.

— Même dans ce cas, tu dois la respecter, Daniel.

— Je sais. Mais c'est une mauvaise décision, prise pour de mauvaises raisons. C'est ce qui fait que c'est si difficile pour moi de l'assumer.

Et il ne l'assumait pas, d'ailleurs. Pas du tout, même. Il n'avait pas besoin de croiser le regard consterné de ses sœurs pour se rendre compte que cette fois il ne dominait pas la situation.

Il se frotta nerveusement la mâchoire.

— Je n'avais pas prévu de tomber amoureux. Mais maintenant que les sentiments sont là, ça fait drôle d'avoir à mettre un mouchoir dessus.

— Je persiste quand même à penser qu'il faut que tu lui laisses un peu de temps, déclara Harriet.

Fliss hocha la tête.

— Je suis d'accord. Ne la relance pas tout de suite, surtout. Peut-être que tu lui manqueras, au bout d'un moment. Et qu'elle t'appellera. Va savoir... Elle aura du mal à te joindre, cela dit, vu que ta ligne est toujours occupée.

Daniel jeta subrepticement un œil sur l'écran de son téléphone mais ce fichu engin gardait un silence déprimant. C'était la première fois de sa vie qu'il guettait l'appel d'une femme comme si sa vie en avait dépendu.

— Et il faut que j'attende combien de temps, à votre avis ? Cinq heures ? Cinq jours ? Une semaine ?

Il n'était vraiment pas certain de tenir aussi longtemps. Et si encore il ne se torturait que pour son propre compte... Mais il s'inquiétait aussi de l'état mental de Molly. Et si elle avait eu une attaque de panique, ou un truc du genre ? Il avait très bien pu provoquer une crise psychologique quelconque chez elle. Rien que d'y penser le tourmentait autant que ses angoisses personnelles.

Que faisait-elle maintenant ? Tournait-elle en rond, seule dans son appartement ? Ou bien était-elle allée se réfugier à l'étage au-dessus chez Mark et Gabe ? À moins qu'elle ne soit sortie promener Valentin ?

— Bon, Daniel, assieds-toi, lui intima Harriet avec calme. On va reprendre les choses du début et élaborer un plan d'action.

Fliss tourna un regard sceptique vers sa sœur.

— Un plan d'action ? Ce n'est pas un peu ambitieux, ça, comme objectif ? Il faut regarder les choses en face : la seule personne qu'on connaisse capable de démêler ce genre de complications psychologiques, c'est Molly elle-même. Ce qui n'arrange pas vraiment notre affaire. On devrait peut-être l'appeler et lui demander de nous aider à mettre de l'ordre dans ce bazar.

Elle se pinça la racine du nez, réfléchit un instant, puis leva les bras dans un geste triomphal.

— Ça y est ! J'ai la solution ! Tu vas écrire à Aggie.

Daniel la regarda sans comprendre.

— Quoi ?

— Elle est habituée à analyser des problèmes sentimentaux qui lui sont soumis sous forme de courrier. Tout le monde lui demande conseil. On n'a qu'à faire pareil.

— Je n'ai jamais eu besoin des conseils de qui que ce soit sur la façon dont je dois conduire ma vie amoureuse !

— Évidemment puisque tu n'as jamais été amoureux.

Fliss haussa les épaules.

— Si ça te gêne, tu n'as qu'à prendre un pseudo. Tu pourrais choisir « Paumé » ou un truc comme ça. Ou pourquoi pas « Largué » ? Ça s'y prêterait bien, comme nom, vu les circonstances. Ou alors...

— C'est bon, merci, ne cherche pas.

Daniel recommença à aller et venir comme un fauve en cage. Un chaton échappé de son panier sprinta sous le canapé pour se mettre à l'abri.

— Je ne sais pas ce que je pourrais lui dire de plus pour la convaincre, en fait.

— Tu sais toujours ce qu'il faut dire. Les gens sont prêts à te payer une fortune pour que tu mettes à leur service ta capacité exceptionnelle à toujours trouver les mots et les arguments qu'il faut pour obtenir les meilleurs résultats.

— On n'est pas devant une cour de tribunal, là.

— Mais tu te bats pour obtenir le meilleur résultat possible. La différence, c'est qu'aujourd'hui tu mènes un combat personnel.

— Et que par conséquent je ne le mène pas avec mon objectivité habituelle.

Fliss le dévisagea d'un œil sombre.

— Ouais, ça se sent, en effet. Et notre tapis le perçoit aussi. Si tu continues à l'user jusqu'à la corde, il faudra que tu nous le remplaces.

— Ça suffit, vous deux !

Harriet s'éclipsa à la cuisine et revint avec une assiette de biscuits maison et des boissons fraîches.

— Si on veut élaborer un plan, il faut qu'on se sustente.

Fliss rafla un cookie, dans lequel elle mordit sauvagement.

Harriet lui jeta un regard en coin.

— Je ne comprends pas que tu sois en colère à ce point. C'est un problème qui ne te concerne même pas personnellement.

— Je ne suis pas en colère !

Fliss souffla bruyamment.

— Bon, OK, oui, je suis peut-être un peu remontée.

Daniel cessa d'arpenter le séjour.

— Pourquoi ?

Fliss le foudroya du regard.

— Parce que tu es mon frère et que je déteste te voir souffrir comme ça. Et ne me dis pas que ce n'est pas mon problème, parce que *c'est* mon problème. La famille, c'est la famille, merde.

Les yeux d'Harriet s'embuèrent.

— Fliss...

— Quoi ? Ne va pas en tirer de conclusions hâtives, surtout. Je le trouve toujours aussi imbuvable qu'avant. Mais j'aurais quand même préféré le voir heureux, notre grand frère.

Le téléphone sonna et Harriet décrocha. Elle écouta quelques instants, les traits progressivement envahis par l'inquiétude.

— Oh non... Il a fait ça ?

Elle écouta un instant en silence.

— Et vous l'avez vu où, pour la dernière fois ? Oui, c'est sûr. C'est très passant, comme avenue, en effet... Vous avez cherché ?... Entendu, j'arrive immédiatement.

— Tu vas où ? Qui est-ce ?

— C'est la famille qui a adopté Brutus.

Daniel sentit le regard inquiet de sa sœur posé sur lui, comme si elle hésitait à lui assener une seconde mauvaise nouvelle.

— Ils l'ont lâché au parc sans sa laisse et il n'a pas

voulu revenir quand ils l'ont appelé. Ils ont complètement perdu sa trace.

Molly tambourina à la porte de ses voisins.

Lorsque Mark lui ouvrit, elle s'engouffra dans l'appartement sans attendre qu'il lui donne le feu vert.

— Tout est fini.

Mark fronça les sourcils.

— Qu'est-ce qui est fini ? La dernière fois que j'ai regardé sur ton site, ça baignait. Tu es inondée de messages de soutien. Tout le monde est impressionné par la façon dont tu as réussi à te relever alors que ta vie et ta carrière étaient au plus bas. Ils disent que tu es une source d'inspiration pour eux. Et...

— Ce n'est pas mon blog, le problème. C'est Daniel. On n'est plus ensemble, lui et moi.

Mark ferma la porte.

— Dans ce cas, cela mérite qu'on en parle, en effet. Où est Valentin ?

— Je l'ai laissé à la maison. Il commençait à stresser avec mon stress. Et je lui ai marché sur la patte. Deux fois. Si tu as un moment à me consacrer pour discuter, ce serait super, mais ne me donne surtout pas de champagne. Quand j'en bois, ça se termine toujours par une catastrophe.

Elle avisa les dessins de Mark étalés sur la table.

— Gabe bosse à son agence, aujourd'hui ?

— Il a dû partir au dernier moment, oui. Un rendez-vous client de dernière minute.

— Et je vous ai fait veiller hier pendant la moitié de la nuit. Je suis désolée.

— Oublie la désolation. Les amis sont là pour ça.

— Ne me fais pas pleurer, surtout. Je n'ai pas dormi de la nuit, donc il ne m'en faudrait pas beaucoup.

— Je ne te ferai pas pleurer, c'est promis.

Il la poussa gentiment sur le canapé.

— On est restés tous ensemble jusqu'au petit matin. Je pensais que Daniel resterait avec toi ensuite.

— Il l'aurait fait. Mais je lui ai dit qu'il devait partir.

— Pourquoi ?

— C'est comme ça que je réagis quand on me dit qu'on m'aime. Et comme à chaque fois, ça m'a mise dans un état horrible.

— Il t'a dit qu'il t'aimait ? Il a vraiment prononcé ces mots exacts ? Ce n'est pas juste un malentendu ?

— Malheureusement non.

— Pourquoi « malheureusement » ? Tu m'as dit que tu n'avais encore jamais vécu une aussi belle histoire.

— C'est vrai. C'était très beau, ce qui se passait entre nous. Mais uniquement parce qu'il m'avait certifié qu'il était aussi immunisé que moi contre tout risque amoureux. Pour la première fois de ma vie, je me sentais complètement libre. En sécurité totale. On était bien ensemble, on riait comme des fous.

Mark se percha sur un coin de la table.

— Donc, c'était parfait, merveilleux. Mais tu as rompu.

— Tu crois que j'avais le choix ? Daniel m'a déclaré son amour. Alors pour la légèreté, la sécurité, le fun, c'est fichu. La relation va devenir plus compliquée, plus conflictuelle, plus exigeante. Et ce n'est pas du tout ce que je veux ! Il n'avait encore jamais aimé une femme de sa vie. Et il a fallu qu'il fasse exception pour moi. C'est vraiment trop injuste.

Elle vit le coin des lèvres de Mark frémir.

— Ça te fait rire ?

— Molly, avoue qu'il y a une certaine ironie dans tout ça. Je ne le connais pas très bien, ton Daniel, mais je suis persuadé qu'il est entouré d'un bataillon de femmes qui ne demanderaient pas mieux que de l'entendre leur parler d'amour.

— Justement ! C'est d'autant plus triste que cet amour que plus d'une briguerait soit dilapidé en se portant sur une anormale comme moi.

Avec un léger soupir, Mark s'assit à côté d'elle et l'entoura de ses bras.

— Tu n'es pas anormale. Si tu ne l'aimes pas, c'est ton droit. Daniel comprendra. Ce n'est pas Rupert.

Elle posa la tête sur son épaule.

— Je sais qu'il n'est pas comme Rupert. Rien à voir. Je lui ai parlé de moi beaucoup plus qu'à Rupert.

Beaucoup plus qu'à n'importe qui d'autre au monde, d'ailleurs. Le fait d'avoir partagé avec lui ses peurs, ses douleurs, ses souvenirs les mieux enfouis avait conféré plus de force et de profondeur à leur relation. En s'ouvrant à lui, c'était un peu comme si elle lui avait confié la clé d'une porte verrouillée, lui livrant accès à ses chambres secrètes. Elle avait laissé Daniel pénétrer très loin en elle — et pas seulement au sens sexuel du terme... Et cette clé qu'il détenait, Molly allait maintenant devoir faire en sorte qu'il la lui restitue.

— Attends, je ne t'ai pas encore tout dit. Il a émis l'opinion que *moi aussi* j'étais amoureuse de lui. Où a-t-il été pêcher une idée pareille ? C'est délirant, non ?

Mark prit son temps pour répondre.

— Tu penses vraiment que c'est si délirant que ça ?

Elle haussa les épaules.

— On en a déjà parlé mille fois. La fonction « amour » n'a jamais été activée chez moi. Tu n'as même pas idée des efforts que j'ai faits pour me forcer à tomber amoureuse ! Si je l'aimais, je serais quand même la première à le savoir, Mark.

— C'est vrai, tu as raison. Tu n'es pas amoureuse.

Elle se redressa légèrement pour scruter l'expression de son visage.

— Tu dis ça comme si tu ne me croyais pas.

— Mais si, mais si, je te crois.

— Tu n'as pas l'air convaincu, en tout cas. Je ne comprends pas ce qui te fait douter. C'est vrai qu'on avait une relation sympa et qu'on communiquait bien, lui et moi. Mais c'est parce que Daniel fait partie de ces gens à qui on peut parler avec une facilité étonnante. Être amoureuse, c'est tout à fait autre chose.

— Tout à fait autre chose, oui.

— Je reconnais aussi qu'il a des qualités pour lesquelles j'ai une grande admiration. J'aimais sa force, par exemple. Et je ne te parle pas juste de sa force physique, même s'il a des épaules de super-héros. C'est sa force émotionnelle que j'aime. Lorsque Valentin a été intoxiqué et que j'ai complètement perdu les pédales, il est resté calme et solide comme un roc.

— Hier aussi, il a fait preuve d'un calme inaltérable.

— Tout à fait. Il est ferme et apaisant. Et ça ne lui a fait ni chaud ni froid que Valentin vomisse sur son costume préféré. J'aime aussi le fait qu'il fréquente les meilleurs restaurants gastronomiques de Manhattan mais qu'il a tout autant de plaisir à manger une pizza à même le carton.

— Rien ne vaut une pizza à même le carton.

— Il ne faut pas négliger non plus le fait que j'ai des hormones et que c'était très chaud entre nous au lit.

Elle haussa les épaules et rejeta cet argument.

— Mais le sexe, c'est juste le sexe, tu es bien d'accord ? Rien à voir avec l'amour.

— Rien à voir, non.

— Et naturellement, ça n'aurait pas pu marcher entre nous, parce qu'il n'est pas vraiment un homme à chien.

— Exact. Daniel est tout sauf un homme à chien.

Mark retira avec soin une minuscule fibre égarée sur son jean.

— Il s'est bien comporté avec Valentin, cela dit.

— Oui, mais je crois que c'est parce qu'il fait partie de ces gens qui assurent en situation de crise. La résolution de problèmes, c'est un peu une seconde nature chez Daniel.

— Et il promenait quand même Brutus tous les matins.

— Uniquement pour me draguer.

— Mais même après, il a continué à le sortir, je crois ?

— Parce que Brutus et Valentin étaient amis. Ça ne va pas plus loin.

Mark émit un vague murmure d'acquiescement.

— Votre histoire s'arrête là, donc ?

Elle hocha la tête. Sa bouche était toute sèche, soudain.

— C'est triste, mais c'est comme ça. Toute ma vie, j'ai eu le sentiment de ne pas être à la hauteur. Pas assez importante pour retenir ma mère. Pas assez importante, même, pour lui donner envie de me revoir après son départ. Puis ma carrière a fait un flop parce qu'on a soudain estimé que je n'avais aucune légitimité, là non plus. Je n'en parle à personne, mais je vis dans la peur que les gens me jugent et ne voient en moi que mes failles. Tout ce que j'ai construit ici — mon nouveau boulot, mes amis —, cela me paraît encore un peu fragile.

— Et c'est quelque chose que Daniel ne voulait pas comprendre ?

— Oh ! si. Il comprenait très bien, au contraire. En fait, il m'a dit...

Elle prit une inspiration.

— ... Il m'a dit que je lui suffisais, que j'étais tout ce qu'il attendait d'une femme, qu'il ne me voudrait pas autre que ce que je suis.

Mark la regarda un instant en silence. Lorsqu'il parla, elle perçut une pointe d'émotion dans sa voix.

— Ouah ! Eh bien, c'est...

— Quoi ? Irréaliste ?

— J'allais dire romantique. Une des déclarations les plus généreuses que j'aie jamais entendues.

— Tu crois ?

— Il te dit qu'il t'aime, Molly. *Toi.* Pour de vrai. Il ne veut pas quelqu'un d'autre et il ne te veut pas différente de ce que tu es. C'est toi l'experte en thérapie relationnelle, pas moi. Mais ce ne serait pas ça le but, finalement ? Ce à quoi nous aspirons tous ? Rencontrer quelqu'un qui nous aime pour ce que nous sommes et pas pour ce qu'ils voudraient que l'on soit ? Pas de pseudonymes, pas de profils en ligne, pas de dissimulation ni de personnalité fabriquée. C'est juste basique, élémentaire et sincère.

Il déglutit avec peine.

— Si tu étais Aggie et que tu devais conseiller une personne dans ta situation, qu'est-ce que tu lui dirais ?

Elle essaya de retrouver un semblant d'objectivité au beau milieu du tourbillon émotionnel dans lequel elle flottait depuis la veille.

— Je dirais à cette personne qu'elle a de la chance d'avoir rencontré quelqu'un qui est animé de sentiments aussi profonds. Je dirais que trouver quelqu'un qui vous connaît et qui vous aime telle que vous êtes est un privilège rare dans le monde ultra-narcissique d'aujourd'hui. Je conseillerais à cette personne de réfléchir à deux fois avant de repousser quelqu'un qui l'aime comme on rêve tous d'être aimés.

Le cœur battant, elle se tut en regardant Mark fixement.

— Mais j'y ai réfléchi à deux fois et même plus, je te jure. Je me sens coupable de ne pas l'aimer en retour, mais je ne peux pas me réinventer. Je lui ai dit de s'en aller et il est parti.

Mark lui tapota le genou et se leva.

— Bon, eh bien, tu n'as plus aucun souci à te faire. Tu as obtenu le résultat que tu voulais. Tu as toutes les raisons d'être heureuse, désormais.

Heureuse ? Elle ne s'était jamais sentie aussi déprimée de toute sa vie.

— Mais je le fais souffrir !

— Il s'en remettra. Daniel Knight est un chêne, Molly. Il ne va pas s'étioler comme ça. C'est un homme qui plaît aux femmes. Même s'il est triste de te perdre, il pansera ses plaies, rencontrera quelqu'un d'autre, aura des millions de bébés et tout ira pour le mieux dans le meilleur des mondes.

Pour Molly, ce fut comme si les paroles de Mark avaient bloqué net le trajet de l'air dans ses poumons.

— Tu... Tu penses qu'il va avoir des millions de bébés ?

— Pas littéralement, non. J'essaie juste de te faire comprendre qu'il ne restera pas malheureux très longtemps. Qu'il retombera amoureux tôt ou tard. Et que, en attendant, ta réputation professionnelle est intacte et que tu continueras à t'éclater à tes cours de cuisine, de salsa, de do-in et j'en passe. Donc au final, c'est le happy end pour tout le monde.

C'était *ça* qu'il appelait un happy end ? Elle avait plutôt l'impression qu'on lui creusait les entrailles à l'aide d'une gouge.

Mais Mark avait raison. Daniel était quelqu'un de stable et de structuré, et il finirait par se reconstruire avec une autre femme. Tôt ou tard, il se marierait et aurait des enfants. Et il ne divorcerait pas, car il saurait choisir la compagne de toute une vie...

— Je... Je ne me sens pas très bien, Mark.

Comme sa respiration s'accélérait, elle porta la main à son front.

— C'est bizarre. J'ai l'impression que c'est le black-out total dans ma tête... Le grand vide...

— Le manque de sommeil. Ou de nourriture. Ne bouge pas.

Il passa dans la cuisine et lui ramena un verre d'eau.

— Oups, ça tourne... Je crois que je vais faire un malaise.

— Molly !

Mark plaça une main sur sa nuque et l'obligea à se pencher en avant pour poser la tête sur ses genoux.

— Tu es blanche comme une rondelle de mozzarella. Et tu es en hyperventilation. Le secourisme, ce n'est pas mon point fort, alors ne va pas me faire une crise de quelque chose. J'appelle Gabe ou les pompiers ?

— Ni l'un, ni les autres.

Elle ferma les yeux, se força à ralentir sa respiration et, au bout d'un moment, le malaise se dissipa.

— Tu as raison. Je dois faire une hypoglycémie. Je n'ai encore rien mangé ce matin.

— À part qu'on s'est tous gavés de pizza vers 2 heures du matin. Donc ça ne peut pas être ça.

Il posa le verre d'eau à côté d'elle.

— Probablement le manque de sommeil, alors, murmura-t-elle.

— Peut-être. Mais je note quand même que c'est arrivé pile au moment où je t'ai dit que Daniel allait se remettre de la rupture, t'oublier et rencontrer quelqu'un d'autre.

— Ce serait le soulagement, alors ? L'idée que je peux enfin cesser de me sentir coupable ?

Mark se rassit à côté d'elle.

— Tu crois vraiment que c'est ça ?

Non. Pas franchement. Elle ne se sentait pas soulagée *du tout*, à vrai dire.

— Un virus, alors ? Je tombe peut-être tout simplement malade.

Mark hésita.

— Autre possibilité : tu es en train de prendre conscience que Daniel a raison et que tu es effectivement amoureuse de lui.

— Mais comment cela aurait-il pu arriver ? Pense à toutes les fois où j'ai déjà essayé et où ça n'a pas marché !

— Peut-être que ça a fonctionné parce que tu n'as *pas* essayé, justement. Au lieu de te focaliser sur ce que tu ressentais ou non, tu t'es focalisée sur lui. Et sur le plaisir que vous aviez à être ensemble.

Ses oreilles bourdonnaient.

Elle avait de nouveau le vertige.

Une vision de Daniel riant avec une autre femme lui trottait dans la tête. Daniel partageant avec une autre tout ce qu'il avait partagé avec elle. Cette pensée ne lui apportait aucun soulagement. Elle la rendait malade, au contraire. Elle lui donnait envie de...

— Oh ! nom d'un chien, Mark ! Je suis amoureuse !

Le cœur battant comme un tambour, elle se releva d'un bond.

— Tu as raison : je l'aime ! J'aime Daniel ! Toutes ces années, j'ai pensé que j'étais anormale, pas faite comme les autres, déficiente. Et tout ce qui me manquait, en fait, c'était de rencontrer le bon mec : lui !

Elle s'interrompit lorsque Mark lui tendit une poignée de mouchoirs en papier.

— Pourquoi tu me donnes ça ?

— Tu pleures.

Quoi ? Mais oui, elle pleurait. Ses joues étaient mouillées de larmes. Comment pouvait-elle pleurer alors qu'elle était heureuse ?

— Je l'aime, Mark.

— J'ai entendu, oui.

Il lui tendit une nouvelle provision de mouchoirs.

— C'est tout bon.

— C'est même mieux que ça.

Elle se souvint alors de la tristesse sur le visage de Daniel lorsqu'il avait quitté son appartement.

— Il faut que je le lui dise. Vite. Où est mon sac ?

Elle finit par mettre la main sur son téléphone.

— J'étais complètement aveugle ! Dans le déni ! Il faut qu'il sache qu'il avait raison et que j'avais tort.

Elle l'appela mais tomba directement sur sa messagerie.

— Il ne répond pas. Pourquoi ne répond-il pas, à ton avis ? Tu crois qu'il est seul et malheureux quelque part ? Je vais essayer à son cabinet.

Elle allait et venait dans le séjour, en réfléchissant à toute allure.

— Non, pas à son cabinet. Je ne veux pas empiéter sur sa vie professionnelle. Je vais essayer de joindre Fliss, plutôt.

Mais là encore, elle n'eut droit qu'à une boîte vocale.

Fliss était-elle trop occupée à réconforter son frère ?

Une bouffée d'angoisse prit Molly à la gorge. Oh bon sang, qu'avait-elle fait ?

— J'ai peur d'avoir tout gâché, Mark. C'est la première fois de ma vie que je vis quelque chose de génial avec un mec et je trouve le moyen de tout foutre en l'air. Je l'ai mis dehors. Il m'a dit des choses tellement belles et merveilleuses et je les ai rejetées comme si elles étaient sans valeur. Je lui ai dit que je ne l'aimais pas, qu'il se trompait sur mes sentiments.

Molly ramassa son sac et se rua vers la porte en renversant le verre d'eau au passage.

— Hé ! Tu vas où, comme ça ?

— Je ne sais pas. Il faut que je le retrouve. Je vais aller

voir chez lui. Puis j'essaierai chez ses sœurs. Quelqu'un quelque part doit bien savoir où il est.

Elle percuta la table dans sa précipitation et quelques dessins de Mark glissèrent au sol.

— Va, va. Ne t'inquiète pas pour ça. Je les ramasserai.

Renonçant à sauver son travail tout de suite, il l'escorta en lui tenant le bras et réussit à lui faire franchir la porte sans encombre.

Chapitre 22

Elle sonna chez Daniel et n'obtint pas de réponse. Même chose chez Fliss et Harriet, où elle trouva porte close.

Gagnée par une anxiété croissante, Molly renouvela ses appels en se demandant par quelle mystérieuse conjuration du sort ils restaient tous les trois injoignables.

Et maintenant ?

Continuer à essayer de les joindre à intervalles réguliers. Elle ne voyait plus que cela à faire.

En attendant, rien ne l'empêchait de recourir à sa méthode habituelle pour s'éclaircir les idées : une virée au parc en compagnie de son ami le plus fidèle.

Valentin trottinait en remuant tristement la queue. Tous les trois pas, il tournait la tête par-dessus l'épaule pour chercher le regard de Molly. Il avait l'air largement aussi stressé qu'elle.

— Tu as raison, j'ai été idiote. Et je ne sais pas comment je peux réparer les dégâts, mais il va falloir que je trouve un moyen. Même si c'est trop tard pour nous deux, je tiens au moins à ce qu'il sache qu'il y voyait clair et que j'étais aveugle. Je ne suis pas comme ma mère,

Valentin, je *peux* tomber amoureuse ! C'est à Daniel que je le dois, et même si j'ai gâché toutes mes chances...

Elle déglutit avec difficulté. Dire qu'elle aimait enfin et qu'elle était restée tout ce temps dans le déni, elle, la spécialiste de la relation !

Et maintenant ? Était-il *réellement* trop tard ?

Il n'y avait qu'un moyen de le savoir et c'était de lui parler, mais la mission s'avérait complexe. Et si Daniel filtrait ses appels ?

Elle pouvait peut-être lui envoyer un mail ? Non. Trop impersonnel. Prendre rendez-vous à son cabinet, plutôt ? Surtout pas. Cela ressemblerait à du harcèlement. Elle essayerait encore une fois de le joindre au téléphone. Puis elle attendrait qu'il se manifeste... ou non. Elle ne voulait pas devenir le genre de fille à laisser trente-cinq appels en absence en l'espace de moins d'une heure.

Elle se pencha pour entourer Valentin de ses bras.

— Allez. Je fais un ultime essai. S'il ne décroche pas maintenant, je renonce et je lui fiche la paix.

Le cœur battant, elle se redressa et sortit son mobile de sa poche. Ses paumes étaient tellement moites que le téléphone faillit lui glisser des mains. Pour la première fois depuis le matin, elle n'entendit pas le message de sa boîte vocale. La tête recommença à lui tourner alors qu'elle comptait les sonneries.

Et si Daniel ne répondait pas ? S'il avait décidé qu'elle n'en valait pas la peine ?

Quelque part sur sa gauche, un portable sonna. Elle n'y prêta pas attention jusqu'au moment où quelqu'un l'appela.

Daniel ?

Elle aurait été prête à jurer qu'elle venait d'entendre sa voix.

— Molly !

Elle tourna la tête en sursaut et le trouva assis sur le

banc. *Leur* banc. Avec un téléphone à la main. L'espace d'une seconde, elle crut à une hallucination. Un mirage dû au manque de sommeil. Au trop-plein d'espoir. À quelque chose comme ça.

Mais lorsque Valentin bondit vers lui avec un aboiement amical, elle sut que ce n'était pas son imagination qui l'avait fait apparaître comme par magie.

Daniel était vraiment là. En chair et en os.

Le cœur de Molly battait la chamade. Elle n'avait pas vraiment préparé ce qu'elle voulait lui dire et maintenant qu'il était devant elle, les pensées s'éparpillaient dans sa tête comme une volée de moineaux.

En se hâtant vers lui, elle nota qu'il avait l'air encore plus mal en point que lorsqu'ils s'étaient séparés quelques heures plus tôt. Elle n'avait aucune idée de ce qu'il avait pu faire dans l'intervalle, mais apparemment retourner chez lui pour dormir et se changer n'avait pas figuré au programme. Il n'était pas allé travailler non plus, de toute évidence.

Il avait l'air secoué. Pire que cela, même. Anéanti ?

Horrifiée à cette pensée, elle le rejoignit, le cœur serré par l'angoisse.

— Daniel ?

— Fliss t'a appelée ?

Il replaça son téléphone dans sa poche. Sa voix était rugueuse, cassée par la fatigue.

— Merci d'être venue, en tout cas. J'apprécie que tu te sois déplacée. Plus nous serons nombreux, plus nous aurons nos chances.

Son raisonnement lui parut obscur, pour ne pas dire hermétique. Avait-il décidé de lui parler en public ? Elle aurait plutôt voté pour une conversation en tête à tête.

— Je n'ai pas eu Fliss, non. On pourrait peut-être aller chez moi ? Ou à ton appartement, si tu préfères ?

— Non.

Daniel détacha les yeux de son visage pour scruter les profondeurs du parc.

— Il ne trouvera jamais son chemin jusque chez toi ou chez moi. Je suppose qu'il s'est perdu, mais j'ai pensé que cela valait la peine d'attendre ici au cas où il se souviendrait de ce banc. Les autres cherchent de l'autre côté du parc. Et dans la rue.

— La rue ? Mais pour chercher qui ?

Sourcils froncés, il reporta son attention sur elle.

— Brutus, bien sûr. Merci d'être venue nous aider. J'apprécie d'autant plus que je suis conscient de t'avoir bousculée hier soir.

Brutus ?

Elle avait l'esprit tellement obnubilé par ce qu'elle avait à lui dire qu'elle mit un certain temps à comprendre.

— Brutus a disparu ?

— Personne ne t'a prévenue ? Les gens qui envisageaient de l'adopter l'ont détaché dans le parc. Et il n'est pas revenu.

Daniel avait l'air épuisé.

— Ça s'est passé hier soir, mais ils n'ont averti Harriet que ce matin. Cela fait des heures maintenant qu'on l'appelle en arpentant les allées. Et pour l'instant, rien. Aucune trace.

— Je n'étais pas au courant. Personne ne m'a rien dit.

— Les filles ont dû penser que tu avais déjà assez de soucis comme ça. Mais si personne ne t'a prévenue, comment se fait-il que tu sois là ?

— Je n'arrivais pas à te joindre. Comme ton téléphone était sur messagerie, j'ai appelé Fliss et Harriet. Je suis allée jusque chez toi, puis j'ai sonné chez elles, puis...

— On était tous les trois à la recherche de Brutus. Et comme on maintenait le contact en permanence par téléphone, les trois lignes étaient occupées.

Il fronça les sourcils.

— Et tu voulais me joindre pour une raison particulière ?

Molly hésita. À présent que le moment était venu, son assurance semblait lui faire faux bond.

— C'est sans importance... Enfin, disons que ça peut attendre.

— Non, ça ne peut pas attendre. Si c'était urgent au point de te faire courir jusque chez moi de bon matin, je veux savoir de quoi il s'agit.

— On ferait mieux de se mettre d'abord à la recherche de Brutus.

— On a fait tout le tour du parc ou presque. Rien. Personne n'a vu un chien en liberté. Tout ce qu'on peut faire pour le moment, c'est attendre ici. C'est un peu mon ultime espoir, qu'il revienne à notre lieu de rendez-vous.

Il se pencha en avant, les coudes sur les cuisses.

— Tu n'as pas dû passer une nuit facile, Molly. Je suis désolé de t'avoir collé une angoisse supplémentaire après tout ce qui avait déjà précédé. J'ai eu tort de te parler comme je l'ai fait.

— Ce n'est pas toi qui avais tort, c'est moi.

Il tressaillit et se tourna pour lui faire face.

— Toi, tu avais tort ?

Ce n'était pas la façon dont elle avait prévu de le lui dire, mais elle avait renoncé à l'espoir de trouver la formule juste. Ou même la formule la moins mauvaise.

— J'avais tort à tous les points de vue. Tort de te dire de t'en aller. Tort de ne pas vouloir que tu m'aimes. Et je viens de découvrir que j'avais tort aussi de croire que ma constitution psychique m'interdisait de tomber amoureuse.

Elle avait la bouche sèche comme du carton et regrettait de ne pas avoir pris le temps de se munir de son habituelle bouteille d'eau.

— Si j'ai pris conscience de tout cela maintenant,

c'est parce que je t'aime, toi, Daniel Knight. C'est inouï. C'est la première fois de ma vie que je ne tente pas à tout prix de tomber amoureuse... Et je suis bel et bien tombée amoureuse. Et vu que je ne me battais pas pour que ça arrive, c'est arrivé sans que je m'en aperçoive. Je voulais mettre un nom sur notre type de relation et je n'y arrivais pas, même si ça aurait dû me sauter aux yeux. Je t'aime, Daniel.

Comment croire que ces mots qu'elle jugeait imprononçables lui venaient soudain à la bouche comme s'ils avaient toujours été naturels pour elle ?

— Je t'aime, je t'aime, et je me demandais comment j'allais bien pouvoir te le dire. Je ne savais pas s'il fallait que je te téléphone ou que je t'écrive ou que...

Daniel ne lui laissa pas le temps de terminer sa phrase. Il répondit en couvrant sa bouche de la sienne et l'embrassa avec un mélange d'exigence et d'exaltation qui la délivra de ses derniers doutes quant à ses sentiments pour lui. Il l'attira contre lui avec un emportement fiévreux et la dernière pensée cohérente de Molly fut de gratitude : il n'avait pas changé d'avis. Il ressentait toujours aussi intensément ces sentiments dont il lui avait parlé durant la nuit.

À mi-chemin entre le rire de joie et les larmes de soulagement, elle renonça à essayer de s'exprimer et se laissa simplement porter par l'ardeur de leurs baisers, lui agrippant la nuque, caressant de la paume sa joue hâve et rugueuse, murmurant des mots d'amour contre ses lèvres qui refusaient de lâcher les siennes. À présent qu'elle lui avait avoué son amour, elle ne pouvait plus s'arrêter.

— Je t'aime, t'aime, t'aime...

Et Daniel lui psalmodiait ces mêmes mots en retour, les mains dans ses cheveux, sa bouche fouillant urgemment la sienne. Dans ses baisers, elle percevait la vivante acuité de son désir, mais tant d'autres choses encore. La douceur, l'attention. La sincérité. La sécurité. Et ils s'embrassaient, encore et encore, leurs mots ponctués par des baisers de plus en plus avides, jusqu'à ce que parler cesse de devenir une priorité.

Lorsque Daniel finit par relever la tête, il la garda serrée contre lui, passa les bras autour d'elle, posa le menton dans ses cheveux.

— J'étais convaincu que tu m'aimais aussi, mais après notre conversation de cette nuit j'en étais arrivé à la conclusion que je me trompais.

— C'était pourtant bien toi qui étais lucide et moi qui ne voyais pas ce que j'avais sous les yeux. C'est la première fois de ma vie que je suis aussi heureuse d'avoir tort ! Tu n'imagines pas à quel point j'avais peur de garder le cœur à jamais froid et sec...

Elle leva la main pour lui caresser le visage.

— Je ne veux plus jamais que tu aies peur, Molly. Je ne veux plus jamais que tu sois triste.

Il s'interrompit et lui jeta un regard d'excuse.

— Je suis censé être l'homme qui trouve toujours les bons mots au bon moment, mais là je suis sans voix.

— Tu as déjà dit ce qu'il y avait de plus important à dire.

— Que je t'aime ?

— Oui. Et que je te suffis telle que je suis. Tu ne peux pas imaginer ce que ces mots ont représenté pour moi.

Elle posa une main sur son torse, paume à plat, pour sentir ses battements cardiaques sous ses doigts, avec la conscience que jamais, jamais elle ne ferait quoi que ce soit pour blesser ce cœur-là. Elle demeura ainsi un long moment, à respirer son odeur, l'odeur de Central Park, l'odeur de New York.

À respirer l'amour qui pétillait dans cette ville magique et qui pétillait entre eux.

— J'ai écrit toute ma vie au sujet de l'amour, mais je ne l'avais encore jamais éprouvé jusqu'à maintenant.

— Et ça fait quel effet ?

— Je me sens comme shootée. Je plane au plus haut degré. Mais ce qui est bien, c'est que tu es ultra-addictif mais parfaitement légal, Daniel Knight.

Avant qu'elle ait eu le temps d'élaborer sa pensée, il y eut un grand bruit dans son dos et elle vit le visage de Daniel se transformer, comme éclairé de l'intérieur. Elle tourna la tête. Valentin fonçait vers eux en courant à fond de train, suivi de près par un second chien. Plus lourd, plus maladroit, mais très beau. Et merveilleusement familier.

— Brutus !

Elle ressentit un grand élan de joie et de soulagement.

— Bravo, Valentin ! Tu l'as retrouvé ! Il est vivant !

Valentin bondit vers elle et Brutus pila devant Daniel qui le regardait, immobile, sans prononcer un mot.

Molly commençait à se demander s'il l'avait reconnu, lorsqu'il s'accroupit pour serrer Brutus contre lui.

Le berger allemand gémit, le lécha, finit par poser les pattes sur ses épaules et Daniel dut se retenir au banc pour ne pas perdre l'équilibre.

Même là, il gardait le silence. Molly le regarda et comprit qu'il n'était pas en état de prononcer un mot.

Son cœur se serra en le voyant aussi foudroyé par l'émotion.

Elle posa la main sur son épaule.

— Il est revenu, Daniel.

— Je me disais qu'il avait pu être renversé par une voiture. Je pensais que...

— Il est bien vivant et il me paraît en grande forme. On devrait appeler les jumelles. Par mesure de précaution, on va quand même le faire examiner par le Dr Philips.

Mais je me demande si c'est une bonne idée qu'il retourne dans cette famille ?

— Il n'y mettra plus les pieds.

Daniel se leva.

— Il va vivre avec moi dorénavant.

— Avec toi ?

— Brutus a un caractère compliqué. C'est un chien difficile à gérer et je ne peux pas prendre le risque d'être interrompu au beau milieu d'une journée de boulot chaque fois qu'il lui prendra la fantaisie de fuguer.

Décidant que ce n'était pas le bon moment pour sourire, Molly se contenta de hocher la tête.

— C'est un bon raisonnement, en effet.

— Tant qu'à faire, c'est aussi simple que je le garde avec moi.

— Je comprends, oui. Tu le prends avec toi pour des raisons purement pratiques... Et c'est d'autant plus généreux que tu n'es pas du tout un homme à chien, ajouta-t-elle gravement.

— Mais *toi* tu es une personne à chien. Et comme tu vas vivre avec moi aussi, il sera en compagnie compétente.

Il avait la main sur la tête de Brutus, mais ses yeux étaient plongés dans ceux de Molly. Et ce qu'elle vit dans son regard lui coupa le souffle. Comment avait-elle jamais pu s'imaginer capable de vivre sans lui ? Elle ne voulait plus le quitter. Jamais.

— Tu voudrais que je vienne chez toi ?

— On pourrait aussi loger chez toi, si tu préfères, mais on aurait plus de place dans mon appartement. Et deux chiens, ça bouffe de l'espace. D'autant plus que ce ne sont pas des demi-portions.

— Je ne suis pas certaine de comprendre. Tu me proposes d'emménager chez toi ? Pour de bon ?

— Ce n'est pas une proposition, c'est une injonction. Avec un choix alternatif.

— Un choix alternatif ?

— Chez toi ou chez moi.

— Mon choix se borne à ça ?

— Oui. Et il ne devrait pas être ardu à faire. Après une journée avec Brutus chez toi, tu serais obligée de refaire ton appartement de fond en comble. Il a une assez mauvaise appréhension de l'espace.

— Dans ce cas, je crois qu'il n'y a plus vraiment de décision à prendre.

Elle se sentait légère à l'intérieur. Légère et si heureuse qu'elle aurait voulu danser de joie. Une incroyable allégresse coulait en elle.

Daniel lui prit le visage entre les mains. Tout ce qu'il ressentait se lisait à livre ouvert dans ses yeux.

— Je t'ai écrit, tu sais. Ce matin, j'ai envoyé un message à Aggie. J'attendais la réponse.

Elle noua les bras autour de son cou, le cœur voué au sien à jamais.

— Je n'ai pas été sur mon site depuis que tu es parti, mais je peux toujours te dire quelle aurait été la réponse d'Aggie.

— Tu ne connais pas encore la question.

Il murmura les mots dans ses cheveux et elle sourit en le serrant de toutes ses forces contre elle.

— Peu importe la question. Sa réponse aurait été oui. Oui à tout. Oui à l'amour. Oui à la vie à deux. À quatre. À six. Oui à nous. Je t'aime à la folie. Et le reste suivra.

Il couvrit de nouveau sa bouche de la sienne.

— Je ne peux pas m'arrêter de t'embrasser, chuchota-t-il contre ses lèvres. Et il y a des milliers de personnes qui défilent autour de nous dans ce parc. Songe à l'effet sur ta réputation.

— A priori, elle devrait plutôt s'en trouver rehaussée. Même s'il y a toujours des Cassandre pour te mettre en garde et t'annoncer que je vais te fracasser le cœur à coups de talons aiguilles meurtriers.

— Je ne crois jamais ce que les gens me disent. Je préfère faire le test par moi-même.

— Excellente politique.

Elle vit l'humour pétiller dans les yeux bleus de Daniel et se demanda comment elle avait pu vivre sans lui avant de le connaître.

— Si je comprends bien, nous fondons une famille : toi, moi et deux chiens turbulents.

— Ça en a tout l'air, oui.

Il lui releva les cheveux pour les ramener en arrière.

— Et un jour, loin, loin dans le futur, je te demanderai de m'épouser, donc tu ferais mieux d'écrire tout de suite à Aggie pour lui demander son avis sur la réponse à me donner.

— Je crois savoir ce qu'elle va me dire.

Contaminé par l'allégresse de Molly, Valentin poussa une série de jappements aigus. Brutus renchérit et, à travers ce chœur canin enthousiaste, elle perçut des exclamations de joie et des applaudissements. Elle se dégagea et vit Fliss et Harriet qui les observaient avec un sourire jusqu'aux oreilles.

— Si tu te maries avec moi, tu n'y gagneras pas seulement un duo de chiens mais un duo de sœurs avec, commenta Daniel d'un ton faussement lugubre. Si c'est un trop gros problème, on pourra toujours se relocaliser ailleurs.

Elle lui passa les bras autour de la taille en riant.

— Ah non, je ne déménage plus. J'adore tes sœurs, je t'adore toi et j'adore New York. Cette ville aussi fait partie de notre histoire, non ?

— New York ? Assurément. Ce n'est pas moi qui te dirais le contraire.

Et il pencha de nouveau la tête pour l'embrasser.

Remerciements

Aujourd'hui encore, il y a des matins où je me réveille et j'ai du mal à croire qu'écrire est *réellement* mon métier. Mais l'écriture d'une histoire n'est que le début du processus de publication et je suis reconnaissante à mes éditeurs — HQN aux USA et HQ Stories au Royaume-Uni — pour leur soutien au long cours. Je voudrais adresser un remerciement tout particulier à leurs équipes de vente qui se démènent pour que les lecteurs puissent trouver partout mes romans en rayon. Tant de livres sont publiés chaque jour que leur tâche est gigantesque et c'est une chance pour moi que toutes ces personnes en charge du marketing soient aussi compétentes dans leurs fonctions.

Les médias sociaux permettent d'entrer en relation directe avec de nombreux lecteurs, et je suis reconnaissante au super groupe de personnes sur Facebook qui m'ont si généreusement apporté leur aide lorsque j'ai été en manque d'inspiration pour des prénoms canins. J'adresse un remerciement tout particulier à Angela Vines Crockett qui m'a donné l'idée de « viriliser » le nom du chien de Daniel.

Merci à mon merveilleux agent, Susan Ginsburg, à l'équipe du Writers House et aussi à ma relectrice, Flo Nicoll, qui est brillante sur tous les plans.

Sans le soutien de ma super famille, je doute que j'aurais été capable d'écrire le moindre mot et ma gratitude vous est acquise.

Mais mon plus grand merci, c'est à vous mes lecteurs que je le dois. J'ai beaucoup de chance d'avoir une place quelque part sur vos étagères ou d'être stockée sur votre liseuse électronique.

Affectueusement,

Sarah

SÉRIE COUP DE FOUDRE À MANHATTAN

SÉRIE SNOW CRYSTAL

Composé et édité par HarperCollins France.

Achevé d'imprimer en avril 2019.

CPI
BLACK PRINT

Barcelone

Dépôt légal : mai 2019.

MIXTE
Papier issu de sources responsables
FSC® C108412
FSC
www.fsc.org

Pour limiter l'empreinte environnementale de ses livres, HarperCollins France s'engage à n'utiliser que du papier fabriqué à partir de bois provenant de forêts gérées durablement et de manière responsable.

Imprimé en Espagne.